Saleem Matthias Riek

Die gefährliche Unausweichlichkeit der Liebe

Buch

Karoline ist lange genug allein und sehnt sich nach verbindlicher Liebe. Warum interessiert sie sich dann ausgerechnet für Alex? Der will nämlich nie wieder zulassen, dass konventionelle Treue die Lust erstickt.
Als er berufsbedingt in ihrer Kanzlei auftaucht, sind sie voneinander entzückt und fiebern ihrem ersten Date entgegen. Es entwickelt sich vielversprechend, endet aber mit einem Eklat. Doch das beidseitige Verlangen ist stark. In einem Tantra-Workshop geben sie sich trotz aller Differenzen eine weitere Chance. Eine sinnliche und emotionale Achterbahnfahrt beginnt, bringt sie an ihre Grenzen und darüber hinaus. Werden sie sich der Unausweichlichkeit der Liebe stellen?
Der Plot um ein vermeintliches Plagiat offenbart die Vision eines geheimnisvollen Tempels, in dem Liebe und Sex jenseits von Tabus erforscht werden …
Die gefährliche Unausweichlichkeit der Liebe ist ein Roman über das Spannungsfeld von leidenschaftlicher Sexualität und verbindlicher Liebe. Er gibt einen realistischen Einblick in die Tantra-Szene und die Gefühlswelt von Menschen, die sich auf diesen Weg begeben.
Die Protagonisten sind *keine* Vertreter tantrischer oder polyamorer Liebesideale, sondern Menschen, die mutig darum ringen, zu lieben und geliebt zu werden.

Autor

Saleem Matthias Riek ist Tantralehrer, Gründer der *Schule des Seins* sowie Paar- und Sexualtherapeut in freier Praxis. Er lebt mit seiner Frau bei Freiburg im Breisgau.

Vom Autor sind bereits folgende Sachbücher erschienen:

* Herzenslust – Lieben lernen und die tantrische Kunst des Seins
* Leben, Lieben und Nichtwissen
* Herzensfeuer – eine Liebeserklärung an die Paradoxien des Lebens
* Lustvoll Mannsein (zusammen mit Rainer Salm)
* Mysterien des Lebens – Wie uns Liebe, Eros und Bewusstsein verwandeln

Die gefährliche Unausweichlichkeit der Liebe ist sein erster Roman. Die Fortsetzung ist bereits in Arbeit.

Informationen zu Seminaren und Trainings des Autors:
www.schule-des-seins.de

Saleem Matthias Riek

DIE *gefährliche* UNAUSWEICH-LICHKEIT *der Liebe*

Roman

Impressum

Bibliografische Information der Deutschen Nationalbibliothek:
Die Deutsche Nationalbibliothek verzeichnet diese Publikation in der Deutschen Nationalbibliografie; detaillierte bibliografische Daten sind im Internet über http://dnb.de abrufbar.

1. Auflage Oktober 2020

Schule des Seins | Vaubanallee 43
D 79100 Freiburg im Breisgau
www.schule-des-seins.de
roman@saleem-mattias-riek.de
Lektorat: Gabriele Michel
Cover-/Umschlaggestaltung: Buchgewand Coverdesign
www.buch-gewand.de
Verwendete Grafiken/Fotos:
Andriy Bezuglov – stock.adobe.com
Chinnapong – stock.adobe.com
Druck: Sowa, Piaseczno, PL | sowadruk.pl
Bestellung und Vertrieb: Nova MD GmbH, Vachendorf
ISBN: 978-3969 663776

Für Sandra

Und wenn aus all den wilden Orgasmen der Liebe sich langsam ein Edelstein formt, in den alten, noch einmal geschmolzenen Felsen zweier Menschenherzen, zweier alter Felsen, den Herzen eines Mannes und einer Frau, das ist der Kristall des Friedens, das langsam hart gewordene Juwel des Vertrauens, der Saphir der Treue. Der Edelstein gemeinsamen Friedens, entsprungen dem Chaos der Liebe.

D. H. Lawrence

1

Kaum hat sie das Seminarhaus betreten, kommt Nikolai schon auf sie zu. »Schön, dass du da bist, Karoline!«, begrüßt er sie mit seinem smarten Lächeln. Dann nimmt er sie auch noch in den Arm, das hat er im Mittwochskurs nie getan. Sollte die Extraeinladung tatsächlich ihr gegolten haben?

Gerade fängt sie an, die Umarmung zu genießen, da ist sie auch schon wieder vorbei und er eilt davon.

»Ja, schön …«, murmelt sie ihm hinterher.

Was war das denn?

Sie bleibt einen Moment stehen, bis sich ihr Puls beruhigt hat. Dann nimmt sie einen tiefen Atemzug und schaut auf die Uhr. *Cazzo*! Nur noch fünfzehn Minuten, das wird knapp. Sie muss unbedingt noch auf ihr Zimmer. In Ruhe ankommen, einen Tee trinken, sehen, wer noch so da ist, das ist der Plan gewesen. Stattdessen wieder diese verdammte Hektik.

Ja genau, deswegen ist sie hier. »Dieser Workshop ist genau das, was du brauchst«, hat Nikolai ihr versprochen. Wie hätte sie da widerstehen können?

Sie schaut sich um. Eine superschlanke Frau im sexy Yoga-Jumpsuit tänzelt durch das Foyer. »Wo ist denn bitte die Anmeldung?«, fragt Karoline sie.

»Gleich hier rechts um die Ecke«, kommt gut gelaunt die Antwort.

»Danke!« Karoline greift nach ihrem Koffer und wendet sich nach rechts. Sind die etwa alle so jung hier?

Zwanzig Minuten später öffnet Karoline vorsichtig die Tür zum Gruppenraum. Maledetto, die Session hat bereits begonnen.

Ungefähr fünfzehn Frauen jeden Alters sitzen mit geschlossenen Augen auf ihren Kissen, als säßen sie bereits seit Stunden da. Nur Nikolai hat die Augen geöffnet, mit einem freundlichen Nicken deutet er auf den letzten freien Platz neben dem einzigen weiteren Mann. So leise wie möglich lässt sie sich nieder und schließt erwartungsvoll die Augen. Das wäre geschafft.

»Geh mit deiner Aufmerksamkeit ganz nach innen.« Seine Stimme ist wie immer angenehm warm und hilft ihr zu entspannen. Das ist auch dringend nötig. »Beobachte, was in dir geschieht, werde ganz zum Zeugen. Es gibt nichts zu erreichen.«

Nach ein paar weiteren weihevollen Sätzen herrscht Stille. Endlich! Tiefer Frieden senkt sich auf sie herab, so als ob das ganze Universum ausatme. Vielleicht ist das Retreat ja tatsächlich genau das Richtige. *Ein ganzes Wochenende geht viel tiefer als eine Yogastunde am Abend.* Nikolai hat letzten Mittwoch gar nicht mehr sagen müssen, sie hat sich gleich angemeldet.

Nun ist sie hier. Abschalten, den Alltagsstress loslassen, sich wieder spüren, den Augenblick genießen. Ob das wohl funktioniert? Es fängt zumindest gut an, die Meditation bringt sie langsam runter.

Später am Abend sitzt die Gruppe im Kaminzimmer zusammen, mit Toni und Nikolai haben sich die einzigen Männer verzogen, so sind die Frauen jetzt ganz unter sich, auch mal wieder schön. Wie sich herausstellt, ist sie die Einzige, die zum ersten Mal dabei ist. »Es wird dir gefallen, Nikolai macht das einfach super«, schwärmt eine jungenhafte Frau mit blau gefärbten Haaren. Auch sie im hippen Yogadress.

»Schaut ihr ihm auch so gerne zu?«, erkundigt sich eine brünette Mittvierzigerin. »Was für ein wahnsinnig geschmeidiger Körper. Ach, ich wünschte, mein Jürgen würde sich auch für Yoga interessieren oder überhaupt mal was für seinen Körper tun, die faule Socke.« Mitfühlendes Gelächter.

»Mein Freund macht Kampfsport, immerhin«, meldet sich eine

ziemlich Mollige mit rauer Stimme. »Keine zehn Pferde würden den hierherbringen. Und Meditation? Meine Güte, da lacht er mich aus. Aber ich will nicht klagen, er kann auch sehr feinfühlig sein. Gestern …«

»Du Glückliche!«, fällt ihr Nora ins Wort, wohl die Jüngste hier im Kreis. »Was Männer angeht, gerate ich wohl immer an die falschen. Das Einzige, was die mit ihrem Körper machen wollen, ist Sex. Genauer gesagt, was die mit meinem Körper machen wollen. Ich würde so gerne Tango lernen, aber für Frauen gibt es überall Wartelisten.«

Karoline seufzt still in sich hinein. *Warum tanzt du nicht einfach mit einer Frau?* Sie kann sich gerade noch zurückhalten, ihr diesen super Tipp zu verpassen. Außerdem würde sie sich vielleicht damit outen. Lieber nicht! Aber … müssen sich Frauen eigentlich immer über Männer auslassen? Sie rutscht unruhig auf der Couch hin und her. Wahrscheinlich sollte sie besser ins Bett. Schade, dass Nikolai sich nicht zu ihnen gesellt hat, ihn hätte sie gerne etwas näher kennengelernt.

Just in diesem Moment steckt der seinen Kopf durch die Tür. »Hi Nikolai, komm, setz dich, hallo Nik, komm zu uns!«, schallt es von allen Seiten. Ganz offensichtlich genießt er es, so begehrt zu sein, tritt lässig ein und grinst mit seinem jungenhaften Charme in die Runde. Karoline weist auf den Platz neben sich, doch er beachtet sie nicht und lässt sich auf der anderen Seite nieder. Hat er sie nicht gesehen? Sie sucht seinen Blick, doch er hat nur Augen für Nora. Der Name passt, sie sieht genauso umwerfend aus wie die im Weimarer Tatort, sexy bis zum Anschlag.

Und für Cora, jung, gertenschlank und … dito. »Nikolai, wir haben dich schon vermisst, gerade eben haben wir über dich gesprochen. Wie bekommt man eigentlich einen so beweglichen Körper … ich meine als Mann? War der schon immer so?« Dabei strahlt Cora Nikolai so leuchtend hell an, dass er sich eigentlich geblendet abwenden müsste.

Tut er aber nicht, ganz im Gegenteil. »Du wirst dich wundern, ich war mal ein echter Wonneproppen. Sagt man das nicht so? Bei uns hieß das *Butuuz*.«

»Ist das georgisch oder was spricht man in deiner Heimat?«, fragt Rita, die Älteste in der Runde.

»Nein, das ist russisch«, gibt Nikolai knapp zurück.

Nora ist restlos begeistert. »Ach, deswegen hast du diesen wunderbar männlichen Akzent. Hast du dort Yoga gelernt? Gibt es das überhaupt in Russland? Oder in Georgien? Seit wann bist du überhaupt in Deutschland? Du sprichst ja perfekt deutsch.«

Was ein einziger Kerl unter Frauen doch ausmacht! *Dieser* Kerl! Rita steht auf und wünscht allen eine gute Nacht. Sie bekommt nur ein kurzes Nicken, dann dreht sich wieder alles um Nikolai Superstar. Karoline möchte auch aufstehen, ist aber wie gelähmt. Immer tiefer rauscht ihr innerer Aufzug in den Keller.

Am nächsten Morgen kann von Entspannung keine Rede mehr sein, wahrscheinlich füllt ihr Zähneknirschen den ganzen Raum. Als sie versucht, ihren Kiefer zu lockern, wird ihr fast schwindelig. Was ist denn los? Sie ist doch nicht wegen *ihm* hier. *Adesso basta!*

Karoline rückt ihr viel zu hartes Kissen zurecht, auf diesem Witz von einem Meditationskissen kann man einfach nicht stillsitzen. Allen Hindernissen zum Trotz versucht sie, sich wieder auf ihren Körper zu konzentrieren. Doch das Kribbeln im rechten Fuß wird immer stärker. Mit einer kleinen Bewegung verschafft sie sich Erleichterung, doch kurz darauf ist das linke Bein dran, immer wieder muss sie ihre Sitzhaltung verändern. Hoffentlich merkt der große Vorturner aus dem Osten nicht, wie blöd sie hier herumhampelt. Und wenn schon!

»Beobachte alles, was in dir vorgeht, ohne es zu bewerten«. Oh Mann, zu gerne würde sie genervt aufjaulen, käme aber wohl nicht besonders gut. Die Anspannung wird immer stärker, sie kann die Bilder vom Vorabend einfach nicht verscheuchen, diese hippen Yoginis mit ihren knallengen Leggins und bauchfreien Tops, wie sie ihn anhimmeln und er sitzt da wie der Sonnenkönig, fabuliert vom Tantrayoga im Kaukasus, garniert mit Witzchen hier und Anspielung da. Immerhin weiß sie jetzt, wie Yogis verhüten: mit Yogitee! Vor oder nach dem Akt? Nein, anstatt! Hahaha! Warum ist ihr dieses alberne Getue mittwochs nie aufgefallen? Logisch, weil sie immer als letzte gekommen und nach der Stunde gleich wieder abgehauen ist. Aber hat sie seinen trockenen Humor nicht immer gemocht? Nun, gestern Abend war er ganz und gar nicht trocken. Eher schlüpfrig.

Verdammt, sie ist doch nicht wegen diesem Typen hier. Sie muss endlich aufhören, ständig an ihn zu denken! *Haha, träum weiter*, hört sie Bastians süffisante Stimme. *Skilehrer, Yogalehrer, ist immer das Gleiche mit dir, du verschwendest deine Zeit.* Vielleicht hat er recht, sie sollte ehrlich mit sich sein und abbrechen, zu Hause gäbe es genug zu tun. Geräuschlos stöhnt sie in sich hinein. Deswegen ist sie doch hier. Sie wollte endlich mal abschalten.

Bsssss. Eines dieser frechen Viecher setzt schon wieder zum Landeanflug an, direkt auf ihre Nase. Bewegung wäre jetzt echt besser, das hilft sogar nach einem Arbeitstag mit lauter aufgeblasenen Mandanten. *Sei ganz im Hier und Jetzt* klingt immer so einfach! Stattdessen Radio Karoline Dittmer auf Dauerwerbesendung, nervtötender Gedankentinnitus auf allen Frequenzen.

Du verschwendest deine Zeit. So ein Retreat ist nichts für unfreiwillige Singles, da lernst du doch höchstens dich selbst kennen. Ob ihr Bruderherz eigentlich weiß, was er mit seiner SMS angerichtet hat? Sie muss ihn zur Rede stellen, am kommenden Samstag ist er fällig.

Merda, ist sie mies drauf, hoffentlich gibt es bald Frühstück. Es wird doch wohl warm genug sein für die Terrasse, wann hat man schon mal so einen Blick auf schneebedeckte Berge? Ein Panorama so kitschig wie im *Bergdoktor,* aber nichtsdestotrotz herzerwärmend.

Pling. Karoline zuckt zusammen. »Wenn die Zimbel erklingt, kehre zu deinem Atem zurück«, haucht Nikolai in den Raum. Also gut, sie atmet. Tonis Schnaufen ist deutlich lauter als ihr eigenes, Mann, der Typ sollte mal seine Nase spülen. Bastian ist so sein Schnarchen losgeworden, mit dem er sie schon als kleiner Ragazzo genervt hat. Verstohlen schielt sie zu dem Kahlkopf hinüber, kein Wunder, sein Haupt ist voll auf die Brust gesackt. Ob sie ihn mal antippen soll? Nein, es geht nicht darum, irgendetwas zu ändern, sondern in das hinein zu entspannen, was ist! Kein Richtig oder Falsch, kein Besser oder Schlechter, einfach nur Zeuge sein und beobachten. Blablabla.

Sie strafft ihre Schultern. Keine leichte Übung für eine ambitionierte Juristin, wird wohl eine Weile dauern, bis sie das verinnerlicht hat. Ha, eine Weile? Eine Ewigkeit! Warum kommen eigentlich so wenig Männer zum Yoga, wo doch die Gurus allesamt Männer sind? Yogananda, Shivananda, Maharishananda und wie sie alle heißen. Beruht am Ende das ganze System auf gewissen Extraeinladungen, die geschlechtermäßig ein wenig ungleich verteilt werden? Könnte ihr egal sein, aber wenn Nikolai gleich wieder so umschwärmt wird, dann ... Jetzt denkt sie doch tatsächlich schon wieder an diesen Möchtegern-Guru, ist sie am Ende doch scharf auf ihn? Dann verschwendet sie wirklich ihre Zeit und sollte lieber das Profil auf *lovepartner.de* reaktivieren.

Hat Maria ihr schon tausendmal gesagt. Zwar hat sie sich nach dem Desaster mit Marco geschworen: nie wieder Onlinedating! Aber man soll ja niemals nie sagen und in Clubs zu gehen ist auch nicht gerade ihr Ding, obwohl, immerhin hat sie Maria in so einem Laden kennengelernt, ist sogar völlig überraschend von ihr abgeschleppt worden. Scheiße, der Lärm im Kopf wird immer lauter. Mit einem tiefen Atemzug versucht Karoline sich zu beruhigen. Steckt sie wirklich so voller Frust, wie Bastian ihr unterstellt?

Das Getöse in eurem Kopf wird so schnell nicht aufhören! O-Ton Nikolai. In dieser Hinsicht ist er zumindest ehrlich und außerdem ist sie wohl kaum die Einzige, die Stress mit Gedankentinnitus hat. Was, wenn durch dieses endlose Rumgesitze alles noch schlimmer wird? Wurden sie eigentlich über Risiken und Nebenwirkungen aufgeklärt? Erhöhte Aggressivität sollte in jedem Fall auf dem Beipackzettel vermerkt sein und nicht zu vergessen: Selbstmitleid. Ja, damit kennt sie sich aus.

Atmen! Einatmen und Ausatmen, eigentlich alles ganz einfach. Manchmal hält Nikolai allerdings tatsächlich anspruchsvolle Talks, über Stille als Quelle allen Seins, über echte spirituelle Motivation – in seiner Heimat heißt das *Dukhovnost* – und über die Unausweichlichkeit der Liebe auf dem spirituellen Weg. Dann kommt er wieder wie ein kleiner Junge daher, der einfach nur spielen will, sie mag diese Mischung. Scheiße, sie hat sie gemocht, bis gestern. Dieser Peter Pan, immer einen flotten Spruch auf den Lippen. *Wisst ihr was? Eine Schule für Meditation ist die einzige, wo keiner Angst haben muss, sitzen zu bleiben.*

Vor ein paar Wochen hat er eine Tantraübung angekündigt, alle hielten den Atem an, was kommt denn jetzt? Alle ausziehen zum Nacktyoga? Er hat es sichtlich genossen, sie so aufzuscheuchen. Dann kam ganz lässig die Entwarnung: »Ihr könnt entspannen, Ladys! Es geht nur um eine Visualisierung. Weißes Tantra, kein rotes und auch kein grünes! Übrigens, wenn ihr rotes Tantra wollt, müsst ihr zu meiner Schwester Karina«, hat dieser Witzbold noch nachgeschoben.

Ha, grünes Tantra! Ob es das wohl gibt? Fifty Shades of Green? Sie kichert in sich hinein, muss sie unbedingt bei der nächsten MV einbringen! Sie sieht schon die entgleisten Gesichtszüge ihrer Parteigenossinnen vor sich. Nur Freddy wird begeistert sein. Vielleicht auch Bastian, immerhin stehen die Chancen im Tantra besser, den passenden Mann zu treffen. Vielleicht hat ihr Bruder recht, aber was macht sie dann hier? *Maledizione*, Yogalehrer sollten nicht allzu sexy sein. Wie soll man da zur Ruhe kommen?

Seit Wochen jagt ein Termin den nächsten, morgen um acht Uhr steht sie beim Finanzgericht auf der Matte; und Hohnert samt

Kompagnon mit einem Bein im Knast. Nicht zu fassen, dass sie Typen vertritt, die ihre Kohle in ein Großbordell investiert haben. Die wollen sogar expandieren, Partys, Clubs, Playshops, Internetportale … sexpositive Räume nennen man das heute, natürlich stets LGBTQ-freundlich und gendergerecht. Karolines Magen grummelt.

Ihr Chef sieht das naturgemäß unkritisch, für ihn gehts schlicht ums Geld. *Sie zahlen zu viel Steuern? Kommen Sie zu Berger & Schäfer.* Ihr Bauch wird hart, immerhin besser, als dass ihr wieder übel wird. Hat sie für morgen wirklich an alles gedacht?

An alles gedacht, an alles gedacht! Sie unterdrückt ein Stöhnen. Grotesk, wie die Gedanken einen permanent unter Strom setzen. Warum zum Teufel denkt sie jetzt an die Kanzlei?

Sei nachsichtig mit dir, flüstert Nikolais Stimme in ihrem Kopf. Eigentlich ist er ein einfühlsamer Yogalehrer und unglaublich beweglich. Ob er wohl aus einer kaukasischen Zirkusfamilie stammt? Okay, seine Küchenpsychologie nervt genau wie bei Marco im Engadin, aus Après Ski ist Après Dinner plus geworden … dann der Paukenschlag an ihrem Geburtstag, nächsten Samstag ist es genau zwei Jahre her: Rien ne va plus!

Pling. Ausgerechnet jetzt die Zimbel?

Pling. Bei *Rien ne va plus*?

Pling.

Fertig. Die fünfundvierzig Minuten sind um und jetzt ist sie echt enttäuscht, dass es vorbei ist. Sie öffnet die Augen, nur um sie gleich wieder zu schließen. Sie will noch nicht aufstehen.

Während die anderen den Raum verlassen, bleibt Karoline trotzig sitzen. Dann spürt sie eine leichte Berührung an der Schulter und zuckt zusammen. »*Uffa*, verdammt, Nikolai!«

»Alles okay, Karoline?«, fragt er mit Unschuldsmiene.

»Ja!!!«, schleudert sie ihm entgegen. »Es gibt Frühstück, ich weiß, komm ja gleich.«

Ohne ein weiteres Wort schleicht er sich davon. Hat er sicher gut gemeint. Ob er wohl denkt, dass sie Hilfe braucht? Da kennt er sie aber schlecht, niemand glaubt das. Außer vielleicht Bastian. Na ja, und Maria. Und ganz sicher Freddy, weil sie nicht schon längst im Parteivorstand sitzt … sie beißt sich auf die Unterlippe. Genau genommen also alle, die sie besser kennen.

In plötzlicher Eile verlässt sie den Meditationsraum. Draußen wird sie von der grandiosen Aussicht geblendet, sie kneift die Augen zusammen, um sie ganz langsam wieder zu öffnen. Wälder und Wiesen, Hügel, Höfe und im Hintergrund schroffe Bergformationen. Die Idylle ist unerträglich schön.

Bevor sie sich am üppigen Buffet anstellt, besorgt sich Karoline eine Stille-Plakette und steckt sie sich an ihre Jacke. Jetzt bloß keine Konversation. Sie nimmt ihre Müslischale, setzt sich auf eine alleinstehende Holzbank und blickt in die Ferne. Voller Genuss saugt sie die kühle Bergluft in sich ein, fein gewürzt vom Kuhstall gleich nebenan. Das Leben könnte so schön sein, sogar hier und jetzt. Abbrechen kann sie ja immer noch.

Zwei Stunden später ist sie abgereist.

2

Alex zittert voller Vorfreude. Es ist noch nicht zu Ende. Der erotische Groove dringt unaufhaltsam in jede seiner Zellen, süßlicher Duft hüllt ihn ein wie ein seidiges Gewand. Es stimmt, was man hinter vorgehaltener Hand über die Zeit nach dem Ritual munkelt. Alles prickelt. Auch um ihn herum flimmert alles und vibriert. Sanfte Schatten tanzen im Kerzenlicht. Wenn nur noch sein nerviger Kopf …

Er nimmt einen tiefen Atemzug und zieht das Kissen fest unter seinen Hintern. Martina rutscht ihm immer wieder weg. Mit einer kräftigen Umarmung zieht er sie ganz auf seinen Schoß. Ja, genau, so ist es gut. Ihr nackter Körper fühlt sich üppig an. Und so warm. Wie sie sich bereitwillig an ihn schmiegt. Er seufzt. Sie kichert, aber er lässt sich nicht irritieren, diesen Moment muss er genießen. Wer weiß, wie lange … Gedanken sind echt fiese kleine Monster! Warum ist ihm das noch nie so krass aufgefallen? Da hilft nur eins. Sanft wiegt er sein Becken hin und her und spürt noch deutlicher die feuchte Hitze ihrer Mitte. Wann immer er sein Becken ganz leicht gegen ihres bewegt, kommt mit leichter Verzögerung ihre Antwort, so als sagte ihr Körper unwillkürlich Ja. Ja!

Wieder entweicht ihm ein Seufzer. Diesmal kichert sie nicht, aber er ist trotzdem aus dem Rhythmus.

Es braucht eine Weile, bis sich Bewegung und Atem wieder angleichen. Genau wie sie es gelernt haben. Das ist besser als jede Droge, nur noch spüren und sanft schaukeln, wie auf einem kleinen See, ihr Atem bestimmt den Takt. Dann … Wow! Es fühlt sich an, als wenn er in ihr drin wäre, ein einziger Körper. Sanft wie das Klavier, dessen zarte Klänge ihn davontragen. Keith Jarrett?

Warum hat Karina sie davor gewarnt, nach dem Ritual zusammenzubleiben? Voll daneben! Strenge passt doch gar nicht zu ihr und schon gar nicht zum Tantra. Und was für eine Verschwendung, Energie, die sich über Stunden aufgebaut hat, nicht weiter zu genießen! Eine Sünde! Zum Glück ließ Martina sich davon ebenso wenig beeindrucken wie er. Sie ist genauso heiß. Sex. Er will Sex. Sie will Sex. Wie lange hat er sich danach gesehnt?

Mit jedem Ausatmen lässt sie ein leises Seufzen vernehmen. Es steigt tief aus ihr hervor wie Blasen aus einem unberührten Teich. Kein Kichern mehr, nur pure Lust. Ihre Laute berühren ihn noch tiefer als ihr Körper, sie fahren direkt in ihn hinein und lassen ihn von innen her anschwellen. Aus dem Seufzen wird Stöhnen. Oh, ja. JA! Verdammt, JA!!!

Plötzlich rückt Martina ein Stück ab und schaut ihn fragend an, sagt aber nichts. Alex erwidert zögernd ihren Blick. Sie wirkt irgendwie undurchdringlich. Was will sie bloß? Bitte jetzt nicht sprechen! Bitte nicht!

»Bist du eigentlich solo?«

Ihm stockt der Atem. Sie stellt die Frage, als erkundige sie sich nach dem Busfahrplan. Mit einem Ruck weicht er noch weiter zurück.

»Sorry, ist vielleicht kein guter Moment … aber ich dachte nur … bevor wir hier weitermachen …«

»… müssen wir erst mal unseren Beziehungsstatus klären. Schon klar. Vollkommen korrekt.« Alex versucht, es humorvoll klingen zu lassen, aber er findet die Frage wirklich nicht lustig. In so einem Moment! Ist Frauen eigentlich gar nichts heilig? Was zum Teufel soll er darauf antworten?

Angsthase! Er hätte das Thema längst anschneiden müssen. Aber andererseits … Er holt tief Luft, doch sie kommt ihm zuvor. »Also … was mich betrifft … ich bin solo und habe keinerlei Ambitionen, mich auf irgendwas anderes einzulassen. Ich sage das lieber, bevor du vielleicht …« Ihr Satz endet irgendwo im Nirvana.

»Überhaupt kein Problem. Danke, dass du das gesagt hast.« Er versucht ein Lächeln, was sie aber nicht erwidert. Wartet sie noch auf etwas?

»Und du? Wie siehts denn bei dir aus?«, fragt sie mit ihrer tiefen Cellostimme.

Verdammte Axt, so leicht kommt er also nicht davon. »Ich … ähem … also, ich befinde mich … also, ich meine …« Seine Zunge klebt an seinem Gaumen wie Trockeneis.

Martina lacht. »Ich sehe schon, Treffer, versenkt. Okay, geht mich auch nichts an.«

»Kleine Miss Marple, hm?«

»Was den Sexappeal angeht, ganz sicher!«, schnurrt Martina.

Ihr Humor gefällt ihm. »Nun übertreib mal nicht.« Er grinst. »Also, ich muss jetzt keine Biografie-Arbeit absolvieren? Super! Jedenfalls weiß sie, dass ich hier bin. Wir lassen uns frei.« Was redet er denn da für einen Scheiß? *Wenn mir jetzt der Himmel auf den Kopf fällt, habe ich es verdient.*

Martina blinzelt schräg von der Seite. »Aha! Ihr lasst euch also frei! Hm …« Alex schnappt nach Luft.

Aber bevor er etwas herausbringt, fährt sie ungerührt fort: »Lass gut sein. Ist nicht mein Problem. Okay? Ich will nur sicherstellen, dass wir uns nicht gleich verloben müssen, wenn wir jetzt miteinander schlafen. Klar?«

»Alles klar.« Er fühlt sich ertappt, erleichtert, ist von ihrer Lässigkeit beeindruckt. Hat sie gesagt … miteinander schlafen? Hat sie! Ob er wohl noch weiß, wie das geht? Ist immerhin schon ein Weilchen her …

Wenn es das nur wäre. Das mulmige Gefühl kommt von ganz woanders. Verdammt, es gibt Kräfte stärker als jede Vernunft. Und als Simone. Er wird seinem hässlichen kleinen schlechten Gewissen nicht erlauben, ihm das hier zu vermasseln. Warum auch, hätte niemand etwas davon.

Martina rückt wieder näher an ihn heran, fährt mit ihrem Zeigefinger sanft über seine Lippen und fängt an, ihn zu küssen, erst ganz leicht auf die Lippen, aber bald schon schiebt sie ihre Zunge frech und kraftvoll in seinen Mund. Er spürt die Wirkung unmittelbar in seinem Schwanz.

Wow. Sie meint es echt ernst. Die zitternde Vorfreude ist zurück und Erregung breitet sich aus. Bei dieser Frau muss er nichts zurückhalten. Endlich. Lippen und Zungen tanzend miteinander vereint, kippen sie zusammen zur Seite. Ihr Körper reibt sich lasziv an seinem, sie wälzen sich hin und her, immer lauter stöhnend lassen beide ihre Leidenschaft auflodern.

Dann hält sie plötzlich wieder inne. »Mach mal langsam!«, haucht sie ihm ins Ohr.

Inzwischen kennt er das schon, das Ziehen in den Lenden wird dabei noch stärker. Sie lässt ihm keine Chance, allein davonzubrausen. Hauptsache es geht weiter, und das tut es! Sie gibt den Rhythmus vor, übernimmt die Führung. Als Frau! Aber soll sie doch, es ist geil. Immer wieder führt sie ihn mitten hinein in ihre wilde Lust, aber viel mehr noch in endlose Augenblicke überraschender Stille.

In diesen ruhigen Phasen kommen die Gedanken. Er hat sowas noch nie erlebt, eine Frau, die nicht ewig Zeit braucht, um in Stimmung zu kommen, die nicht darauf wartet, ausgiebig verwöhnt zu werden, um dann … vielleicht … es ist wie in einem Traum. Hingabe pur, reiner Genuss. Er muss seine Impulse nicht kontrollieren. Sie bremst ihn, wenn es zu viel wird. Er muss sich kein bisschen um sie kümmern. Das kann nicht wahr sein.

»Wo bist du gerade?«, hört er plötzlich Martinas Stimme. Wie fremd sie klingt. »Hm. Ich dachte gerade daran … dass ich … voll darauf abfahre, dass du … ach, komm, lass uns nicht reden …« Er rollt sich über sie und küsst sie direkt auf den Mund, dann bedeckt er ihren Nacken, ihre Brüste und ihren Bauch mit neckenden Küssen und – ganz langsam – nähert er sich ihrer komplett rasierten, feucht schimmernden Muschi.

Martina kichert und windet sich unter ihm hervor. »Ich besorg mal ein Gummi, okay? Oder hast du eins hier?«

Stunden später liegt Alex hellwach auf dem improvisierten Nachtlager und starrt die Decke an. Die Dämmerung taucht den Gruppenraum in ein milchig-graues Licht, der Morgen rückt unausweichlich näher. Wäre der süße Traum doch niemals zu Ende gegangen! Schlafen kann er schon lange nicht mehr. Düstere Gedanken jagen durch sein Hirn und zerstören jeden Rest lustvoller Erinnerung. Und wenn sie nicht miteinander geschlafen hätten? Verdammt, was macht das schon für einen Unterschied!

Wenn man den Lauf der Zeit doch nur umkehren könnte. Eine märchenhafte Begegnung aus 1001 Nacht … läge noch vor ihm! Wilde Lust, quälend langsam innehalten … hat er das wirklich erlebt? *Mon Dieu*, Geschichten aus 1001 Nacht werden doch nur ersonnen, um die Menschheit zu trösten, längst aus dem Paradies unschuldiger Erotik vertrieben. Der Trost wird von Generation zu Generation weitergereicht, aber er ist nie von Dauer. Bei ihm schon gar nicht.

Verstohlen blickt er zur Seite: Er hat nicht geträumt. Der Beweis liegt direkt neben ihm und schläft tief und fest. Ihr können die Gedankenmonster offensichtlich nichts anhaben. Seit Stunden kämpft er gegen die inneren Quälgeister, späht immer wieder sehnsüchtig auf die edel geschwungenen Linien des weiblichen Körpers, die sich unter der dünnen Bettdecke zu seiner Linken abzeichnen. Und auf ihren breiten, sinnlichen Mund, von dem er ausgiebig hat kosten dürfen. Was für Küsse! Ein Wechselspiel von zartem Erkunden und Leidenschaft.

Zu Hause wirst du dein blaues Wunder erleben, brummt es in seinem Schädel. Er legt eine Hand auf die Stirn, aber das scheint niemanden da oben zu beeindrucken.

Neben ihm schnorchelt Martina weiter vor sich hin, als nuckelte sie an ihren Traumbildern wie ein Baby an Mamas Busen. Warum können Abenteuer wie diese nicht Alltag sein? Ist er ein Träumer? *Ihr aber seht und sagt: Warum? Aber ich träume und sage: Warum nicht?* Verdammt, er liebt Träumer wie Georg Bernhard Shaw. Niemals wird er einer trostlos nüchternen Sicht auf die menschliche Existenz beipflichten. Könnte Gott – wenn es ihn überhaupt gäbe – so grausam sein, seine Geschöpfe immer wieder von himmlischer Ekstase kosten zu lassen, um sie sogleich wieder aus dem Paradies zu vertreiben? Ekstatische Lust als Irrlicht im grauen Alltag menschlicher Existenz? Ein wahrhaft teuflischer Irrglaube, der größte Fehler der Menschheit. Ihre wahre Ursünde!

Er hat sie allerdings schon oft genug erlebt, die bittere Vertreibung aus dem Paradies. Und wer weiß, vielleicht steht sie ihm heute wieder bevor. Simone … nein, nicht daran denken!

Geraschel von der anderen Seite des Gruppenraumes. Alex späht hinüber, kann aber nichts erkennen. Da kichert jemand. Dann geht es in mühsam gedämpftes Stöhnen über. Ah, Chris und Jenny, das andere Paar, das auch im Gruppenraum logiert, im Tempel, wie man hier sagt. Unterdrückte Lustgeräusche haben in dieser Nacht schon einige Male den Weg in sein Ohr gefunden.

Gut gemeint, ihre Rücksicht, aber Sexgeräusche wird er niemals überhören können. Auch nicht überhören wollen, selbst wenn sie ihm gänzlich den Schlaf rauben. Die Hitze seiner Erregung ist die ganze Nacht nicht abgekühlt, sie fühlt sich an wie ein Schwelbrand, jederzeit bereit, wieder aufzulodern. Wann immer das andere Paar erneut losgelegt hat, hätte er sich am liebsten wieder an Martina geschmiegt. Leider schlief diese Frau an seiner Seite tief und fest. Gegen drei Uhr hat sie ihm unmissverständlich klargemacht, dass sie jetzt schlafen will und er die Finger von ihr lässt.

Noch nie hat er eine Frau erlebt, deren Körper so klar signalisiert, nach was ihr gerade gelüstet. Er ist nicht gekommen, aber der Druck hat irgendwann wieder nachgelassen. Erstaunlich, total neu. Sowas hat er bisher nur gelesen. Bei ihr ist er sich nicht so sicher. Wenn sie gekommen ist, dann sicher mehr als einmal. Unglaublich, wie sie sich in den Wellen ozeanischer Lust hat treiben lassen. Irgendwann wäre er wohl in seinen gewohnten Rhythmus verfallen, wenn sie ihn nicht immer wieder gestoppt hätte. Danke, Martina!

Obwohl. Nach einem Orgasmus wäre er sicher besser eingeschlafen. Mitten in der Nacht hätte er es sich fast selbst gemacht.

Prickelnde Erinnerungen strömen auf ihn ein und lassen seinen Kleinen nicht unbeeindruckt, sein frecher Gernegroß meldet ungestüme Lebenslust. Soll er! Ist weitaus angenehmer als die Plagegeister da oben! Du hast noch einiges zu lernen, mein Lieber, wendet sich Alex an seinen intimen Freund. Wir sind im Tantra! Verzögerter Genuss ist doppelte Freude! Sein Schwanz zuckt, als wolle er widersprechen: Endloser Genuss, Mann? Niemals! Nicht mit mir.

Alex lacht leise in sich hinein. Heute Abend, versprochen!

Die unangenehme Spannung in den Hoden lässt sofort nach.

Sein Blick wandert wieder zu Martina. Sie liegt da wie hingegossen. Ist das die Frau, die ihn vor wenigen Stunden in ungeahnte Dimensionen der Lust eingeweiht hat? Er fühlt sich immer unwohler in seiner Haut, ist verschwitzt und fröstelt. Er wird bald aufstehen.

Manchmal in der Nacht hat er Simone vor sich gesehen, obwohl ihre Augen blau und nicht braun sind. Eigentlich ähneln sich die beiden überhaupt nicht. Simone ist extrem schlank, fast drahtig. Martina hingegen verströmt Sinnlichkeit mit jeder Zelle ihres Körpers. Warum hat er ihr nicht von Simone erzählt? Wahrscheinlich wäre es ihr ziemlich egal. Ob er wohl jemals damit aufhören wird, Versteck zu spielen?

Verdammt, warum ist sie auch nicht mitgekommen? Alex blickt wieder rüber zu Martina und es versetzt ihm einen Stich. Er muss hier weg. Plötzlich murmelt sie etwas vor sich hin und er schält sich entschlossen aus der kratzenden Decke. Hinten wieder das Kichern der beiden Turteltäubchen, scheinen sich bestens zu amüsieren, die zwei, aber er mag sich das nicht länger anhören. Besser mit einer kalten Dusche einen klaren Kopf verschaffen. Reflexartig steckt er seine Nase zwischen seine Achseln – würziger Duft nach intensivem Sex steigt ihm in die Nase. Von ihr oder von ihm? Er nimmt seine Kleider, stiehlt sich aus dem Gruppenraum in den Flur und von dort in die nahegelegene Gemeinschaftsdusche. Sechs Duschen nebeneinander in einem offenen, durchgehend gefliesten Raum, wie geschaffen für erotische Wasserspiele. Aber nicht jetzt!

Zum Glück ist er allein, ist ja auch noch früh. Während das Wasser auf ihn niederprasselt, klären sich seine Gedanken und die Müdigkeit fließt langsam von ihm ab. Er muss, nein, er wird sich endlich dem Konflikt mit Simone stellen. Am liebsten würde er den ganzen beschissenen Ballast aus Heimlichkeit und Halbherzigkeit einfach abspülen.

»Lässt du mich mit drunter?«

Alex zuckt zusammen. Er hat nicht bemerkt, dass Martina den Duschraum betreten hat und fühlt sich ertappt.

»Oder willst du lieber alleine …«

»Nein, ich meine, Ja! Du kannst gerne mit drunter kommen.«

Fröhlich legt sie ihren knallbunten, handgefärbten Lunghi ab, den sie sich um ihren Venuskörper geschlungen hat, tritt unter den vollen Wasserstrahl und fängt an, wohlig zu jauchzen. »Es geht nichts über eine satte, warme Dusche nach einer tantrischen Liebesnacht. Magst du mich einseifen?« Sie hält ihm eine kleine Flasche hin.

Alex zögert einen Augenblick zu lang, sie tritt zur Seite und beginnt selbst, das nach Pfirsich duftende Duschgel über ihren Körper zu verteilen. Er kann kaum die Augen von ihr abwenden. Wie sie ihre vollen Brüste ohne jede Scheu einseift, sich über den Rücken und dann über den etwas molligen Bauch fährt, die kräftigen Beine hinunter und hinauf und immer wieder zwischen die Beine … Wie ferngesteuert finden seine Hände ihren Körper und fahren die glitschigen Konturen ab. Martina stöhnt in sinnlicher Freude. Sie zieht ihn an sich heran, ihre Körper gleiten aneinander und umeinander.

Doch dann windet er sich langsam aus der seifigen Umarmung, schaudert, als ob er fröre. Warum? Noch vor wenigen Stunden haben sie miteinander geschlafen. Aber jetzt … ihr grandioses Selbstbewusstsein befremdet ihn.

Sorgfältig spült er das Gel von seinem Körper. Als Martina erneut nach ihm greift, entzieht er sich. Sie zuckt mit den Achseln und wendet sich wieder ihrem eigenen Körper zu.

Unvermittelt kommt ihm die Duschszene aus Carstens Roman in den Sinn, eine ironische Anspielung auf Hitchcock, nur mit vertauschten Rollen. Frau überrascht Lover unter der Dusche, trachtet ihm aber nicht nach dem Leben, sondern nach seinem Zauberstab. Dann lässt sie sich im Stehen von ihm vögeln, so normal wie Haare waschen. Die Szene ist lustig, wenn auch etwas platt, da müssen sie noch dran feilen. Aber der Roman ist ziemlich abgefahren. Ein Tempel, in dem erotische Träume zum Leben erweckt werden. Wenn das nur so einfach wäre!

»Ist was, Alex?«, reißt ihn Martina aus seinen Gedanken. »Du wirkst so abweisend. Bereust du unsere Nacht? Oder ist es der Stress, der dir jetzt bevorsteht?« Dabei lächelt sie, als könne sie kein Wässerchen trüben.

Diese Schlange! Können eigentlich alle Frauen Gedanken lesen? »Ist leider etwas dran.«

»Schade, ich hätte unser Tête-à-Tête gern noch etwas ausklingen lassen. Aber gut … ich werde es überleben!« Sie drückt ihm einen Kuss auf die Wange.

Reflexartig zieht er seinen Kopf zur Seite. Hat sie nicht gesagt, dass sie nichts weiter von ihm will? Frauen!

»Schon gut, habs verstanden.« Damit verzieht sie sich unter eine eigene Dusche.

Alex schnappt sich das erstbeste Handtuch und trocknet sich hastig ab. »Wir sehen uns später!«, murmelt er im Hinausgehen und rutscht fast aus, bevor er endlich raus ist aus dem Badezimmer. Er schnappt sich seine restlichen Klamotten aus dem Gruppenraum und huscht in sein Zimmer. Seine Zimmerkollegen müssen bemerkt haben, dass er die Nacht anderweitig verbracht hat, aber als er das Viererzimmer betritt, tun sie so, als sähen sie ihn nicht, obwohl sie sicher wach sind. Danke. Männer können wunderbar diskret sein. Komisch, es macht ihn traurig.

Er kriecht in sein Bett und zieht sich die Decke über den Kopf. Die Trauer kriecht bitter in ihm hoch, aber er reißt sich zusammen, nicht hier und nicht jetzt. War doch eine abgefahrene Begegnung heute Nacht, viel mehr, als er sich hätte träumen lassen. Warum fühlt er sich jetzt so beschissen? So einsam? Es schnürt ihm alles zu.

Aus dem Bett gegenüber springt splitternackt plötzlich Manne und fängt an – jetzt gar nicht mehr diskret – vor sich hin zu pfeifen. *Don't worry, be happy*. Oh, nein! Wenn der Typ nicht gleich damit aufhört … »Könntest du bitte woanders herumträllern?«, fährt Alex ihn mit mühsam gedämpfter Stimme an.

»Kein Problem!« Wenige Sekunden später ist Manne draußen.

Zuerst genießt Alex die wieder eingekehrte Ruhe, dann überrollt ihn abgrundtiefe Sehnsucht. Sehnsucht nach Simone! Warum ist Tantra für sie so ein rotes Tuch? Weil es da nur um den kurzen sexuellen Kick geht. Unter lauter Fremden rummachen? Nicht mit mir, echot ihre Stimme dumpf durch seinen Schädel. *Ob sie es sich anders überlegt, wenn ich mit offenen Karten spiele?* Sie hat ein großes Herz, kein Zweifel. Sie muss sich einfach nur mehr mit ihrem Sex anfreunden. Ha! Einfach! Die Wut und die Verachtung in ihrer Stimme tun weh, er könnte schreien und beißt in sein Kissen. Dabei würde er sich am liebsten einfach in ihre Arme kuscheln. Scheiß Sex. Darum geht es doch gar nicht. Jedenfalls nicht immer.

Schon bevor er das Vibrieren so recht bemerkt, zuckt er zusammen. Er fischt sein Smartphone aus der Tasche und … oh nein, eine Benachrichtigung per SMS. Fünfmal hat sie versucht ihn anzurufen. Aber keine Nachricht hinterlassen. Sein Puls schnellt nach oben. Er kann jetzt unmöglich zurückrufen. Oh Mann, ist er gestört! Erst geht er fremd, obwohl sie das höllisch verletzt, und dann will er auch noch von ihr getröstet werden. Wie bescheuert ist das denn?

Der Abschluss des Workshops läuft weitgehend an ihm vorbei. Die Meditation hat er geschwänzt, vom Abschlusskreis bekommt er nur Bruchstücke mit. Allen anderen scheint es blendend zu gehen. Martina verkündet, sie habe den Spieß umgedreht und sich genommen, was sie wollte, ohne es einem Mann recht machen zu müssen. Besonders glücklich klingt sie allerdings nicht. Alex fühlt sich daran nicht ganz unschuldig.

Als er an der Reihe ist, fällt ihm nichts Besseres ein, als von einer neuen Erfahrung in der Verbindung von Sex und Herz zu faseln, jetzt gehe es darum, das zu Hause umzusetzen. Nichts als heiße Luft, hoffentlich hat das keiner bemerkt. Scheiße!

Noch vor eins sitzt er im Auto und braust davon. Vor den Abschiedsumarmungen ist er kurzerhand geflohen. Nicht einmal von Martina hat er sich verabschiedet, voll daneben. Er wird ihr eine E-Mail schreiben und sich entschuldigen.

Kaum dem Seminarhaus und der unerträglichen dörflichen Idylle entkommen, dreht Alex das Radio auf, aber kein Sender findet seinen Gefallen. Schließlich bleibt er beim Klassikradio hängen, besser dieses Gedudel als das der inneren Plagegeister. Langsam wird er ruhiger.

Auf halbem Wege Richtung Freiburg steigt seine Nervosität wieder an. Fast brettert er an der Überleitung zur A5 vorbei, obwohl er die Strecke bestens kennt. Heiß ist es auch noch, die Sonne knallt unerbittlich und das im April! Er schaltet die Klimaanlage ein. Was wird ihn erwarten? Ob sie etwas ahnt? Er fühlt sich wie Sokrates, das Nudelholz seiner Xanthippe vor Augen. *Ha, Sokrates, wie bescheiden ich doch bin!* Aber … wieso hat sich dieser Weiseste unter den Weisen eigentlich nicht von seiner Gemahlin getrennt? Wenn er doch so weise war? Die ewig gleiche Baustelle, seit Jahrtausenden!

Die Fahrbahn verengt sich, Baustelle. Vor ihm gerät ein dicker weißer Sprinter immer wieder aus der Spur. Spinnt der? Nach mehreren Versuchen gibt Alex den Versuch auf, an ihm vorbeizukommen. Ist ja auch egal. Zum Glück ist wenig los und es sind kaum Lastwagen unterwegs. Von hinten drängelt ein BMW, macht pausenlos Lichthupe. Pass bloß auf, schreit Alex ihn an. Aber der Vollpfosten hört ihn natürlich nicht.

Fuck, er muss selbst aufpassen! Seine Gefühle fahren immer mehr Achterbahn und kippen von Euphorie, weil sich nun endlich etwas tut, in lähmende Angst. Wie ein hilfloses kleines Baby, allein in seinem Bettchen. Finn fällt ihm ein, der als Baby oft geschrien hat wie am Spieß. Wie überfordert er als Papa war und heilfroh, wenn Heike kam und übernahm. Am liebsten hätte er sich dann aus dem Staub gemacht. Zum Henker, er *hat* sich regelmäßig aus dem Staub gemacht, keinen Deut besser als sein eigener Vater, der allseits beliebte Herr Professor. Doch, ein bisschen schon! Er liebt Finn.

Das Telefon klingelt, aber er geht nicht dran. Kurz darauf eine SMS. Dann noch eine. Er muss gar nicht draufschauen, tut es aber doch. Die letzte ist gar nicht von ihr, sondern von seiner Mutter. Fühlt sich fast an wie eine Erleichterung.

Sollte er besser einen Zwischenstopp einlegen, bevor er Simone unter die Augen tritt? Marcel liegt auf dem Weg und kennt sich aus mit Frauen. Oder genauer gesagt mit Sex. Eine Lösung hat er allerdings meist auch nicht.

Rechts zieht der Europapark vorbei, noch vierzig Kilometer. Vorbei die Zeiten, als er mit Finn den Silverstar eroberte. Achterbahn geht jetzt anders. Shit, fast gerät er auf den Standstreifen! Er verwirft die Idee, bei Marcel vorbeizuschauen, seine Nerven zerren an ihm wie ein quengelndes Kind. Hat sich Finn auch so gefühlt, damals mit vier? Hat er gemerkt, dass es aus war zwischen seinen Eltern? Wahrscheinlich längst bevor Heike ihm eröffnet hat, dass sein Papa ausziehen würde. Muss schrecklich gewesen sein.

Alex beißt sich auf die Lippen. *Verdammt, ich bin 43, ich bin kein Kind mehr.* Er nimmt die Ausfahrt Richtung Freiburg-Stadtmitte und sein Puls rast durch die Decke. Er ist ein Angsthase, Simone hat vollkommen recht.

3

Mit einem tiefen Atemzug schließt Karoline die Haustür hinter den Gästen, die sich gerade verabschiedet haben. War echt nett, *piacevole*, aber auch anstrengend. Jetzt kann der gemütliche Teil beginnen. Maria, Bastian und Freddy sitzen noch am Esstisch, der mit Resten von Antipasti und leeren Gläsern übersät ist. »Wollen wir uns nicht lieber aufs Sofa rüber setzen?«

Maria nickt zustimmend. Doch Freddy ist noch in das Thema vertieft, über das sie zuletzt gesprochen haben. »Sag du was, Bastian! Wir brauchen doch mehr Frauen in der Politik, oder etwa nicht? Erkläre das bitte deiner Schwester! Die hat echt das Zeug dazu. Oder seid ihr jetzt alle auf dem Esotrip?«

Karoline verdreht die Augen. »Freddy, du solltest vielleicht auch mal ein Retreat ausprobieren. Vielleicht würdest du mich dann besser verstehen …« Sie greift nach ihrem leeren Sektglas. Bastian reicht ihr die Flasche und sie schenkt sich nach.

»Du hast doch selbst nicht mal ein Wochenende durchgehalten. Was soll ich denn ...«

»Hast recht. Obwohl, du hättest sicher kein Problem mit einem Womanizer als Yogalehrer. Im Gegenteil, du wärst froh, dir etwas abgucken zu können.« Eigentlich hat sie Freddy unbedingt mit der Geschichte vom *Grünen Tantra* hochnehmen wollen, aber ist wohl kein so guter Zeitpunkt. »Und außerdem, Schweigen ist manchmal wertvoller als … Männer schweigen, wenn sie reden sollten, und reden, wenn sie … vor allem in der Politik, ach, was rede ich denn.«

»Lass mal, Karo, die Frage ging ja an mich«, schaltet sich Bastian ein. »Da fragst du nämlich genau den richtigen, Freddy! Also wenn du mich fragst …«

»Genau das tue ich«, bestätigt Freddy milde lächelnd mit seinem raumfüllenden Bass.

»Also, in der Politik findet man heutzutage erstens Profilneurotiker, zweitens Narzissten und drittens Psychopathen. Männer, die ihre Selbstwertproblematik und Machtgelüste als Charisma tarnen und permanent auf Beutezug sind. Die Beute heißt Aufmerksamkeit, Umfragewerte und Wählerstimmen.« Bastian schaut sich triumphierend um, als hätte er sich selbst gerade zur Wahl gestellt und gewonnen.

»Wow, Bruderherz! Das ist mal eine klare Ansage.« Sie zwinkert Bastian zu und hebt den rechten Daumen. »Vielleicht sollten die alle mal zum Psychocheck bei dir vorbeikommen. So eine Art TÜV für Politiker; wäre dringend nötig.«

Freddy gibt sich tief beeindruckt. »Du hast noch vergessen, die Sexisten zu erwähnen, Bastian. Eben deswegen brauchen wir ja die Frauen!«

Karoline verzieht das Gesicht. War ja klar, Freddy kann man nicht so leicht aus der Bahn werfen, schon gar nicht, wenn es um Politik oder um Frauen geht, und hier geht es um beides! Wenn sie ihn nicht schon so lange kennen würde …

»Wenn ich nur einem einzigen Mann dazu verhelfen dürfte, für einen Tag – nur mal für einen Tag! – in die Rolle einer Frau zu schlüpfen«, wendet sich Maria an Freddy, »du ständest ganz oben auf meiner Liste!«

Freddy setzt sein breitestes Grinsen auf und Karoline weiß schon, was jetzt kommt.

»Maria, das hast du jetzt aber wirklich sehr lieb gesagt.« In übertrieben sanftem Tonfall haucht er in deren Richtung: »Würde es denn etwas für dich ändern, meine Liebe, wenn ich eine Frau wäre? Ich meine, charakterlich wäre ich ja immer noch ein Vollidiot, oder? Sorry, es muss *Idiotin* heißen. Wie unachtsam von mir.« Sein Lächeln hängt windschief in seinem kantigen Gesicht.

»Ich will ihn von seinem Sexismus befreien und er versteht das als Anmache. Unglaublich!« Maria stöhnt und greift in gespielter

Verzweiflung in ihre langen Haare, um deren pechschwarze Farbe Karoline sie schon immer beneidet hat.

»So isser, der Freddy.« Karoline und ihr Bruder lachen.

Freddy zieht eine buschige Augenbraue hoch und stimmt dann lauthals mit ein. Er lacht gerne auch über sich selbst, das muss man ihm lassen. Aber Maria und Freddy, das ist wie Hund und Katz, jedes Jahr das Gleiche … gehört einfach zum Geburtstag dazu wie der toskanische Wein. Sie schaut sich um.

»Super«, feixt Freddy weiter und reibt sich die Hände. »Wie in den Gründungstagen unserer heißgeliebten Partei. Als wir noch gar keine waren. Ich lach mir einen ab. Wenn frau keine Argumente mehr hatte, spielte sie die Sexismuskarte. Ihr hättet das erleben sollen. Wir Männer haben immer nur Sex gehört, wir wussten ja gar nicht, was mit Sexismus gemeint war.«

Jetzt lacht auch Maria. »Kann ich mir lebhaft vorstellen, ihr Spacken.«

»Heißt das, du kannst heute Sexismus von Sex unterscheiden, Freddy? Das wäre ja wunderbar«, säuselt Karoline. »Und das in deinem fortgeschrittenen Alter!«

Maria wirft ihr eine Kusshand zu. »Treffer, versenkt, Liebes. Ich glaube, die brauchen wirklich eine wie dich!«

»Fängst du jetzt auch noch damit an?«, erkundigt sich Karoline genervt.

»Weil du dich mit Sexismus allemal besser auskennst als solche Typen da!« Maria richtet ihren grazilen Zeigefinger direkt auf Freddy.

»Weil ich mich mehr für Sexismus interessiere als für Sex, das meinst du doch, oder?«, gibt Karoline pikiert zurück. Es sollte lustig klingen, aber mit dieser Bemerkung trifft sie sich selbst an ihrem wundesten Punkt. Rasch schließt sie die Augen.

Maria hat es leider nicht mitgekriegt, wie auch? Sie frotzelt lustig weiter. »Weil du damals nicht auf jede verrückte Lesbenparty mitkommen wolltest? Ach was, in dir schlummert ein Vamp! Wirst schon noch sehen.«

»Eben, er schlummert. Und ich weiß immer noch nicht, wo eigentlich.« Und ob sie ihn überhaupt zum Leben erwecken will, ist auch alles andere als gewiss.

»Maria hat recht, Karoline, ich habe es dir schon öfters gesagt, du hast es überhaupt nicht nötig, deine Attraktivität zu verstecken. Lass doch die alten Dämonen ...«

»Pssst!«, bringt Maria Freddy zum Schweigen. Danke Maria! Sie hat doch etwas bemerkt.

»Ihr liebt euch immer noch, ihr beiden. Zu schade, ihr seid so ein wunderbares Paar!«, wirft Bastian feinsinnig in die Runde.

Karoline tut so, als sei sie irritiert. »Wer jetzt? Freddy und ...«

»Nein, um Himmels willen. Wie kommst du jetzt auf Freddy ... nein, du und Maria natürlich«, stellt Bastian klar.

Karoline spürt, wie ihr heiß wird. Sie blickt zu Boden.

»Als ob das natürlich wäre ...«, stichelt Freddy lachend.

Sofort wandert Karolines Blick flehend zur Decke. Freddy! Bei dem Typen weiß man nie, ob seine Kalauer nicht doch irgendwie ernst gemeint sind.

»Sorry, war ein Scherz!«, rudert Freddy zurück. Immerhin.

»Das behaupten sie dann immer«, bemerkt Maria lakonisch.

»Aber hast du nicht neulich selbst gesagt, dass du, ich meine, dass du ...« Freddy kommt tatsächlich ins Stottern. Per Fortuna.

Aber dann spricht sie es selbst aus: »dass ich mir eine ganz normale Familie wünsche, mit einem ganz normalen Mann, ganz normalen Kindern in einem ganz normalen Reihenhaus? Ja, Freddy, das habe ich gesagt, als wir leicht angeschlagen aus dem Kino kamen. Auf so ein Beziehungschaos wie bei diesem frankophilen Trio habe ich offen gestanden wirklich keine Lust.«

»Musst du ja auch nicht, Karo.« Bastian schaut auf die Uhr und steht abrupt auf. »Lass uns nochmal auf dich anstoßen. Dein Geburtstag ist nämlich gleich vorbei.«

»Apropos Kino. Ich habe neulich mal wieder *Eyes Wide Shut* gesehen. Lief im Kandel. Ich finde dieses Meisterwerk cineastischer Erotik immer noch unübertroffen ...«

»Freddy!«, rufen Maria und Bastian im Chor.

»Wirklich! Ja, Ja! Ist ja schon gut«, versucht Freddy zu beschwichtigen. Der Sekt wird nachgeschenkt, dann stehen alle vier auf und heben ihre Kelche. »Also auf dich, liebe Karoline«, beginnt Bastian. »Auf dass Amors Pfeil diese wunderbare Frau zielsicher treffen und dir … und dich … Freddy, hör auf zu gackern!«

»Gar nicht so leicht, einen genderkorrekten Trinkspruch für eine Frau auf Freiersfüßen auszubringen.« Freddy grinst breit. Auf einem Schweige-Retreat müsste man ihn mit einem Heftpflaster ruhigstellen.

Maria nimmt Karoline in den Arm. »Lass dich von den Deppen nicht irritieren. Ich weiß, dass du bald dem Mann deiner Träume begegnen wirst. Alles Gute, liebste Carol«, flüstert sie ihr ins Ohr. »Schön, dass es dich gibt!«

Sie muss weggedämmert sein. Als Karoline von ihrem verdrehten Nacken aufwacht, erinnert sie sich nur schemenhaft, dass sie irgendwann zum Sofa hinübergewechselt sind. Hat sie so tief geschlafen?

Sie reibt sich die Augen, gähnt. Ein Zipfel ihres Traumes kommt ihr in den Sinn. Sie horcht. Die anderen sind wohl fort. Wie spät ist es überhaupt? Aus der Küche hört sie klapperndes Geschirr. Mühsam erhebt sie sich und bewegt ihre müden Knochen in Richtung Theke. Bastian wirft den Lappen in die Spüle und wendet sich ihr zu.

»Braucht man unbedingt einen Mann, um glücklich zu sein?«, brummt Karoline vor sich hin. Sie zieht langsam eine Augenbraue hoch und ihr Mundwinkel zittert. Nicht nur der.

»Karo! Ich dachte schon, ich muss dir eine Decke bringen. Oder dich ins Bett schleifen.«

»Ich habe dich was gefragt!«

»Es ist spät, Karo, du solltest jetzt lieber …«

»Nein, was ich jetzt brauche, ist eine Antwort!« War jetzt etwas laut, aber was solls.

»Okay. Wie du willst. Keine Ahnung, ob *man* einen Mann braucht,« beginnt Bastian und hält inne. Er sucht ihren Blick, dann setzt er hinzu: »Aber du auf jeden Fall, Karo. Und das weißt du auch!«

Karoline sucht nach ihrem Glas. Sie greift sich irgendeines und nimmt einen Schluck Rotwein.

»Karo, meinst du nicht, dass du genug …«

Mit einer deutlichen Geste bringt sie ihn zum Schweigen und nimmt einen weiteren Schluck. Das Thema nervt gewaltig und Rechthaberei kann sie schon gar nicht ab. Sie ist die Anwältin, nicht er! Dass alles Glück der Welt von einem Mann abhängen soll … wie banal und demütigend. Erfolg im Beruf, politisch aktiv, wunderbare Freundinnen. Zählt das etwa nicht? Verdammt, sie braucht keinen Mann. Nie wieder wird sie sich verbiegen, nur um bloß nicht solo zu sein.

Ihre Gedanken wandern zu Maria. Und sie braucht auch keine Frau! »Habe ich mich jahrelang für Frauen engagiert, um am Ende wieder alles von einem Typen abhängig zu machen?« Sie spießt ein verbliebenes Artischockenherz auf und stopft es sich in den Mund.

»Komm mal runter! Wer redet davon, dass du dich abhängig machen sollst? Du sollst ihn lieben. Und dich von ihm lieben lassen, Karo!« Der hat gut reden. Wenn das so einfach wäre, hätte seine Praxis wohl kaum so krassen Zulauf.

»Mann, bist du aber klug. Sollst ihn lieben und dich nicht abhängig machen!«, äfft sie ihn nach. »Psychologisch absolut korrekt. Nichts gegen einzuwenden!« Bastian sieht sie mitleidig an, so wie man jemanden ansieht, wenn Nachhilfe auch nichts mehr bringt. »Du bist nun auch kein leuchtendes Beispiel, deine Debbie geht einfach in die USA und deine Tochter nimmt sie gleich noch mit. Ist das vielleicht unabhängige Liebe? Vergiss es, da bleib ich lieber allein.«

Seine Antwort kommt wie ein Peitschenhieb. »Du machst dir gewaltig was vor, Schwesterchen! Verdammt, ja, manchmal bricht es einem das Herz, wenn man sich einlässt. Kannst ja dein Herz gleich stilllegen! Weh tut es dann nicht mehr, da hast du recht.«

Sein Tonfall überrascht sie, er ist richtig sauer. *Hallo??* Kann ihm doch egal sein, und wenn sie ewig Single bliebe. Naja, die Anspielung auf Deborah … »Sorry, das mit Debbie war nicht so gemeint.«

»Schon gut.« Er macht eine wegwerfende Bewegung, dann starrt er sie an, als wolle er sie hypnotisieren. »Aber …« Wahnsinn! Derselbe Blick wie sein Vater.

»Was *aber*?« Sie fixiert ihn wie einen Preisboxer. Dann wendet sie sich genervt ab.

Bastian springt auf und tigert zwischen Küche und Wohnbereich hin und her. Er stolpert fast über eine Girlande, die von der Decke runtergekommen ist. »Du vergeudest die besten Jahre deines Lebens! Ich kann es nicht mehr mit ansehen, wie du Jahr für Jahr verstreichen lässt, dich ausschließlich um deine Karriere kümmerst und deine Gesichtszüge immer verkniffener werden. Da hilft auch kein Yoga! Karo, ich sehe das doch jeden Tag in meiner Praxis. Lauter Frauen, die sich von Männern frustriert zurückziehen und sich einbilden, das sei Emanzipation.« Seine Stimme wird immer schneidender. »Und wenn sie irgendwann merken, dass sie sich vor allem selbst betrügen, ist's zu spät. Alle halbwegs annehmbaren Männer im passenden Alter sind längst vergeben. Karo, wach auf, du bist gerade 39 geworden.«

Ihr bleibt die Luft weg, trotz Alkohol. »Bastian, nicht in dem Ton. Ich stehe hier nicht vor Gericht!«

»Gut so, da stehst du nämlich viel zu oft.«

Sie stöhnt. Dann nimmt sie einen weiteren Schluck Montepulciano und lässt ihn langsam die Kehle hinuntergleiten. Dieser samtige Geschmack … am liebsten würde sie ganz darin eintauchen. Erlesener Vino ist zum Glück leichter zu bekommen als eine glückliche Beziehung.

»Hör auf, dich zu betrinken, haben andere auch schon versucht, bringt nichts«, doziert Bastian. Er greift nach der Flasche, dann hält er mitten in der Bewegung inne und schaut auf das Etikett. »Monte… Der ist doch …«

»… aus dem Weinkeller der Dittmers, genau! Ja und? Habe ich mir gewünscht. Originalimport aus Bella Italia. Perfekt gelagert.«

»Unsere Eltern schenken dir … Rotwein zum Geburtstag?« Er schaut fassungslos.

Das verschafft ihr immerhin eine Atempause. Dieser Klugscheißer. Psychofuzzi! Sitzt sie hier auf der Anklagebank, weil sie keinen Mann an ihrer Seite hat? Der sie beschützt und ihr mit großer Geste die Verteidigung abnimmt? *Reg dich nicht auf, Schatz, geh schon mal ins Haus. Ich klär das hier!* Wie oft haben sie sich über solche Typen lustig gemacht!

»Du brauchst gar nicht so zu grinsen. Geschenkt oder nicht, du trinkst zu viel!«, setzt Bastian nach.

Karoline schnellt hoch, dann baut sie sich ganz langsam vor ihm auf. »Was spielst du dich eigentlich so auf? Du bist nicht mein Therapeut, verflucht nochmal. Lieber allein als mit einem Typen zusammen, der nur was zum Ficken braucht! Und auf Männer, die eine Mama suchen, steh ich schon gar nicht. Du machst mich noch ganz verrückt mit deinem Torschlussgerede. Und komme mir bloß nicht mit der biologischen Uhr …«

Bastian nickt. »Die nun mal leider nicht wegzudiskutieren ist. Was meinst du, wie oft ich das in meiner Praxis …«

Karoline stößt einen wilden Schrei aus. Scheiße, es ist nach Eins. Sie schließt die Augen und konzentriert sich auf den Atem. »Was bist du eigentlich für ein Therapeut, wenn du über deine Klientinnen herziehst, als wären sie alle verhinderte Mamis und frustrierte Emanzen?«

Endlich bekommt sie wieder Luft.

»Herzchen …« Bastian greift mit beiden Händen nach ihren Schultern und versucht ein freundliches Lächeln, was ihm gründlich misslingt. Dieser barmherzige Blick bringt sie schon wieder in Rage, aber es fehlt die Kraft, innerlich fühlt sie sich hundeelend. Lange kann sie dieser Belagerung nicht mehr standhalten.

Sie stößt seine Hände zur Seite. »Hör auf, mich so zu betatschen. Du weißt genau, dass ich diese beschissene Therapeuten-Nummer auf den Tod nicht ausstehen kann. Ich kann für mich selbst sorgen, mach dich vom Acker!«

Bastian wendet sich in Richtung Wohnzimmer und murmelt halblaut etwas vor sich hin.

Karoline zieht sich einen Barhocker unter den Hintern, stützt die Arme auf die Theke und vergräbt ihr Gesicht in den Händen. Tränen schießen ihr in die Augen, aber sie will nicht, dass Bastian das sieht. Nur noch allein sein und schlafen!

Wann ist dieser schöne Abend so entgleist? Fassungslos hockt sie da wie das heulende Elend, während Bastian mit lautem Geklapper das Geschirr zusammenräumt. Warum schämt sie sich so, sogar vor Bastian? Was hat Nikolai ihnen immer wieder eingeschärft? *Lass deine Gefühle und Gedanken einfach da sein!* Schön gesagt, Yogibär! Wahrscheinlich legt er jede Woche eine andere aus seinen Kursen flach. Hat er überhaupt eine Ahnung, wie es einer Frau wie mir geht? Einer, die nicht gleich mit jedem Yogalehrer ins Bett springt? Jahrelang ist bei ihr nichts gelaufen, gar nichts. Keine Sinnlichkeit, kein Hautkontakt, kein zärtliches Flüstern, keine innige Vertrautheit, von Leidenschaft ganz zu schweigen. Nur Mandanten, Gerichtstermine und zur Erholung endlose Debatten in AGs und MVs. Das ist doch kein Leben! Und wie zum Hohn kommt dann auch noch dieser aufgeblasene Pornoautor in die Kanzlei geschneit. Super! Jetzt darf sie zumindest all das nachlesen, was ihr fehlt. Sie schaut sich nach Bastian um und als sie ihn nicht sieht, greift sie nach dem Weinglas. Ein Glück, dass er die anderen längst hinauskomplimentiert hat, er hat mitgekriegt, was mit ihr los ist, aber warum muss er diese bescheuerte Debatte lostreten? Bloß jetzt nicht heulen! Hoffentlich geht er bald.

»Ich glaube, ich geh dann mal lieber!«

Sie dreht sich um. Er sieht immer noch sauer aus. Dann bemerkt er wohl ihre Augen. »Hey, Karo!« Er nimmt sie in den Arm, sie sträubt sich, aber nur halbherzig. Er hält sie fest und jetzt kann sie sich nicht mehr halten. Tiefe Schluchzer schütteln ihren Körper. Egal.

»Ist okay. Lass die Gefühle zu! Ich halte dich!«

Diese beschissenen, abgedroschenen Therapeuten-Floskeln! Sie stöhnt auf, aber dann lässt sie wieder los, will die Umarmung einfach genießen. Sie weint laut und heftig und es schüttelt ihren ganzen Körper, bis sie sich schließlich langsam wieder beruhigt.

»Danke!«, murmelt sie an Bastians Schulter gelehnt, »Du hast ja recht!«

Das Singledasein geht dem Ende entgegen. Weiß der Henker, woher sie das plötzlich weiß, aber sie weiß es. Sie wird einen Partner finden. Einen, dem sie vertrauen kann, keinen Skilehrer und auch keinen Yogalehrer. Keine Ahnung wie sie das anstellen soll, aber egal. Langsam löst sie sich aus der Umarmung und schaut ihm in die Augen. »Schön, dass es dich gibt!«

Bastian strahlt. »Fast ein bisschen schade, dass wir Bruder und Schwester sind.«

Karoline zuckt zusammen, dann wird ihr ein bisschen heiß. »Es ist spät. Besser, wenn du jetzt gehst. Ciao Bello!«

»Karo, war ein Scherz! Ich wollte dir einfach nur sagen, dass ich dich liebe. So wie ein Bruder seine Schwester eben liebt.«

»Alles klar, lass gut sein. Das wird heute nicht mehr verhandelt. Die Sitzung ist geschlossen.« An seinem schmerzhaft verzerrten Gesicht kann sie ablesen, dass sie ihn verletzt hat.

Es sollte scherzhaft klingen, aber so wie er seine Therapeuten-Macke hat sie eben ihre Anwaltsmacke. Immer cool bleiben! Die Form wahren, auch wenn einem innerlich der Hut hochgeht.

»Tut mir leid, war nicht so gemeint. Ich lieb dich auch. Bin fix und fertig und muss einfach ins Bett«, flüstert sie.

Bastian deutet mit einer ausladenden Handbewegung auf das Geschirr. »Willst du das alles alleine wegräumen, Karo? Ich dachte, ich helfe dir noch ein bisschen. Ist schließlich dein Geburtstag.«

Karoline schaut sich nach dem Wecker um, der irgendwo zwischen all dem Unrat stehen muss, dann entdeckt sie ihn. »Mein Geburtstag ist seit einer Stunde und fünfundvierzig Minuten Geschichte. Den Rest mach ich morgen oder ich lass es Valentina machen.«

»Okay, dann bringe ich dich jetzt ins Bett und dann fahre ich nach Hause. Bin auch müde.«

Hat er das wirklich gesagt? Ich bringe dich ins Bett? Sie erinnert sich an die Zeit, als *sie ihn* ins Bett gebracht hat. Warum nur hat sie immer öfter das Gefühl, die Jüngere zu sein? »Du kannst auch hier im Wohnzimmer schlafen, wenn du …«

»Nein, ist schon gut. Ich habe kaum was getrunken. Geh einfach schlafen. Um den Rest kümmern wir uns morgen.«

Wenig später liegt Karoline in ihrem breiten, kuscheligen Doppelbett. Immerhin schon mal Platz für zwei. Sollte sie mal eine Bestellung beim Universum versuchen? Alberner Eso-Kitsch, aber warum nicht. Vielleicht ist der Mann ihrer Träume ja schon auf dem Weg zu ihr. Die Augen fallen ihr zu, innerlich dreht sich alles. Frauen und Männer, Brüder und Schwestern, Therapeuten und Anwälte, Weinen und Lachen, alles verschmilzt weinselig …

4

Simone springt von der Couch auf und stürmt die Wendeltreppe hinauf.

»Simone, renn jetzt nicht weg! Lass es mich doch bitte erklären … es ist ganz anders!«, schreit Alex hinter ihr her.

Keine Antwort.

»Simone!« Seine Stimme ist jetzt kaum mehr als ein Wispern. Er denkt kurz daran, ihr zu folgen. Sein ganzer Körper zittert. Sie wird sich in ihr Zimmer einschließen und … Scheiße! Er lässt sich zurück auf das Sofa sinken und starrt ins Leere. »Du verdammtes schwanzgesteuertes Arschloch!«, hat sie ihm eben noch entgegen geschleudert. »Wie soll ich dir jemals wieder vertrauen!« Ihre Worte hängen wie beißende Rauchschwaden in der Luft.

In seiner Lunge brennt es, sein Magen fühlt sich an wie ein schwerer, heißer Stein. In seinem Kopf jagen düstere Gedanken wild durcheinander. Ja, er hat mit dieser Martina geschlafen. Ja, sie haben die Nacht zusammen verbracht. Aber scheiße, es ist doch nichts Ernstes! Keine Chance, Simone das verständlich zu machen. Da wird nichts weiter laufen! Aber bring das mal einer Frau bei, die gerade komplett ausrastet! Alex legt eine Hand auf seine Stirn, aber das nützt nichts gegen seine wild durcheinander brüllenden Gedanken.

Erst hat sie ihm eine Weile zugehört, da dachte er noch … Aber dann brach die Hasskanonade ungebremst über ihn herein. Reines Wunder, dass die Liebenden von Chagall noch an der Wand hängen. Seine Versuche, alles in einem anderen Licht erscheinen zu lassen … nichts als Öl ins Feuer ihres Hasses. »Das war deine letzte Chance. Ich kann nicht mehr. Ich geh kaputt. Scher dich zu Teufel!«, waren ihre letzten Worte.

Jetzt ist sie oben. Er kauert auf dem Sofa. Gelähmt. Leer. Es fühlt sich an wie der Vorhof zur Hölle. Er braucht sich gar nicht zum Teufel scheren, der hat ihn längst in seinen Klauen. Noch schlimmer als das Geschrei in seinem Kopf ist die Stille, die sich langsam ausbreitet.

Gespenstische Stille.

Nicht auszuhalten. Er lässt seinen Blick ziellos umherschweifen, schaut aus dem Fenster: friedliebende Osterglocken und knallrote Tulpen, die ihre üppigen Blütenblätter hemmungslos auseinanderfallen lassen. Simone ist so anders. Kann sich voller Begeisterung um Haus und Garten kümmern. Wie immer stehen frische Blumen auf dem Tisch. Auf dem Sideboard Weidenkätzchen mit bunt bemalten Ostereiern. Nie liegt etwas unnütz herum, außer ihre geliebte *Welt der Gefühle*. Wehe er lässt etwas liegen. Eine tägliche Nerverei, am Ende wird er sie womöglich noch vermissen. Er umklammert seine Ohren und lässt sich noch tiefer ins Sofa sinken.

Es ist mitten im Hochsommer gewesen. Ist das wirklich erst drei Jahre her? Jeden Abend lagen sie nebeneinander auf ihrem Fleckchen Grün und betrachteten die Sterne. Sie waren glücklich, endlich ein richtiges Zuhause. »Deinen Sperrmüll darfst du getrost entsorgen«, hat sie vor dem Einzug klargestellt. »Kein Problem, Liebste!« Er war froh, endlich sein Chaos in den Griff zu kriegen. Kriegen zu müssen. Drei Jahre, sie kommen ihm vor wie Jahrzehnte.

Er lehnt sich müde zurück und blickt vorsichtig nach oben, so als könne ihm in jedem Moment die Decke auf den Kopf fallen. Wird sie sich endgültig von ihm trennen? Er wird jetzt nicht von Liebe anfangen. Im Namen der Liebe wird genug gequält. *Nicht mit mir!*

Er wird immer trauriger. Verdammt, warum hängt er so an Simone? Freudlos denkt er an die ersten Monate im neuen Haus. Wie verliebt sie waren! Die laue Sommernacht, in der sie im Garten miteinander schliefen, unter einer dünnen, flauschigen Baumwolldecke. Er wollte das gerne wiederholen, aber sie hat immer Gründe gehabt, warum es gerade nicht passte.

Alex legt sein Gesicht in beide Hände. Erst im letzten Jahr ist er mal richtig sauer geworden, hat seinen gesamten Frust rausgeschrien. »Es ist doch schön, wie es ist«, hat sie dagegengehalten. Und: »Wenn du mich permanent bedrängst, habe ich erst recht keine Lust!« Da ist er ausgerastet, er erinnert sich nur zu gut. Er hat ihr gedroht, sich den Sex woanders zu holen.

Er schluckt. Damals ist etwas zerbrochen, obwohl er seine Drohung kurz darauf zurückgenommen hat. Der Sex ist immer seltener geworden. Die Sehnsucht nach Sex hat sich in sein Gehirn gebrannt, ist ins Unermessliche gestiegen. Er ist ins Internet geflohen, da war es leicht, seine Fantasien zu befeuern. Simone hat davon nie etwas mitbekommen. Hätte ja nichts gebracht, sie ständig mit seiner Lust zu behelligen. Er sieht sie vor sich, wie sich ihre Miene bei jeder Anspielung sofort verdunkelt. Automatikschaltung. Wie in diesen modernen Bürotürmen, wo bei bestimmter Sonneneinstrahlung sofort die Jalousie runtergefahren wird.

Immer öfter ist er ins Büro geflohen. War ihr auch nicht recht. »Du hast eine Nähe-Phobie« hat sie diagnostiziert, um dann gleich nachzulegen: »Lass uns eine Paartherapie anfangen. Alleine schaffen wir das nicht.« Hat aber so geklungen, als bräuchte vor allem er eine Therapie. Sie selbst war ja bereits in Behandlung. Aber hat das was gebracht? Nein!

Aus dem oberen Stockwerk kommt ein gellender Schrei, der ihm durch Mark und Bein geht. Er springt auf und läuft zur Treppe. Soll er hinaufrennen? Hat sie sich verletzt?

Er lauscht. Dumpfe Schläge dringen aus dem Schlafzimmer, als würde jemand Teppich klopfen, dann hört er sie wieder brüllen »Du mieser, verdammter Scheißkerl. Ich hasse dich. Ich hasse dich!«

Wohl keine gute Idee, zu ihr rauf zu gehen. Ihm wird speiübel, er schleicht in die Küche und trinkt einen Schluck Wasser. Das tut gut. Sein Mund ist trocken wie Schmirgelpapier. Er nimmt das

Glas und setzt sich wieder ins Wohnzimmer. Er weiß genau, er kann nichts tun. Nur warten.

Sein Kopf ist dumpf und leer, ab und an tauchen Erinnerungen auf, die wehtun.

Frau und Mann sind niemals frei. Stets ist ein Gefühl dabei. Ja, Tucholsky wusste Bescheid. Männer und Frauen, ein fataler Konstruktionsfehler der menschlichen Gattung, nicht zu beheben.

Er horcht. Nichts. Sie scheint sich wieder beruhigt zu haben, immerhin. Er fühlt sich taub, kein Gefühl, alles tot. »Zeig doch mal deine Gefühle!«, hat sie ihm immer wieder an den Kopf geworfen. »Du bist überhaupt nicht bei dir! Lenkst dich ständig ab. Deswegen willst du dauernd Sex. Vielleicht solltest du mal in einen Swingerclub gehen.«

Alex steht auf und läuft im Wohnzimmer auf und ab, tritt schließlich raus auf die Terrasse. Er hat tatsächlich mal ernsthaft daran gedacht. Wenn er ihr das verraten hätte, wäre es mit Sicherheit damals schon aus gewesen. Als er im Garten nebenan die stets neugierige Nachbarin entdeckt, verzieht er sich wieder nach drinnen. Dieser Blick! Bestimmt hat sie was gehört. Von ihr angesprochen zu werden ist jetzt das letzte, was er … plötzlich steht es ihm glasklar vor Augen. *Schuldig!* Wie auf dem Cover eines martialischen Thrillers, die grellroten Buchstaben springen ihn an wie Blutspritzer. Das ist es. Er fühlt sich schuldig. Ein grässliches Gefühl. Nein, kein Gefühl, eine Krake. Wieder vergräbt er das Gesicht in seinen Händen.

Als er die Augen öffnet, fährt ihm ein Schreck in die Magengrube. Er hat sie nicht kommen hören. Sie sitzt kerzengerade auf dem Sessel gegenüber. Schaut ihn unverwandt an, verheult, Wimperntusche verschmiert, ihre zerzausten Haare notdürftig zusammengebunden, doch ihre Gesichtszüge wirken seltsam weich, viel weicher als all die Wochen zuvor. Als hätte sie eine Maske abgelegt. Sie schaut ihn aus ihren plötzlich stahlblauen Augen an und sagt keinen Ton. Er kann keinen klaren Gedanken fassen. Seine Kiefer spannen schmerzhaft, sein Bauch ist hart wie Stein.

Nach endlosen Minuten beginnt Simone zu sprechen.

Und hört so schnell nicht wieder auf. Es kommt alles auf den Tisch, was sie nicht ausstehen kann, alles. »Warum habe ich mich so tief auf dich eingelassen? Ich kann ja nicht behaupten, ich hätte nichts gewusst. Dass du zum Beispiel regelmäßig diese Sexseiten im Internet besuchst, weiß ich schon seit Jahren. Ich habe es weggedrückt, ich dachte, so sind Männer eben, aber wenn ich ehrlich bin: Ich ekle mich davor. Wenn du mich anfasst, denke ich, woran hat der sich gerade vorher aufgegeilt? Denkt er an all die gestylten Busen und ganzkörperrasierten Teeny-Körper, die ihn aus allen erdenklichen Posen vom Bildschirm aus ankeuchen? Ich habe keinen Bock, damit zu konkurrieren. Ich habe mich aber auch nicht getraut, mich komplett zu verweigern, weil, du brauchst Sex wie ein Fisch das Wasser, das war mir klar. Manchmal lag ich steif da und war froh, wenn du endlich kamst und es vorbei war.«

Alex schluckt schwer. Der Dolch sitzt mitten im Herz. Aber kein Gefühl. Leer. Taub.

»Hast du das eigentlich gemerkt?« Sie wartet keine Antwort ab, sondern fährt in beunruhigend ruhigem Ton fort. »Ich kann dir nicht verdenken, dass du immer seltener versucht hast, mich anzumachen. Ich habe es genossen, nur zu kuscheln und nicht ständig vor deiner Geilheit auf der Hut sein zu müssen. Andererseits war mir aber auch klar: Du wirst dir das, was du bei mir nicht bekommst, irgendwann woanders holen. Als du unbedingt zum Tantra wolltest, ahnte ich, dass das nicht lange gut geht. Aber auch das habe ich tapfer weggedrängt.«

So geht es weiter, eine gefühlte Ewigkeit. Alex sitzt nur da und schweigt. Erstaunlich, dass in ihren Worten keine Wut mehr mitschwingt. Ein gutes Zeichen? Oder ein sehr schlechtes? Er fängt an, auf der Couch hin und her zu rutschen, vielleicht sollte er doch mal was sagen. Doch er wagt nicht, sie zu unterbrechen. Sie spricht wie in Trance. Noch nie hat er sie so klar erlebt, als spräche eine andere Simone. Mum würde behaupten, sie channelt. Seine

Mutter ist fest davon überzeugt, dass fremde, körperlose Wesenheiten Durchgaben machen. Jetzt glaubt er fast selbst daran. Kommt ihm total surreal vor.

»Weißt du was, Alex? Warum sollen wir lange drum rumreden, du bist vollkommen sexfixiert und kannst wahrscheinlich nie den Hals vollkriegen. Welche Frau der Welt hätte damit kein Problem?« Simone steht auf, setzt sich aber sofort wieder hin.

Alex nimmt einen Schluck Wasser, dann verschränkt er die Arme vor seiner Brust. Martina zum Beispiel. Aber er wird einen Teufel tun, sie jetzt auch nur zu erwähnen.

Simone gibt ihm dazu auch keine Gelegenheit, sondern setzt ihren Monolog ungerührt fort. »Aber ... damit habe ich mich allzu lange von mir selbst abgelenkt. Du kannst dich bei meiner Therapeutin bedanken, die hat nämlich neulich die Geduld verloren und ziemlich harsch nachgebohrt, warum ich mit so einem Monster wie dir überhaupt noch zusammen bin. Warum ich ständig alle Verantwortung bei dir suche, warum ich mir einrede, ich armes Hascherl müsse das alles über mich ergehen lassen. Als ich ihr damit kam, dass ich dich irgendwo noch liebe, hat sie mich ausgelacht! Im ersten Moment hätte ich sie erwürgen können, aber sie ließ nicht locker. Hat mir klargemacht, dass alle Paare diese Spielchen spielen: Wenn Du nur ...« Simone zeigt mit dem ausgestreckten Zeigefinger auf Alex. »Jeder zeigt mit dem Finger auf den anderen. Sie hat recht. Du hast es gemacht, und ich habe es auch gemacht. Ständig.«

Sie hält inne.

Was soll jetzt die Pause?

Will sie seine Zustimmung?

Erst muss er wissen, worauf das Ganze hinauslaufen soll.

»Alex, du hast mich belogen und verarscht, aber ich muss mir langsam eingestehen: Ich habe mich die ganze Zeit über selbst verarscht. Ich habe mir eingebildet, ich sei tolerant, wenn ich alles mitmache und keine Konsequenzen ziehe. Ich habe dich monatelang angebettelt, dass wir doch bitte, bitte mal einen Versuch beim

Paartherapeuten wagen könnten. Du hast komplett abgeblockt. Eigentlich wäre das der Zeitpunkt gewesen zu gehen.«

Sie steht auf, geht langsam und bedächtig in die Küche und holt sich einen Tee. Alex fühlt nur bleierne Schwere. Er kann sich kaum noch rühren. Etwas zu trinken würde ihm auch guttun, aber sein Glas ist leer. Wie gelähmt bleibt er auf seinem Platz hocken, bis sie zurückkommt.

»Ich habe geglaubt, dass ich dich liebe, Alex. Ich glaube das, ehrlich gesagt, immer noch. Aber ich kann dich nicht mehr lieben als mich selbst. Niemand kann das. Wenn ich mir das einrede, lüge ich mir selbst in die Tasche. Es ist Zeit, mich um meine Selbstliebe zu kümmern.«

Ja und? Wer hält sie denn davon ab? *Ich etwa?*

»Es fällt mir verdammt schwer. Es erscheint mir viel leichter, dich zu lieben. Du hast mich bestimmt oben schreien gehört, oder?«

Er nickt stumm.

Ihre Stimme klingt noch rau, aber das nimmt ihr nichts von der Klarheit. »Du wirst es nicht glauben, aber kurz danach dachte ich schon wieder voller Wehmut an all das Schöne, was ich mit dir erlebt habe. Unsere Reisen in die Provence und an den Plattensee. Deine verrückten Ideen, deine romantische Ader, wenn du mich zum Essen ausgeführt hast oder ins Konzerthaus. Dein ungeheures Einfühlungsvermögen in die Bedürfnisse meines Körpers. Mann, wenn wir dann mal Sex hatten, war er wirklich gut, und ich habe mich so von dir geliebt gefühlt. Die langen Spaziergänge im Rieselfeld und in den Weinbergen, die vertrauten Gespräche über alles und jedes, deine scharfe Beobachtungsgabe, deine Intelligenz und dein staubtrockener Humor. Auch wenn ich manchmal fast dran erstickt wäre. Deine Liebe zur Literatur. Und sogar deine Liebe für deinen Sohn. Wie du für sein Zimmer gekämpft hast. Am Ende war er ja gar nicht so oft hier, du hast ihn echt vernachlässigt, aber der Eifer, mit dem du im Falle eines Falles für ihn da warst … so viel, was ich an dir mochte. Ich muss es mir eingestehen, da ist immer noch vieles, was ich an dir mag. Oder sogar liebe. Es wird nicht leichter, wenn ich das abstreite. Obwohl ich es am liebsten täte.«

Tränen in ihren Augen, auch er hat einen Kloß im Hals. Die Übelkeit weicht bittersüßer Trauer. Er schöpft Hoffnung. Liebt sie wirklich so vieles an ihm? Er versucht, ihren Blick zu ergründen, aber sie schaut zur Seite.

Lange hat er nicht mehr spüren können, dass sie auch nur irgendetwas an ihm mag. So gerne würde er glauben, dass sich doch noch ein Weg finden ließe. Auch ihm fallen all die Dinge ein, die er an ihr schätzt. Sie riecht so gut. Wenn sie lacht, dann lacht ihr ganzer Körper. Wenn sie weint, dann weint sie von den Füßen bis zu den Haarspitzen. Sie kann ihm ein Gefühl von Heimat vermitteln. Noch nie hat er sich in den Armen einer Frau so geborgen gefühlt. Ganz sicher wäre sie eine gute Mutter. Sie haben selten darüber gesprochen, was ihre Unfruchtbarkeit für sie bedeutet, nur einmal hat sie bitterlich darüber geweint. Es ist ihm so an die Nieren gegangen, vielleicht wäre er sogar entgegen aller Überzeugung nochmal Vater geworden. Einmal ist schwer genug. Trotzdem ... es ist pures Glück, dass es Finn in seinem Leben gibt, trotz allem.

»Alex?« hört er sie wie durch einen Nebel fragen.

»Ja. Ich ... weiß nicht was ... was hast du denn jetzt vor?«, stottert er.

Sie lässt sich Zeit mit ihrer Antwort.

Dann sagt sie so beiläufig, als ginge es ums Abendessen. »Es ist vorbei, Alex. Zeit zu gehen.« Obwohl er nichts anderes erwartet hat, trifft es ihn wie ein dumpfer Schlag in die Magengrube, alles zieht sich zusammen. »Ich verstehe es selbst nicht ganz, aber wenn ich mir meine Liebe zu dir eingestehe und nicht mehr versuche, an dir herum zu kritteln und dich zu verändern, stellt sich große Ruhe in mir ein. Es ist einfach klar. Es ist zu Ende.«

Alex kann nicht fassen, dass sie dabei lächelt. Eine Welle beißender Wut brandet in ihm auf, aber er kämpft dagegen an.

Ist er so wütend, weil er selbst den Mumm nicht aufbringt zu gehen?

Er hat mit Martina geschlafen, das ist klar gegen die Abmachung gewesen. Aber dafür diese Generalabrechnung? Sie muss sich schon länger mit dem Gedanken an Trennung getragen haben. Genau, das ist es. Jetzt wird ihm alles klar.

Aber ... tut er selbst das nicht auch? Träumt er nicht auch schon länger von einer Frau, für die Sex genauso elementar ist wie für ihn selbst? Scheiße, seine Gedanken drehen sich im Kreis.

Er fühlt sich hundeelend.

Als er wieder zu Simone schaut, steht sie kerzengerade vor ihm.

Sie erwidert seinen Blick. »Ich würde dich gerne in den Arm nehmen«, sagt sie vollkommen ruhig, »aber ich glaube, das ist keine gute Idee.«

Alex fühlt sich wie ein Boxer, der endgültig k.o. geht. Wo zum Teufel nimmt sie plötzlich diese Kraft her? Und diese Gelassenheit? Oder ist es Entschiedenheit? »Ich finde die Idee nicht so schlecht.« Alex versucht, seine Resignation mit einem Lächeln zu überspielen, aber es fühlt sich grässlich an, er lässt es gleich wieder. Die Knie fest an seinen Bauch gedrückt, lässt er sich seitlich auf die Couch kippen und igelt sich ein, soweit es geht. Soll sie ihn doch für einen Waschlappen halten, ist jetzt auch egal. Scheißegal! Soll sie doch denken, was sie will. Er zieht sich noch fester zusammen.

»Es tut mir unendlich weh, dich loszulassen, glaub mir. Aber ich kann nicht anders.« Sie schreitet zur Treppe, kommt aber nochmal zurück. »Nein, stimmt nicht. Ich *will* nicht mehr.«

Sie streicht mit einer Hand über seine Schulter, so wie man einen kranken Hund streichelt. Er lässt es einfach geschehen. Dann steigt sie langsam die Treppe hinauf.

5

Regen prasselt auf das Dach des Carports. Das Notebook unter dem Arm versucht Alex, trockenen Fußes zum Hauseingang zu gelangen. Es regnet schon den ganzen Tag. Als hätte der Himmel seine Schleusen geöffnet, denkt er grimmig. Er hasst diese platten Redensarten – wie Hunde, die man nicht mal vor die Tür schickt. Carsten liebt sie, aber in diesem Punkt hat er eben keine Ahnung, was guter Stil ist. Vor lauter Hektik fällt Alex der Schlüssel aus der Hand. Beim Versuch, ihn wieder aufzuheben, kommt das Notebook gefährlich ins Rutschen. Scheiße! Er kann sich gerade noch beherrschen, es nicht einfach hinzupfeffern. Carstens Tempel-Manuskript ginge gleich mit über den Jordan. Shit! Aber seine Stilblüten spielen bald eh keine Rolle mehr. Wenn Carsten erfährt, was sein Chef vorhat, wird er ihm erst richtig die Hölle heiß machen.

Als Alex die Wohnung betritt, ertönt zur Begrüßung Beethovens Rondo Allegro. Er muss verrückt gewesen sein, diese feierliche Melodie als Klingelton zu verhunzen. Sein Sakko fliegt auf den Ständer im Flur, er eilt zum Telefon, doch kurz vor dem Abheben bleibt er stehen. Was, wenn Carsten dran ist? Der weiß ja noch von nichts. Hat er seine Idee wirklich irgendwo geklaut? Der Signalton ertönt und dann poltert Carsten auch schon los. »Heb ab, wenn du zu Hause bist! Was ist denn das für ein Scheiß! Glaubst du im Ernst, ich hätte abgekupfert? Wie lange kennen wir uns, Alex? Du hast mich doch bei der Entwicklung des Plots selbst beraten! Traust du mir das zu? Das muss ein verrückter Irrtum sein, hast du das deinem Chef nicht gesagt? Ich bin echt enttäuscht, Alex. Also, wenn du das hier hörst, ruf bitte an, und zwar sofort! Ich glaub, ich bin im falschen Film und der ist wahrlich kein großes Kino! Ich werde die Kündigung auf keinen Fall hinnehmen, damit das schon mal klar ist. Wenn du dich nicht bald rührst, muss ich leider einen Anwalt …« Piep, piep, piep, piep.

Das Band bricht ab und Alex Stimmung ist restlos im Eimer. Erst mal hinsetzen. Nicht sein Tag. So beschissen wie alle diese Redewendungen. Seit dem Desaster vor einer Woche hat er sich voll in die Arbeit gestürzt, nur um dort mit leerem Kopf vor dem Bildschirm zu sitzen. Aber irgendwann muss ja jeder mal nach Hause. Er blickt sich um. Alles, einfach alles erinnert ihn an Simone. Ihre Schuhe, ihre Zeitschriften, die Oster-Deko, das Chagall-Poster aus Paris. Und über dem Sofa das Foto.

Thailand. Khao Lak. Verliebt lächeln sie beide in die Kamera, von den Verwüstungen ist kaum noch etwas zu sehen. Er nimmt das Foto von der Wand und wirft es in die Schublade, in der Simone ihre Accessoires aufbewahrt. *Ich will das alles nicht mehr sehen.* Aber es hilft nichts, er denkt trotzdem an sie. Wie konnte das nur so dermaßen schiefgehen? Manchmal beschleicht ihn klopfenden Herzens das Gefühl, sie käme plötzlich mit Einkaufstüten beladen zur Türe herein. Begrüßte ihn mit einem unbeschwerten Hallo. Manchmal meint er sogar, sie auf vertraute Weise über den Boden schlurfen zu hören. Aber da ist nur Stille.

Und jetzt auch noch der Trouble im Büro. Er reibt sich die Stirn. Seit wie vielen Wochen arbeitet er jetzt an Carstens Manuskript? Vier? Fünf? Er lebt ja schon fast selbst in Dominiks Tempel. Und Dallmann, dieser stolze Verleger mit seinen großartigen Visionen, kündigt einfach den Vertrag? Wegen eines Plagiats? So dumm kann Carsten gar nicht sein, bei aller Liebe für abgestandene Redewendungen, die niemanden hinter dem Ofen hervorlocken. Am Thema kann es auch nicht liegen, visionäre Erotik liegt doch genau auf Dallmanns Linie. Zu später Stunde hat er sich sogar mal zu der Äußerung verstiegen, Verlage seien ihrem Wesen nach literarische Bordelle und Autoren deren Callboys …

Fuck! Er schlägt mit der flachen Hand auf den Tisch. Seit dem frühen Nachmittag ist auch sein Arbeitsplatz kein friedlicher Ort mehr. Immerhin hat es trotz allem Spaß gemacht, Carstens Manuskript zu redigieren. Die erotischen Episoden führen ihm überdeutlich vor Augen, was er seit Jahren vermisst. Vermisst hat. Da steht das alles schwarz auf weiß und höllisch saftig geschrieben! Lichtjahre entfernt von seinem tristen Beziehungsalltag. Tantrische Rituale, heilige Huren, Sextoys, EWS-Partys, um Gottes willen, Simone würde schreiend davonrennen, wenn er davon anfinge.

Sie ist davongerannt. Nein, davon stolziert. Erhobenen Hauptes, lässt ihn zurück wie einen Haufen Elend. Alex holt einen großen Müllsack aus der Küche und wirft die ganze Dekoscheiße hinein, Osterhasen, Nester, Holzherzen, Duftkerzen, eins nach dem anderen, weg mit dem Kitsch, ab in den Keller. Hat er noch nie gemocht. Als die Tüte voll ist, geht es ihm noch schlechter. Er bescheißt sich selbst. Er hat all diesen Kitsch geliebt. Es tut nur einfach zu weh, den Kram Tag für Tag anzustarren. Langsam lässt er sich auf dem Sofa nieder, den traurigen Müllsack auf dem Schoss.

Es ist genau so, wie jeder leidlich bewanderte Briefkastenonkel weiß: Man schätzt viel mehr, was einem fehlt, als was man hat. Als sie noch da war, kreisten seine Sehnsüchte um Erotik und Sex. Jetzt, wo sie weg ist, vermisst er die alltägliche Vertrautheit. Ihr niedliches Reihenhaus, gleich um die Ecke das Naturschutzgebiet, nicht mehr sein Zuhause. Es ist kalt und abweisend. Aber immer noch besser als obdachlos, immerhin gehört es ihr, pure Gnade, dass er nicht schon auf der Straße steht.

Alex läuft durch die Räume, als suche er irgendetwas. Aber was? Er setzt sich auf das Bett von Finn. Wie wird sein Junge die Trennung aufnehmen? Scheiße, der hat wahrscheinlich andere Sorgen. Missmutig schleppt er sich an seinen Schreibtisch und startet den Browser.

Ab ins digitale Nirvana des Vergessens. Er besucht erst die Nachrichtenseite, Eilmeldung, drei Babyleichen in Camping-Kühlboxen, oh Gott, das ist ja schlimmer als im übelsten Krimi, er klickt sich weiter zur Sportseite. Bayern hat gegen Real gewonnen, auch das noch, beim Sportclub ist schon der dritte Innenverteidiger verletzt, bestimmt werden sie absteigen, bevor er das Weihnachtsgeschenk für Finn einlösen konnte. Okay, besonders begeistert war Finn sowieso nicht. Wie ferngesteuert öffnet Alex *Joy of Sex*, das Tor zu einer anderen Welt, wie es ihm in großen roten Lettern entgegenschreit. Aber auch hier lässt seine üble Laune nicht nach, nicht im Geringsten. Sie schlägt ihm stur auf den Magen.

Kurzentschlossen stürmt er ins Schlafzimmer und reißt alle Pornos und Spielzeuge aus dem Schrank. Kommt alles in den Müll. Wenn Simone wüsste, wie viel von diesem Zeug er besitzt … Jetzt hasst er den Kram plötzlich selbst. *Bin ich wirklich so sexsüchtig, wie sie immer behauptet?* Ab in die graue Tonne! So ein Moment kommt so schnell nicht wieder. Er rennt die Treppe runter und holt noch einen Plastiksack.

Als er wieder hochkommt, hält er plötzlich inne. Warum ausgerechnet jetzt, wo doch eh alles aus ist? Er setzt sich auf den Boden, vor ihm sein beeindruckendes Sortiment. Sollte er tatsächlich mal einen Therapeuten aufsuchen? Einem Fremden anvertrauen, was er heimlich so alles treibt? Nein! Denk nach, Alex! Es gibt nur zwei Möglichkeiten: Entweder kann der Typ ihn verstehen oder er kann ihn nicht verstehen. Und wie er es auch dreht und wendet: Keins vom beidem ist verlockend! Als alles wieder im Schrank verstaut ist, geht er runter und klappt sein Notebook zusammen. Nicht mehr drüber nachdenken! Sonst dreht er noch durch.

Er holt sich ein Bier aus dem Kühlschrank, wirft sich auf das Sofa und schaltet die Glotze ein. Er hat noch Stig Larssons Millennium auf Lager, Teil zwei und Teil drei. Noomi Rapace als punkige Lisbeth Salander, einfach genial. Das wird helfen, den ganzen Scheiß zu vergessen, zumindest für heute Abend. Er hat gerade eingeschaltet, da macht sich sein Magen bemerkbar. Klar, seit dem Frühstück nichts gegessen, vielleicht ist ihm deswegen so übel. Mühsam steht er auf und schiebt eine Pizza in den Ofen. Auf dem Weg zurück ins Wohnzimmer hört er sein Handy, eine SMS. Nein Carsten, ich werde deine SMS noch nicht einmal von Ferne betrachten, schreit Alex die Wände an und schaltet sein Handy ab. Carsten wird verdammt noch mal warten müssen. Er wird auf keinen Fall heute noch zurückrufen, auch wenn Carsten zehnmal mit dem Anwalt droht. Und wieso droht er überhaupt ihm? Soll er doch Dallmann drohen! Nein, heute ist Alex für niemanden mehr zu sprechen.

Mikael Blomkvist schaut gerade mit wachsendem Entsetzen auf den Bildschirm, auf dem Lisbeth von ihrem Vormund brutal vergewaltigt wird, als Beethoven Alex schon wieder rausreißt. Der reinste Terror! Wehe, Carsten! Als sich die Melodie zum fünften Mal wiederholt, begreift Alex, dass das Band voll ist und sich deswegen nicht einschaltet. Er steht auf und schaut aufs Display. Ein Glück, Marcel ist dran. Dem kann er ohne weiteres beibringen, dass er nicht in Stimmung ist, und sich wieder Salander zuwenden. Er hebt ab.

»Hi Alex, ich bins, Marcel! Ich hab gerade das mit Simone gehört, warum hast du mich denn nicht angerufen, dafür sind Männerfreunde doch da, hey, Alter, wie gehts dir? Hoffe, du bist nicht völlig durch den Wind.«

Er muss schleunigst eingreifen, sonst ist der Typ nicht mehr zu stoppen. »Bin schon okay, aber bitte sei mir nicht böse, mir ist gerade echt nicht nach quatschen. Ich ruf dich an ...«

»Was geht denn da ab?«, platzt Marcel dazwischen. »Hast du eine Frau in deiner Hütte? Hört sich abgefahren an!«

Scheiße, das Video. Marcel hört die stöhnende Frau natürlich sofort. »Junge, laber keinen Mist! Das ist der Fernseher ...«

»Ah ja? Was schaust du dir denn Prickelndes an? Hilft das, um von Simone loszukommen? Ich hätte dich da eher für ein Weichei gehalten.«

Ärger steigt auf und schießt ihm bis in die Kehle. »Das ist kein Porno, du monothematischer Hornochse, das ist die Millennium-

Trilogie. Und jetzt lass gut sein, Marcel, ich ruf dich an!«

Aber der lässt sich nicht stoppen. »Halt, warte, du scheinst ja wirklich übel drauf zu sein. So ausgebombt kann ich dich doch nicht allein lassen! Soll ich vorbeikommen? Ich bin in dreißig Minuten da.«

Marcel kann richtig nerven, das war damals in der Männergruppe auch schon so, aber irgendwie ist Alex gerührt, dass er sich Sorgen um ihn macht. Vielleicht hat er ja recht? Dafür sind Freunde doch da!

»Das ist lieb von dir, Marcel, aber ich komm echt klar. Wir sprechen uns morgen!«

»Ich bin gleich da, Alex. Mir kannst du nichts vormachen, ich bin gleich da.«

Alex setzt sich langsam auf den Hocker neben dem Telefon. Sind denn heute alle verrückt geworden? Er wird Marcel einfach draußen vor der Tür stehen lassen! Genau. Oder alle Lichter ausschalten und so tun, als sei er nicht zu Hause. Nein, er bittet ihn kurz herein, damit Marcel sich davon überzeugen kann, dass er allein klarkommt, und dann wieder abzieht. Mannomann, ist er etwa ein Halbwüchsiger, der die Bude abfackelt, wenn man ihn unbeaufsichtigt lässt? Im Hintergrund läuft immer noch der Fernseher, tatsächlich brennt dort gerade eine Hütte. Er greift nach der Fernbedienung und schaltet aus. Erst mal Marcel wieder loswerden.

Das Unwetter draußen hat nachgelassen, beunruhigende Stille breitet sich aus. Nur der Kühlschrank brummt freudlos vor sich hin. In seinem Inneren fühlt Alex sich ausgebrannt, aber immer noch latent explosiv. Heute darf ihm nichts mehr in die Quere kommen.

Die Türglocke reißt ihn aus seinem Dämmerzustand. Alex erhebt sich langsam und öffnet die Haustür. Marcel, mit seinem smarten Lächeln und seinem Dreitagebart, macht keine Anstalten, reinzukommen. Er blickt ihn einfach nur an. Dann macht er einen Schritt nach vorne und nimmt ihn fest in den Arm.

Zuerst fühlt Alex sich überrumpelt, aber als Marcel nicht lockerlässt, hört er auf sich zu wehren. Er saugt die wortlose Umarmung auf wie ein trockener Schwamm. Sein Vorsatz, Marcel gleich wieder hinauszuwerfen, schmilzt wie Schnee in der Sonne. »Danke, dass du gekommen bist«, murmelt er. »Komm rein! Willst du was zu trinken?«

»Alex, du brauchst jetzt nicht den Gastgeber zu spielen. Mann, siehst du fertig aus! Was ist denn los? Hat es dich doch so mitgenommen? Dabei hast du uns doch ständig vorgejammert, wie ätzend es mit Simone ist! War doch nur noch eine Frage der Zeit. Komm, Kopf hoch! Wird schon wieder!«

Alex spürt schmerzhafte Stiche in der Lebergegend. »Das ist noch gar nicht alles! Im Job … Du kennst doch Carsten, oder?«

Marcel zieht die Augenbrauen zusammen, dann hellt sich seine Miene auf. »Der süße Kellner aus dem *La Bóveda*? Ja klar! Der war doch auch mal in der Männergruppe, leider nur kurz, den hätte ich nämlich auch gerne mal …«

»Marcel, die Nummer ertrage ich heute nicht.«

Marcel blickt betreten zur Seite. »Sorry.«

»Schon gut. Jedenfalls hat Carsten einen Roman geschrieben, einen erotischen Roman …«

»Echt? Cool. Sowas kann der? Der war doch so schüchtern!«

Alex spricht einfach weiter. »… und ich habe ihn bei uns im Verlagsprogramm untergebracht. Jetzt behauptet mein Chef, er habe abgeschrieben, und hat ihm den Autorenvertrag gekündigt. Einfach so, ohne vorher mit mir darüber zu reden. Der hat echt einen Knall. Carsten ist stinksauer auf mich! Dabei kann ich gar nichts dafür. Ich kann mir auch nicht vorstellen, dass er abgeschrieben hat. Jedenfalls … ich sitze gerade zwischen allen Stühlen.«

»Ja, dann ruf ihn doch einfach an und mach ihm klar, dass das Übel nicht von dir aus über ihn hereinbricht!«

»Er ist schon auf meinem Band und droht mit Anwalt und so. Ich packe es gerade nicht, mir das auch noch reinzuziehen! Ich rufe ihn morgen an.«

Marcel schaut mitleidig. »Verstehe. Du bist echt auf dem Hund. Und ein Unglück kommt selten allein, sage ich ja immer, und der Teufel scheißt immer auf den größten Haufen. Hey Junge, du darfst dich jetzt nicht einfach hängen lassen. Das ist jetzt keine Floskel! Du musst raus aus dem Loch, sonst bescheißt er dich immer weiter … Komm, ich hole uns ein Bier.«

Alex kann nicht anders, er muss lachen. Marcels Output an Phrasen pro Minute ist guinessbuchverdächtig, aber ihn kann kein Wässerchen trüben. Er würde noch eine Trauergesellschaft zum Singen und Tanzen bringen. Beim Thema Beziehungen, naja … Er ist nie länger mit einer Frau zusammen, dafür meistens mit mehreren gleichzeitig. Mit Männern in letzter Zeit nicht mehr. Er hat Marcel oft beneidet, nicht nur, weil er extrem gut aussieht, auch weil er das Glas immer dreiviertelvoll sieht. Aber verdammte Axt, Alex will eigentlich nicht aus seiner Trauer gerissen werden. Fühlt sich hohl an. Oder ist es nur wieder sein verfluchtes Selbstmitleid, in dem er ausgiebig baden will?

Marcel kommt zurück, reicht ihm eine Flasche und prostet ihm zu.

»Marcel, ich weiß, dass du nichts von Trübsal blasen hältst, aber ich kann nicht einfach einen auf *let's have fun* machen. Weißt du überhaupt, wie das ist, wenn eine Liebe zerbricht?« Alex nimmt einen tiefen Schluck. »Es fühlt sich richtig scheiße an. Ich habe sie mehr geliebt, als ich dachte …« Scheiß Pathos. Egal.

»Alex …« unterbricht Marcel ungeduldig.

»Nein, warte. Ich weiß schon, was du sagen willst.«

»Nein, weißt du nicht, aber rede halt weiter!«

»Also ich frage mich, was für ein Teufel mich geritten hat, auf dem Seminar mit ihr, ich meine mit Martina, zu schlafen. Hätte überhaupt nicht sein müssen.«

»*Wer sich selbst treu bleiben will, kann nicht immer anderen treu bleiben.*«

»Seit wann wirfst du mit Zitaten um dich?«

»Ich hab da so einen Freund, weißt du, der ist Lektor … Aber, was für ein Seminar war das denn? Eine Fortbildung für Pornoautoren?«

»Du bist ätzend!«

»Lektoren?«

Alex verzieht das Gesicht. »Unsäglich!«

»Du hast recht. Ich bitte höflichst um Entschuldigung. Kommt nicht wieder vor.«

»Das glaubst du selbst nicht. Egal. Ich war auf einem Tantra-Seminar.«

»Echt? Wow! Wo?«

»Haus Schwalbennest. Leela-Tantra.«

Marcel schaut ihn verständnislos an.

»So heißt das Institut.«

»Lila Tantra? Bedeutet das, ich meine, ist das irgendwie … feministisch?« Marcels Augenbraue geht nach oben.

Alex braucht einen Moment, bis er versteht. »Nein, nicht die Farbe Lila, du Holzkopf. Leela. L-e-e-l-a. Heißt soviel wie *Kosmisches Spiel*.«

»Und da hast du dich ein bisschen verzockt?«

»Marcel, mir ist nicht nach Rumblödeln. Simone wusste von dem Seminar, aber es war klar ausgemacht, kein Sex.« Immerhin, Marcel hat seinen warnenden Blick verstanden und hält die Klappe.

Alex setzt sich im Wohnzimmer in seinen Lieblingssessel, sein Freund schlendert unschlüssig hinterher und fragt vorsichtig: »Gehört das nicht dazu, bei so einem Seminar?«

»Nein. Aber dass ich Schwachkopf nicht in der Lage bin, eine klare Vereinbarung einzuhalten, das macht mich fertig. Ist auch nicht okay. Ist infantil.«

»Du klingst, als wärst du bei einer Therapeutin gewesen.«

»Manchmal denke ich, ich war mit einer zusammen. Nur dass die Therapie leider nicht angeschlagen hat.«

Marcel lacht. Dann bohrt er weiter nach: »Ja, und weiter? Du hast dort jemanden kennengelernt?«

»Ja klar, aber ... dabei blieb es halt nicht. Die Stimmung am Abend war einfach unwiderstehlich. Andererseits, es war klar ausgesprochen, dass das eine einmalige Episode bleibt, dass da also nichts weiter draus entsteht. Aber ich kam gar nicht mehr dazu, das zu erklären.«

»Um was zu erklären?« fragt Marcel, plötzlich ganz nüchtern und sachlich.

»Naja, auf solchen Seminaren kommt man sich halt sehr nah. Wir haben da so ein Ritual gemacht, immer ein Mann mit einer Frau ...«

»Verstehe!« Es gelingt dem Deppen nicht, sein Grienen zu verbergen.

»Nein, scheiße, du verstehst überhaupt nichts! Es war kein Sex-Ritual. Es ging um Präsenz. Wie man mit einer Person zwei Stunden lang präsent bleiben kann.« Alex Stimme klingt schrill. Es gefällt ihm nicht, wohin sich das Gespräch entwickelt.

»Und dabei habt ihr miteinander gevögelt.« Marcel kann einem den letzten Nerv rauben.

»Nein, haben wir nicht, jedenfalls nicht in dem Ritual!«

Marcels Mundwinkel gehen steil nach oben. »Aber danach!?«

»Ja, verdammt! Warum denn auch nicht? Der Gruppenraum war geschmückt wie ein Liebestempel. Die Energie - so spricht man da! - war total aufgeladen. Und es war klar, dass sie nur diese eine Nacht will, das wars. Martina war da echt cool, ich wusste gar nicht, dass Frauen so sein können.«

»Können sie! Aber egal, du hast also die Vereinbarung mit Simone gebrochen?«

Alex reißt sich zusammen, um nicht loszuschreien. »Nein! Ich meine Ja! Das heißt, wie man's nimmt. Ja, weil wir Sex hatten. Nein, weil ich mich nicht tiefer auf sie eingelassen habe. Nichts, was die Beziehung bedroht hätte. Und darum gehts doch letztlich bei so einer Vereinbarung. Als sie mich am Morgen unter der Dusche noch mal anmachen wollte, habe ich sie total abgeblockt. Ich wollte das nicht. Ich hatte fast schon Widerwillen.«

»Häh? Also irgendwie ... ich verstehe das alles nicht. Warum vögelst du eine Frau, die dich schon am nächsten Morgen anwidert? Und für die du dann noch deine Beziehung ruinierst?« Marcel klingt plötzlich wie ein Wanderprediger und setzt gleich noch einen drauf. »Wobei ... meiner Meinung war da sowieso nichts zu retten. Außer ihr hättet die Beziehung geöffnet, aber sowas wie polyamor stand ja wohl nicht zu Debatte, oder?«

Alex schlägt die Hände vors Gesicht. Karina hatte sie gewarnt, lieber keinem von dem Ritual zu erzählen. Und schon gar keinem, der nichts davon versteht. Sie hat leider recht behalten. Marcel versteht gar nichts. »Wenn du verdammter Elch keine längere Beziehung auf die Reihe kriegst, weil du bei jeder Missstimmung gleich die Biege machst, dann spiel dich hier nicht als Beziehungsexperte auf. Das ist erbärmlich!«

Marcels Augen funkeln ihn an, nicht böse, eher wie bei einem sportlichen Wettkampf.

»Und jetzt komm mir nicht mit Polyamorie«, schiebt Alex schnell nach. »Das ist nämlich etwas fundamental anderes, als sich gar nicht erst einzulassen.«

»Okay, okay, Alex. Ich habe keine Ahnung von Beziehung, aber dafür umso mehr von Frauen. Fakt ist, dass Frauen und Männer sich nicht verstehen, vor allem wenn es um Sex geht, und deswegen drehen sie regelmäßig durch, wenn wir unserem Schwanz nachgeben, versuchen, ihn uns madig zu machen, uns Schuldgefühle einzureden, nur weil wir unsere gottgegebene Geilheit leben und dafür nicht jedes Mal ihre Genehmigung einholen. Was sie uns als Treue verkaufen, ist nichts als sexuelle Leibeigenschaft. Nee du, ich ziehe es vor, mich gar nicht erst ernsthaft zu binden, ich lasse mich nicht abrichten wie ein Schoßhündchen. Schau sie dir doch an, die müden, traurigen Ehemänner, bei denen die Dressur erfolgreich verlaufen ist, das sind doch keine Männer mehr! Sie machen es ihrer Frau recht und am Ende werden sie noch dafür verachtet. Oder sie gehen in den Puff und werden erst recht verachtet. Wenn nicht wie bei Elchen üblich eingebuchtet.«

Marcel kommt richtig in Wallung, offensichtlich hat Alex einen Punkt getroffen. Aber andererseits: Ist durchaus was dran. Frauen können Männer nicht verstehen. Marcel steht zu seiner Männlichkeit, lässt sich kein Jota davon abbringen und findet immer wieder Frauen, die genau darauf abfahren. Alex greift zur Bierflasche und saugt den letzten Rest in sich hinein.

Marcel hat inzwischen neu Anlauf genommen: »Ich sehe schon, was du jetzt denkst: Wo bleibt da die Liebe? Ich gebe es ganz offen zu, ich habe keine Ahnung, was Liebe ist«, er dehnt das Wort wie Kaugummi, »aber so viel ist klar: Das Elend, das in den allermeisten Beziehungen abgeht, das kanns echt nicht sein!«

»Gedankenlesen musst du noch üben!«, gibt Alex zurück und verschluckt sich dabei fast. »Aber in einem hast du recht. Du hast von Liebe keine Ahnung. Komischerweise scheint dir das nicht viel auszumachen. Aber mich zerreißt es. Ich hasse Simone, weil sie mit ihrer Sexualität nicht klarkommt. Aber ich liebe sie auch.«

»Nein, du liebst sie nicht, du brauchst sie, Schätzchen, das ist etwas vollkommen anderes!« Marcels Grinsen verzieht sich zu einer breiten, hämischen Visage.

Dieses verdammte Großmaul! Seine Swingerclub-Philosophie kann er sich sonst wo hinschieben! Macht das Gespräch überhaupt noch irgendeinen Sinn? Er kennt doch Marcels Einstellung in Liebesdingen zur Genüge. Der wird ihn niemals verstehen. Erkläre mal einem Eisbären das Fliegen. Hoffnungslos!

»Egal, wie auch immer, es hat dich total mitgenommen.« Marcel nimmt die beiden leeren Flaschen. »Komm, ich hole uns noch ein Bier. Soll ich den Wodka auch gleich mitbringen?«

Eine Stunde später ist Marcel immer noch da. Der Alkohol hat dem Gespräch erstaunlicherweise ungeahnte Tiefen verliehen. Aber auch Untiefen.

»Ich finde ja, dass unsere Gesellschaft immer noch total verklemmt mit Sex umgeht. Okay, okay, bei Google kannst du *animal sex* eingeben, und prompt hast du Bilder von Weibern auf dem

Bildschirm, die von Pferden gefickt werden, also, ich bin ja hart gesotten, aber das ist wirklich krank.« Marcel verzieht angewidert sein Gesicht. »Hat mir Pit neulich erzählt.«

»Schon klar, wärst du von allein nie draufgekommen.« Erstaunlich, dass Marcel überhaupt irgendetwas peinlich ist!

»Nee, echt, also wirklich nicht! Aber was ich sagen wollte, trotz aller Freizügigkeit wird immer noch rumgeheuchelt und rumgezickt, was das Zeug hält. Inzwischen ist es ja ein offenes Geheimnis, dass auch Frauen mal schnellen, unkomplizierten Sex suchen. Das Internet ist voll davon, aber welche gibt das schon offen zu, ich meine, ohne den Schutz der Anonymität? Oder in einem Club Gleichgesinnter. Also ich weiß ja nicht, aber deine Martina scheint doch auch so eine zu sein. Die machen dann Tantra, weil, da geht es ja um etwas Höheres. Warum kann man nicht einfach dazu stehen? Braucht man doch keine teuren Kurse für zu buchen!«

»Fickclubs tuns auch, ich weiß, Marcel.

»Das sind keine Fickclubs. Das sind hocherotische Events, mit gehobenem Dresscode und Gesichtskontrolle. Sogar dann, wenn später alle eine Maske tragen müssen. Ist also nicht unbedingt weniger anspruchsvoll als Tantra …«

»Junge, rede nicht über Sachen, von denen du nichts verstehst. Beim Tantra gehts nicht um Dresscodes. Es geht um innere Entwicklung. Dir täte so ein Workshop vielleicht auch mal gut. Da könntest du dir anschauen, warum du feste Beziehungen meidest wie der Teufel …«

»Kein Bedarf«, grätscht Marcel dazwischen. »Weiß ich alles schon, habe ich dir doch erklärt.« Marcel macht sich noch breiter auf der Couch. Muss immer noch den Souveränen spielen, selbst im bedudelten Zustand.

»Du weißt bei dir Bescheid? Nichts als billige Schutzbehauptungen«, kontert Alex grantig. »In so einem Kurs bekämst du sehr schnell mit, wie zu du bist. Panzerherz, kommt keiner ran. Nur Sexappeal und Zynismus, mehr ist da nicht. Und weißt du was: Das kommt da echt nicht gut an.«

»Deswegen geh ich ja auch gar nicht erst hin.« *Smile!*

»Solltest du aber. Du kannst die Nummer noch eine Weile schieben, aber immer nur Party, das läuft sich irgendwann tot. Wenn du so ein Ritual mitmachst, wirst du vielleicht - vielleicht! - mal deine Sehnsucht spüren. Weißt du, was das ist? Sehnsucht? Dich wirklich auf jemanden einlassen? Du würdest es kennenlernen, weil du es bei den anderen mitbekommst und weil du dich der Schwingung im Raum nicht ewig entziehen kannst.«

»Wow! Schwingung! Was habt ihr denn in dem Ritual gemacht? Also das will ich jetzt doch mal genauer wissen! Ich habe immer gedacht, es geht da um Sex mit Räucherstäbchen«, blubbert Marcel.

Alex Augen fahren Karussell.

»Nun sag schon, Alter. Was geht da ab?« Marcels Blick wirkt tatsächlich interessiert.

Also gut! »Ich hab keinen Bock, dir den genauen Ablauf zu erklären, du ziehst es doch nur ins Lächerliche! Aber so viel sei verraten: Es kribbelt bis in die Haarspitzen. Diese abgefahrenen Atemtechniken! Alles kribbelt, wenn du in diesem Zustand stillsitzt und ihr in die Augen schaust ... ist wie auf Droge. Nein, viel besser! Du willst die ganze Welt umarmen. Manchmal kommt auch ein Schwall Trauer hoch, einfach nur so, vom in die Augen schauen. So wie ... mit Simone.« Alex spürt einen stechenden Schmerz in der Brust. Die Trauer schluckt er gleich wieder runter, bloß keinen dummen Spruch mehr.

Er fühlt sich immer einsamer, je länger das Gespräch dauert. Am besten wirft er Marcel jetzt endlich raus. Er geht in die Küche und holt noch ein Bier.

»So, das ist jetzt das letzte für heute. Ich muss ins Bett. Darf gar nicht dran denken, was morgen ...«

»Okay, aber erst erzählst du noch, wie das Ritual weiterging. Wart ihr nackt? Habt gevögelt? Oder alles nur Trockenübungen?«

Anders wird er ihn sowieso nicht los. »Trockenübungen. Wir haben eine halbe Stunde in Yabyum gesessen ...«

»Ist das so was wie Jacuzzi?«, fragt Marcel trocken.

»Du machst mich fertig«, stöhnt Alex.

»War ein Scherz. Also, mach weiter! Vielleicht sollte ich doch mal dorthin …«

»Schon mal eine Tantra-Statue gesehen, wo die Frau auf dem Schoss des Mannes sitzt, Arme und Beine um ihn geschlungen? Das ist Yabyum, die tantrische Stellung par excellence. Wir haben eine halbe Stunde so gesessen und geatmet.«

»Kenn ich, man trinkt gegenseitig den Atem, wow, das habt ihr gemacht, habe ich auch schon mal probiert, ist echt eine Droge.«

»Hörst du mir jetzt mal zu?«

»Ja! Jaaaaa! Bin ganz Ohr.«

6

Karoline runzelt die Stirn. »Sie haben also keine Ahnung, Herr Kiefer, aus welchen Gründen der Vertrag gekündigt wurde?« Eigenartiger Typ. Was bringt einen Menschen wohl dazu, Erotik in Worte kleiden zu wollen? Der kahlrasierte Kopf, nun ja … ansonsten ist er ja nicht unattraktiv.

»Wäre ich sonst hier? Ich habe es Ihnen doch gerade erklärt.« Er lächelt, doch sie kann sein Lächeln nicht ganz einordnen. »Damit ich Sie gut vertreten kann, muss ich mir den Sachverhalt vorstellen können. Dazu brauche ich Ihre Hilfe.«

Ist er unsicher, stellt er sich dumm oder was läuft hier ab? Immerhin mal etwas anderes als der schnöde Kanzleialltag. Mandanten eindringlich anschauen hilft ja manchmal, vielleicht lockt es auch den hier aus der Reserve.

Ihr Gegenüber trommelt ungeduldig mit den Fingern auf den Konferenztisch. »Aber das ist doch Ihre Aufgabe, verdammt nochmal. Ich bin doch hier, damit Sie herausfinden …«

Als er lauter wird, unterbricht sie ihn sofort. Diese Lektion hat sie gründlich gelernt. »Herr Kiefer, ich verstehe, dass Sie aufgebracht sind, aber ich bin Ihre *Anwältin*. Sie verstehen? Ich bin auf Ihrer Seite.« Jetzt ihr professionelles Lächeln aufsetzen, das beste Mittel gegen aufbrausende Mandanten.

»Entschuldigung. Tut mir leid. Ich wollte nicht …«, stammelt er erschrocken.

Langsam bekommt sie eine Ahnung, warum er sowas schreibt. »Schon gut. Also, ich muss Ihnen diese Fragen stellen. Sie *wissen* es nicht, aber was *vermuten* Sie als Grund für die Kündigung? Hatten Sie Ärger mit Ihrem Chef?« Sie lächelt ihn weiter an und es wirkt.

Handzahm antwortet er: »Er ist nicht mein Chef. Ich bin als Autor selbstständig. Er ist mein Vertragspartner.«

»Okay, ich verstehe. Aber … hatten Sie Ärger mit ihm? Will er sie womöglich loswerden?«

Endlich lässt er sich mal einen Moment Zeit, über ihre Frage nachzudenken. »Dr. Dallmann? Hm, keine Ahnung. Ich hatte eigentlich einen guten Eindruck von ihm. Er sprach davon, dass mein Projekt genau in die neue Verlagslinie passt. Erotik auf hohem Niveau, gezielte Tabubrüche verknüpft mit einer gesellschaftlichen Vision von wahrhaft freier Liebe, das habe Potenzial. Da waren wir uns sehr schnell einig. Und Alex, also ich meine, mein Lektor, hat ganz sicher nichts gegen mich. Würde mich jedenfalls sehr wundern. Wir kennen uns aus einer Männergruppe. Ich war nicht lange dabei, aber als ich einen Verlag suchte, habe ich mich sofort an ihn und seinen Job erinnert. Und er konnte mir tatsächlich den Vertrag besorgen.«

Sie rückt mit ihrem Stuhl nach hinten und schlägt die Beine übereinander. Hatten die beiden Puff-Investoren Hohnert & Co. nicht auch was mit einem Verlag am Hut? Sie muss Freddy mal fragen, ob er den Verlag kennt, wäre bei dem Thema kein Wunder. Vielleicht kann sie ihn mal kollegial zu Rate ziehen, was sie für diesen außergewöhnlichen Mandanten tun kann.

»Herr Kiefer, es würde mir sehr helfen, wenn ich wüsste, woher der Wind weht, ich meine den von der Gegenseite, wenn Sie verstehen.«

Er schaut sie hilflos an. »Aber ich habe Ihnen doch gesagt …«

»Dass Sie keine Ahnung haben. Ja, das habe ich verstanden. Was stand denn in der Kündigung?« Trotz seiner Glatze sieht er jetzt aus wie ein kleiner Junge. Vielleicht war er nicht lang genug in seiner Männergruppe, denkt sie grimmig. »Da stehen Seitenzahlen, Paragraphen, allgemeine Formulierungen wie Ideenschutz, Gemeinhaltungsvereinbarung und so weiter und so fort. Ehrlich gesagt kann ich nichts damit anfangen.« Er überreicht ihr einige Papiere, die sie kurz überfliegt.

Sieht nach ziemlich viel heißer Luft aus. »Also, Herr Kiefer, wir können ein Schreiben an den Prinz-Verlag aufsetzen und darin ankündigen, dass Sie gegen die unserer Auffassung nach ungerechtfertigte Kündigung Klage einreichen werden, sofern nicht mit Frist innerhalb einer Woche weitere Informationen vorgelegt werden, die zur Aufklärung des Sachverhalts dienlich sind. Alternativ können wir auch ein direktes Treffen mit einem Verlagsvertreter anbieten. Manchmal bekommt man dabei mehr heraus als mit endlosen Schriftwechseln. Wäre das in Ihrem Sinne, Herr Kiefer?«

Er nickt eilfertig. »Ja, machen Sie das. Ich vertraue da ganz auf Ihr Know-how. Ungerechtfertigte Kündigung klingt jedenfalls schon mal gut.« Sein Blick wandert zu seinen Schuhspitzen, dann schweift er unruhig umher.

Plötzlich pfeift er anerkennend und schaut verträumt durch die Glasfront hinaus in den Park. »Ziemlich edles Ambiente, in dem Sie hier logieren. Ist das alles Kirschholz?« Er zeigt auf die edle Wandvertäfelung. »Ich interessiere mich ja immer für Schauplätze, verstehen Sie? Bestimmt haben Sie sonst Kunden anderen Kalibers oder täusche ich mich da? Ich meine, es geht mich ja nichts an …«

Da hat er allerdings verdammt recht. »Wir nehmen jeden Fall ernst, Herr Kiefer. Jedenfalls danke ich Ihnen für Ihr Vertrauen.« Ob eine Kanzlei wohl der passende Schauplatz für sein besonderes Fachgebiet wäre? Nun, warum eigentlich nicht? Jetzt bloß nicht grinsen!

»Frau Dittmer, dann höre ich von Ihnen, oder? Wollen Sie, ich meine, soll ich mein Manuskript hierlassen? Ich habe extra die aktuelle Fassung ausgedruckt. Dann wissen Sie vielleicht ein bisschen mehr, um was es geht. Ich nehme ja nicht an, dass Sie das Manuskript an einen anderen Verlag verkaufen werden.«

Karoline muss lachen. »Das wäre in der Tat eine interessante Idee. Nein, Scherz, ich brauche das Manuskript nicht.« Obwohl. Wäre doch vielleicht ganz interessant.

Er sieht enttäuscht aus. »Alles klar.« Muss für Autoren nicht ganz einfach sein, wenn man sich so gar nicht für ihr Werk interessiert. Er steht auf und streckt ihr seine Hand entgegen. »Dann, ich wünsche Ihnen einen schönen Tag.«

»Lassen Sie es hier, Herr Kiefer. Das Manuskript meine ich. Es ist vielleicht doch kein Fehler, wenn ich mal einen Blick reinwerfe.«

Seine Miene hellt sich sofort auf. Freudestrahlend überreicht er ihr die Mappe und sie drückt ihm zum Abschied fest die Hand.

Kaum hat sich die Tür geschlossen, setzt sie sich und öffnet die Mappe. »Tempel der Himmelsrichtungen. Erotischer Roman von Carsten Kiefer«. Doch gerade als sie zu lesen beginnt, klopft es. Hastig stopft sie das Manuskript in eine Schublade, zieht ihren Rock gerade und steht auf. »Ja, bitte?«

Sie liegt mit ausgestreckten Armen und Beinen nackt auf ihrem breiten französischen Bett, spürt mit ihrem Rücken das schwarze Satinlaken, das sie frisch aufgezogen hat. Das Herz schlägt ihr bis zum Hals. Ihre Bewegungsfreiheit ist stark eingeschränkt, denn sie ist mit Ledermanschetten und Metallketten an Händen und Füßen an das Bettgestell gefesselt. Ihre ängstlichen Gedanken – ob das, was sie hier vorhat, eine gute Idee sei, oder eher der nackte Wahnsinn – können ihren Erregungszustand nicht bremsen. Im Gegenteil, sie heizen ihn noch zusätzlich an. Außerdem hat sie sich abgesichert. In der Nachttischschublade ist ein Babyphone versteckt, das den Ton aus Melissas Schlafzimmer direkt in Carmens Wohnzimmer überträgt. Carmen wohnt nur zwei Häuserblocks entfernt und wäre im Notfall sofort da.

21:58 Uhr liest sie vom grün schimmernden Ziffernblatt ihres digitalen Nachttischweckers ab. Ihr Blind Date muss jeden Moment eintreffen. Die Haustür ist nur angelehnt. Dominik, so hat er sich im Internet genannt, hat genaue Anweisungen gegeben, wie sie ihn zu empfangen habe. Wie lange hat sie sich schon mit dieser Fantasie herumgeschlagen? Wie oft hat sie sich selbst mit der Vorstellung zum Höhepunkt gebracht, dass ein völlig fremder Mann frei über sie verfügen kann? Dieser Mann besitzt so viel Disziplin und Einfühlungsvermögen, dass er genau weiß, was in jedem einzelnen Moment zu tun ist, um sie ins Land der Ekstase zu befördern. Das hofft sie zumindest. Einige Details ihrer Fantasie hat sie ihm verraten. Er weiß, wie er sie anfassen, wie er sie provozieren, wie er sie an ihre Grenzen und darüber hinaus und wie er sie dazu bringen kann, sich ihm vollkommen hinzugeben. Sie würde jede Kontrolle loslassen. Allein diese Vorstellung jagt ihr heißkalte Schauer über den Rücken, die sich zwischen ihren Beinen sammeln und in ein dickflüssiges, bittersüßes Ziehen übergehen.

Dominik scheint nicht irgendein billiger Spinner zu sein, der sich an der Wehrlosigkeit einer ihm ausgelieferten Frau aufgeilt. Seinem Profil hat sie entnommen, dass er ein ziemlich gewagtes Projekt verfolgt, das ihr in seiner visionären Art einzigartig vorkommt. Er plant einen Tempel, in dem bestens geschulte Liebesdiener - und Liebesdienerinnen - Frauen und Männer empfangen, um sie in die Geheimnisse spiritueller Sexualität einzuweihen. Der Tempel soll dabei in Analogie zu den Himmelsrichtungen angelegt werden, acht oder sogar mehr Himmelsrichtungen wäre je ein spezieller Tempelbezirk mit spezifischer Charakteristik gewidmet. Dominik hat in seinem Profil lang und breit ausgeführt, wie sehr ihn diese Vorstellung ganz persönlich inspiriert und erregt, aber auch, wie sehr er damit der Menschheit ein Geschenk machen will, damit diese die tiefe Spaltung zwischen Erotik und Spiritualität heilen kann. Sogar von bestimmten Hirnarealen ist die Rede gewesen, die sowohl bei sexueller Ekstase als auch bei spiritueller Verzückung aktiviert werden, was dafür spricht, dass Sexualität und Spiritualität letztlich die gleichen Wurzeln haben.

Sie hat gleich gemerkt, entweder ist dieser Typ ein genialer Visionär - oder ein armer Irrer. Oder beides. Sie will es herausfinden. Sie wird es herausfinden. Schon bald.

In den zahllosen Chats und E-Mails, in denen sie sich nähergekommen sind, hat sie langsam Vertrauen zu ihm gefasst, obwohl sie weiß, dass sie nicht die Einzige ist, die er als zukünftige heilige Hure für seinen Tempel zu rekrutieren versucht. Er hat ihr sehr schnell klargemacht, dass sie nur für den Nordwesten in Frage käme, den Bezirk erotischer Dominanz und Unterwerfung. Sie hat sich dagegen gesträubt, Einwände vorgebracht, ihm ein perfides Machtspiel vorgeworfen, aber es hat alles nichts geholfen. Er hat recht. »Melissa, du testest mich, weil jede Zelle deines Körpers danach schreit, vollkommen die Kontrolle loszulassen. Mich als deinen zukünftigen sexuellen Gebieter zu prüfen, ist ein perfektes Vorspiel, aber nicht mehr als das! Du willst, dass ich dem standhalte. Sei dir gewiss, das tue ich! Ich spüre deine Erregung so wie du sie spürst, und sie ist heilig!«

So hat er sie an den Punkt geführt, an dem sie ihre tiefe Sehnsucht nach völliger Hingabe nicht mehr verleugnen kann. Ihr erstes Treffen - auch darauf hat er bestanden - muss dieser Spielart der Liebe gewidmet sein, denn ob sie über ausreichende Fähigkeiten verfüge, sich einem vollkommen Fremden blind hinzugeben, würde er nur beim ersten Treffen - am eigenen Leibe und auf lustvollste Weise - in Erfahrung bringen können.

In einem Detail sind sie sich nicht einig geworden und dieser Streitpunkt hätte die Verabredung beinahe platzen lassen. Sie will nicht von Anfang an eine Augenbinde tragen, bevor sie nicht zumindest einen kurzen Blick auf ihren Gebieter werfen konnte. Dominik hat das nicht gefallen. Als er aber gemerkt hat, dass Melissa an diesem Punkt noch nicht zur Unterwerfung bereit ist, hat er ihr mit großzügiger Geste die Erlaubnis erteilt, ohne Augenbinde auf ihn zu warten. Das Zimmer müsse aber so weit abgedunkelt werden, dass sie ihn nur schemenhaft würde erkennen können. Auch dieser Anweisung ist sie nicht vollständig gefolgt. Sie hat überall in ihrem Schlafzimmer tiefrote Kerzen aufgestellt, die dem Raum eine zugleich romantische wie auch etwas unheimliche Atmosphäre verleihen.

Hoffentlich sucht er nicht gleich wieder das Weite, wenn er ihren Ungehorsam entdeckt.

In diesem Moment hört sie ein Geräusch und ihr Herz setzt fast aus, ihre Muskeln spannen sich an, während sie lustvoll an den Fesseln zerrt. Ihre Erregung bekommt noch einmal einen Schub, sie kann ein leichtes Stöhnen nicht unterdrücken und nimmt gerade noch wahr, wie die Haustür ins Schloss fällt. Dann hört sie erst mal nichts mehr, außer ihrem eigenen Atem, wenn er nicht gerade stockt. Minuten später, die ihr wie Stunden vorkommen, erscheint er im Türrahmen ihres Schlafzimmers. Sein wie versprochen großer, schlanker Körper ist in einen schwarzen Umhang gehüllt, sein Kopf ist von einer Kapuze und sein Gesicht von einer schwarzen Maske verhüllt. Durch Sehschlitze wird sie von zwei grünbraun leuchtenden Augen fixiert. Dann lässt er seinen Blick über ihren nackten Körper schweifen. Der antwortet – wie auf einen leichten Lufthauch – mit einer Gänsehaut, ihre Nippel erheben sich wie auf Kommando und spitze Lustblitze durchzucken ihre offene Scham, die ihm genau wie ihre weit geöffneten Augen vollkommen ungeschützt entgegenblickt.

Sie sucht nach Anzeichen, ob ihm gefällt, was er sieht, aber sie findet keine. Es nützt ihr also kaum etwas, dass sie keine Augenbinde trägt. Dominik verschafft sich dadurch bei ihr einen von Spannung getragenen Respekt. Er ist offensichtlich nicht der Mann, den sie in irgendeiner Weise von seinem Begehren würde abbringen können. Genau das hat sie sich gewünscht: einen Mann, den sie nicht um den Finger wickeln kann, einen Mann, der seine stolze, männliche Präsenz und Dominanz zu zelebrieren weiß, zu Ehren des Gottes Shiva und damit zugleich zu Ehren seiner Gefährtin Shakti.

Sie haben sich zuvor nicht nur über ihre persönlichen sexuellen Vorlieben ausgetauscht, sondern immer wieder auch über ihre Einstellungen zu Gott, zur Welt und über ihre Lebensphilosophie. Soweit es ihn betrifft, handelt es sich vor allem um eine ziemlich exotisch anmutende Liebesphilosophie. Er hat ihr von seinen

Erfahrungen im Tantra berichtet, die nichts mit diesen Ringelpiez-mit-Anfassen-Gruppen zu tun haben, wie er sie nennt, sondern mit Reisen in den Himalaya, an den Amazonas und zu Ureinwohnern Nordamerikas. Dort sei er in uralte Traditionen eingeweiht worden, mehrfach sogar in Fruchtbarkeitsriten und Praktiken sakraler Sexualität. Er hat sie beeindruckt. So etwas kann sich niemand einfach so ausdenken, um eine Frau aus dem Netz ins Bett zu zerren. Niemals wäre sie bereit, sich einem fremden Mann so auszuliefern, wenn sie den Verdacht hätte, dass er einfach nur seine egoistische Lust daraus bezieht, eine Frau zu unterwerfen und zu beherrschen. Nach fünfzehn Jahren feministischer Sozialisation würde sie das niemals zulassen. Seine Vision ist ihr mindestens so wichtig wie sein Körper, sein Charme und sein Charakter. Wer weiß, vielleicht würde sie eines Tages Teil seiner Vision? Sie ist eine selbstbewusste, erfolgreiche und geachtete Frau, sowohl als Chefredakteurin als auch in ihrem privaten Freundes- und Bekanntenkreis. Kaum jemand würde ihr dies hier zutrauen. Aber genau das macht den Reiz aus. Sie ist mutig, lebenslustig, sie will auch die verborgenen Aspekte ihrer Persönlichkeit kennenlernen. Dazu gehört auch, sich sexuell jenseits ausgetretener Pfade auszuleben, aber noch viel mehr. Der Mann hat einen Nerv bei ihr getroffen. Allein die Tatsache, dass sie kaum jemandem wird berichten können, was sie hier erlebt, ist doch Beweis genug, dass Sex trotz aller vermeintlichen sexuellen Befreiung immer noch auf höchst beunruhigende Weise verpönt ist. Für sie ist Sex etwas Heiliges, und in Dominik hat sie möglicherweise jemanden getroffen, der das ganz genauso sieht.

Plötzlich holt sie eine tiefe, durchdringende Stimme in den Moment zurück. Dominik schaut sie immer noch an, aber seine Augen scheinen sich zu verengen. »Du denkst zu viel! Hör auf zu denken, du seiest zu etwas Besserem da, als meiner Lust zu gehorchen! Deine Fotze weist dir den Weg. Spüre, wie sie mich mit feuchten Augen anlächelt. Wie dein ganzer Schoß vibriert. Als wenn er schon weiß, was ich mit ihm vorhabe.«

Puh! Karoline legt das Buch zur Seite und lässt das Gelesene auf sich wirken. Ist ja nicht das erste Mal, dass sie Arbeit aus der Kanzlei mit nach Hause nimmt, aber die hier fällt doch ziemlich aus dem Rahmen … Unruhig trommeln ihre Fingerspitzen auf die Glasplatte ihres Schreibtisches, sie braucht ein Glas Rotwein. Komisch, eigentlich trinkt sie nicht, wenn sie alleine ist, aber bei der Lektüre dieses Buches hat sie eigenartigerweise nicht das Gefühl, alleine zu sein. Sie fühlt sich ertappt. Aber wobei? Wahrscheinlich macht es dich an, was du da liest, würde Bastian ihr zuflüstern, aber du willst es dir sicher nicht eingestehen, oder? Sie liebt ihn dafür, dass er sie selten billig davonkommen lässt. Mit alldem, was sie sich selbst so zusammenreimt, vor allem, wenn es um Liebe geht. Oder um Sex. Oder um beides.

Aber was soll sie mit dem Text hier anfangen? Sie hat kein Faible für SM und dass Sex etwas Heiliges sei, hat sich ihr bis dato auch nicht wirklich erschlossen. Obwohl Nikolai gerne darauf verweist, dass Yoga mit Tantra verwandt sei und erotischem Genuss gegenüber nicht abgeneigt. Der Körper sei unser Tempel. Man müsse deswegen nicht gleich in eine Tantragruppe gehen, gewisse Yogastellungen seien auch schon hilfreich für genussvollen Sex. Klingt durchaus einleuchtend …, wenn sie denn überhaupt mal wieder Sex hätte. *Che peccato*, aber der Wein ist köstlich, da könnte man tatsächlich ins Träumen kommen.

Nochmal zurück an den Schreibtisch? Unschlüssig lässt sie ihren Blick über Nachbars Garten schweifen. Was für eine wunderbare Obstblüte. Ob sie weiter in diesem seltsamen Roman herumstöbern soll oder vielleicht doch lieber ins Bett? Sie sinniert über den Autor, etwas durch den Wind, aber durchaus attraktiv, der Herr Kiefer. Als Richterin müsste man sie wohl wegen Befangenheit ablehnen. Der Spiegel neben dem Schreibtisch zeigt ihr ein übermütiges Grinsen: Wer sagt denn, dass Jura immer eine trockene Materie zu sein hat?

Ihn mit ins Bett nehmen und dort noch ein wenig drin blättern, *appunto*! Ihre Wangen fangen an zu glühen, warum verdammt fühlt sie sich allein in der eigenen Wohnung ertappt? Wie lange hat sie keinen Sex mehr gehabt? Das bisschen Selbstbefriedigung gelegentlich … ist nur ein elender Ersatz und erinnert immer schmerzhaft an ihre Einsamkeit. Und außerdem, wie soll sie denn noch sinnliche Gefühle entwickeln, wenn sie erst so spät am Abend heimkommt, meist ziemlich fertig. Wenn sie nicht sowieso noch einen Termin bei den Grünen hat.

Aber heute … heute ist es anders. Dieses wohlige Prickeln im Bauch … und darunter. Ja genau! Sie wird eine Dusche nehmen und ihren Körper mit duftender Minze verwöhnen. Maria wird zufrieden sein - ein Geburtstagsgeschenk mit Auflagen, immerhin weiß Maria, was ihr guttut. Meistens. Sie streichelt über ihre Wange … feucht und geschmeidig wird ihre Haut nach dem Bad sein. *Dann lege ich mich nackt ins Bett, zünde Kerzen an, höre sanften Jazz von … genau, Diana Krall, und dann …* Oh! Alles in ihr pocht. Vielleicht noch etwas meditieren? Ein paar Yogaübungen? *Mache ich auch viel zu selten.* Oder noch einen Blick in das Buch? Es durchzieht sie ein sanftes Vibrieren. Vorfreude? Erregung? Auf jeden Fall fühlt es sich gut an.

Sonnengruß, ein Baum, ein Dreieck und noch ein paar Dehnungen am Boden. Aber es zieht sie eindeutig in ihr breites, kuscheliges Bett. Ganz so kuschelig fühlt es sich jedoch nicht an. Sie seufzt. Nicht schon wieder diese Traurigkeit! Aber wie sagt Nikolai immer? *Darf auch da sein.* Und zu jeder Stimmung gibt es die passende Musik. *Ain't no sunshine, when he is gone …? Dann suhle ich mich eben im Selbstmitleid.* Sie streichelt sich sanft über die Brüste, über den Bauch, die Schenkel …

7

Die Räumlichkeiten von *Berger & Schäfer* haben etwas Beeindruckendes. Allein die lichte Raumhöhe von mehr als fünf Metern im großzügigen Empfangsbereich lassen Minderwertigkeitsgefühle aufkommen. Alex spürt die einschüchternde Wirkung sofort, als er die Kanzlei betritt. Wahrscheinlich ist das beabsichtigt und gehört zum Geschäft. Je kleiner sich die Mandanten fühlen, desto größer fühlen sich nämlich die Herren Advokaten. Die Wände aus weißem Carrara-Marmor, unterbrochen von edlem Kirschholz, müssen Unsummen gekostet haben. Anwälte! Kann man denen trauen? Immerhin profitieren sie mehr von einem Streit als davon, ihn zu schlichten.

Von der Dame am Empfangstresen wird er sogleich in das helle, geräumige Wartezimmer geführt. Wow. Eine ganze Wand nur aus Glas, freie Sicht auf den Park mit seinem prächtigen Baumbestand. Damit kann sein Arbeitsplatz wohl kaum mithalten, ein schäbiges Dachstübchen dagegen.

Alex macht es sich auf dem weißen Ledersessel bequem und wartet auf Frau Dr. Dittmer. Auf dem Firmenschild stehen mindestens zwanzig Fachgebiete, Familien-, Erb-, Steuer-, Straf- oder Verwaltungsrecht … wahrlich eine eigene Welt. Namen von zwölf Rechtsanwälten, die meisten mit Doktortitel, bestimmt ist das hier die angesagteste Kanzlei der Stadt. Carsten lässt sich nicht lumpen, das muss man zugeben.

Wie lange er wohl warten muss? Warten ist nicht gerade seine Stärke, schon gar nicht in so einer unerfreulichen Angelegenheit. In was ist er bloß hineingeraten! Warum muss er jetzt in dieser Kanzlei sitzen? Gehört sicher nicht zum Aufgabenbereich eines Lektors, sich mit juristischen Feinheiten von Autorenverträgen herumzuschlagen. Aber Dallmann war beinhart. Er solle die Suppe selbst auslöffeln, die er ihnen eingebrockt habe. Wie dumm konnte er sein, dass er sich so hat überrumpeln lassen. Dabei ist er hier eindeutig eine Fehlbesetzung ohne die geringste Ahnung von der Rechtslage.

Nun denn, heute fällt sowieso keine Entscheidung. Einfach mal die Lage sondieren, mehr war aus Dallmann nicht herauszukriegen. Wenn Carsten wirklich abgeschrieben hätte, würde er wohl kaum so ein Tam-Tam machen. Alex reibt sich die Stirn. Irgendwie macht das alles keinen Sinn. So wie gerade nichts in seinem Leben wirklich Sinn macht.

Das große Ziffernblatt der Wanduhr zeigt 11:50 Uhr. Zwanzig Minuten, na gut, zehn Minuten gibt er ihr noch, dann … Naja, er kann wohl kaum einfach wieder verschwinden, Dallmann würde ihn in der Pfeife rauchen.

Er schlägt das Manuskript auf und blättert darin herum. *21:58 Uhr liest sie von dem grün schimmernden Ziffernblatt ihres digitalen Nachttischweckers ab. Ihr Blind Date muss jeden Moment eintreffen. Die Haustür ist nur angelehnt.* Ah genau, die heiße Szene, als Melissa auf Dominik wartet. Carsten hat schon Talent, das muss man zugeben, auch wenn er sich manchmal leider nichts sagen lässt. Ob er so etwas wohl selbst erlebt hat? *Ich muss ihn unbedingt fragen.* Die erotischen Episoden in seinem Roman sind wirklich heiß. Es macht Spaß, sie bis ins kleinste sprachliche Detail aufzupolieren. Sprache kann sehr erregend sein. Allerdings würde er das meiste doch lieber in echt … Die Tür schwingt auf, Shit, fast rutscht ihm das Manuskript von den Knien, peinlich! »Herr Schwaizer? Frau Dr. Dittmer wird in wenigen Minuten für Sie da sein. Es geht um den Fall Kiefer mit der Urheberrechtsverletzung, richtig? Nur damit ich schon mal die richtige Akte bereitlegen kann.«

Schon ist die adrette Vorzimmerdame wieder verschwunden. Uff! Aber sie hätte ihm wenigstens einen Kaffee anbieten können. Und außerdem … liegt die Akte etwa nicht längst bereit? *Urheber-*

rechtsverletzung. Juristenlatein erfüllt glatt den Tatbestand der auditiven Belästigung. *Herrschte auf Erden die Liebe, wäre alle Juristerei entbehrlich.* Schön gesagt, aber leider auch 2000 Jahre nach Aristoteles reines Utopia. Hoffentlich wird es mit dieser Frau Doktor nicht allzu schlimm. Es gibt ja Ausnahmen, Julia Roberts als *Erin Brockovic* zum Beispiel! Aber hier wird er es höchstwahrscheinlich mit einer älteren Dame zu tun bekommen, Haardutt, braune Hornbrille und grauer Hosenanzug. Und wenn schon. Geht auch vorbei.

Plötzlich öffnet sich schwungvoll die Tür und … eine äußerst attraktive Frau betritt den Raum. Er zuckt zusammen, dann schnellt er aus dem Sessel hervor wie ein Springteufel. Und bleibt bewegungslos stehen. Wow. Diese Frau … kein bisschen spröde Juristin. Höchstens Ende dreißig. Die Haare ein bisschen streng nach hinten gebunden, aber diese Augen, und die tiefroten Lippen … Und schick! Er schluckt. Verdammt, mit seiner abgewetzten Jeans und dem zu weitem Sweater ist er definitiv underdressed.

Nach kurzem Zögern befreit ihn die Schöne aus seiner Schockstarre, kommt direkt auf ihn zu und streckt ihm entschlossen ihre Hand entgegen. »Herr Schwaizer? Mein Name ist Dittmer, entschuldigen Sie bitte, dass Sie warten mussten. Das ist normalerweise nicht unser Stil. Hat Ihnen Frau Schulte-Sick schon etwas zu trinken angeboten?«

Fester, entschiedener Händedruck, sehr angenehm! Am liebsten würde er ihre Hand gar nicht wieder loslassen.

»Nein. Ich meine Ja, Schwaizer mein Name. Und ja, bitte, ein Wasser wäre schön.« Oje, er stottert ja. Fühlt sich wie benebelt und sein Herz rast auch ohne Kaffee wie verrückt. Allein schon dieser herbsüße Duft! Mango?

»Zwei Mineralwasser, Frau Schulte-Sick, bitte in den Konferenzraum, danke«, ruft Frau Dittmer ins Foyer. Dann wendet sie sich lächelnd wieder ihm zu. »Wenn Sie mir bitte folgen würden, Herr Schwaizer, hier entlang.«

Auf dem Weg durch die Flure denkt Alex an die Themen, die er mit dieser Frau zu besprechen hat. Das kann ja heiter werden!

Der Konferenzraum, klar, riesig und exklusiv möbliert. »Bitte, nehmen Sie Platz, Herr Schwaizer!«

Hoffentlich merkt sie nicht, wie er sie anstarrt. Ihre Augen, die zart geschwungenen Augenbrauen! Diese Ausstrahlung. Was macht so eine Frau in so einem Laden?

Alex versucht, eine angenehme Sitzhaltung auf dem luxuriösen Freischwinger zu finden, ohne Erfolg. Trotzdem zwingt er sich, nicht ständig seine Position zu verändern.

»Meinen Schriftsatz haben Sie gelesen, Herr Schwaizer? Eigentlich sollte Ihnen unser Standpunkt klar sein. Wie ich bereits in meinem Schreiben vom vergangenen Dienstag ausgeführt habe, ist mein Mandant der Auffassung, dass die Vertragsauflösung in keiner Weise gerechtfertigt ist. Ich habe ihm zugesagt, in einem persönlichen Gespräch mit einem Vertreter des Verlages auszuloten, inwieweit eine gütliche Einigung infrage kommt. Die rechtlichen Verhältnisse, das gebe ich unumwunden zu, sind in Fragen des Urheberrechts nicht immer ganz eindeutig, das heißt für beide Seiten, für Sie und für uns, bestünde ein nicht unerhebliches Prozesskostenrisiko, sollten Sie bei Ihrer Position bleiben. Aber soweit ich mir einen Überblick verschaffen konnte, dürfte eine Vertragsauflösung ohne angemessene Abfindung vor Gericht auf keinen Fall Bestand haben. Sollten sich Ihre Vorwürfe – wovon ich nach den Einlassungen von Herrn Kiefer derzeit auszugehen habe – als haltlos erweisen, sind sie zudem auch als ehrverletzend anzusehen, was sich dann selbstverständlich in der Höhe der Abfindung widerzuspiegeln hätte. Was meinen Sie, Herr Schwaizer?«

Schall und Rauch! Noch nie war diese Redewendung passender. Trägt diesen geschwollenen Sermon trocken wie Knäckebrot vor und lächelt ihn dabei an, als würde sie ihn gerade zum Kinobesuch einladen. Wie wäre es mit *Stadt der Engel* mit Meg Ryan? Gleichzeitig ist da immer noch diese Strenge in ihrem Gesicht.

Und das markante Kinn, solche Menschen sind meist sehr entschlossen. Wie sie wohl … nein, das passt jetzt gar nicht hierher. Innerlich schrumpft er immer mehr zusammen, sein Magen zieht und zerrt wie ein quengelndes Kind.

Shit! Er hat nicht nur von den juristischen Hintergründen nicht den blassesten Schimmer, er weiß auch immer noch nicht, ob an den Vorwürfen überhaupt was dran ist. Und wenn schon! Dallmann hätte zuerst mit Carsten sprechen müssen, anstatt einfach den Vertrag zu kündigen. *Ich bin hier vollkommen fehl am Platze.* Sein Chef hätte ihn niemals hierherschicken dürfen.

Aber diese Frau … sie ist … er muss … er wird ein lockeres, unverfängliches Gespräch anfangen. Dumm nur, dass sie im Besprechungszimmer einer Anwaltskanzlei sitzen. Und die Frau ihm gegenüber die Gegenseite vertritt.

»Herr Schwaizer?«. Wieder diese Augen. Was hat sie gesagt? Er hat ganz vergessen, zu antworten, oh Mann, er muss sich zusammenreißen. »Okay, Frau Dittmer, ich bin kein Jurist, aber soweit ich das von unserer Verlagsjuristin, die ja schließlich auch eingeschaltet wurde, bevor der Vertrag von Herrn Dr. Dallmann, unserem Verlagsdirektor, gekündigt wurde, insoweit ich mich also habe informieren lassen, ist doch davon auszugehen, dass der Autor Ideen und Passagen eines anderen Autors verwendet hat, und das wäre schlicht gegen die Vertragsbedingungen. Insofern weiß ich jetzt wirklich nicht, worüber wir hier eigentlich reden.«

Am liebsten würde er spucken, so seifig fühlt es sich gerade in seinem Mund an. Und so wie sie ihn anschaut ... verdammt, niemand, der ihn so reden hörte, käme auf die Idee, er sei Germanist, mithin Experte für künstlerisch-sprachliche Gestaltung. Bestimmt denkt sie, er sei, er habe … wie heißt noch gleich das Syndrom mit den Wortfindungsschwierigkeiten? Aspacher oder so ähnlich. Krank im Hirn.

Doch Frau Dr. Dittmer kennt keine Gnade. »Dann müssen wir wohl ins Detail gehen, Herr Schwaizer. Die entscheidende Idee des Romans sind ja wohl der Tempel und die Himmelsrichtungen.« Sie blättert in ihren Unterlagen. »Ah, ja, hier auf Seite 183. Da geht es gerade um den Westen, also mehr ums rein Körperliche, wenn ich das recht verstehe … ich zitiere: `Er leckt sie am ganzen Körper, schleckt sie ab, macht sich genüsslich über jede ihrer Hautpartien her, kann nicht genug von ihr bekommen. Sie wälzt sich auf dem runden, wie ein Altar geschmückten Podest stöhnend hin und her, öffnet ihre Beine und lädt ihn damit ein, sie auch an ihrer intimsten Stelle mit der Zunge zu verwöhnen.´ Herr Schwaizer, dies ist eine der Stellen oder - genauer gesagt - ein Ausschnitt aus einer Passage, die Sie in Ihrem Kündigungsschreiben als Plagiat bemängeln. Ich weiß nicht, ob Sie sonst erotische Romane lesen, aber das sind Formulierungen, von dem Altar mal abgesehen, die in einschlägigen Publikationen wahrscheinlich zu hunderten zu finden sind, wenn nicht zu tausenden. Es kann ja wohl nicht erwartet werden, dass ein Autor gänzlich neue Sexpraktiken zu erfinden habe, damit sein Werk auf keinen Fall als Plagiat gelten könne.«

Die liest diesen Text wie einen Ausschnitt aus einem juristischen Handbuch! Nicht zu fassen. Aber dann dieses abgründige Lächeln. Nervös nestelt er an seinem Sweatshirt herum und traut sich nicht mehr aufzublicken. Er ist sich verflucht sicher, dass er nur herumstottert, wenn er versucht zu antworten. Einfach nur dasitzen und schweigen … macht es aber auch nicht besser. Knisternde Spannung hängt im Raum. Wie bei der Übung mit dem Yoni-Lingam Dialog. Gesprochenes Wort kann verdammt erotisch sein. Aber er ist hier in einer Anwaltskanzlei.

Hilft alles nichts, ich muss antworten. Und zwar sofort. Was hat sie nochmal gefragt? Ach ja. »Also, Frau Dittmer, ja, ich lese sehr gerne erotische Romane. Aber … Sie offenbar auch!«

Oh nein! Er versucht mit aller Macht, sein unwillkürliches Grinsen zu unterdrücken, aber keine Chance. Er sinkt mit ihr auf ein rotes Satinlaken und …. Stopp! Er muss dieses Bild unbedingt verscheuchen und zwar sofort. Er gibt sich alle Mühe, ruhig und gefasst aufzuschauen, felsenfest überzeugt, in ihrem Gesicht purer Empörung zu begegnen, doch sie sieht ihn mit einem feinen ironischen Lächeln an, so als hätte sie riesigen Spaß. Sind sie jetzt etwa in den Roman eingestiegen? Fantasy ist eigentlich nicht sein Genre.

»Naja, um ehrlich zu sein, das meiste, was ich in meinem Beruf zu lesen bekomme, ist ziemlich trocken. Da ist so ein Fall schon mal eine willkommene Abwechslung.«

Ihr sibyllinisches Lächeln ist nicht zu ertragen. Nimmt sie ihn auf den Arm? Oder will sie ihn anbaggern?

Langsam! Erst mal zum Sachverhalt zurück. Er gibt sich einen Ruck: »Die Szene, die Sie gerade vorgelesen haben, ja, die könnte überall stehen. Aber der Kontext mit den Himmelsrichtungen ist doch recht einzigartig, oder? Und zwei Absätze weiter, da werden Details genannt, die doch eher, ich meine, nahezu unverwechselbar sind.« Unfassbar, was er da für einen Unsinn labert.

»Ich höre?«, kommt der Ball sofort zu ihm zurück.

Er soll aus diesem erotischen Text vorlesen? In Gegenwart dieser Amazone? Sie will ihn vorführen! Oder ist sie vielleicht eine geheime Gesinnungsgenossin? Aber was, wenn er sich irrt? Dann endet das hier unweigerlich in einem Fiasko und sie sind bereits auf dem besten Weg dorthin. Vor seinem inneren Auge erscheint Dallmann mit finsterem Blick. Plötzlich sieht sein Chef aus wie sein Deutschlehrer damals, als der ihn mit seinen geheimen Bildchen erwischte. Er musste sie vor der ganzen Klasse vorzeigen. Ihm wird schwarz vor Augen.

Er krallt seine Hände ineinander, unmöglich! Er kann ihr unmöglich diesen Text vorlesen. Er wird rot anlaufen, stottern, debil grinsen, vollständig sein Gesicht verlieren. »Wir haben Ihnen doch den Text zukommen lassen. Ich muss das jetzt hier nicht vorlesen. Aber vielleicht so viel: Denken Sie an die Szene, als das tantrische Paar mit den acht Kostbarkeiten auf das große Ritual vorbereitet wird. Oder dann die Szene, in der die junge Aspirantin für die Übertragung der Sakramente gefesselt wird. Man fesselt sie nicht nur, sondern schmückt sie am ganzen Körper, mit ganz bestimmten Utensilien. Diese Szene ist so originell und enthält derart unverwechselbare Einzelheiten, dass es doch wohl unzweifelhaft naheliegt, dass Herr Kiefer abgeschrieben hat.«

Unzweifelhaft? Hahaha! Er hat doch gar keine Ahnung! Egal, irgendetwas muss er ja sagen.

»Also, man bindet sie mit regenbogenfarbenen Seidenbändern am Bettgestell fest, man drapiert sie mit verschiedenen exotischen Fruchtstückchen, ihr Gebieter führt ihr einen Dildo ein, der aussieht wie ein Stab mit aufgespießten Pflaumen. Ich muss zugeben, die Früchte kannte ich auch noch nicht alle und einen Pflaumendildo habe ich auch noch nie gesehen. Aber darüber hinaus finde ich diese Szene nun auch nicht so originell, dass dies die von Ihnen ausgesprochene Kündigung des Autorenvertrags rechtfertigen würde. Findet sich dergleichen nicht bereits im *Kamasutra*?«

Sein ganzer Körper fängt an zu jucken, er reibt seinen Rücken an der Lehne, ihr triumphierender Blick!

Oder halluziniert er bereits? Er fühlt sich so hilflos wie seit Kindertagen nicht mehr. Absurd, vollkommen absurd die ganze Situation. Warum nur legt sie es drauf an, ihn derart in Verlegenheit zu bringen? Bringt man so die Gegenseite zu unfreiwilligen Geständnissen? Eine verdammt wirkungsvolle Taktik! Bald ist er soweit, alles zuzugeben, was immer sie von ihm hören will. Lernt man das heutzutage im Jurastudium oder ist das ihre spezielle Meisterschaft? »Kamasutra?«, plappert er ihr nach wie ein Papagei.

Sie lacht. »Nicht, dass ich das Kamasutra wirklich kenne, das kennen Sie sicher besser.«

Warum ist er dieser Frau nicht im Supermarkt begegnet? Im Verlag? Auf der Straße? In einem Tantraseminar! Überall, aber nicht hier! »Ich kenne es auch nicht wirklich. Aber vielleicht sollte ich doch mal reinschauen.« Verdammt, wo bleibt eigentlich das Wasser?

»Machen Sie das. Vielleicht hat sich ja auch Herr Kiefer davon inspirieren lassen. Sein Tempel klingt doch fast wie das Update in die heutige Zeit, ich meine, auch wegen des spirituellen Hintergrunds. Und dafür dürfte doch wohl kaum ein Copyright vorliegen.«

Dieser Frau hier gegenüber zu sitzen, am Konferenztisch einer Edelkanzlei, und über das Kamasutra zu plaudern, ist schärfer als jede erotische Fantasie, die er sich jemals ausgemalt hat und sich jemals ausmalen wird. Und es ist die Hölle.

8

Je länger die Begegnung dauert, desto mehr beginnt Karoline sie zu genießen. Nicht wegen ihrer fachlichen Überlegenheit, nein. Es macht einfach ungeheuren Spaß, diesen attraktiven Rotschopf in Verlegenheit zu bringen. *Molto carino*, wie er immer wieder rot wird und ins Stottern kommt. Vielleicht sollte sie ihn mal fragen, ob Erotik etymologisch von Erröten kommt. Sie kichert in sich hinein und hält sich die Hand vor den Mund, als müsse sie niesen.

Sie muss nur aufpassen, dass sie nicht selbst rot wird. »Herr Schwaizer, ich denke, mein Mandant wäre damit einverstanden, wenn Sie die Kündigung des Autorenvertrags zurücknehmen und stattdessen eine angemessene Abfindung vereinbaren. Am besten stünden Sie natürlich da, wenn sie ihm einen anderen Verlag vermitteln, der alle Rechte an der Publikation übernimmt. Die Voraussetzungen für eine vertrauensvolle Zusammenarbeit scheinen zweifelsohne nicht mehr gegeben.«

Mit seinen schwindenden Haaren nicht gerade ein Adonis, dieser Mister Schwaizer, aber die Grübchen am Kinn, die Lachfalten um die Augen und seine Stupsnase … bestimmt war er mal ein Lausbub auf dem Bauernhof, der Hühnern hinterherjagt und seiner Schwester eine tote Maus ins Bett legt. Wahrscheinlich irische Vorfahren.

»Da haben sie recht«, unterbricht er ihre Träumerei. »Ich finde es sehr bedauerlich, dass wir das nicht erst mal intern aufzuklären versucht haben.«

Intern aufklären. Karoline verkneift sich ein Grinsen. Soll sie ihn vielleicht auch mal intern darüber aufklären, an was sie gerade denkt? Oder ihn einfach mal zum Kaffee einladen?

Karoline, Attenzione, reiß dich zusammen! Sie streicht ihr Kostüm glatt und strafft ihre Schultern. »Haben Sie nicht?« Sie muss das Gespräch in Gang halten, jede Pause steigert nur ihre Nervosität. In ihrem Hirn fangen die Bienen an auszuschwärmen. Kann sie ihn doch dazu bringen, eine Passage aus dem Roman vorzulesen? Vielleicht die Szene in dem erotischen Café? Wäre eine prima Überleitung.

»Nein. Leider nicht. Aber dafür ist es jetzt wohl zu spät.«

Was hat sie ihn überhaupt gefragt? Sie schließt die Augen. Ach ja, intern klären … »Na, dann denken Sie doch mal intern darüber nach und machen uns ein Angebot in Sachen Abfindung. Ich finde, so etwas muss nicht unbedingt vor Gericht. Gentlemen lösen dergleichen unter sich, oder? Was meinen Sie?«

»Frau Dittmer, ich bin nicht befugt, das zu entscheiden. Ich werde meinen Chef von ihrem Vorschlag in Kenntnis setzen. Er wird dann sicherlich Rücksprache mit der Rechtsabteilung der Gehrmanngruppe nehmen. Es ist wohl am besten, wenn die Juristen das weitere Procedere untereinander aushandeln. Ich kenne mich da einfach zu wenig aus. Ich denke, wir können das Gespräch an dieser Stelle beenden.«

Was? Nein! Hat sie etwas Falsches gesagt? Er sieht aus wie ein begossener Pudel. »Herr Schwaizer, erinnern Sie sich an diese Szene im Café? Wo es darum geht, wer für den Tempel auserwählt wird?«

»Ja, natürlich. Aber was spielt das jetzt noch …«

»Wie kommt ein Autor auf solche Ideen? Das würde mich jetzt wirklich mal …«

»Hören Sie, Frau Dittmer, was tut das zur Sache? Ich gebe Ihre Fragen an Herrn Dallmann weiter. Sie haben vollkommen recht mit dem, was Sie über Gentlemen gesagt haben. Tut mir leid …«

Er steht auf. Verdammt! »Sie haben recht, tut gar nichts zu Sache. Nicht jetzt. Ich dachte nur, sowas kommt ja nicht so oft vor, vielleicht wäre das eine Spur. Aber gut, das gehört jetzt wohl wirklich nicht hierher.«

Er lächelt. »Ja. Nun. Ich will Ihre Zeit auch nicht länger beanspruchen. Es hat mich sehr gefreut.«

Jetzt wirkt sein Lächeln fast gequält, sie versteht gar nichts mehr, schaut ratlos auf die Uhr. »Gar kein Problem. Der nächste Termin ist erst in einer Stunde. Wenn es also noch etwas gibt …«

»Ich hoffe einfach, dass die Angelegenheit bald aus der Welt ist. Carsten macht mir die Hölle heiß.«

»Ach so. Aber, wenn das so ist … auf welcher Seite stehen Sie dann überhaupt? Ich dachte, Sie vertreten den Verlag?«

Uff! Er setzt sich wieder hin. »Ja, das frage ich mich gerade auch. Ich meine, wen ich hier eigentlich vertrete. Nur, das sollte ich Ihnen wohl nicht verraten.«

Sein bohrender Blick bringt sie noch mehr ins Schwitzen, ihre Lippen zittern, ihr Herz gerät kurzzeitig aus dem Takt, aber sie will nicht, dass er geht. »Sie sind mit Herrn Kiefer persönlich bekannt? Ich meine, klar, Sie sind ja sein Lektor. Aber Sie sind anscheinend auch befreundet, oder?« Immerhin, er zieht die Augenbrauen hoch, als sei er freudig überrascht, seine Augen funkeln.

Aber dann schaut er schon wieder zur Seite. Warum? »Ich wüsste nicht, was Sie das, ich meine, was das hier für eine Rolle spielt. Aber wie auch immer, Carsten nimmt mir übel, dass ich mich der Kündigung nicht entschieden genug entgegengestellt habe. Dabei hatte ich gar keine Chance. Aber … warum fragen Sie?«

Mist. Er klingt schon wieder genervt. Fühlt er sich ausgehorcht? Sie muss dieses Gespräch irgendwie hinauszögern und in andere Bahnen lenken. Aber wie? Dass sie sich auf die Lippe beißt, merkt sie erst, als es schmerzt. »Keine Sorge. Ich bin einfach nur neugierig.«

Sowas ist ihr noch nie passiert, schon gar nicht in der Kanzlei. Egal, sie muss diesen Mann wiedersehen, keine Ahnung warum. Oder, genau genommen, doch, viel mehr als eine Ahnung. Bastian hat es ihr direkt auf den Kopf zugesagt. »Es muss Spaß machen, solche Bücher zu … wie nennt man das? Redigieren?«

»Ja, so nennt man das!«, erwidert er, jetzt wieder viel freundlicher.

Jesus Maria, ist das eine Achterbahnfahrt! Und sie ist vollkommen aus der Übung. »Sie können sich glücklich schätzen, Ihr Metier ist nicht so trocken wie all die Paragraphen, Verfahrensrechte und Ausführungsverordnungen, mit denen ich mich hier Tag für Tag herumschlagen muss. Ich gestehe, da beneide ich Sie. Gibt Ihr Verlag denn überwiegend Liebesromane heraus?«

Er scheint etwas irritiert, zögert, zupft an seinem Pullover. »Nun, es macht schon Spaß. Aber manchmal ist es auch Knochenarbeit, ich meine, nicht im körperlichen Sinne natürlich … Als Lektor legt man ja jedes Wort auf die Goldwaage. Und die meisten Autoren lassen sich ungern reinreden.«

»Wie darf ich mir das vorstellen? Sprechen Sie dann zum Beispiel über solche Szenen wie die, die ich eben zitiert habe? Ist das nicht ziemlich intim?«

»Ja, sicher ist es das. Aber mit der Zeit bekommt man etwas Übung.«

»Übung? Wie meinen Sie das?«

Er schaut sie entgeistert an.

Sie beißt sich wieder auf die Lippe. *Maledizione*, hat der Roman schon soweit auf sie abgefärbt, dass sie hier zweideutige Andeutungen macht? Maria wird sich totlachen, wenn sie ihr das erzählt.

Wo bleibt eigentlich das Wasser? »Einen Moment, ich bin gleich wieder da!« Draußen auf dem Flur wird ihr plötzlich schwindelig, sie muss sich kurz an der Wand abstützen, bis sie sich wieder gefangen hat. *Fantastico*! Sowas erlebt man nicht alle Tage. Sie spürt ein zartes Lächeln um ihren Mund, das sich langsam zu einem Grinsen ausbreitet. Es kommt tief aus dem Bauch.

Alex kann nicht glauben, was hier gerade vor sich geht. Es gibt nur eine plausible Erklärung: Sie will ihn tatsächlich anmachen.

Eine Weile ist es ihm vorgekommen, als wolle sie nur mit ihm spielen und dann noch dieser beschissene Spruch mit den Gentlemen. Da wollte er nur noch weg. Aber jetzt … plötzlich scheint sie wieder echt interessiert. Oder gehört das zum Spiel? Mit diesem geheimnisvollen Lächeln auf den Lippen ist ihr alles zuzutrauen. Was in aller Welt hat diese Frau mit ihm vor? Sein Puls wird schneller, seine miese Stimmung hellt sich auf. Jagdinstinkt, würde Simone das nennen. Ist jetzt scheißegal.

»Um auf Ihre Frage zurückzukommen, Sie meinen, ob wir das praktisch …?« Er versucht, eine unschuldige Mine aufzusetzen, aber wie sie jetzt perplex mit Mineralwasser und Gläsern vor ihm steht, muss er unwillkürlich lachen. »Das wäre allerdings eine interessante Idee … so wie in einem Tantrakurs?«

Zum Glück stimmt sie ein und schüttelt amüsiert den Kopf. »Oh, da habe ich mich wohl zweideutig ausgedrückt. Ich wollte natürlich nicht unterstellen, dass Sie …« Jetzt bekommt *sie* fast einen Lachanfall. Cool.

Oder macht sie sich über ihn lustig? »… dass wir homosexuell sind, wenn wir so etwas zusammen …?«

Ihr Lachen verwandelt sich in einen Hustenanfall.

Warte, Junge, nicht zu forsch, aber dann fragt er doch: »Kann ich helfen? Haben Sie sich verschluckt?«

»Nein, danke, ist alles gut.« Als sie sich wieder beruhigt hat, schaut sie zu ihm auf. Ihre Augen sind noch größer geworden. Macht ihm aber auch Angst. Sein Darm rumort so laut, dass sie es bestimmt hören kann. Sie senkt den Blick.

Eine Weile spricht keiner von ihnen ein Wort. Eine lange Weile.

Dann fasst er sich ein Herz: »Um noch mal auf ihre Frage zurück zu kommen …«

»Ich hoffe, Sie verzeihen mir diese Indiskretion.« Auf ihrem Gesicht zeigt sich ein vorsichtiges Lächeln. Sie wirkt zart, fast zerbrechlich.

Wieder treffen sich ihre Augen. Er versucht wegzuschauen, aber er kann diesem Blick nicht widerstehen.

Sie offenbar schon. »Danke. Ja dann …« Sie schaut auf ihre Uhr.

Nein! Alex schnappt nach Luft. Will sie etwa das Gespräch beenden? »Vermutlich … haben Sie noch zu tun, vor dem nächsten Termin?«

»Nun, eigentlich nicht. Aber gibt es denn noch etwas zu besprechen?« Zwischen ihren Augenbrauen bilden sich Falten. Wenn er nur Gedanken lesen könnte!

»Leider wird es ja keine Zusammenarbeit mit Herrn Kiefer mehr geben. Sonst könnte ich ihm ja mal Ihren Vorschlag unterbreiten.«

Sie braucht einen Moment, bis sie begreift, das sieht er an ihren Augen, die plötzlich weit werden. Sie steht auf und öffnet eines der großen Fenster. Was soll das jetzt? Auf dem Weg zurück fragt sie betont beiläufig »Ich weiß, dass es mich überhaupt nichts angeht, aber … sind Sie denn tatsächlich homosexuell?« Das ist jetzt echt mal eine mutige Frage! Nach kurzem Zögern fügt sie hinzu: »Sie brauchen mir natürlich nicht zu antworten …«

Sie zittert, als sie sich wieder gesetzt hat, und schaut auf die überdimensionierte Wanduhr. Was will sie von ihm? Verdammt, er tappt vollkommen im Dunkeln.

Er nimmt einen Schluck Mineralwasser.

Okay, vielleicht spielt sie nur mit ihm, aber … er wird mitspielen, egal was gespielt wird, wenn er sie nur wiedersehen kann. Was hat er schon zu verlieren? Was ein Romanheld wohl jetzt täte? Genau! »Darf ich Ihnen zunächst mal eine Gegenfrage stellen? Ist was dran an dem Gerücht, dass viele heterosexuelle Frauen auf homosexuelle Männer stehen? Das hört man ziemlich oft, aber ich habe das nie verstanden. Macht doch gar keinen Sinn.«

Ein Lächeln huscht über ihr Gesicht. »Sie sind ganz schön clever, Herr Schwaizer. Sie hätten Anwalt werden sollen.«

»Sie hätten mich gerne als Kollegen?« Die will ihn auch, daran gibt es langsam keinen Zweifel mehr. Die Frage ist nur: Wer wird sich als erster aus der Deckung hervorwagen?

»Das habe ich nicht gesagt. Bei Ihnen muss man wohl höllisch aufpassen, Sie verdrehen einem das Wort im Munde.«

»Oder etwas ganz anderes …« Alex kann den Satz gerade noch stoppen.

»Wie bitte?« Das kurze Lächeln verrät sie. Sie hat verstanden, was er ihr verdrehen wollte.

»Etwas, nun ja, ich meine, zurück zu Ihrer Frage. Ich bin bereit, sie zu beantworten, wenn Sie danach auch meine Frage beantworten?«

»*D'accordo*! Abgemacht.« Ihre Augen strahlen.

»Also ich würde dazu stehen, wenn es so wäre. Aber ich bins nicht. Ich bin stino, wie mein Sohn dazu sagen würde. Stinknormal.«

Die Anwältin runzelt die Stirn. »Oh, Sie haben einen Sohn? Wie schön. Wie alt ist er denn?«

Warum lenkt sie jetzt vom Thema ab? »Er wird im Sommer sechzehn.«

»Kein leichtes Alter, oder?«

»Nein. Ich meine, doch, er kommt gut klar. Aber da er hauptsächlich bei seiner Mutter …«

»Ah, er lebt gar nicht bei Ihnen? Na, dann. Aber dann braucht er sie womöglich erst recht. Ist er denn … ich meine, wenn er Sie stino nennt?

»Soweit ich weiß, ist er hetero, genau wie sein Vater. Enttäuscht?«

Alex beißt sich auf die Lippe, das war zu plump.

Zum Glück sieht sie aber eher erleichtert aus. Lachend erwidert sie: »Nein. Warum sollte ich?«

»Das würde ich eben gerne von Ihnen hören. Jetzt sind Sie dran.«

Sie zögert, schaut ihn an, schaut wieder weg, holt tief Luft. Dann legt sie los. »Also, ich habe natürlich keine wissenschaftlich repräsentative Untersuchung dazu im Rücken, aber ich könnte mir durchaus vorstellen, dass manche Frauen homosexuelle

Männer attraktiv finden. Sicher nicht alle, aber es kommt bestimmt vor. Man liest es ja auch immer mal wieder, dass die wirklich attraktiven Männer entweder vergeben oder schwul seien. Daraus ließe sich ja dann folgerichtig ableiten, dass Frauen schwule Männer attraktiv finden. So wie umgekehrt ja auch manche Männer auf lesbische Frauen stehen.«

»Respekt. Sehr interessant. Sie haben sich nur hervorragend um die Frage herumgedrückt.«

»Habe ich?«, fragt sie mit frech gespielter Unschuld.

»Na ja, besonders persönlich war Ihre Antwort nicht gerade.«

»Die Frage aber auch nicht.«

»Aber die Frage an mich war persönlich. Und ich habe sie auch persönlich beantwortet.«

»Und die Frage an mich war unpersönlich. Und ich habe sie unpersönlich beantwortet.« Sie zieht eine Augenbraue hoch und grinst.

Der Punkt geht an sie. »Ich habe immer schon geahnt, dass Juristerei nichts mit Gerechtigkeit zu tun hat.«

Sie legt einen Zeigefinger über ihre sinnlichen Lippen und flüstert: »Passen Sie auf, was Sie sagen, es kann alles gegen Sie verwandt werden.«

Das ist ja wie beim Florett. »Bin ich verhaftet? Dann lesen Sie mir doch bitte meine Rechte vor!«

»Sie schauen zu viele amerikanische Krimis.« Sie sagt das mit kehliger Stimme, so als bewerbe sie sich gerade um die Hauptrolle. Die der Gangsterbraut.

»Ich bekenne mich schuldig, Euer Ehren. Aber Sie verschweigen mir das Recht auf einen Anwalt.«

»Wäre Ihnen auch mit einer Anwältin gedient?« Sie lächelt ihn durchtrieben an.

Am liebsten hätte er sie genommen und … diese Schlange! Er atmet tief durch. »Nun, das hängt ganz davon ab …« Shit. Er traut sich einfach nicht, den Satz zu Ende zu bringen. Marcel hätte da keine Mühe. Aber wer weiß, vielleicht ist das ja auch gut so.

»Ja?«

Wieder treffen sich ihre Blicke. Er ist schon jetzt süchtig danach.

»Nun, Sie brauchen nicht zu antworten,« unterbricht sie nach einer Weile die Stille.

»Ich weiß. Mir steht ein Zeugnisverweigerungsrecht zu.« Warum sagt er nicht einfach, dass er sie attraktiv findet? Dass es wunderbar ist, ihr in die Augen zu schauen. Dass er Schmetterlinge im Bauch hat. Und nicht nur dort. Aber verdammt, er ist eben keine sechzehn mehr.

»Sie sagen ja gar nichts mehr. War nicht ernst gemeint. Nur so ein Spiel, Juristenflorett, wir spielen das hier manchmal so unter Kollegen, es fördert die Schlagfertigkeit.« Sie steht auf und schaut in den Park. Was geht in ihr vor? *Soll ich auch aufstehen?* Doch dann geht sie zur Tür, als wäre ihr gerade etwas eingefallen. »Ich bin gleich wieder da.«

Alex macht es sich auf dem Schwinger bequem und atmet tief durch. Hat er die letzten Minuten überhaupt noch geatmet? Er mag das Spiel mit dem Feuer und sie anscheinend auch. Er mag auch ihren messerscharfen Verstand, selbst wenn er diesmal den Kürzeren zieht. Er zählt innerlich die Stärken dieser Frau auf: superattraktiv, sinnlich, im besten Alter, intelligent, offensichtlich erfolgreich und … sie hat ohne jede Scham über die prickelnden Szenen gesprochen. Wie sie diese heiße Passage rezitiert hat, hammermäßig! Ihre Stimme ist pure Erotik. Aber das ist noch nicht alles. Die Blicke, diese ungeheure Tiefe! Einmal erwähnte sie auch Spiritualität und hinter der taffen Fassade verbirgt sich, da ist er sich ziemlich sicher, große Verletzlichkeit.

Wie wäre es, wirklich intim mit ihr zu werden? Nein, das wird er sich jetzt nicht vorstellen. Obwohl sich gewisse Bilder längst aufdrängen. Mit ihr so eine Nacht wie mit Martina … Er verscheucht den Gedanken, wird aber trotzdem immer nervöser. Interessiert sie sich ernsthaft für ihn? Auch erotisch? Und wenn sie erfährt, was er tatsächlich für einer ist? Vielleicht ist es doch nur ein Spiel für sie und wenn er deutlicher wird, lacht sie ihn aus.

Oder Schlimmeres. Bezichtigt ihn der sexuellen Belästigung. Er gibt solche Frauen, das weiß er leider aus eigener Erfahrung. Wenn auch nicht so krass, wie Marcel es neulich erlebt hat.

Aber das hat alles ... nichts mit Karoline zu tun. So heißt sie doch, oder? Sowas hat sie gewiss nicht nötig. Aber ein Katz- und Mausspiel, das könnte schon sein. Du meinst mich gar nicht! Du spielst nur mit mir! Wie oft hat er das von Simone gehört? Kehrt sein Karma schon so bald zu ihm zurück? Der Gedanke amüsiert ihn gerade mehr als er ihn schreckt.

Die Tür geht auf und es wird gleich wieder ein paar Grad wärmer im Raum. Wahnsinn. Sie setzt sich wieder ihm gegenüber und sagt ... nichts.

Er versucht das Wasser zu trinken, das längst nicht mehr im Glas ist.

Plötzlich wendet sie ihren Blick ab und sagt in nüchternem Ton. »Nun, Herr Schwaizer, vielleicht sollten wir nochmal zum Thema zurückkommen. Gibt es da noch etwas zu klären?«

Eine Welle der Enttäuschung rauscht durch ihn hindurch. Okay, dann vielleicht beim nächsten Mal. Er wird auf jeden Fall besser vorbereitet sein. »Frau Dittmer«, er schaut demonstrativ auf seine Uhr, er kann nicht anders, »ich muss leider los. Ich muss noch im Verlag Bericht erstatten. Es hat mich sehr gefreut, Sie kennen zu lernen. Ich denke, zur Sache selbst gibt es nichts mehr Wesentliches zu sagen, oder?«

Sieht sie traurig aus? Aber sie ist es doch, die wieder aufs schnöde Thema zurückkommen wollte! Sie will das Spiel beenden. Schade, jammerschade und viel zu schnell. Er reibt sich unruhig die Hände. Gerade noch hat es so ausgesehen, als könnte aus dieser Begegnung mehr werden. Viel mehr! Oder ist er schon wieder drauf und dran, vor sich selbst davon zu laufen?

Alle prickelnden Gefühle sind dahin. Was in den Minuten zuvor geschehen ist ... eine Fata Morgana. Würde immerhin zu der Wüste passen, die er in seinem Leben gerade durchschreitet.

»Es hat mich ebenfalls gefreut, Sie kennen zu lernen, Herr

Schwaizer. Ich hätte ja gerne noch mehr von Ihrer Arbeit erfahren. Aber das ist natürlich nicht der passende Rahmen. Wenn Sie sich unser Angebot überlegt haben, melden Sie sich doch bitte. Vielleicht wird man sich ja außergerichtlich einig, das finde ich eigentlich immer am besten, auch wenn mein Chef das nicht so gerne hört. Ich bringe Sie noch zur Tür.«

Sie lächelt, aber es sieht irgendwie gekünstelt aus. An der Tür sucht er noch einmal kurz ihre großen, dunklen Augen. Er wird niemals vergessen, wie sie die Fesselszene vorgelesen und ihn immer wieder angesehen hat. Und nicht nur einmal … einen Moment zu lang.

Als Alex auf die Straße tritt, bleibt er unter der austreibenden Kastanie stehen. *Was will das Weib?* An der Frage sind schon andere verzweifelt. Sogar kein geringerer als Siegmund Freud musste vor dieser Frage kapitulieren. Wie sollte er da … Mit entschlossenem Schritt geht er zu seinem Wagen. Vielleicht ist sie auch einfach in festen Händen. Das würde einiges erklären. *Am besten vergesse ich diese Frau so schnell wie möglich.*

Karoline ist schweißgebadet. Sie fühlt sich wie nach einer Stunde Poweryoga. Nein, der Vergleich passt ganz und gar nicht. Nach einer Yogasession fühlt sie sich wohlig entspannt und zentriert. Jetzt aber ist sie völlig außer sich. Warum hat sich ihr plötzlich alles zugeschnürt? Sein Blick, sie hat ihn doch genossen. Aber dann … wie ferngesteuert musste sie das Ganze beenden. Sie ballt die Hände zu Fäusten.

Dann tritt sie ans Fenster und zieht vorsichtig die Jalousie auseinander. Ob er wohl noch da unten ist? Sie späht auf die Straße hinunter und tatsächlich, da steht er, unter der Kastanie. Worauf wartet er? Steht dort wie angewurzelt, aber dann steigt er in einen kleinen roten Honda und braust davon. *Che peccato!* Zurück an ihrem Schreibtisch schaut ihr der Aktenstapel anklagend entgegen. Impossibile! Sie stützt ihren Kopf auf die Hände. Sie kann nicht einfach zur Tagesordnung übergehen.

Eigentlich ist er wirklich nett.

Nett? Quatsch!

Wie nennt frau das, wenn sie Interesse an einem Mann verspürt? Ach du lieber Himmel, sie weiß es noch nicht mal zu benennen. Verliebt? Das wäre übertrieben. Verknallt? *Santa Maria, madre di Dio,* sie ist keine *Raggazina* mehr! Aber er ist doch Lektor! Ihn sollte sie fragen, wie man so was nennt. Sie kichert. Ihn wegen so einer verrückten Frage anzurufen, das würde echt zu ihnen passen …

Das Telefon reißt sie aus ihren Gedanken. Gegen jede Vernunft meldet sich eine vage Hoffnung. Hey, lass die Arbeit liegen, lass uns zusammen im Park spazieren gehen. Langsam nimmt sie den Hörer ab. »Dr. Dittmer?«

Am anderen Ende meldet sich Frau Schulte-Sick. »Da ist ein Herr, der Sie sprechen möchte, aber er möchte seinen Namen nicht nennen. Darf ich durchstellen?«

9

Karoline hat Akten aus der Kanzlei mit nach Hause genommen, aber sie rührt die kantigen grauen Ordner nicht an. Bringt sowie nichts. Immer wieder wandern ihre Gedanken zu dieser Begegnung der besonderen Art. Sie weiß nicht mal, wie sie das Ganze überhaupt nennen soll. *Non fa niente*, allzu gerne lässt sie sich tiefer in den Tempel der Himmelsrichtungen entführen, eine fremde Welt, faszinierend, aber auch beunruhigend, nicht zuletzt, weil sie den Autor, vor allem aber seinen Lektor kennt.

Als sie am Sonntagabend das Manuskript auf die Seite legt, fühlt sie sich wie nach einem Trip in die wildesten Zeiten mit Maria. Zu viel, es ist einfach zu viel gewesen, die Ängste von damals haben sie beim Lesen wieder eingeholt. Manche Szenarien kommen ihr eher fanatisch als fantastisch vor, genau genommen sogar besessen von Sex. Was wildfremde Menschen da miteinander treiben … Sind das die Zeichen der Zeit? Ist Karoline Dittmer hoffnungslos rückständig? Bei diesem Gedanken sieht sie ihren Vater hämisch grinsen und schiebt ihn entschieden beiseite. *Der kann mich mal.*

Nach ein paar Yogaübungen geht sie ins Bett. Hoffentlich kann sie schlafen. Doch schon bald schaltet sie das Licht wieder ein, greift nach dem Stoß Papier und blättert zurück zu der Szene, die sie am tiefsten berührt hat: Melissa, längst eingeweiht in die Geheimnisse des Nordostens, will Dominik mit ihrer neu gewonnenen Macht dazu bringen, seine Maske fallen zu lassen. Er windet sich und versucht mit allen Mitteln, seine Herrschaft aufrecht zu erhalten, bis er plötzlich – als sie ihm nahezu entgleitet – gesteht. Er hat sich unsterblich in sie verliebt. Kitsch hin oder her, sie muss das noch einmal lesen, und wenn es tausendmal eine unreife

Kleinmädchenfantasie ist! Nur zu lebhaft kann sie sich vorstellen, wie Maria genüsslich darüber herziehen würde. Zartes, unschuldiges Mädchen träumt, den verborgenen Schlüssel zum Herzen ihres Helden zu finden, um sich dann bereitwillig jeder seiner Macken zu unterwerfen. Um Himmels willen, Karoline, mit solchen dümmlichen Klischees kann man vielleicht Bestsellerlisten erobern, aber weder Herz noch Möse! Was ist das für ein beschissenes Frauenbild?

Maria hat vollkommen recht. Obwohl ... die Bestsellerlisten haben vielleicht doch mehr mit Mösen und Herzen zu tun, als frau wahrhaben will. Außerdem ... so zart und unschuldig ist Melissa auch wieder nicht! Und es wird wohl noch gestattet sein zu träumen.

Der kleine Bistrotisch steht in der Ecke des Café Slavia, ein pompöses Kaffeehaus im Prager Stil, große Spiegel, ausladende Kronleuchter, der hölzerne Stuhl ist hart, sie rutscht unruhig hin und her, anlehnen kann man sich auch nicht richtig. Ihre Gedanken kreisen um ihn ... wird er sich nochmal melden? Ihr Herz stolpert; wenn er doch nur zufällig ... doch da kommt er ja schon! Es muss Dominik sein, er schreitet majestätisch durch das Lokal, aller Augen wenden sich ihm zu, doch er kommt direkt an ihren Tisch und begrüßt sie feierlich mit ausladender Verbeugung. Aller Mut fällt von ihr ab, sie steht auf wie eine Marionette, lächelt und lädt ihn ein, sich doch zu ihr zu setzen.

Sie will sich freuen; doch sein demonstratives Selbstbewusstsein kommt ihr fremd vor und dann noch dieses ironische Grinsen. Aber die kleinen Grübchen links und rechts, die mag sie, langsam wird sie weich. Jetzt bemerkt sie seinen eleganten Aufzug, schwarze, enganliegende Stoffhose, anthrazitfarbenes Sakko, darunter ein knallrotes Hemd mit silberner Krawatte, die sich schon etwas gelockert hat. Ihr wird heiß, sie fängt an zu schwitzen und wälzt sich hin und her. Er setzt sich mit einer Selbstverständlichkeit zu ihr, die ihr den Atem raubt. Ist er es wirklich? Als sie ihn fragen will, versagt ihre Stimme. In der Kanzlei hat er doch gar nicht so einschüchternd gewirkt. Er sieht umwerfend aus, strahlt alles aus, was eine Frau sich nur wünschen kann, Stil, Humor, Tiefe, Entschlossenheit und … Leidenschaft … sie schaut sich bang um im Café, wie viele schauen wohl missgünstig darauf, was er mit ihr … es sind viele, sehr viele, Frauen in jedem Alter. Alle haben sich ihnen zugewandt und ihre Blicke sind kälter als Eis, aber seine Aufmerksamkeit gilt allein ihr. Warum findet sie seinen Blick nicht? Doch dann … ein Schauder läuft ihr über den Rücken, es ist der Blick ihres Vaters. Sofort schließt sie die Augen, doch der Blick bohrt sich unerbittlich in sie hinein.

Was erzählt er denn da? Ich will den Himmel erforschen, hier auf Erden, mit dir in die Mysterien der Liebe eingeweiht werden, bist du bereit? Er klingt so seltsam, aber sie hört zu wie verzaubert. Die Magie des Tempels, alles wird uns entschlüsselt, alles, Karoline! Karoline!! Er ruft ihren Namen immer lauter, schreit ihn fast. Sie zuckt zusammen, sie ist gemeint! Seine Laute brechen sich an ihr wie tosende Brandung. Die Gischt durchnässt ihre Kleider, sie stehen an der Klippe und blicken verträumt aufs Meer. Stille. Dann wendet er sich ihr wieder zu, schaut sie vernarrt an, sie versinkt in die Ferne seiner grünblauen Augen, will in diesen Augen ertrinken, wird hineingesogen in einen Strudel, darüber spielen die Wellen unschuldig wie junge Delphine. Auf dem Deck der kleinen Yacht liegen sie beide, ihr Herz warm und weich, flüssiges Gold perlt durch ihre Glieder. Andächtig betrachtet sie seinen anmutigen Körper, doch sie kann ihm nicht näherkommen. Erregt kämpft sie sich unter ihrer Decke hervor und stöhnt. Es ist heiß, viel zu heiß, tropische Sonne brennt auf ihre Körper herunter und ist alleiniger Zeuge! Schon im nächsten Moment hört sie ihn den Gedanken aussprechen: ihr alleiniger Zeuge. Sie fröstelt. Mühelos lässt er den schweren, schmiedeeisernen Anker hinunter ins kristallklare Wasser. Sie kann es kaum erwarten … ihn in sich zu spüren, Alex! Sie öffnet ihre Schenkel weit, ihre Hände wandern ins Feuer, dann presst sie sie mit ihren Beinen zusammen. Das Becken brennt, sie springt auf, glühende Calypso-Rhythmen erklingen, tanzen mit ihnen über das sanft schaukelnde Schiff, sie mit einem lindgrünen Nichts bekleidet, er bereits nackt, das Boot schwankt immer stärker, sein Schwanz richtet sich voller Stolz auf, ihr wird schwindelig, sie sinkt zu Boden. Der südwarme Wind haucht kaum vernehmbar eine Stimme in ihr Ohr, eine Gänsehaut jagt die andere, rauf und runter über ihren ganzen Körper jagt sie die Schweißtropfen vor sich her.

Verträumt öffnet sie die Augen, das Moskito-Netz über ihr hält das wütende Summen auf Abstand, sie dreht sich zur Seite, will sich an ihn schmiegen, doch das Bett ist leer. Nebenan kichert eine Frauenstimme, sie fängt Wortfetzen auf. Der große Tag. Einweihung. Weiß sie Bescheid? Die Stimme eines Mannes, der flüstert, Karoline spitzt die Ohren, kann ihn nicht verstehen. Plötzlich stürzt jemand wie aus dem Nichts zu ihr ins Bett, lässt sich auf ihr Lager fallen, rollt sich über sie und überrumpelt sie mit einem tiefen, feuchten Kuss. Erschrocken zieht sie sich zurück, aber seine unbekümmerte Freude steckt sie an. Alex, der Prinz durchschreitet mutig die Dornenhecke und erweckt die Prinzessin aus ihrem hundertjährigen Schlaf. Er wirft sich ungestüm auf ihren Körper, sie spürt sein hartes Glied an ihren Hüftknochen, wird überrumpelt, die Dornenhecke durchtrennt? Sie schreit, er greift nach ihrer Brust, knetet sie, kneift spielerisch einen Nippel, dann den anderen, sie keucht, mein Prinz! Die Prinzessin will es … gaaaanz laaaangsaaaam …

Er springt auf, rennt hinaus, sie hinterher, ein Meer aus Sand, inmitten der Wüste versinkt sie im Sand, er ist weit vor ihr, sie müht sich schneller voranzukommen, im tiefen Sand will es ihr nicht gelingen. Hinter einer Düne aus zermahlenem Fels … ist er verschwunden. Sie fällt zu Boden, doch kämpft sich wieder hoch. Wie aus dem Nichts, steht vor ihr eine große Gestalt im schwarzen Umhang, vor dem Antlitz eine feist grinsende venezianische Fratze mit obszönem Schnabel. Sie will an ihm vorbei, er aber versperrt ihr den Weg und spricht mit donnernder Stimme: Wage es nicht! Es ist der heilige Raum!

Aber sie muss zu ihm, ringt verzweifelt mit dem Maskenmann, der sie an beiden Handgelenken greift, sie kann die schwere Eichentür nicht öffnen, wird zur Amazone, rammt ihm ein Knie in den Leib, da lässt er los und sie stürmt durch die … da ist nur noch ein weit offenes Tor. Der Anblick … verschlägt ihr den Atem. Ein palastartiges Gemach wie in Tausendundeiner Nacht, golden verzierte Lampions, schwere Vorhänge aus changierendem Taft, an den Wänden geometrische Ornamente aus bunten Kacheln, auch am Boden, reich verzierte Mosaiktische und unzählige bunt bestickte Kissen, wie im Basar von Marrakesch. In der Mitte des Raumes ein überdimensionales Himmelbett, in allen Rottönen reich dekoriert, durch halbdurchsichtige Schleier und Schals erkennt sie schemenhaft … ein Paar.

Langsam und ehrfürchtig tritt sie näher, weiß, dass sie Verbotenes tut. Es reißt sie aus ihrer Verzauberung, denn auf dem Bett sitzt Alex, in wonnevoller Vereinigung mit einer orientalischen Schönheit. Er sitzt im Schneidersitz auf einem dunkelroten Samtkissen, die feingliedrige Gazelle mit ihren langen schwarzen Haaren, ihre Beine auf seinem Schoß, beide nackt, beide sanft wiegend, leise Sitar-Klänge erfüllen den Raum. Sie bleibt wie angewurzelt stehen, ein stummer Schrei steckt in ihrer Kehle. Die beiden Liebenden wenden sich verwundert ihr zu, ihre Mienen hellen sich auf, Karoline erstarrt, er winkt sie mit verklärtem Lächeln heran, säuselt, unwirklich und hohl. Schau hier, Arami, meine Shakti, doch es ist Maria! Marias allzu vertrautes Gesicht in höchster Lust. Sie stöhnt und es klingt wie Wehklagen.

Faszination und Fassungslosigkeit ergreifen von Karoline Besitz, etwas Beißendes versengt ihre Lungen, sie ist gelähmt, versteinert. Arami blinzelt ihr freundlich zu, winkt und strahlt wie eine überirdische Gottheit. Wo ist Maria? Wellen der Übelkeit überkommen Karoline und als sie sich vorbeugt, um sich zu übergeben, wird sie hart von hinten gegriffen, zwei Männer halten ihren Mund zu und schleifen sie aus dem Raum. Sie wehrt sich nach Kräften, spuckt, beißt, kratzt, aber gegen diese bulligen Leibwächter … nicht den Hauch einer Chance, ihr wird schwarz vor Augen.

Wieder steht vor ihr der schwarz ummantelte Mann, er hat die Maske abgenommen, mit seinem markanten, trotz Narben attraktiven Gesicht beugt er sich über sie, sie will ihn wegstoßen, ist jedoch an Armen und Beinen gefesselt. Immer größeres Entsetzen breitet sich aus, eine tiefe, drohende Stimme: Du hast die heiligen Gesetze des Tempels gebrochen … wirst dich vor dem Tempelgericht verantworten. Sie müht sich, etwas zu ihrer Verteidigung vorzubringen, bekommt nichts heraus. Die donnernde Stimme fährt unerbittlich fort, sie kommt ihr bekannt vor, es ist die Stimme von Berger! Hass brandet in ihr auf. Die Verhandlung findet vor Anbruch der Morgendämmerung statt, eine Verteidigung ist nicht zugelassen, der Fall liegt eindeutig, das Urteil steht fest. Doch damit du dich in deiner kommenden langen Nacht nicht in deinen Abgründen verlierst wird dir Gnade erwiesen, dir wird die heilige Initiation zuteil, vollkommen nackt auf dem Altar des Ostens. Du wirst das Ritual allein vollziehen, zu deinem Schutz und zum Schutz unseres heiligen Bundes.

Er ist verrückt!!! Seine Stimme klingt immer schriller, verzerrter, sein Gesicht eine Fratze … Alex! Sie zerrt an ihren Fesseln, versucht zu schreien, o Gott, sie ist geknebelt, bekommt keine Luft, wird ersticken. Mit letzter Kraft brüllt sie stumm in den seidenen Stoff, der ihren Mund vollständig ausfüllt und plötzlich herausquillt. Ein gellender Schrei …

Karolines Kopf schnellt nach oben, schweißgebadet findet sie sich in ihrem Bett wieder, ihr ganzer Körper zittert. Wo ist sie? Zu Hause! In ihrer Wohnung, in ihrem Schlafzimmer! Allein. Sie schaut sich um. Ist das wirklich ihre Wohnung? Es dauert eine Weile, bis sie sich zu entspannen beginnt und sich Erleichterung langsam in ihr ausbreitet. Niemand ist bei ihr. Ein Alptraum! In ihren Adern flüssiges Blei. Erschöpft sinkt sie auf ihr Kissen zurück.

Ihr Atem wird langsam ruhiger. Sie hat von Alex Schwaizer geträumt! Oder war es Dominik? Seit ihrer verrückten Begegnung in der Kanzlei ist ihr dieser Mann nicht mehr aus dem Sinn gegangen und jetzt verfolgt er sie schon bis in ihre Träume! Sie fühlt sich zerschlagen, aber auch ziemlich erregt. Und wütend, maßlos wütend. Das Bild von Alex mit Maria, ihr wird übel. Es war nur ein Traum, aber sie würde am liebsten das Haus zusammenschreien, bis die Scheiben aus den Fenstern springen. Da hört sie eine zärtliche Stimme. Seine Stimme? Ihre Stimme? Beruhige dich, Liebste … du hast nur … geträumt.

Es ist bereits zwanzig nach neun, als Karoline die Kanzlei betritt. Das ist rekordverdächtig.

»Guten Morgen!« Frau Schulte-Sick schaut sie irritiert an.

»Ebenso!« Nein, sie wird keinen Ton darüber verlieren, warum sie so spät kommt.

»Es gab Anrufe für Sie. Möchten Sie die Info gleich jetzt oder lieber …?

»Dringend?«

»Nun, Sie wissen ja, wenn Mandanten anrufen, machen sie es immer dringend, aber …«

»Also gut: Wer?« Karoline bemüht sich, nicht allzu genervt zu klingen. Schusi, wie sie hinter ihrem Rücken genannt wird, kann schließlich nichts dafür.

»Also, der erste war Herr Kiefer. Aber das würde ich jetzt nicht als so dringend einstufen.«

»Was wollte er?«

»Er wollte nichts sagen. Er sagt, sie wüssten schon, worum es geht.«

»Okay. Wer noch?«

»Die wollte auch kaum was sagen. Eine Frau Janos. Sie braucht dringend einen Termin. Allerdings nicht direkt für sich, sondern für ihren Mann. Sie sprach von einem Schreiben vom Finanzamt. Ihr Mann nähme die Sache nicht so ernst, aber sie habe die Nacht kein Auge zugetan.«

Ja, das kommt vor, murmelt Karoline unhörbar vor sich hin. »Klingt nach § 371. Okay, machen Sie einen Termin, wenn der Mann überhaupt einen will. Wahrscheinlich ist es sowieso zu spät. Was noch?« Als Schusi sie einen Moment bedeutungsvoll ansieht, durchfährt sie der Gedanke wie ein Stromstoß. *Dann hat da noch ein Herr Schwaizer angerufen.* Hat sie das wirklich gesagt? Karoline merkt, wie ihre Knie weich werden, und stützt sich unauffällig an der Theke ab.

»Ist Ihnen nicht wohl, Frau Dr. Dittmer? Ich meine, Sie sehen etwas blass aus. Darf ich Ihnen gleich einen Kaffee bringen? Oder vielleicht lieber einen Tee?«

»Danke der Nachfrage. Ja, bringen Sie mir bitte einen Tee. Keine weiteren Anrufe?«

»Nichts Eiliges, die Notizen liegen bereits in Ihrem Postfach.«

Karoline eilt in ihr Büro und schließt die Tür. Sie sieht also blass aus. Kein Wunder, nach dieser Nacht. Würde gerade noch fehlen, dass Mister Schwaizer sie … Womöglich hat er auch von ihr geträumt. Nikolai hat letzten Mittwoch Traumyoga erwähnt. Das klang zwar sehr esoterisch, aber vielleicht hätte sie doch lieber zuhören sollen.

Sie durchforstet ihr Postfach. Die Mediationsbroschüre ist angekommen, endlich. Den Rest legt sie gleich wieder zurück. Er hat nicht angerufen. Sie atmet tief aus. Nach einem Moment der Enttäuschung stellt sich Erleichterung ein. Sich von einem Mann so verrückt machen zu lassen, ist nicht gesund, das sollte sie eigentlich wissen. Aber …

Ich muss unbedingt mit jemandem darüber reden. Bastian? Sie muss ihn sowieso anrufen wegen des Geschenks für ihren Herrn Vater. Aber nein, eine Therapiesitzung kann sie jetzt nicht gebrauchen. Freddy? Der würde ihr wahrscheinlich zuhören, solange sie von ihrem Traum erzählt, aber dann … nein! Und Maria? Hat sicher keine Zeit. Und wenn doch? Ohne weiter nachzudenken schreibt sie ihr eine SMS. »Brauche dich! BALD!!! Wann hast du Zeit?«

Wenig später bringt Schulte-Sick den Tee. Yogi-Tee *Women's Harmony.* Als Berger neulich darüber gelästert hat, hat sie super gekontert. Ich kann Ihnen gerne mal *Men's Superiority* einschenken. Aber seitdem ist klar, dass sie hier besser nichts von ihrem Yogakurs erzählt. Immerhin weiß er inzwischen Meditation von Mediation zu unterscheiden! Ihr Smartphone brummt und auf dem Display erscheint tatsächlich schon die Antwort von Maria. »Donnerstag 21 Uhr, Waldscheune?«

Freddy wird nicht begeistert sein, Donnerstag ist MV zur Klimapolitik, aber das ist sowieso mehr sein als ihr Thema. »Danke!!! Ich freu mich!«, simst Karoline zurück.

Erst einen Schluck Tee, dann noch einen Schluck Tee – aber dann muss sie ran, die Akte muss um elf durchgearbeitet sein. Als sie sich gerade mühsam in die komplizierte arbeitsrechtliche Materie hineingedacht hat, ist Herr Kiefer in der Leitung. »Okay, stellen Sie durch!« Sie kann sich sowieso nicht richtig konzentrieren. »Herr Kiefer, was kann ich …«

Er lässt sie gar nicht ausreden. »Es ist jetzt mehr als eine Woche her und ich habe noch nichts gehört. Da dachte ich, Sie haben doch eine Frist gesetzt, oder? Nicht dass die glauben, sie könnten auf Zeit spielen …« *Santo cielo,* steht der unter Dampf.

Als er immer lauter wird, hält sie genervt den Hörer auf Abstand. Dieser Ton geht gar nicht. *Nessuna Possibilità!* »Herr Kiefer, ich verstehe Ihre Ungeduld, das ist eine sehr unangenehme Situation. Aber die Sachlage spricht eigentlich sehr deutlich für Sie. Sie sollten etwas mehr Geduld aufbringen, das wird sich alles klären.«

»Wenn es so eindeutig ist, wie Sie sagen, wieso reichen wir dann nicht sofort Klage ein?« *Women`s Harmony,* den braucht sie jetzt wirklich.

»Sicher, das wäre möglich, aber ich wage zu bezweifeln, dass es dann schneller geht. Am schnellsten gelingt so etwas im Zuge einer außergerichtlichen Einigung. Es gibt dafür spezielle Mediationsverfahren, das würde ich in Ihrem Fall …«

»Ich will aber keinen faulen Kompromiss, ich möchte mein Recht bekommen. Dafür sind Sie doch da, oder etwa nicht?«

Kiefer nervt hartnäckig weiter. Als sie das Gespräch schließlich beenden hat, ist sie restlos bedient. Außerdem ist ihr mulmig zumute: Wenn Berger wüsste, dass sie einem Mandanten davon abrät, sofort Klage einzureichen, obwohl der das unbedingt will und die Rechtslage das eigentlich hergibt …

Sie greift nach der Broschüre in ihrem Postkorb wie nach einem Strohhalm. *Mediation ist ein vertrauliches und strukturiertes Verfahren, bei dem Parteien mit Hilfe eines oder mehrerer Mediatoren freiwillig und eigenverantwortlich eine einvernehmliche Beilegung ihres Konflikts anstreben. Das neue Gesetz ist bereits verabschiedet und wird höchstwahrscheinlich in Kürze in Kraft treten.*

Harmony hin oder her, sie muss Berger davon überzeugen, dass die Kanzlei auf diesem Zukunftsmarkt vertreten sein sollte. Aber was, wenn er weiter auf stur schaltet? Ihm etwas in den Tee schütten, den er gar nicht trinkt?

10

Dr. Falk Winston, dieser Brocken von einem Mann, war nur noch ein Schatten seiner selbst. »Hat man sie …« Er brachte den Satz nicht zu Ende.

»Das wird die kriminaltechnische Untersuchung ergeben. Ich kann Ihnen leider …«, tastete sich Inspektor Clark langsam vor. Nichts hasste er mehr, als Angehörige zu informieren.

Julia Winston schluchzte laut auf. Sofort breitete ihr Mann seine Arme um sie. »Liebes, es ist doch noch gar nicht …«

Alex kann ein missmutiges Aufstöhnen nicht unterdrücken. Unmöglich. Er möchte gar nicht weiterlesen, aber ihm bleibt nichts anderes übrig.

»Unsere Tochter ist tot! Brutal ermordet. Das ist!«, kreischte sie und schlug wild nach ihm.

»Frau Winston, bitte beruhigen Sie sich. Soll ich einen Arzt verständigen?«, fragte der Inspektor.

Ja, für mich, ruft Alex ihm zu. Nichts hasst er mehr, als Kriminalromane zu begutachten, vor allem, wenn sie nach dem immer gleichen Schema ablaufen. Wenn es nach ihm ginge, würde er die alle ablehnen, aber sein Chef sieht das nun mal anders. Die Leute kaufen Krimis wie blöd, sie können es sich nicht leisten, diesen Markt links liegen zu lassen.

Das Grinsen auf Dallmanns Visage würde ihn verraten, wenn er es nicht sowieso längst wüsste. Der Typ steht auf *Sex and Crime*. Je perfider der Täter, umso besser. Die Opfer sind fast immer Frauen. Wer auch sonst? Und eine gute Portion Rotlicht gehört auch stets dazu. Sexuelle Gewalt ist ein Markt, Herr Schwaizer, das klingt schrecklich, aber das wird gekauft. Und es handelt sich nicht nur um einen Tätermarkt, sondern viel mehr um einen

Opfermarkt. Was unsere Leserinnen sich scheuen selbst zu erleben, wollen sie erlesen!

Harter Tobak! Es ist nicht einfach, sich dem abgründigen Prickel perverser Sexualstraftaten zu entziehen, das muss Alex zugeben. Aber soll er Tag für Tag mithelfen, dass die Figuren noch abgründiger werden, dass deren Taten auch noch die abgebrühteste Seele verstören? Dagegen sind Carstens Figuren biedere Vanillas.

Die Tür geht auf, ohne dass jemand geklopft hätte.

»Frau Rancic! Was gibts?«

»Herr Kiefer hat Ihnen eine Nachricht hinterlassen. Er möchte, dass ich es Ihnen persönlich sage.« Sie macht eine bedeutungsvolle Pause.

»Ja, und?«

»Er möchte die Sache außergerichtlich klären. Er hat noch mal Rücksprache mit seiner Anwältin gehalten, die ihm wohl dazu geraten hat, das direkte Gespräch mit Herrn Dallmann zu suchen.«

»Ja, und?«

»Nun, Herr Schwaizer«, sagt sie mit verschwörerischer Miene, »Sie kennen den Chef so gut wie ich. Er hat mir untersagt, Herrn Kiefer einen Termin zu geben. Ich soll ihn hinhalten. Das habe ich Herrn Kiefer natürlich nicht verraten, aber womöglich hat er es gemerkt. Er bittet Sie jedenfalls darum, also … ob Sie nicht ein solches Gespräch einfädeln könnten.«

Alex lacht freudlos auf. »Witzbold. Ich frage mich schon die ganze Zeit, was ich überhaupt damit zu tun habe. Ich bin Lektor. Punkt. Kein Anwalt und auch kein Konfliktcoach.«

»Also … ich bin nur der Überbringer …«

»… schlechter Nachrichten. Ja, ich weiß. Sie haben hier auch keinen leichten Job. Danke, Rancic.« Ein echtes Wunder, dass sie es schon so lange in diesem Laden aushält. Immerhin hat sie viel mehr mit Dallmann zu tun als er selbst. Am Anfang hat Dallmann ihn noch schwer beeindruckt, vor allem mit seiner Vision, Bücher mit gewagten sexuellen Themen auf den Markt zu bringen. Die sexuelle Revolution sei noch lange nicht vorbei, hat er immer wieder betont. Wo er recht hat, hat er recht! Und: Wir liefern die erotische Literatur der Zukunft und das auf höchstem Niveau. Sex sells ist ihm nicht genug. *Sex thrills!* In letzter Zeit sind damit vor allem diese unsäglichen Psychopathenthriller gemeint. Gesellschaftliche Randgruppen sollen porträtiert werden, für Dallmann wohl gleichbedeutend mit Rotlichtmilieu. Wenn er Simone davon erzählen würde … Er seufzt. Vorbei. Bis heute hat sie sich nicht wieder gemeldet.

Er schaut auf den Bildschirm, kann sich aber nicht konzentrieren. Die Anwältin. Frau Dr. Karoline Dittmer. Er spricht ihren Namen halblaut vor sich hin. Ein schöner Name. Einer seltsamen Eingebung folgend murmelt er plötzlich *Alexander Dittmer*. Und erschrickt. Er mag *Schwaizer* nicht, aber … träum weiter! Hätte sie wirklich Interesse an ihm, hätte sie das sicher klargestellt! So eine wie die … ganz sicher. Hat sie aber nicht. *Ich muss sie so schnell wie möglich vergessen.*

Alex öffnet den Browser und tippt *leela-tantra.de* ein. Geh doch wieder zum Tantra, hat Marcel ihm gestern geraten, als ihm zu Hause die Decke auf den Kopf fiel. Er klickt auf die Terminseite.

Sehnsucht – das große Tor. Der Titel passt super. Aber Shit, schon nächstes Wochenende. Doch als er den Hinweis *Männer gesucht* entdeckt, ist die Sache klar. Ein Zeichen des Himmels, gell Mama? Ihre kosmischen Eingebungen sind zwar totaler Quatsch, aber das nächste offene Wochenende wäre erst in sechs Wochen.

Er greift nach seinem Handy, um Heike anzurufen. Das ungute Gefühl im Magen schiebt er weg. Sie wird sauer sein. Aber Finn, Finn wird das verkraften. Mann, der Junge wird bald 16!

»Ich versteh kein Wort! Kommst du mal mit nach draußen?« Es ist kaum Platz am Rand des großen Saals, in dem sich zahllose Körper dicht an dicht den Dancefloor-Rhythmen hingeben, es reicht kaum zum Atmen. Gerade ertönt Lady Gagas Pokerface aus den dröhnenden Boxen, genau die Musik, auf die sie beide total abgefahren sind, als sie noch zusammen waren.

Maria steht immer noch drauf. »Kannst du einen Moment warten? Den Titel muss ich mitnehmen. Bin gleich wieder da!« Und schon ist ihre Freundin entschwunden und überlässt Karoline sich selbst und ihren Gedanken.

Karoline ist überhaupt nicht nach tanzen. Nicht zum ersten Mal quält sie sich zur wöchentlichen Ü30-Party in die Waldscheune, aber auf MV und hitzige Diskussionen über Klimapolitik hat sie heute erst recht keine Lust. Sie muss einfach hin und wieder unter Menschen, jetzt aber muss sie vor allem endlich mit Maria sprechen und die lässt keinen Ü30-Donnerstag aus.

Mit kräftigen, entschlossenen Bewegungen fegt sie über die ausgetretenen Dielen, als sei Tanzen eine Art Kampfsport. Wehe dem, der ihr zu nahekommt. Mit ihrem Jeans-Mini über schwarzen Glanz-Leggins sieht sie echt sexy aus, das knappe weiße Bustier bedeckt kaum mehr als ihren Busen, ihr perfekter Bauch offenbart ihren arabischen Teint. Die pechschwarzen Haare hat sie wieder kurz geschoren, ist zwar bedauerlich, tut aber ihrer Schönheit keinen Abbruch. Marias androgyne Erscheinung hat Karoline schon immer fasziniert. Ihr Gesicht ist schmal, fast eckig, aber zusammen mit ihren vollen Lippen, ihren geheimnisvoll dunklen Augen und ihrer edlen schmalen Nase strahlt sie eine kühne und doch zarte Sinnlichkeit aus. Sie tanzt, als würde sie gleich abheben und zieht jede Menge Blicke auf sich. Ist es weibliche Sinnlichkeit oder männliche Dominanz, die sie wie ein Magnet wirken lässt?

Karoline spürt ein bekanntes Champagner-Prickeln im ganzen Körper. Die Anziehung hat nie wirklich nachgelassen, aber wie die Beziehung damals zerbrochen ist, wird sie leider niemals vergessen können. Wieder spürt sie den Kloß im Magen, atmen, würde Nikolai jetzt sagen, atmen. Es ist vorbei. Die Klarheit tut zwar weh, sorgt aber auch für Frieden und Entspannung. Ohne ehrliche Klarheit wäre nie Freundschaft draus geworden und die braucht sie jetzt dringend, sie braucht unbedingt jemanden, mit dem sie offen und ohne Tabus reden kann. Sie braucht Maria.

Verschwitzt und mit funkelnden Augen kehrt Maria zurück und sprudelt gleich los. »Der Sound ist einfach zu geil! Gaga ist echt cool. Immer noch. So, jetzt können wir vor die Tür gehen.« Draußen angekommen schauen sie sich einen Moment wortlos an. »Hey, du siehst nicht glücklich aus! Was ist los?«

Obwohl sie seit Tagen auf den Moment gewartet hat, ihrer Freundin alles haarklein zu erzählen, zögert Karoline. Sie würde es nicht ertragen, wenn Maria sich über sie lustig macht. Sie meint es zwar niemals böse, aber manchmal ist sie ein verdammtes Lästermaul. Wahnsinnig lustig … aber bitte nicht jetzt! Nicht, wenn es um ihren wundesten Punkt geht.

»Ach, ich weiß nicht, ob du das wirklich wissen willst.« Sie schaut Maria schräg von der Seite an. »Ich will dich nicht runterziehen. Dir gehts gut, oder?« Santa Maria, klingt das armselig. Eigentlich darf sie sich nicht wundern, wenn es Maria gleich wieder nach drinnen, auf den brodelnden Vulkan und in die Mitte tanzender Leiber zieht.

»Ach Carol, red nicht drum rum, das haben wir doch hinter uns! Was geht ab? Geht es um einen Mann? Das wäre doch mal eine gute Nachricht!« Maria grinst etwas zu demonstrativ.

»Warum habe ich nur das Gefühl, dass mich alle verkuppeln wollen? Fängt langsam an zu nerven.« Noch mehr nervt allerdings, dass sie sich fühlt, als wäre sie dreizehn. Wie auf Kommando stürzen die Bilder dieser Zeit auf sie ein. Nein, daran will sie bestimmt jetzt nicht denken, sie ist hier nicht zur Therapiestunde.

»Also geht es um einen Mann! Bist du verliebt? Komm, Carol, spuck es aus. Mir kannst du es doch sagen! Oder muss ich die Daumenschrauben auspacken?« Sie meint es nicht so, sie liebt Ironie, kommt bei ihr gleich nach einem thailändischen Gemüsecurry, es kann gar nicht scharf genug sein. Jeden anderen Menschen, der es wagen würde, zu ihr zu sprechen wie zu einem kleinen Mädchen, würde sie mit einem verächtlichen Blick in die Wüste jagen, sich umdrehen und gehen. Um dann hemmungslos in ihrem Selbstmitleid zu baden.

Bei Maria zieht diese Nummer nicht, genauso wenig wie bei Bastian. Ist wohl auch gut so. »Ich sags dir ja gleich!«, stöhnt Karoline. Aber was gibt es da schon zu berichten? Sie fängt an zu zittern. »Eigentlich ist gar nichts passiert. Genau genommen hatte ich nur einen etwas verrückten Traum, das ist alles.«

»Ka-ro-li-ne! Spann mich nicht so auf die Folter, mach jetzt mal Butter bei die Fische. Ganz von vorne. Wie heißt er?«

»Alex Schwaizer, 42 Jahre alt, Lektor in einem kleinen Verlag, rothaarig, möglicherweise irischer Herkunft, Familienstand unbekannt, soweit ich weiß nicht einschlägig vorbestraft.«

»Okay, du hast es nicht anders gewollt.« Maria greift mit beiden Händen in Karolines Rippen und kitzelt sie, bis sie laut kreischt. Karoline reißt sich los und läuft ein paar Schritte in Richtung Waldrand. Aber Maria hat sie sofort eingeholt, dreht ihr einen Arm auf den Rücken, als käme sie in Polizeigewahrsam, und fängt mit der anderen Hand wieder an zu kitzeln. Karoline quiekt. Mit solchen Methoden ist es Maria schon immer gelungen, sie aus ihrer Depression zu locken. Maria kennt sie einfach zu gut.

»Er hat sich dir unsittlich genähert, stimmts? Haben Sie schon Anzeige erstattet, Frau Dr. Dittmer?«

»Nein, Euer Ehren, ich bin hier, um ihn zu verteidigen. Außerdem, um der Wahrheit Genüge zu tun, wenn sich jemand dem andern unsittlich genähert haben sollte, so war das meine Wenigkeit. Im Traum war es dann allerdings genau andersrum. Wenn er das überhaupt war.« *Dio mio*, was redet sie für ein wirres Zeug, aber immerhin ein Anfang.

Maria zieht die Augenbrauen hoch. »Du träumst von ihm!«

»Und wie! Ich bin sicher, der Traum hätte dir gefallen. Für mich wars leider ein Alptraum, vor allem das Ende …« Genau wie früher! Marias Träume sind ihre Alpträume.

»Wieso? Steht er auf Leder? Wollte er dich fesseln?«

»Nein.« Sie verdreht die Augen. Sie weiß genau, dass sie mit Maria auch anders reden kann. Warum klappt das jetzt nicht?

»Ich hol mal schnell ein Wasser, vielleicht weißt du ja dann, was du mir sagen willst.«

Karoline dankt ihr innerlich. Maria ist viel sensibler, als es manchmal den Anschein hat. Sie denkt an die Zeit vor der Trennung, vier Jahre liegt das jetzt zurück, an die Sexspiele, die Maria ihr immer wieder vorgeschlagen hat. Wie Maria sie in Szeneclubs mitgeschleppt und ihre Nachgiebigkeit massiv ausgenutzt hat. Bis sie irgendwann genug hatte – und irgendwann hatte auch Maria keine Lust mehr, ständig die rote Karte gezeigt zu bekommen. Da ging es los mit den Affären, nicht nur mit Frauen, auch mit Männern. Es tut verdammt weh, daran zu denken. Trotzdem, sie spürt fast schmerzhaft, wie tief sie Maria immer noch vertraut. Keinem anderen Menschen auf der Welt würde sie von ihrem alptraumhaften Tempelabenteuer erzählen. Nicht mal Bastian.

Als Maria zurückkommt, weiht sie sie kurz und bündig in die Bruchstücke ihres Traumes ein, an die sie sich noch erinnert.

»Wow! Das klingt aber echt heftig. Der Traum vom großen schwarzen Mann. Hätte ich dir gar nicht zugetraut … Entschuldigung!«

»Ich verstehe es auch nicht. Alex war in der Kanzlei ganz anders. Eher verunsichert, schüchtern.«

»Da täusch dich mal nicht, die Schüchternen haben es faustdick hinter den Ohren, wenn sie dich erst mal im Bett haben.« Maria lächelt verträumt, so als wüsste sie, wovon sie spricht. Ganz sicher weiß sie das.

»Du meinst, der Traum ist so was wie eine Prophezeiung?«

»Naja, ich habs ja nicht so mit Esoterik, aber könnte doch sein. Wäre das denn schlimm? Wäre doch eine tolle Kombi, ein Mann mit Widersprüchen, die Vereinigung von Softie und Macho, ein Mann mit Ecken und Kanten … und Weichteilen.« Maria unterstreicht ihre Worte mit kantigem Rudern ihrer Arme, dann streicht sie sich sanft über ihre Wange.

»Mit Ecken und Kanten, das sagt sich so leicht, aber später entpuppen die sich doch alle als Macken, oder? Ich kann mir nicht vorstellen, dass dieser Alex so abgebrüht ist wie dieser fiese Maskenmann. Bestimmt sind das nur wieder meine eigenen Ängste. Bastian behauptet, alles, was im Traum auftaucht, ist eine Facette der eigenen Seele.«

Maria verdreht ihre Augen. »Und Bastian hat immer recht. Aber wie war er denn nun, ich meine, dein Alex?«

»Ich war mit ihm auf einem Boot und dann, später … sah ich ihn mit …« Oh nein, stimmt das? Hat sie ihn mit … Nein! Das wird sie Maria ganz sicher nicht erzählen.

»Warum stotterst du denn schon wieder so herum? Also weißt du …« Maria wird spürbar ungeduldig und das ist nur zu verständlich.

»Sorry, es sind einfach nur Bruchstücke …«

»Okay, dann erzähl mir doch vom realen Alex. Was ist das für ein Typ? Der Lektor, meine ich, der aus der Kanzlei.«

Uff, geschafft, sie fängt rasch an zu erzählen, damit Maria es sich nicht wieder anders überlegt. Als sie bei der Szene mit dem Pflaumendildo ankommt, bricht Maria in hysterisches Gelächter aus. »Du hast ihm das voll cool vorgelesen, als wenn nichts wäre? Carol, komm lass dich knutschen, das ist genial.«

Karoline lässt sich ein wenig von Marias Begeisterung anstecken und fährt stolz fort. »Er wurde immer nervöser, nestelte an seinem Pulli herum und bekam einen Rotflash nach dem anderen. Das hättest du sehen sollen. Und ich wurde immer cooler, ich kannte mich selbst kaum wieder. Es hat tierisch Spaß gemacht.«

»Ich fass es nicht! Du bist eine geborene Domina! Lady Carol! Ich habe es immer schon gewusst.« Maria wackelt ungeduldig mit ihrem Hintern. »Komm, let's dance.«

»Nein warte, ich habe dir noch gar nicht erzählt, worum es in diesem Manuskript überhaupt geht. Ein attraktiver Sexguru, dem keine Frau widerstehen kann, will mit einem erotischen Tempel die Menschheit retten. Und das Ganze soll geklaut sein. Hast du sowas schon mal gehört?«

Maria hält abrupt in ihrer Bewegung inne. »Waaas?« Ihre Stimme ist eine Tonlage zu hoch. Dann setzt sie blitzschnell ihr Verführungsgrinsen auf. »Ist doch eine nette Idee. Ich meine, die Menschheit könnte doch Tempel dieser Art gebrauchen, oder?« Ihre abrupte Heiterkeit wirkt seltsam hohl. »Und wie sagtest du, heißt noch gleich dieser Autor?«

»Schon mal etwas von anwaltlicher Schweigepflicht gehört?«

»Komm, tu nicht so! Ich werde ihn dir schon nicht wegschnappen. Außerdem bist du doch scharf auf den Lektor, nicht den Autor.«

Karoline kennt Maria gut genug, irgendetwas stimmt hier nicht. »Keine Chance!«

Peinliche Stille breitet sich aus. Was hat nur plötzlich die Stimmung versaut? Doch wohl kaum, dass sie nicht mit dem Namen rausrücken will.

Maria seufzt und durchbricht das Schweigen. »Okay, und wie gehts jetzt weiter? Rufst du ihn an? Schreibst ihm eine E-Mail und lädst ihn zum Pflaumenkuchen ein?«

»Sehr witzig!« Immerhin hat sie jetzt wieder Marias Aufmerksamkeit.

»Aber du wirst es doch nicht im Sande verlaufen lassen, oder?«

»Nein. Ich fühle mich nur so unzulänglich. Ich kanns dir nicht erklären. Irgendwie hat mich der Typ verzaubert. Ich war richtig versessen darauf, ihn privat zu treffen. Aber ich habs wohl zu plump angestellt. Jedenfalls hat er plötzlich das Gespräch beendet und behauptet, er müsse zu einem anderen Termin.«

»Und du hast ihn einfach so ziehen lassen?« Jetzt klingt sie eher mitleidig als mitfühlend. *Chiaro!* Einer Maria wäre das nicht passiert.

»Eine fahrlässige Unterlassung, *non è vero*?« Karoline zögert, sich ihr noch weiter anzuvertrauen, doch dann fährt sie fort:

»Und was mach ich jetzt? Der Typ geht mir einfach nicht aus dem Kopf!«

Inzwischen hat der DJ auf Elektroswing gewechselt, die heiteren Melodien heben die Stimmung, aber die blechernen Höhen und hämmernden Bässe sind ihr sogar hier draußen zu laut. Drinnen würde sie in kürzester Zeit taub. An anderen Abenden hat sie sich schon mal Ohrstöpsel mitgebracht, aber heute nichts dergleichen dabei. Und sie hat auch gar keine Lust.

Maria wippt nervös von einem Bein aufs andere. Wie auch immer sie den Lärm aushält, sie wird sicher gleich wieder auf die Tanzfläche stürmen und abheben. Doch Maria schaut sie nur nachdenklich an.

Plötzlich kommt es Karoline vollkommen nichtig vor, was sie ihrer Freundin erzählt hat. Außer dieser skurrilen Leseszene ist doch überhaupt nichts vorgefallen. Zarte Berührungen, heiße Küsse, schmachtend Blicke, unsittliche E-Mails, wenn es das wäre, aber nichts davon ist passiert, alles nur Kopfkino. Sie schämt sich, das Ganze aufgebauscht zu haben. Es lief doch rein gar nichts. Niente. Am liebsten würde sie losheulen, aber nicht hier.

»Das kommt vor. Ruf ihn an und dann siehst du weiter!« Stimmt, sie hatte Maria ja gefragt. Maria würde Herrn Schwaizer einfach anrufen, gar keine Frage.

»Maria, ich komme mir in Sachen Erotik wie eine Analphabetin vor.«

»In Sachen Erotik! Wie das schon klingt.«

»Sag ich doch! Vielleicht sollte ich erst mal eine Liebesschule besuchen, bevor ich wieder mit Daten anfange. Einen Tantrakurs oder sowas in der Art.«

»Du willst auf eine Liebesschule?« Maria verzieht das Gesicht, als habe man einen stinkenden, nassen Lappen nach ihr geworfen. Was hat sie denn bloß, sonst sieht sie sowas nicht so eng.

»Also dieses Buch, nein, dieses Manuskript, was mir mein Mandant gegeben hat, darin heißt es, dass unsere Kultur in Liebesdingen total krank ist und Sex und Herz gespalten. Die meisten Menschen brechen sich einen Ast ab, bevor sie zugeben, auf was sie Bock haben und nach was sie sich sehnen. Ich finde, da ist was dran. Brauche ich ja nur bei mir selbst zu schauen.«

Maria nickt, aber irgendwie abwesend.

»Hörst du mir überhaupt zu?«

»Aber ja. Ich kann dir da nicht widersprechen. Du brauchst nur …«, plappert Maria tonlos.

»Pass auf, was du sagst!«, unterbricht Karoline. »Aber weißt du was? Ich könnte mich bei *www.traumpartner.de* anmelden.«

»Coole Idee.«

»Bloß, so wie ich mich kenne, gerate ich bestimmt an einen Irren … falls die überhaupt halbwegs intakte Männer im Angebot haben.« Dann nimmt Karoline einen tiefen Atemzug. »Dann vielleicht doch lieber eine Liebesschule. In diesem Manuskript ist öfter von Tantra die Rede. Hat Nikolai auch schon erwähnt.«

»Nikolai? Wer ist Nikolai? Ein ägyptischer Hohepriester?«

»Nein, du weißt doch, mein Yogalehrer. Bei ihm klang das etwas esoterisch abgehoben, aber ich könnte doch mal danach googeln. Alex, also der Lektor …«

»Ich habe kein Alzheimer, Schätzchen! Also was ist mit Alex? Ist er etwa ein Tantriker?«

»Glaube ich nicht, aber er hat es ein-, zweimal erwähnt; ich kann mich nur nicht mehr erinnern, in welchem Zusammenhang. Oder war es Kamasutra? Jedenfalls macht es mich neugierig. Es hat eigentlich die gleichen Wurzeln wie Yoga.«

Karoline ist ganz aufgeregt, sie möchte gern weitersprechen, sie hat jetzt eine Spur, aber da fällt Maria ihr ins Wort. »Tantra, also ich weiß nicht, was man so hört, geht es da um Blümchensex mit Räucherstäbchen. Kurse für Menschen, die einen spirituellen Segen dafür brauchen, damit sie Sex haben dürfen. Aber kommen dürfen sie dann trotzdem nicht. Besonders saftig kommt mir das nicht gerade vor.« Nach einem kurzen Blickwechsel setzt sie noch einen drauf: »Aber vielleicht ist das ja genau das Richtige für zart besaitete Wesen, die lieber vor roher Begierde das Weite suchen, als sich vom Feuer der Leidenschaft verzehren zu lassen. Also wie geschaffen für dich, Karo.« Aua, das klingt fast so, als würde sie ihr einen Stützstrumpf vorschlagen.

Gar nicht drauf eingehen! Karoline lässt den Satz an sich abprallen, aber ... was hat Maria eigentlich gegen Tantra? Wo sie doch sonst für alles offen ist, was nur im Entferntesten mit Erotik zu tun hat? »Ich finde den Gedanken, dass Sex nicht nur etwas Natürliches, sondern auch etwas Heiliges ist, gar nicht so abwegig. Ich finde, das klingt respektvoll. Mir sagt sowas zu! Und deine schamlose Art hat mich noch nie besonders ... du weißt schon. Wem sage ich das.«

Maria nickt nur. Karoline blickt sich um, aber da ist niemand, der sie beachtet.

Che cazzo, warum ist Maria so wortkarg? »Vielleicht bin ich wirklich ein bisschen zu zart besaitet. Damals habe ich gekämpft und dich beschimpft, aber was du vielleicht nicht so bemerkt hast, ich habe dich immer beneidet, weil du immer genau gespürt hast, was du willst. Weil du dich bedenkenlos deiner Leidenschaft überlässt und keine Hemmungen hast, alle naslang etwas auszuprobieren. Du kamst ja andauernd mit was Neuem. Vielleicht beneide ich dich noch immer.«

Maria blickt sie ungläubig an.

»Guck nicht so! Es stimmt! Aber es hat mich auch wahnsinnig gemacht, es hat mich höllisch gestresst, ich musste dich einfach immer wieder abblitzen lassen.«

»Späte Einsicht!« Marias Worte klingen bitter.

»Weißt du, langsam reift in mir die Erkenntnis, dass vielleicht tatsächlich mit mir etwas nicht stimmt. Bastian hat mir neulich – als ihr schon weg wart – auf den Kopf zugesagt, ich sei bald auch so eine frustrierte alte Zicke, die mit verbitterter Miene in ihrem Büro hockt und deren lustvollste Erlebnisse darin bestehen, in einsamen Nächten Akten zu studieren und sich dabei einen runter zu holen. Witzigerweise muss ich ihm jetzt sogar recht geben, denn die Akte *Kiefer gegen Dallmann* habe ich tatsächlich bis spät in die Nacht studiert, nicht ohne einen gewissen Lustgewinn.« Das war eine nette Umschreibung. »Leider hat sie mich bis in den Traum verfolgt, ich war schweißgebadet, als ich aufgewacht bin. Aber das weißt du ja schon.« Dass sie auch erregt war, würde sie Maria jetzt nicht auf die Nase binden.

Maria schaut sie entgeistert an. Was hat sie denn jetzt schon wieder Falsches gesagt? »Ist was?«, fragt Karoline konsterniert.

»Äh, was? Nein, nichts. Du bist schon okay, Carol, du brauchst einfach nur ein bisschen Erfahrung. Ruf diesen Alex an und sag ihm, dass er dich interessiert. Und mach meinetwegen so einen Tantrakurs. Und dann erzählst du mir später haarklein, was da abgeht. Versprochen? Ich geh jetzt nochmal tanzen.« Und schon ist sie weg.

Was war das denn? Hat sie neuerdings Mundgeruch? Erst will Alex plötzlich weg, jetzt Maria. Oder steht auf ihrer Stirn geschrieben »Vorsicht, Beziehungsanfänger! Abstand halten!?« Vielleicht sollte sie wirklich mal so einen Kurs besuchen. Was hat sie schon groß zu verlieren? Sie wird gleich morgen etwas Geeignetes raussuchen, am liebsten so bald wie möglich. Mensch, Karoline Dittmer in einem Tantrakurs – wenn ihr das jemand vor ein paar Wochen gesagt hätte! Sie wird ganz aufgeregt. Und dann wieder skeptisch

Warum habe ich es eigentlich plötzlich so eilig? Maledizione, warum denn nicht, versucht sie diese miese innere Stimme auszuschalten. Und wenn sie es recht bedenkt … ist doch wunderbar, dass Maria misstrauisch ist.

So hat sie ihr endlich mal etwas voraus.

11

Wie heißt noch gleich dieses Seminar? Sehnsucht und kein Entkommen? Stur hält er den Kopf auf den Boden gerichtet, bloß niemanden angucken! Die Luft ist stickig und da ist er wieder, dieser leicht bittere Geschmack in seinem Mund, rums, jetzt ist er mit Gerda zusammengeprallt. »Tschuldigung«, murmelt er. Seinen bedauernden Blick kann sie nicht sehen, sie ist schon weiter, recht so. Verdammt, er ist überhaupt nicht da.

»Beweg dich weiter durch den Raum und schau die anderen Personen an, die hier unterwegs sind wie du. Einer von ihnen wird in der nächsten Übung dein Partner sein!«

Alex schreckt auf. Karina hat ihre Worte unglaublich sanft, fast zärtlich ins Mikrofon gehaucht, aber sie klingen wie eine Drohung. Schon wieder Partnerwahl! Beim letzten Kurs war das gar kein Problem, aber diesmal … Sein Magen zieht sich zusammen. Warum wird er ständig gemieden? Er atmet verstohlen in seine gekrümmte Hand. Nichts. Aber man nimmt seinen Mundgeruch ja selbst kaum wahr. Er schluckt. *Warum macht es mir so scheißviel aus, dass ich mal nicht gewählt werde?* Kann doch jedem passieren. *Du bist frauensüchtig!* Wie lange werden diese beschämenden Sätze noch in seinem Hirn rumgeistern?

Kann es sein, dass hier fast alle Blickkontakt meiden? *Bin ich vielleicht aussätzig?* Am liebsten würde er schreien, aber das würde wohl kaum helfen. Bei der letzten Wahl war zumindest ein Mann bereit, die Übung mit ihm zu machen. Nett gemeint, aber beim nächsten Mal wird er es gar nicht soweit kommen lassen. Lieber setzt er aus, auch als deutliches Signal an die Seminarleitung. Karina tut gerade so, als wäre es vollkommen egal, ob man eine Übung mit einem Mann oder mit einer Frau macht.

Da mangelt es der Guten mit ihren gerade mal 35 Lenzen leider an Einfühlung. Frauen scheint die Begegnung mit ihresgleichen weniger auszumachen. Aber für Männer ist das eine Zumutung, einander echt körperlich nahekommen zu müssen. Naja, Marcel würde das nichts anhaben, aber nicht jeder ist ein Marcel. Das kommt am Ende in den Feedbackbogen. *Wenn ich überhaupt bis zum Ende durchhalte.*

In diesem Moment erklingt die Zimbel, das Startsignal zur Wahl. Manche rennen los wie freigelassene Rennpferde. Haben die etwa auch Muffensausen? Egal, er muss handeln und geht mit schnellen Schritten auf die große, schlanke Marianne zu, bleibt vor ihr stehen und lächelt sie fragend an, so gut es eben geht. Ihre langen, blondgelockten Haare umrahmen ein hübsches Gesicht und lassen sie jünger aussehen, als sie wahrscheinlich ist. Wahrscheinlich Mitte dreißig. Sein Blick trifft ihre klaren blauen Augen, die von einem schüchternen Lächeln umspielt werden. Alex beginnt sich zu entspannen, nochmal gut gegangen. Da pirscht sich plötzlich Peter von der Seite heran und baut sich vor Marianne auf. Hey, was soll das jetzt? Gerade noch kann er sich zurückhalten, ihm den Weg zu versperren. Käme wohl nicht gut an. Scheiße. Der nette Kerl von der letzten Übung ist flugs zu seinem Konkurrenten mutiert. Marianne blickt - offensichtlich gestresst - zwischen ihnen beiden hin und her. Alex Puls fängt an zu galoppieren. Entscheide dich, ruft er ihr im Stillen zu. Schnell!

Aber Marianne kann sich nicht entscheiden. Oder traut sie sich nicht?

Inzwischen haben sich alle gefunden und sämtliche Augen richten sich auf sie als Dreiergespann, die Leftovers. Jetzt ist Karina dran! Klar, was soll sie auch sonst tun, sie fordert Marianne auf, doch bitte eine Entscheidung zu treffen. Die schenkt ihm daraufhin ein bedauerndes Lächeln … und wendet sich Peter zu. Scheiße. Am liebsten würde er auf der Stelle im Boden versinken. Durch das Rauschen in seinen Ohren dringt noch ein brüchiger Satz: »Ich hätte es mir auch mit dir vorstellen können«. Na super!

Sein Hals schwillt an wie ein Kropf. Er ballt seine Hände zu Fäusten, versteckt sie aber unter seinem T-Shirt. Hier herumzutoben würde gerade noch fehlen. Vor allen Leuten. Als Loser die Nerven verlieren. Der nackte Horror. Wie in Trance geht er zur Seite und setzt sich auf ein Kissen. Karinas Vorschlag, die Übung mit einer Assistentin zu machen, ist wohl so eine Art Trostpreis, denkt er bitter und hält mühsam seine Tränen zurück. Nein, so leicht wird er es ihr nicht machen. Unterkühlt gibt er zurück: »Danke, ich möchte lieber aussetzen.«

»Bist du sicher?«, hakt Karina nach.

Auf sein barsches »Ja!« zuckt sie zusammen. Geschieht ihr recht. Er rutscht mit seinem Kissen zurück und lehnt sich mit einem geflüsterten »Lasst mich bloß in Ruhe!« an die Wand.

Während die anderen sich paarweise gegenübersitzen und über ihre Sehnsüchte sprechen, kämpft er gegen die düsteren Gedanken an, die ihn wie eine schwarze Wolke umhüllen. Vielleicht ist es ja gut, nicht an dieser Übung teilzunehmen. Er ist Lichtjahre von seinen Sehnsüchten entfernt und würde kaum Brauchbares herausbringen.

Wäre er doch bloß nicht auf dieses Seminar gefahren! Den Streit mit Heike hätte er sich auch gespart. Und Finn nicht schon wieder enttäuscht. Ob es dem überhaupt so viel ausmacht, dass sein Vater das gemeinsame Wochenende verschoben hat? Allerdings nicht zum ersten Mal. Beim Gedanken an seinen Sohn wird ihm flau, er liebt ihn über alles, aber in letzter Zeit kommt er kaum noch an ihn heran. Ob er sich über das Geschenk gefreut hat? Drei Tage Rock am Ring, *Soundgarden, Gossip, Linkin Park* … Ganz sicher hat er sich gefreut!

Und das verschobene Wochenende? Ach, Scheiße. Heike will – wie alle Mütter – nicht wahrhaben, dass er langsam erwachsen wird. Sein Papa ist längst nicht mehr so wichtig wie die Kumpels, mit denen er sich herumtreibt. In den Stolz auf seinen Sohn mischt sich Wehmut, je länger er über ihn nachdenkt. Würde Finn sich überhaupt noch an ihn wenden, wenn er mal Rat braucht? Alex hasst diese bohrenden Schuldgefühle. Warum bin ich nicht häufiger für Finn dagewesen? Hätte Heike ihm öfter die Hölle heiß machen sollen? Fuck! *Bin ich überhaupt selbst schon erwachsen?*

»Und nun wechselt die Rollen!«, hört Alex Karinas weiche Stimme und schaut sich um. Was hat das alles hier mit ihm zu tun? Nichts! Seine Gedanken wandern wieder zu Heike. Meistens kommen sie supergut miteinander klar, keine Dramen, kein Gezerre um ihren Sohn. Wie beste Freunde, eigentlich ein großes Geschenk. *Muss ich Heike mal sagen.* Nicht wie bei Finns bestem Freund, dessen Eltern nicht mal mehr miteinander sprechen. Seinen Sohn als Botschafter zu missbrauchen ist doch pervers. Pervers! Genau diese Vokabel hat ihm Heike gestern an den Kopf geworfen. »Du leidest am Peter-Pan-Syndrom. Du weigerst dich, erwachsen zu werden! Dein Sohn ist in der Pubertät, nicht du! Er braucht dich! Er schmiert in der Schule gerade ziemlich ab.« Hat ihn voll auf dem falschen Fuß erwischt. »Musst du gerade sagen!«, hat er sofort zurückgefeuert. »Hat er in dir vielleicht ein Vorbild? Wie du immer wieder neue Männer anschleppst, zeugt das vielleicht von Verantwortungsbewusstsein?«

Was für ein Bullshit! Seit wann ist er ein Moralist? Er beneidet sie um ihr ungezwungenes Singleleben, das ist die Wahrheit. Vollkommen absurd, ihr Affären vorzuwerfen. Außerdem ist Finn bald sechzehn, keine drei oder fünf, und clever ist er auch. Er wird die Schule schaffen, gar keine Frage. Alex spürt ein weiches Ziehen, ja, nach seinem Sohn sehnt er sich gerade am ehesten. Er bringt schlechte Noten nach Hause? Mein Gott, ist doch normal in dem Alter. Je intensiver er an ihn denkt, desto mehr freut er sich, ihn am nächsten Wochenende zu sehen und von ihm die neuesten Hits vorgespielt zu bekommen. Er muss mal googeln. Vielleicht gibt es ja einen netten Event im Café Atlantik oder im Vorderhaus. Steht Finn eigentlich immer noch auf Slam-Poetry oder ist das schon wieder out?

Dann fragt er sich, was sein Sohn wohl davon hält, dass Simone ausgezogen ist, und seine Freude bekommt einen Dämpfer. »Kommt langsam zum Ende«, lautet die Ansage von Karina. Oh Gott, er ist ja immer noch hier! Ist totaler Schwachsinn gewesen, auf dieses Seminar zu fahren. Purer Fluchtreflex. Wahrscheinlich ist die Ablehnung, die er sich hier einfängt, nur der gerechte Lohn seiner inneren Verfassung. Wo hat er das neulich gelesen? Ha! In der *Emotional*, die Simone hat liegen lassen. Innen wie außen, das hat sie immer schon gesagt. Und deswegen war es auch goldrichtig, dass er gar nicht erst versucht hat, diese … Anwältin … um ein privates Treffen zu bitten.

In der Mittagspause verzieht er sich in den Wald, er braucht Abstand. Was will er hier überhaupt. *Am besten packe ich einfach meine Sachen und haue ab.* Um ihn herum das sanfte Rauschen der Baumwipfel im Wind. Was diese Bäume mit ihren mächtigen Stämmen schon alles ausgehalten haben. Jahrzehnte stehen sie hier. Oder sind es Jahrhunderte? Simone hat ihm erzählt, dass sie manchmal mit Bäumen spricht. Er hat das nie ernst genommen. Aber … *Ich könnte es ja mal versuchen. Muss ja niemandem davon erzählen.* Liebe Buche, versucht er, möchtest du mir vielleicht etwas sagen? Mann, ist das albern. Zum Glück kommt in diesem Moment ein händchenhaltendes Paar des Weges, da braucht er nicht weiter darüber nachzudenken, wie man mit einem Baum spricht. Rasch in den Seitenweg! Beim Baumsprechen erwischt zu werden, das wärs jetzt noch gewesen! *Schon wieder läufst du weg, von mir kannst du lernen, da zu bleiben.* Nein, das ist nicht die Buche. Das ist Originalton Simone! Aber woher zum Teufel weiß diese Hexe, was er hier gerade treibt?

Am Abend liegt er inmitten prächtig geschmückter Ritualplätze auf einer knallbunten balinesischen Patchworkdecke und wird von sechs Händen am ganzen Körper gestreichelt. Es ist die reine Wonne. Die Fluchtgedanken vom Mittag, nur noch Fetzen eines schlechten Traums. Von Dreien gleichzeitig liebkost zu werden, lässt ihn innerlich schweben. Marianne ist eine von den Dreien, ausgerechnet Marianne! Die zweite Frau heißt Eva und hat Goldhände. Und dann ist da noch Henner, der ist die größte Überraschung. Immer wenn Alex die Augen schließt, kann er nicht mehr sagen, welche Berührung von Marianne oder Eva und welche von Henner kommt. Höchst seltsam. Aber so schön, dass es ihn nicht weiter beunruhigt. Jedenfalls nicht jetzt.

Bis auf die Boxershorts hat er alles ausgezogen. Soviel liebevolle Berührung auf nackter Haut ... himmlisch. Seine Poren öffnen sich immer weiter, bis die Grenze zwischen innen und außen verschwimmt. Von Zeit zu Zeit traut sich sogar eine Hand, seinen Schwanz zu berühren. Er hat zwar vorher betont, dass sie ihn *überall* berühren dürfen, aber nun ... tun sie es tatsächlich. Er genießt die Selbstverständlichkeit, mit der sie es tun. Durch die Shorts fühlt er sich geschützt genug, sich dem Genuss vollkommen hinzugeben und nicht unter Stress zu geraten. Ob sein kleiner Freund anschwillt oder nicht, ist gerade völlig schnurz. Sein ganzer Körper ist erotisiert, er stöhnt genüsslich. Das Kichern seiner Begleiter hüllt ihn in tiefe Geborgenheit.

Ohne die Sätze, die die streichelnden Hände begleiten, würde er längst durchs Weltall schweben. Schon kommt der nächste Satz: »Alex, dein Sex will hemmungslose Ekstase«, hört er Henner flüstern, und dann Marianne: »Alex, dein Sex sehnt sich danach, von drei Frauen gleichzeitig vernascht zu werden.« Eva fällt ihr ins Wort: »Alex, dein Herz möchte, dass du einfach so geliebt wirst, ohne etwas dafür tun zu müssen.« Alex lacht laut auf. Kaum hat er sich beruhigt, geht es weiter und er kriegt sich kaum wieder ein. Die eigenen Wünsche zu Gehör zu bekommen, ist ziemlich abgefahren. Hätte er nie gedacht. Wie alberne Papageien, die alles nachplappern, hat er noch gedacht, als die Übung vorgestellt wurde. Aber jetzt! Was wünscht sich dein Herz? Was wünscht sich dein Sex? Eva, Marianne und Henner singen seine Antworten im Chor. Genial! Jede einzelne Zelle in seinem Körper schreit »Ja, Ja, Ja!« Er wird immer euphorischer. Doch dann hört er »Alex, dein Herz wünscht sich Vertrauen und Innigkeit.« Ups. Er schluckt, Tränen steigen auf. Nach kurzem Zögern lässt er sie einfach laufen.

»Alles okay?«, flüstert Marianne ihm ins Ohr. »Hm, alles gut!«. Mehr bringt er nicht raus, aber als die anderen es wiederholen, muss er wieder lachen. Weinen und Lachen wechseln sich ab, bis beides vollkommen ineinanderfließt, so glücklich, so befreit, so lebendig wie noch nie. Und verbunden, tief verbunden, für ihn könnte es ewig so weiter gehen. Innig mit sich und der Welt. Unvermittelt steigt ein Bild vom kleinen Alex in ihm auf. Seine Mama sitzt an seinem Bettchen und singt *Weißt du wie viel Sternlein ste-he-hen, an dem blau-au-en Himmelszelt?*

Da schießen ihm die Tränen wie Sturzbäche in die Augen, es schüttelt seinen ganzen Körper. Die drei halten inne und Marianne fragt erneut: »Alex? Alles okay?«

»Bitte macht weiter, macht einfach weiter!«, flüstert er.

Zum Glück geben sie sich damit zufrieden, wieder wird er in zärtliche Berührungen eingehüllt. Weinen, Lachen, Stöhnen, Schreien, alles geht ineinander über, genauso wie die Worte und Berührungen. Sein Verstand flippt vollkommen aus, er verliert jeden Halt, sein Körper zuckt in alle Richtungen, unglaublich! Zum Glück lassen die drei sich nicht mehr irritieren, berühren ihn chaotisch und wild durcheinander, genauso wie er sich fühlt, vollkommen angenommen und verstanden. Die nächste Bremse löst sich in Wohlgefallen auf, er schreit aus vollem Halse, hört von Ferne einen Zischlaut und dann ein »Bitte nicht ganz so laut!« Der nun folgende Lachanfall ist heftiger als alle zuvor, er kann sich beim besten Willen nicht mehr stoppen, obwohl er es immer wieder versucht. Nach und nach steckt er die ganze Gruppe damit an. Gelächter brandet aus allen Richtungen an sein Ohr. Wie geil! Vollkommen egal, ob jetzt alle verrückt geworden sind oder schon im tantrischen Ekstase-Himmel. Vollkommen egal.

Nach einer Ewigkeit werden die Berührungen sanfter. Eine Weile fühlt er sich wie betäubt, dann meldet sich wieder die

Trauer. Seine drei Begleiter, längst zu einem einzigen Wesen mit drei Körpern und sechs Händen verschmolzen, liegen dicht neben oder sogar auf ihm. Die Trauer wird stärker. Am liebsten würde er ohne jede Hemmung schluchzen … nicht, weil es schlimm wäre, sondern weil es überirdisch schön ist … und bald zu Ende sein wird.

Still ist es geworden. Im ganzen Raum still. Er traut sich nicht mehr laut zu werden, aber die dicken Tränen hält er nicht zurück. Als er kurz die Augen öffnet, sieht er Marianne direkt vor sich, sie schaut ihn so an wie jemanden, den man wirklich liebt, ohne Bedingungen, ohne Wenn und Aber. Ohne Vorher und Nachher. Nur jetzt. Nur Liebe.

Das ist zu viel. Keine Möglichkeit mehr auszuweichen.

Sein Magen verkrampft sich und er schließt schnell wieder die Augen.

Später, die Begleiter haben ihn mit einem Lunghi bedeckt und allein gelassen, fängt sein Verstand wieder an zu rattern. Warum musste er dem Blick von Marianne ausweichen? Zu viel Liebe? Er ist durcheinander. Ist seine unstillbare Suche nach sexueller Erfüllung vielleicht doch … eine Flucht vor Liebe? Nein, Quatsch, so einfach ist das nicht. Aber vielleicht ist doch etwas dran.

Es hat überhaupt nichts mit Marianne zu tun, er will nichts von ihr. Es ist irgendwie unpersönlich.

Auch das irritierend. Gibt es so etwas?

Seine Brust, seine Beine und seine Lenden zittern noch immer, wie bei einem Nachbeben. Aber der verdammte Verstand drängt sich immer mehr zwischen ihn und seine Empfindungen. Was soll er mit all dem anfangen? »Denkt nicht sofort darüber nach! Sprecht auch erst mal nicht darüber, was ihr erlebt habt. Lasst es wirken.« Karinas Worte sind genau für ihn ausgewählt. Genau das, was er jetzt hören muss. Sein Verstand wird ruhiger. Tiefer Frieden stellt sich ein. Inmitten des Friedens pulsiert genussvoll sein Körper.

Später am Abend liegt er erschöpft, aber tief erfüllt, auf der Matte. Nachspüren ist angesagt. Die letzte Ritualrunde ist gerade zu Ende gegangen, die anderen liegen mit etwas Abstand neben ihm. Immer noch sieht er Eva vor sich, wie sie über das ganze Gesicht strahlt. Sie ist zuletzt dran gewesen. Und Henner erst! Er kam aus seinen lustvollen Zuckungen gar nicht mehr raus. Wie einfach es sein kann, mit wildfremden Menschen tiefe, intime Erfahrungen zu teilen. Irgendwie habe ich das immer schon gewusst. Aber warum ist es trotzdem so schwer, Lust und Liebe wirklich zu leben, Tag für Tag, im Alltag? Eins von beiden ist schon schwierig genug, aber beides zusammen? Die Quadratur des Kreises ist ein Kinderspiel dagegen.

Bin ich wirklich unersättlich? Krank? Nein! Johann Wolfgang von Goethe sei mein Zeuge: Den lieb ich, der Unmögliches begehrt.

Die lauschigen Nächte, unter freiem Himmel, am Strand von Phuket. Eine verlorene Zeit voller Hoffnung. Wilde Lust und zärtliche Liebe gehören doch zusammen, warum wollen Frauen das nicht begreifen? Warum will Simone das nicht begreifen? Seine Hoffnungen sind im Alltag so brachial weggespült worden wie die Hütten in Thailand. Genau an dem Ort, wo sie Liebe gemacht haben, sind Jahre zuvor hunderte von Menschen in den Fluten ertrunken. Den Dokumentarfilm über das Unglück hatte er sich mehrmals angeschaut, bevor sie nach Thailand aufgebrochen sind, allerdings ohne Simone. Die hat davon nichts wissen wollen, so wie auch von manch anderem nichts.

Von hinten kuschelt sich jemand an ihn heran. Es ist Marianne. Sie reißt ihn aus allen trüben Gedanken. »Das war wunderschön. Wenn ich gewusst hätte, wie einfühlsam du berühren kannst, hätte ich dich heute Morgen nicht stehen lassen. Bist du mir noch böse?«

»Äh, was?« Wovon spricht sie überhaupt? Dann fällt ihm das Fiasko wieder ein. Ist das wirklich erst einige Stunden her? »Ach quatsch. Ich wäre zwar fast abgereist und dann mit hundert Sachen vor den nächstbesten Baum gebrettert, aber mach dir keine

Gedanken. Ist ja nochmal gut gegangen.« Marianne lacht und Alex ist erleichtert. Nicht jede Frau versteht seinen Humor. »Wie nahe Glück und Unglück beieinanderliegen können. Echt der Wahnsinn, oder?«

»Hm«. Marianne scheint der Sinn nicht nach philosophischen Exkursen zu stehen. Sie fängt an, sanft ihren Körper an seinen zu schmiegen und wohlig mit dem Becken zu schaukeln. Er schaut sich um. Eva und Henner haben sich anscheinend schon abgeseilt. Die meisten anderen Vierergruppen liegen noch zusammen. Auch gut. Er legt seinen Kopf wieder ab ... schön, ihre weiche Haut an seiner Seite zu spüren. Und ihre Hände auf seinem Bauch. Ihr Spitzendessous kratzt ein wenig und sein Lingam fühlt sich eingesperrt, aber er ist froh, dass sie nicht nackt sind.

Stunden später - oder sind es nur Minuten? - merkt er, wie sich etwas in ihm anspannt. Als wenn jemand auf den Startbutton gedrückt hätte, fährt sein Bordcomputer hoch und startet das Programm *Erotische Affäre*. Wie eine Marionette von unsichtbaren Fäden gezogen, dreht er sich zu Marianne um und fängt an sie zu streicheln. Aber sein Magen verkrampft immer mehr. Sie scheint nicht abgeneigt, mehr Zeit mit ihm zu verbringen. Warum fühlt er sich so ruhelos? Eine Liebesnacht mit Marianne ...

Vor Stunden hätte er eine Bank darauf verwettet, dass er so eine Gelegenheit niemals auslassen würde. Er mag Marianne. Und Verpflichtungen hat er auch keine mehr, weder gegenüber Simone noch gegenüber sonst wem.

Hey, ich bin frei!

Aber irgendwie will er nicht. Oder doch?

»Deine grauen Hirnzellen arbeiten ja auf Hochtouren, ich kann ihn förmlich riechen, den Geruch von verdampfendem Hirnschmalz.«

Da muss er lachen. Aber sie sagt das so sanft und liebevoll, dass ihm gleich darauf schon wieder die Tränen kommen.

Sie verteilt eine einzelne Träne mit dem Finger auf seiner Wange. »Hey, keinen Stress, okay?

Er zögert, aber dann purzeln die Worte einfach heraus: »Ich habe gerade erst eine Trennung hinter mir und ich …«

»Psst!« Marianne legt einen Finger über seine Lippen. »Du brauchst dich nicht zu rechtfertigen. Du schuldest mir nichts. Wirklich nicht.«

Hat er sich gerechtfertigt? Scheiße, anscheinend ist er ein offenes Buch, in dem andere besser lesen können als er selbst. Sie kuschelt sich wieder an ihn ran. Er kommt sich vor wie Odysseus zwischen Skylla und Charybdis. Süß? Nein, süß fühlt sich das nicht an.

»Marianne, wir liegen hier noch eine Weile und dann gehen wir ins Bett. Ich meine alleine. Okay?«

Marianne lacht und im ersten Moment ist er sich nicht sicher, ob sie ihn auslacht. »Der Herr scheint sich ja sehr sicher zu sein, dass ich mit ihm schlafen will. Mach dir keine Sorgen, ich will einfach nur kuscheln, mehr nicht.« Er muss wohl etwas misstrauisch aussehen, denn sie fügt hinzu: »Ich bin übrigens fest liiert und habe mit meinem Liebsten eine klare Vereinbarung, du brauchst also gar nicht so skeptisch zu schauen. Ich vernasch dich schon nicht.«

Er stöhnt etwas übertrieben auf. »Na, da bin ich ja erleichtert.«

Was nicht die ganze Wahrheit ist. Von ihrer Offenbarung fühlt er sich peinlich berührt. Auf skurrile Weise spiegelt sie ihm seine Entgleisung beim letzten Workshop. Aber ihre Offenheit ist wohltuend entwaffnend. Da ist tatsächlich so etwas wie Liebe für sie, ganz ohne mehr von ihr zu wollen. Er kuschelt sich noch enger an sie heran.

Es fühlt sich romantisch an und entspricht doch so gar nicht dem verbreiteten Abziehbild romantischer Liebe. Plötzlich sieht er Lochners berühmtes Bild vom Jüngsten Gericht vor sich. Über allem thront der große Gott, die Massen strömen nackt und schutzlos heran und er sitzt über jeden Menschen und seine Sünden zu Gericht. Die einen lässt er in sein Reich Gottes, die anderen müssen in die ewige Verdammnis. Dazu Fanfaren wie aus einer Wagneroper. Angsteinflößend, faszinierend, schaurig schön anzusehen, aber … einfach nur ein Bild.

Am Morgen sitzt Alex übermüdet beim Frühstück. In extrem unruhiger Nacht hat er von wilden Achterbahnfahrten geträumt und von einer Geisterbahn, in der sich verführerische Nymphen in Hexen verwandelten und ihn mit hässlichen Grimassen erschreckten und höhnisch verlachten. Aber dann ist er froh gewesen, dass er trotz allem nicht die morgendliche Meditation geschwänzt hat. Zumindest ist er wieder etwas zur Ruhe gekommen. Wäre wahrscheinlich eine wirklich gute Idee, zu Hause ab und an zu meditieren. Aber er kennt sich gut genug, er wird die Disziplin dafür kaum aufbringen. Ah. Der Kaffee jetzt tut gut!

»Wie war denn dein Ritual?«, schallt es plötzlich von rechts an sein Ohr.

Er blinzelt zur Seite. »Gut!« Es ist nicht nett, die lieb gemeinte Frage seiner Nachbarin dermaßen einsilbig zu beantworten, aber … plötzlich wird er hellhörig. Fiel da nicht gerade der Name Karoline? »Haben wir eine Karoline in der Gruppe? Die steht hier auf der Liste.« Alex dreht sich um, die Frage kam von links. »Nee, wir haben keine Karoline. Zeig mal her.« Die ältere Weißhaarige gegenüber – Alex hat auch ihren Namen sofort wieder vergessen – greift quer über den Tisch nach der Liste.

Ihm bleibt die Luft weg.

Nachdem sie einen kurzen Blick auf die Liste geworfen hat, fährt die Weißhaarige in belehrendem Tonfall fort: »Da schau, dort steht *abgemeldet*, sie muss sich erst an- und dann wieder abgemeldet haben. Sein Herz beginnt zu rasen. Karoline? Hatte sie sich hier …? Nein, das wäre doch wohl zu krass.

Aber er muss es wissen! Kurz entschlossen greift er nach der Liste und sucht nach K wie Karoline. Nichts. Ah, die Liste ist per Nachname sortiert, Bär, Doris; Degner, Peter; Dittmer, Karoline.

Sie steht tatsächlich auf der Liste! Fast fällt er vom Stuhl. Bestimmt hat er sich geirrt. So müde wie er ist, halluziniert er vielleicht schon. Er will sich gerade nochmal vergewissern, da reißt ihm Madeleine, eine der Assistentinnen, die Liste aus der Hand. »Sorry, die ist nur für den internen Gebrauch. Ihr bekommt später die offizielle Teilnehmerliste, auf der alle drauf sind, die nicht anonym bleiben wollen.« Schon ist sie wieder weg.

Alex hat genug gesehen. Hat er es doch geahnt, sie ist keine gewöhnliche Anwältin. Um ein Haar wäre er ihr im Tantrakurs begegnet. Wie aufregend. Fest liiert ist sie dann wohl auch nicht. Schicksalhafte Fügung ist ja eher das Terrain seiner Mutter, aber das hier ist schon echter Wahnsinn! Allein die Tatsache, dass er überhaupt von ihrer Anmeldung erfährt. Hätte nicht irgend jemand genau jetzt den Namen Karoline genannt und hätte er nicht gerade jetzt hier gesessen, nicht auszudenken. Seine Mutter wäre selig, ihr Sohn wird Esoteriker!

Er steht vom Frühstückstisch auf, holt sich einen Espresso und kippt ihn im Stehen in sich hinein. Er muss an die frische Luft! Warum sie sich wohl wieder abgemeldet hat? Kein Zweifel, das Schicksal hat einen schweren Fehler begangen. Irgendetwas ist mit dieser Frau.

Er muss es herausfinden. Allerdings …, wenn er noch einmal eine so jämmerliche Figur abgibt wie neulich in der Kanzlei, braucht er sich weiter keine Gedanken zu machen. Sie hat es sicher nicht nötig, sich mit einem Hampelmann abzugeben. Wie es wohl wäre, ihr im Tantra zu begegnen? Wie sie wohl tanzt? Sich anfühlt? Was sich wohl ihr Herz wünscht? Und ihr Sex? Und wie … nein! Was unvorstellbar ist, soll auch so bleiben.

Erst mal.

Es dauert eine Weile, bis sich sein Puls wieder einigermaßen beruhigt hat. Wie in Trance geht er aufs Zimmer, legt sich aufs Bett, steckt sich Kopfhörer ins Ohr und lauscht Arturo Benedetti, Beethoven. Das war immer schon so, je aufwühlender die Musik, desto besser kann er sich beruhigen.

Als er auf die Uhr schaut, ist es 10:45 Uhr. Mist, die Session hat längst begonnen!

Er schleicht sich in den Gruppenraum, wo alle schweigend im Kreis sitzen. Er setzt sich schnell neben Henner, der ihn mit einem wohlwollenden Blick empfängt. Auch Marianne lächelt ihm von der Gegenseite zu. »Wo warst du?« liest er von ihren Lippen ab. Sie hat ihn vermisst!

Doch er fühlt sich seltsam taub und während einer nach dem anderen von seinen Erfahrungen spricht, kann er gar nicht zuhören. Seine Gedanken kreisen um Karoline Dittmer. Forschen Schrittes stürmt er in die Kanzlei, an der entsetzten Frau Schulze-Dingsda vorbei, direkt in ihr Büro, zieht sie ohne ein Wort an sich, küsst sie leidenschaftlich auf den Mund und fängt an, ihr dabei die Bluse aufzuknöpfen. Ihre Hand legt sich auf seinen Oberschenkel, langsam rutscht sie höher.

»Alex?«, vernimmt er plötzlich Karinas Stimme. Er fährt zusammen und schaut sich um. *Oh, ich bin dran!* Die Hand ist die seines Nachbarn, die ganze Gruppe lacht. Kann man ihm ansehen, was er gerade … nein! Er nimmt alle Kraft zusammen, um sich zu konzentrieren, aber es hilft nicht wirklich. Er stammelt etwas von Eingebung und wegweisenden Erfahrungen und gibt den Sprechstab hastig weiter.

12

Am Abend ist der Workshop fast vergessen, denn es gibt nur einen Gedanken. Er nimmt den Telefonhörer in die Hand, nur um ihn sofort wieder abzulegen wie eine heiße Kartoffel. Die Tage werden länger und das späte Sonnenlicht spiegelt sich auf dem Display, aber ihre Adresse springt ihm dennoch ins Auge, sie steht gleich neben der Telefonnummer. Herdern, Hanglage, eine hochfeine Gegend! Er greift erneut nach dem Handy und wählt ihre Nummer. Doch vor der letzten Ziffer legt er wieder auf.

Karoline Dittmer? Alex Schwaizer hier! Oh! Ich hoffe ich komme nicht ungelegen? Nein, nein, ich bin nur etwas überrascht … Ja, kann ich verstehen … Woher haben Sie überhaupt meine Nummer?

Geht gar nicht! Anrufen ist keine Option. Absolutes No Go. Was würde Marcel jetzt wohl anstellen? Bestimmt würde er nicht so rumzicken, aber er wird diesen verfluchten Womanizer jetzt nicht um Rat fragen. Er kann sie nicht anrufen! Sie weiß ja gar nicht, was er über sie weiß, und offiziell besitzt er nicht mal ihre Nummer. Aber … warum nicht … einfach mal vorbeifahren? Mal schauen, wo sie so wohnt, und dann gemütlich diesen lauen Frühlingsabend nutzen, um am Schlossberg entlang zu spazieren und schicke Villen zu inspizieren.

Schnell die Jeansjacke über und schon ist er auf der Straße, im Auto und auf dem Weg Richtung Schlossberg.

Etwas entfernt von Nummer 45 stellt er seinen Wagen ab und schlendert langsam die schmale Straße entlang, die sich den Berg hinaufwindet. Verdient sie wirklich so viel, dass sie sich diese Wohnlage leisten kann? Oder ist vielleicht ihr Mann … plötzlich rast sein Puls. Verdammte Scheiße, dass sie sich für den Kurs angemeldet hat, beweist doch gar nichts. Dass sie sich gleich wieder abgemeldet hat, schon eher! Natürlich! Sie ist verheiratet! Zwei Kinder, Au-pair-Mädchen. Er beschleunigt seine Schritte, zieht sich die Jacke höher und nähert sich der 45. Er entdeckt ihn schon von Ferne, den Porsche vor der Tür, und muss sich zwingen, weiterzugehen. Als er kurz davor ist, kommt jemand aus dem Haus. *Ah, Frau Dittmer, was für ein Zufall. Ich wollte nur gerade hier ein wenig spazieren gehen.* Ja super. Schnell einen Schritt zur Seite, hier hinter der Platane kann sie ihn nicht sehen. Verdammt, was treibt er hier eigentlich, das ist ja wie im billigsten Schmachtfetzen. Dann die Entwarnung, es ist ein Mann, der ihr Haus verlässt und mit dem Porsche davonbraust. Keine winkende Karoline im Eingang, auch sonst weit und breit niemand zu sehen. Zum Glück wohnt sie nicht in einer dieser Protzvillen, es ist ein modernes Mehrfamilienhaus. Immerhin. Er fixiert angestrengt das Klingelschild neben der Haustür, aber er kann die Namen nicht lesen. Noch näher heran traut er sich nicht. Plötzlich fröstelt ihm und ohne weiter nachzudenken dreht er ab, marschiert zügig zum Wagen und macht sich davon. Die Lust auf einen lauschigen Abendspaziergang ist ihm in stickiger Luft gründlich vergangen. So fühlt man sich also als Stalker. So wie Bernhard, der jeden Dienstag im Schwimmbad herumstromert, weil da auch die entzückende Sophie … Die Ampel schaltet auf Rot. Alex lacht. *Ich sollte selbst mal einen Roman schreiben.* Bei diesem Gedanken wird es ihm leichter ums Herz.

Montagmorgen, im Hintergrund das alles überragende Münster. Alex lässt seinen Blick über die braunroten Dächer der Freiburger Altstadt schweifen. Soeben hat er seinen Rechner hochgefahren und wartet auf das Laden der unzähligen E-Mails, genau 153 sind übers Wochenende eingegangen. Fast alles Spam. Er muss Dallmann endlich klarmachen, dass ein besserer Filter installiert wird. Während er missmutig eine Junkmail nach der anderen löscht, driften seine Gedanken zurück zum gestrigen Abend. Er schüttelt sich. Gut, dass er nicht alles vermasselt hat. Besser erst einmal einen klaren Kopf bekommen. Er geht zum Fenster und lässt frische Luft herein, soweit man mitten in der Stadt überhaupt von frischer Luft sprechen kann. Draußen ist es fast genauso schwül und stickig wie hier drin.

Dann scannt er mit wachem Auge die Liste der E-Mails. Keine von Carsten, jammerschade. So hätte er einen Anlass, in der Kanzlei anzurufen und ganz zwanglos ein weiteres Treffen zu arrangieren. Dallmann müsste das nicht erfahren. Allerdings fühlt er sich alles andere als zwanglos. *Zwanghaft* trifft es wesentlich besser. Da! Da ist sie doch! Ungeduldig öffnet er die Mail.

From: Carsten Kiefer

Eilig fliegt er über die Zeilen.

Hallo Alex! Es tut mir leid, dass ich dich so heftig attackiert habe … Dallmann hat sich entschuldigt … ist alles eine ziemlich obskure Geschichte … irgendetwas anderes dahinter … Abfindung … habe die Anwältin verständigt und das Mandat beendet.

Er liest die letzte Zeile nochmal. Und dann noch einmal. Die Temperatur im Raum fällt gefühlt um zwanzig Grad. Regungslos quält er sich weiter durch Carstens Mail.

… ist dein Chef eigentlich bei den Grünen aktiv? Die sind ja inzwischen genauso abgefuckt wie alle anderen Parteien. Politiker möchte ich nicht sein, noch nicht mal darüber schreiben. Oder wenn, dann einen Psychopathenthriller … sehe schon die Schlagzeile: Ökostadtrat in Green City als Serienkiller enttarnt … Tatwaffe ein veganes Fleischermesser … Nichts für ungut, Alex, so weit sind wir noch nicht. Bis bald, mein Lieber! Ciao Carsten

Sie sind näher dran am Fleischermesser, als Carsten ahnt, dieser verdammte …

Karoline spaziert langsam durch den Park und bleibt immer wieder stehen. Wenn es in der Kanzlei allzu hektisch wird, geben ihr die altehrwürdigen Bäume Ruhe und Kraft. Heute kommt allerdings kein Baumriese gegen den inneren Aufruhr an. Noch am Morgen konnte sie sich sicher sein, ihn früher oder später wiederzusehen, doch dann der Brief. Kiefer hat ihr das Mandat entzogen. Sie zieht das gemeine Stück Papier aus der Tasche und liest noch einmal alles durch, Zeile für Zeile.

Sehr geehrte Frau Dr. Dittmer,
anbei übersende ich Ihnen das Schreiben von Herrn Dr. Dallmann. Wie Sie daraus entnehmen können, hat Ihr Brief an den Verlag bereits die gewünschte Wirkung gezeitigt und es sieht so aus, als wenn wir uns gütlich einigen könnten. Selbstverständlich wird dazu gehören, dass der Prinz-Verlag bzw. die Gehrmann-Verlagsgruppe das Honorar für Ihre bisherigen Bemühungen übernimmt. Falls ich Ihre Dienste noch einmal in Anspruch nehmen muss, melde ich mich. Ansonsten bedanke ich mich für die kompetente Unterstützung und verbleibe
mit freundlichen Grüßen
Carsten Kiefer
PS: Bitte senden Sie die Rechnung an den Prinz-Verlag, die Adresse entnehmen Sie dem beiliegenden Schreiben.

Wie sie es auch dreht und wendet, sie wird mit Alex Schwaizer nichts mehr zu tun haben. Der Fall ist erledigt. *Completamente sfinito.* Natürlich … könnte sie ihn anrufen und ein privates Treffen vorschlagen, aber schon bei dem Gedanken verkrampft sich ihr Magen. Ist sie etwa ein Teenager mit Zahnspange, auf der Suche nach einem Tanzpartner für den Abschlussball? *Willst du mit mir gehen?* Oh Gott, es kann nicht wahr sein, dass sie noch mit 39 Jahren solche Gefühle hegt.

Sie schaut sich um, eine der schmiedeeisernen Parkbänke ist noch frei. Erst mal hinsetzen und durchatmen. *Hätte ich doch bloß an dem Seminar teilgenommen!* Wie albern, wegen ihm abzusagen! Und das alles wegen dieser beschissenen Mitfahrgelegenheit, ohne die hätte sie es doch gar nicht erfahren! Warum musste sie sich überhaupt schämen, ihn dort zu treffen? Könnte doch genausogut er sich schämen. Und hätte man leichter herausfinden können, ob da mehr ist zwischen ihnen? Oder alles nur wilde Träume einer Frau in mittleren Jahren, der plötzlich das *Rien ne vas plus* im Heiratsroulette in den Sinn kommt. Für diesen Spruch würde sie Bastian erwürgen.

Es hilft alles nichts, das Seminar ist vorbei. Ihn anrufen? *Hatten Sie ein schönes Wochenende, Herr Schwaizer?* Sie bekommt einen Schweißausbruch.

Ihr Handy klingelt. Ein schneller Blick auf das Display verrät, dass die Kanzlei dran ist. Diese dumme Ziege! Schulte-Sick weiß ganz genau, dass sie in der Pause ist, sie muss ein für alle Mal klarstellen, dass sie nicht immer und überall erreichbar ist, Punkt. Sie klickt den Anruf weg. Sie will jetzt nicht an irgendeinen Fall erinnert werden von irgendeinem dieser VIP-Mandanten, derentwegen Schusi meint, ihr sogar in der Pause hinterherrufen zu müssen. Hat eigentlich schon jemand mitbekommen, dass Frau Dr. Karoline Dittmer neben ihrer Tätigkeit als Anwältin auch ein Privatleben hat? Wohl kaum – und eigentlich auch kein Wunder. Sie selbst hat immer alles andere hintangestellt, ist für jeden und jederzeit zu sprechen. Sie hat der Kanzlei ihre Seele verkauft.

Damit ist jetzt Schluss! Es gibt ein Leben vor dem Jüngsten Gericht, das nichts mit Urteilen, Vorladungen und Prozesskosten zu tun hat. Sie wird ihre Pause heute extralang machen.

Als Karoline dreißig Minuten später die Kanzlei betritt, wird ihr fragender Blick sofort beantwortet. »Der Herr Schwaizer kam unangemeldet hier hereingeschneit. Ich konnte ihm nicht versprechen, dass Sie nach der Pause Zeit für ihn …«

Karoline hält mitten in der Bewegung inne und schließt die Augen.

»Frau Dr. Dittmer? Alles okay bei Ihnen?«

Ihr bleibt nur die Flucht nach vorn: »Frau Schulze-Sick, auch wenn hier hundert Schweizer aufschlagen, ich will in der Pause nicht gestört werden, wie oft soll ich Ihnen das noch sagen?«

Schulze-Sick starrt sie entsetzt an, ihr Mund nur noch ein Strich.

»Tut mir leid, wenn das jetzt etwas scharf rüberkommt, aber ich brauche einfach auch mal eine Auszeit!«

»Ja, aber … wollen Sie denn gar nicht wissen …«, stammelt die Sekretärin.

Nein, will sie nicht! Karoline rennt ohne ein weiteres Wort schnurstracks an SS – so heißt sie, wenn es ganz hart kommt – vorbei, und schließt sich in ihr Büro ein. Sie kann sich gerade noch zurückhalten, die Kaffeetasse mit dem eleganten Schriftzug *Berger & Schafsköttel* an die Wand zu pfeffern. Sie ballt ihre Hände zu Fäusten, beißt auf ihren Handknöchel und schlägt sich selbst auf den Oberschenkel. Wohin bloß mit dieser Wut?

Atmen. Sie steht auf. *Tadasana,* die Bergposition, sie steht aufrecht da wie ein Fels in der Brandung. Langsam geht der Puls wieder runter. In nicht mal zehn Minuten beginnt die Besprechung im Fall Randacker. Wirtschaftsspionage, ein Fall von weitreichender Bedeutung. Sie muss sich unbedingt wieder in den Griff kriegen, und zwar sofort.

Wahrscheinlich bin ich deswegen so wütend. Ständig muss sie Kontrolle bewahren, Gefühle sind nicht gefragt, nur Machtspiele, pokern, verhandeln und vor allem um jeden Preis gewinnen, auf gar keinen Fall das Gesicht verlieren.

Am liebsten würde sie alles hinschmeißen, jetzt und hier.

Aber wofür?

Für einen Mann, der sie im Traum betrügt, bevor sie überhaupt ihr erstes Date haben? *Ich bin vollkommen verrückt.* Reif für die Klinik!

Oder fürs Kloster.

Das wärs. Stille, Einkehr, Vergessen. Und auch kein Nikolai, auch der würde an all das erinnern, was aus ihrem Kopf muss. Sie muss diesen Alex so schnell wie möglich vergessen, sonst nimmt das ein böses Ende. So wie mit Marco, dem Skilehrer! Sagt ja eigentlich schon alles, aber sie ist trotzdem auf ihn reingefallen. Das wird ihr nicht wieder passieren. Nie wieder!

Die Tür geht auf und Schusi schaut sie mit gequältem Gesicht an. »Herr Dr. Randacker …«

»Ich komme«, schneidet Karoline ihr das Wort ab und marschiert an ihr vorbei direkt in den Besprechungsraum.

Jede Bodenhaftung ist dahin, er hüpft mehr durch den Park als dass er läuft. *Ich habe mich getraut! Schneie einfach in ihre Kanzlei hinein und frage sogar nach ihrer Handynummer. Cool.*

Okay, er hat sie nicht bekommen, aber ziemlich sicher wird ihr ausgerichtet, dass er dort war. Der erste Schritt ist getan.

Mann, war das eine Qual. Bis er endlich auf die Idee kam, sie in der Kanzlei zu überraschen und zum Mittagessen einzuladen. Leider ist er zu spät dran gewesen, sie war schon in der Pause. Aber mal ganz ehrlich, er ist auch erleichtert, dass er noch etwas Zeit hat.

Trotzdem ist er mordsmäßig stolz! Es gab Zeiten, da fiel es ihm leichter zu flirten. Heike hat er so kennengelernt. Sie saß ihm im Zug gegenüber und las die *Elf Minuten* von Coelho. *Die größte Lust ist nicht der Sex, es ist die Leidenschaft, mit der dieser praktiziert wird.* Mit so einem Zitat ein Gespräch zu eröffnen, war schon ziemlich heftig, aber Heike hat nur kurz gezögert, dann ist sie tatsächlich drauf eingestiegen. Seit er mit Simone zusammen ist … zusammen gewesen ist … sie hat ihm unmerklich das Flirten ausgetrieben.

Fast.

Gleich um drei wird er in der Kanzlei anrufen. Frau Schulze-Sick hat ihm versprochen, zu Frau Dittmer durchzustellen, wenn die Besprechung vorbei ist. Er kichert in sich hinein. Mit einem billigen Kompliment hat er die Sekretärin für sich eingenommen. Sie haben so ein freundliches Wesen. Sie sind sicher eine wertvolle Empfangschefin in einer so bedeutenden Kanzlei. Sie hat gestrahlt wie nach einem Lottogewinn, sowas hat ihr wohl schon lange keiner mehr gesagt. Wenn Menschen nur etwas netter zueinander wären, das macht doch vieles einfacher.

Um fünf nach drei Uhr ruft er an, die Sekretärin stellt ihn tatsächlich direkt durch. Allerdings klingt sie etwas reserviert, längst nicht mehr so freundlich.

Dann die ersehnte Stimme am anderen Ende: »Dittmer?«

»Alex Schwaizer hier, guten Tag Frau Dittmer, hat ihre Sekretärin Ihnen …«

»Herr Schwaizer, ich komme gerade aus einer schwierigen Besprechung. Ich hatte noch keine Zeit, von Frau Schulze-Sick zu erfahren, was Sie zu uns geführt hat. Der Fall Kiefer hat sich ja nun erledigt, was kann ich für Sie tun?«

Was ist denn mit der los? Ihre Worte treffen ihn wie eiskalte Nackenschläge. Nein, sie landen einige Etagen tiefer, dort, wo es richtig wehtut. »Oh, Entschuldigung. Wenn es Ihnen ungelegen kommt, kann ich auch gerne ein anderes Mal …«

»Nein, warten Sie, ich habe nur noch ein Gespräch auf der anderen Leitung, das ich kurz beenden muss.«

Eine glatte Lüge, da ist er sich sicher. Aber warum will sie ihn hinhalten oder abwimmeln? Er ringt seine Angst nieder und entschließt sich grimmig, aufs Ganze zu gehen. Wenn er jetzt nicht alles riskiert, verliert er alles. Aber er kann doch nicht gleich vom Tantra anfangen! Oder doch?

In der Leitung hört er Vivaldis vier Jahreszeiten, unterbrochen von einer süßlichen Stimme. *Bitte legen Sie nicht auf, wir sind gleich wieder für Sie da! Bitte legen Sie nicht auf, wir sind gleich wieder für Sie da!* Wie er solche Warteschleifen hasst!

Gefühlte drei Stunden später: »Herr Schwaizer, sind Sie noch dran?«

»Ja, natürlich bin ich hier. Sie erinnern sich noch an mich? Wir hatten diese unterhaltsame Konsultation über den Roman von Herrn Kiefer.«

»Ja, selbstverständlich erinnere ich mich. Aber der Fall ist doch abgeschlossen. Zumindest für unsere Kanzlei. Können wir sonst etwas für Sie tun?«

Alex ist nahe dran, das Handy gegen die mächtige Eiche zu

pfeffern, die gleich neben ihm mit provozierender Gelassenheit emporragt. Sie fertigt ihn ab wie einen Steuersünder mit Bitte um Erlass seiner Steuerschulden. Hat er sich so in ihr getäuscht? »Frau Dittmer, es geht mir gar nicht um den Fall. Darf ich offen sprechen?«

Was sollen plötzlich die Störgeräusche, ausgerechnet jetzt, hat sie den letzten Satz überhaupt gehört? Sein Puls rast. Gut, dass er nicht unter Asthma leidet, wie seine Schwester Silvia, er müsste sofort den Notarzt rufen.

Endlich, ein Räuspern am anderen Ende, dann kühl wie ein Eisschrank: »Ich bitte darum.«

Alex' Hand zittert. *Ich lege auf.* Das hier wird nichts werden. Er ballt seine Hände zusammen, fast zerquetscht er das Handy. »Frau Dittmer, ich falle jetzt mit der Tür ins Haus.« Er legt eine kurze Pause ein und hört ihren Atem. Jetzt nicht aufhören! »Sie haben mich - ehrlich gesagt - ziemlich beeindruckt. Seither trage ich mich mit der Idee, Sie zum Essen einzuladen. Natürlich nur, wenn Sie das auch wollen. Vollkommen unverbindlich.«

»Oh.«

Dann ist die Leitung tot.

»Frau Dittmer? Sind Sie noch dran?«

Nichts.

»Frau Dittmer?«

Kurzes Knacken, dann: »Ja, ich bin noch dran.« Doch dann hört er wieder Vivaldi.

Er hat es gewusst. Konsterniert lauscht er der vertrauten Melodie. Sie spielt mit ihm wie die Katze mit der Maus. Doch dann ist sie plötzlich wieder dran. »Sorry, ich bin versehentlich auf den falschen Button gekommen. Sind Sie noch da? Herr Schwaizer?«

»Ja. Ja. Ich bin da.« Er muss kräftig schlucken, seine Kehle fühlt sich an wie Wüstensand.

»Ich bin nur einfach ein bisschen durcheinander, ich sagte ja, die Besprechung. Was sagten Sie, ein Essen? Am Abend?« Sie klingt wirklich durcheinander. Wegen der Besprechung? Hm.

»Ähm, ja, warum nicht. Abend. Am Abend. Ja.« Scheiße. Ihm geht es auch nicht besser. Aber sie klingt jetzt um dreißig Grad wärmer! Und spricht sogar gleich von einem Abend!

»Wir können auch gerne, wenn es Ihnen lieber ist …«

»Nein, ich meine ja, gerne am Abend, wann passt es Ihnen denn? Freitag? Oder lieber Samstag?«

Als Alex aufgelegt hat, fühlt er sich wie nach einer Klettertour mit anschließender Diplomprüfung. Er reißt die Arme hoch wie Gianluigi Buffon nach gehaltenem Elfmeter, er rennt zur Eiche und umarmt sie, als wolle er sie ausreißen. Sie hat eingewilligt! Heilige Scheiße, sie hat zugesagt! Er wird sie privat treffen! Nächste Woche Donnerstag! Da Giovanni!

Er lässt den Baumstamm stehen und dreht sich um. Das kleine Mädchen auf der Wiese bestaunt ihn wie ein Weltwunder, dann rennt es zu seiner Mama und versteckt sich in ihrem Schoß. Alex beachtet sie nicht weiter und eilt zum Ausgang. Bis Donnerstag kann viel passieren, warnt ihn eine Stimme, Junge, komm runter! Zum Glück haben sie die Handynummern ausgetauscht, falls etwas dazwischenkommt, wie sie trocken bemerkt hat. Eine Hintertür? Nein! Am Wochenende feiert ihr Daddy seinen Fünfundsechzigsten, warum sollte er daran zweifeln? Außerdem … die Woche drauf passt viel besser als kommendes Wochenende. So hat er endlich Zeit mit Finn und muss ihn nicht schon wieder versetzen. Heike hätte ihn gevierteilt.

Er freut sich auf seinen Sohn, irgendwie fühlt er sich gerade selbst wie sechzehn. Vielleicht ist das der Beginn einer ganz neuen Art von Freundschaft. Er verwirft den Gedanken sofort wieder. Freunde hat der Junge genug.

Er braucht ihn als Vater.

13

Sie tritt von einem Bein auf das andere, während Bastian in salbungsvollem Ton in seiner Rede fortfährt. An ihrem Bruder ist echt ein Seelsorger verloren gegangen! Je mehr er in Fahrt kommt, desto weniger kann Karoline seine Pilcher-Romantik ertragen. »Du darfst also mit Fug und Recht stolz sein, was du in deinen 65 Jahren alles erreicht hast. Im Namen deiner drei Sprösslinge möchte ich dir unseren herzlichen Dank aussprechen, dass du uns - gemeinsam mit unserer Mutter - das Leben geschenkt und uns jederzeit mannigfaltig unterstützt hast.«

Jederzeit mannigfaltig unterstützt! In ihrem Magen fängt es gefährlich an zu rumoren. Werden eigentlich alle Psychologen gänzlich blind, sobald es sich ums eigene Elternhaus dreht? Oder sind sie einfach nur geschickte Anpassungskünstler? Wie er dasteht in seinem brandneuen italienischen Sommeranzug … *Diamine! Musst du dich so herausputzen wie der Gigolo einer amerikanischen Vorstadtserie?* Passt doch gar nicht zu ihm. Immerhin harmoniert sein Outfit perfekt mit der galanten, mediterranen Kulisse der elterlichen Gartenlandschaft. Sie lässt ihren Blick schweifen. In den Büschen und Bäumen hängen bunte Girlanden und Lampions, bestimmt alle mit Energiespar-LED und Solarzellen bestückt. Das wird sicher stimmungsvoll am Abend. Was für eine schöne, heile Welt, man könnte fast meinen, sie sei wohlbehütet aufgewachsen. Den Frosch im Hals schluckt sie schnell runter, der Aufruhr im Magen wird dadurch aber leider auch nicht geringer.

Endlich kommt Bastian mit seiner Festtagsansprache zum Ende. »Fabian, dein Einsatz!« Mit barocker Geste deutet er auf seinen kleinen Bruder, der etwas überhastet die Skulptur enthüllt, die sie für den heutigen Tag haben anfertigen lassen. Sie ist zwar unendlich kitschig, aber im strahlend weißen Gussmarmor passt sie großartig zu all den anderen pseudoantiken Statuen, die rundherum den Garten zieren. Oder verschandeln. Zwei Jünglinge umgeben eine üppige Frau und alle drei ringen sie mit ihrer animalischen Natur in Gestalt eines Löwen, einer Bergziege und einer Schlange. Wirklich passend, genau wie die Ohs und Ahs, die jetzt aus aller Munde tönen. Nur sie selbst bringt keinen Laut hervor, was allerdings wohl kaum jemandem auffällt.

Als ihr Vater das Wort ergreifen will, legt Bastian noch einmal nach. Karoline sendet innerlich ein Stoßgebet zum Himmel. »Geschenke darf man nicht erläutern und Kunstwerke schon gar nicht. Aber seit fast vierzig Jahren gehst du nun mit Mutti durchs Leben und sicher habt ihr einander manches zugemutet. Man munkelt ja so einiges! Paul, der wilde Achtundsechziger!«

Bastian lässt sich von verhaltenem Gelächter und Hüsteln nicht irritieren und fährt nach seiner Kunstpause ungerührt fort: »Bei allen Höhen und Tiefen, ihr habt es bis heute nicht nur zusammen ausgehalten, sondern steht – bitte erlaubt mir, etwas pathetisch zu werden – in guten wie in schlechten Zeiten wirklich zueinander. Ich glaube, das auch im Namen meiner Schwester und meines Bruders sagen zu dürfen: Wir schauen mit einer gewissen Bewunderung auf euch und wünschen euch beiden beste Gesundheit und noch viele gemeinsame, glückliche und erfüllte Jahre.« Er verneigt sich in Richtung seiner Eltern, die Geburtstagsgesellschaft applaudiert und will gar nicht wieder aufhören. Karoline tut so, als klatsche sie mit, obwohl ihr bei Bastians letzten Worten regelrecht übel geworden ist. Aber so ist es immer gewesen, man macht gute Miene zum bösen Spiel. Dabei dürfte kaum einer der Anwesenden ihre Eltern dafür beneiden, dass sie noch zusammen sind. Wie auch immer, danke Bastian, dass du die Lobeshymne übernommen hast. Sie hätte das nicht gekonnt.

Der Jubilar scheint tatsächlich gerührt. »Ich muss zugeben, diese Skulptur ist außerordentlich, genauso wie ihr drei außerordentlich seid. Allerherzlichsten Dank! *Gracie mille!*« Anstatt sich zuerst an den Redner zu wenden, schreitet ihr Vater direkt zu ihr herüber und drückt ihr einen Schmatzer auf die Wange. Sie zuckt zusammen, lässt sich aber weiter nichts anmerken. Nicht jetzt, ist sein Tag. »Danke dir, liebes Töchterchen! Tolle Idee, diesmal nur im Familienkreis zu feiern. Da hat man doch mehr voneinander. Firma und Freunde können warten.« Ein kleines Augenzwinkern, dann ist er auch schon wieder weg und stürzt auf ihre Brüder zu.

Das Fest in kleinem Kreise ist Bastians Idee gewesen. Sie hätte nie gedacht, dass ihr Vater darauf eingehen würde, unglaublich. Die Firma ist immer vorgegangen. Noch nicht einmal Freddy ist eingeladen, immerhin hat er jahrelang fast zur Familie gehört. Aber der Riss zwischen den beiden ging wohl doch zu tief. Auch all die anderen Ökokumpanen hat er nicht eingeladen, die dürfen nächste Woche beim großen Empfang im altehrwürdigen Rathaus gratulieren. Immerhin eine schöne Geste, dass ihr Papa den Empfang kurzerhand um eine Woche hat verschieben lassen. Würde dieser stolze Pionier energiesparender Heizsysteme sich auf die alten Tage etwa noch für seine Familie erwärmen? Und würde ihr das überhaupt gefallen!? Es gibt Wunden, die niemals heilen. Sie denkt an kommenden Donnerstag, an Alex Schwaizer, und spricht seinen Namen halblaut vor sich hin, als ließe sie ihn auf der Zunge zergehen. Zum Glück ist der so ganz anders als ihr Vater.

»Einen Fuffi für deine Gedanken«, wispert plötzlich jemand aus nächster Nähe in ihr Ohr.

Karoline fährt erschrocken herum. »*Uffa!* Bastian!« Dann grinst sie ihn an. »Für einen Fuffziger? Träumer! Meine Gedanken kannst du dir ganz sicher nicht leisten.«

Sie lachen gemeinsam. Sie wird ihm seine Rede verzeihen, aber noch nicht sofort.

Eine gute Stunde später hat sich die Gesellschaft auf verschiedene lauschige Plätzchen im Garten verteilt, was zum Glück etwas tiefergehende Gespräche ermöglicht, Störungen inklusive. »Schmeckt prima!«, ruft Tante Brigitte etwas zu laut in die Runde und hält die Karaffe mit der Erdbeerbowle in die Höhe. »Wer möchte …?«

Karoline und Bastian schauen sich stirnrunzelnd an. Alles wie gehabt. Wenn ihre Tante getrunken hat, wird sie ihrem Bruder immer ähnlicher, obwohl sie gut zehn Jahre jünger ist als das Geburtstagskind.

»Du vielleicht, Sarah-Schätzchen?«, wendet sich Brigitte an ihre Tochter.

»Nein, danke!« Sarah schüttelt den Kopf. »Und nenn mich nicht Schätzchen, Mama, sonst nenn ich dich ab sofort Muttchen.«

Brigitte lächelt gequält, dann nickt sie stumm und nippt an ihrer Bowle.

Karoline nimmt den Gesprächsfaden wieder auf. »Ist wohl schon ein kräftiger Wermutstropfen für unsere Eltern, dass sie noch kein einziges Enkelkind zu Gesicht bekommen haben. Keiner von uns ist verheiratet, und keiner hat einen Partner, der ihnen Hoffnung machen könnte.«

»Meinst du echt, das macht ihnen etwas aus? Hm, Mama wahrscheinlich schon, aber ihm habe ich neulich ein Bild von meiner kleinen Jenny gezeigt. Ein supersüßes Foto mit Türmen von Cinderella-Castle im Hintergrund, das Deborah in Orlando geschossen hat. Er hat noch nicht mal richtig drauf geschaut«, erwidert Bastian freudlos.

»Er hat Deborah nie gemocht. Sie hat ihn immer geschickt auflaufen lassen, das kann er nicht gut haben. Und seit sie mit eurer gerade erst geborenen Tochter zurück in die Staaten gezogen ist, schon gar nicht. Aber sag, warum hast du ihm so viel Honig um den Bart geschmiert? War das nötig! War ja kaum zum Aushalten.«

Brigitte und Sarah tauschen verstohlene Blicke. Karoline muss immer wieder auf Sarahs Nasenpiercing starren. Tut das nicht weh?

»Naja«, sagt Bastian und zieht die Stirn kraus, »immerhin sind sie trotz aller Gehässigkeiten 40 Jahre zusammen. Da können wir nicht gegen anstinken.«

»Vielleicht ist traute Zweisamkeit in diesem Leben einfach nicht für uns vorgesehen.« Karoline bemüht sich, keine Bitterkeit durchklingen zu lassen. Vor allem Tante Brigitte kann sie nicht trauen. Man weiß nie, was dann hinten rum erzählt wird.

»Karma, oder? Hast du das von deinem Yogalehrer? Ich finde, du musst es einfach mal ernsthaft versuchen!«, bemerkt Bastian betont heiter und schaut sie an, als wäre sie gerade 14 geworden.

Karoline spürt, wie sie rot anläuft und ihr Hals anschwillt. Fängt er etwa schon wieder mit dieser Nummer an? Sie wirft ihm einen warnenden Blick zu.

»Vielleicht existiert ja in unserer Familie eine Art Unverbindlichkeitsgen, das in jeder zweiten Generation dominant wird. Immerhin sind Fabian und ich auch nicht besser dran.« Bastian rudert zurück. Sein verdammtes Glück!

»Unverbindlichkeitsgen?«, schaltet sich Brigitte leicht belustigt ein, »was soll das denn bitte sein?« Zögernd fügt sie hinzu: »Vielleicht sollte ich meinen Mann mal daraufhin untersuchen lassen.« Ein böser Blick von Sarah trifft sie von der Seite. »Entschuldige, Sarah! Ich weiß, du magst es nicht, wenn ich über Papa lästere.«

»Schon gut, Mama, lass gut sein.« Dann wendet sich Sarah an Bastian, ihren Cousin, der genauso gut ihr Onkel sein könnte: »Das war nicht dein Ernst, mit dem Gen, oder? Muss ich mir Sorgen machen?« Sarah ist gerade fünfundzwanzig geworden, aber immer noch erfrischend anders. Statt Dreadlocks trägt sie jetzt Undercut, was bei ihr ausnahmsweise echt sexy aussieht. Sie ist eine von diesen jungen, selbstbewussten Frauen, für die Frauenquoten so überflüssig sind wie Damenkränzchen.

»Naja, bestimmte Beziehungsmuster werden oft über mehrere Generationen hinweg vererbt. Das ist allerdings nicht im genetischen, sondern im familiendynamischen Sinne zu verstehen«, doziert Bastian.

»Und was wäre bitte dieses Muster in unserer Familie?« fragt Karoline skeptisch.

»Naja, ich habe tatsächlich mal nachgeforscht. Wollt ihr es echt wissen?«

»Jetzt machs nicht so spannend!« Karoline klopft mit der linken Faust einen unruhigen Rhythmus auf den Tisch.

»Okay, okay. Wusstest ihr, dass Karl-Otto nicht wirklich unser Großvater ist?«

Sie schluckt. »Wie kommst du denn jetzt darauf? Hast du eine Rückführung gemacht? Ihr Psychos seid wirklich nicht zu retten.«

»Ich habe es bei einer Familienaufstellung herausgefunden. Ich weiß, es klingt obskur, aber ich habe es aufgestellt und voilà, plötzlich ergab sich ein viel stimmigeres Bild. Außerdem habe ich nachgerechnet. Paul ist kaum acht Monate nach Karl-Ottos Rückkehr aus der Kriegsgefangenschaft geboren. Er kann natürlich eine Frühgeburt gewesen sein, aber es ist doch gut denkbar, dass Oma in den Kriegswirren mit einem anderen angebändelt hat … du weißt schon. Sie konnte ja nicht wissen, ob ihr Karl-Otto jemals zurückkehrt.«

»Und das soll der Grund sein, dass ihr drei unverheiratet und kinderlos seid?«, schaltet sich Sarah belustigt ein. »Klingt nach billiger …«

»Ich bin nicht kinderlos«, fällt ihr Bastian ins Wort.

Aber Sarah lässt sich nicht beirren. »Sind wir alle Marionetten unserer Vorfahren? Finde ich ein bisschen dünn, die Theorie, ehrlich gesagt. Steht mir ja nicht zu, so was zu sagen, aber …«

»Wo ist eigentlich Sascha?«, wirft Karoline ein. »Wie lange seid ihr zusammen? Mit ihm könntest du den Gegenbeweis antreten!«

Sarah lacht herzlich. »Um ihn hier vorführen wie einen Zuchtbullen, was? Nein, er hat nächste Woche Staatsexamen, sonst wäre er sicher mitgekommen.«

»Jammerschade!« seufzt Karoline. Und dass so ein Lebenskünstler auf Lehramt studiert, ist genauso bedauerlich. Aber bestimmt gerade gut für die Kids.

»Und was ist mit dir, Karo?« kontert Sarah und grinst ihr dabei frech ins Gesicht. »Wann bringst du denn mal wieder jemanden mit?«

Treffer, genau in die Magengrube, aber das kann Sarah ja nicht wissen. Um Zeit zu gewinnen, setzt Karoline ihr aktenkundiges Pokerface auf. Was soll sie darauf antworten, wo sie eh die ganze Zeit an das Date beim Italiener denkt. Doch Sarah lässt ihr keine Zeit zum Träumen. »Stehst du noch auf Frauen? Ich fand es obercool, wie du damals Maria mitgebracht hast.« Ihre forsche Cousine wartet gar nicht auf eine Antwort, sondern sprudelt einfach weiter. »Und alle haben so getan, als wäre es das Selbstverständlichste der Welt. Voll krass.«

»Getan haben sie vielleicht so, aber das war nicht mehr als …«

»… gute Miene zum bösen Spiel«, bringt Bastian den Satz zu Ende.

Karoline sieht die Situation genau vor sich: Alle geben Maria lächelnd die Hand, aber hinter den Kulissen tobt ihr Vater wie ein Irrer und behauptet allen Ernstes, seine Tochter ruiniere die Firma, indem sie eine Lesbe anschleppe. Es ist Freddy gewesen, der ihn damals wieder zur Vernunft gebracht hat. Danke Freddy!

»War Onkel Paul nicht bei den Achtundsechzigern? Und dann so spießig?«

»Sarah, bitte!« wirft ihre Mutter ein.

»Dein Onkel hatte sogar mal Kontakt zur Kommune eins, um drei Ecken rum. Die müssen damals ziemlich wild rumgemacht haben«, erklärt Karoline ihrer Cousine.

»Und Tante Hannelore? Kannte er sie da schon?«, fragt Sarah munter weiter.

»Ja klar, sie hat schön brav mitgespielt. Frauen haben damals alles mitgemacht und hatten dabei das erhabene Gefühl, mit der Revolution ins Bett zu gehen. So war das damals.« Karoline hört die Säuernis in ihrer eigenen Stimme und seufzt. Eigentlich weiß sie gar nicht, wie das damals genau war. Und von ihrem Vater will sie es auch lieber nicht wissen.

Sarah verdreht die Augen. »Also, ich habe da kein Mitleid. Die waren doch selbst schuld, wenn sie sich haben vögeln lassen, obwohl sie keinen Bock drauf hatten.«

Karoline schmunzelt. »Naja, wenn das immer so leicht wäre … Männer können ganz schön penetrant sein.«

»Und deswegen stehst du auf Frauen!« Sarah strahlt sie an.

»Du kannst auch ganz schön penetrant sein, Sarah!«, bemerkt Karoline lachend. Brigitte schnappt laut nach Luft, doch Karoline gibt ihr per Handzeichen zu verstehen, dass alles okay ist.

Sarah schaut Karoline unverwandt an und die gibt sich einen Ruck. »Ehrlich gesagt, mich zieht es jetzt eher zu einem Mann.« Sie spürt das Echo der eigenen Worte tief im Unterleib.

»Und warum hast du ihn nicht mitgebracht?«

»Häh?« Woher weiß sie … Nein, kann ja gar nicht sein!

»Karoline wünschte sich, dass es einen zum Mitbringen gäbe«, wirft Bastian hastig ein. »Würde ich auch sehr begrüßen.«

Ich bringe dich um! »Doch, es gibt einen! Es ist nur ein bisschen früh, ihn mitzubringen.« Ihre Lippen zittern. Jetzt ist es raus.

Bastian reißt die Augen auf. »Was? Was sagst du da?«

Mit einem breiten Lächeln setzt sie noch einen drauf. »Ich treffe ihn nächsten Donnerstag. Er heißt übrigens Alex«, schiebt sie triumphierend nach.

Dann wird ihr plötzlich schwarz vor Augen. Sie hat auf gar keinen Fall von ihrer Verabredung erzählen wollen. *Che Porcheria.* Warum konnte sie nicht einfach ihre Klappe halten?

Bastian gewinnt leider schnell seine Fassung zurück, seine Nase zuckt wie die eines Wolfs, der Witterung aufgenommen hat. »Du triffst … einen Mann? Dann hat meine kleine Intervention ja Wirkung gezeigt!«

»Ich werde deine psychotherapeutischen Dienste weiterempfehlen, Herr Dr. Bastian Dittmer«, zischt Karoline und gibt sich kaum Mühe, ihre Wut zu verbergen.

»Zuviel der Ehre, den Doktor kannst du streichen«, frotzelt Bastian weiter.

»Das muss ich jetzt nicht verstehen, oder?«, schaltet Sarah sich wieder ein. Dann fragt sie sanft. »Sollen wir euch mal eine Weile allein lassen?«

Brigitte ist bereits aufgestanden, aber Karoline hat überhaupt keine Lust, mit Bastian allein herumzustreiten. »Nein, ist schon gut. Wir klären das später.«

Doch Brigitte zieht ihre Tochter einfach hinter sich her in Richtung Terrasse, was Karolines Stimmung noch tiefer in den Keller sinken lässt. »Ich hasse es, wenn du mich so bloßstellst! Es geht niemanden etwas an, was ich mit Männern laufen habe!«, faucht sie ihn an.

»Habe ich etwa davon angefangen? Ich wusste doch gar nichts! Du hast doch selbst davon angefangen! Wie heißt er? Alex? Ein schöner Name!«

Nein, sie wird jetzt nicht explodieren, nicht hier. Nicht vor der versammelten Familie. Sie lässt Bastian einfach stehen und stapft in den hinteren Teil des Gartens, wo sie keiner sehen kann. Hinter der alten Schiffschaukel ist ein stilles Plätzchen, dorthin hat sie sich schon früher immer zurückgezogen. Als sie sich etwas beruhigt hat, wundert sie sich über sich selbst. Was wäre denn eigentlich so schlimm daran, wenn sie von Alex erzählt? Eigentlich gibt es nur einen Menschen, dem sie auf keinen Fall davon erzählen will.

In den nächsten Stunden plätschert das Fest vor sich hin, Karoline hat sich längst wieder im Griff und plaudert sogar locker mit ihren Verwandten. Zwischendurch denkt sie immer wieder an Alex … wie gerne hätte sie einen Partner an ihrer Seite, nicht zuletzt bei Anlässen wie diesem.

Gegen Abend wird ein reichhaltiges italienisches Buffet geliefert, von Feinkost Kiefer, wie Karoline bemerkt. Ob die wohl was mit dem Plagiat-Autor zu tun haben? Es gibt ja verschiedene Arten von Feinkost, sinniert sie amüsiert. Sie genießt die reiche Auswahl an Antipasti, aber obwohl die bunten Lichter überall im

Garten eine behagliche Atmosphäre verbreiten, fühlt sie sich immer unbehaglicher. Die Gespräche über das Wetter, bevorstehende Urlaubsziele, den SC Freiburg und die neuesten Energiesparpatente der Firma Dittmer öden sie an. Irgendwie fehlt doch Freddy, in seiner Gegenwart war es selten langweilig – wenn er nicht gerade mit ihrem Vater über Klimaschutz und die Rettung der Welt fachgesimpelt hat.

Erst als Sarah wieder neben ihr sitzt, taut Karoline etwas auf. »Darf ich dich mal etwas fragen, Karoline? Bastian hat erwähnt, du hättest dich mit Tantra befasst. Stimmt das? Weißt du, man hört ja so einiges, es würde mich einfach brennend interessieren.«

Karolines Blick fällt auf Bastian, der mit Fabian ins Gespräch vertieft ist. Ist der Typ noch zu retten? Sie hat ihm diese Idee erst nach langem Zögern anvertraut; und er tratscht darüber hinter ihrem Rücken? Anscheinend erlaubt er sich hier alles, was ihn in seiner Praxis die Zulassung kosten würde. Warte, bis ich dich zwischen die Finger kriege, und zwar ganz und gar untantrisch!

»Bin ich jetzt schon wieder in ein Fettnäpfchen getappt?«, fragt Sarah mit entwaffnender Offenheit. »Ich habe Bastian danach gefragt und er sagte, ich solle lieber mal dich fragen.«

»So, hat er gesagt?« Okay, das gibt dann mildernde Umstände.

»Du musst mir nichts erzählen, Karo! Ich frage mich nur, warum da immer so ein Geheimnis drum gemacht wird.«

»Sarah, mit dir spreche ich gerne darüber, aber vielleicht lieber ein andermal.«

In diesem Moment tritt Bastian an sie heran und flüstert ihr zu. »Sorry, ich hätte das vielleicht nicht sagen sollen, aber Sarah …«

»Was tuschelt ihr denn da?«, fragt plötzlich das Geburtstagskind quer über den Tisch. Karoline hat ihn gar nicht kommen sehen. »Wir haben doch hier keine Geheimnisse, oder?« Sein maliziöses Grinsen ist manchmal noch übler als das von Jack Nicholson.

»Nichts Besonderes«, beeilt sich Bastian. »Es geht nur um eine Fortbildung, die Karoline sich vorgenommen hat.«

Sie kann es nicht fassen, der Herr Psychotherapeut hat wohl sämtliches Feingefühl abgelegt, seine Kommentare sind noch deplatzierter als sein mafiöser Anzug.

»Ach. Das ist aber doch interessant! Was hast du denn vor, liebe Karoline? Erzähl uns doch mal, womit man sich heute in der Juristerei so fortbildet! Doch hoffentlich nicht als Steuerberater? Oder gehst du endlich in die Politik?«

Karoline klappt die Kinnlade herunter. Ihr Vater kann es nicht wissen, aber Steuerrecht ist tatsächlich genau das, was Berger ihr aufs Auge drücken will.

»Nein! Sag jetzt nicht, dass ich ins Schwarze getroffen habe?«

Weiß er eigentlich, wie sehr sie so etwas quält? Wohl kaum, aber jetzt reichts. »Nein, Papa, ich habe vor, mich privat fortzubilden. Ich werde ein Tantraseminar besuchen.«

Mit einem Schlag sind alle Gespräche am Tisch verstummt.

Es ist einer der seltenen Momente, in denen sie ihren Vater sprachlos erlebt. Obwohl ihr das Thema peinlich ist, fängt sie an, es zu genießen. Ihrem Vater ist es offensichtlich noch peinlicher. »Es ist dir in all den Jahren bestimmt nicht entgangen, dass deine drei Sprösslinge nicht mit Kind und Kegel in ihrem Elternhaus erscheinen, sondern solo. Damit das nicht immer so bleibt, könnte man sich ja mal weiterbilden. Alles Mögliche soll man lernen, nur was die Liebe angeht, sollen wir als Meister vom Himmel gefallen sein. Was mich betrifft, ich bin eine Versagerin. Und der da«, sie stochert mit dem Zeigefinger in Richtung Bastian, »hat dankenswerterweise zu dieser tiefgreifenden Erkenntnis beigetragen.«

Ihr Vater dreht sich zu Bastian um, noch um Worte ringend.

»Also, ich habe sie nicht zum Tantra geschickt …« Bastian tut fast so, als sei er eines schweren Vergehens bezichtigt worden. Wie klein er plötzlich neben seinem Vater wirkt. Sie selbst wird dagegen langsam aber sicher immer größer, so wie es ihrer Rolle als Ältester auch entspricht.

Tante Brigitte steht auf und fängt an, mit lautem Geklapper die Teller abzuräumen. »Komm, mein Schatz«, wendet sie sich an

Sarah, »hilf mir mal! Hannelore hat schon genug zu tun«

»Mama! Bist du jetzt vollkommen meschugge? Ich bin keine acht mehr, falls du das noch nicht gemerkt hast. Außerdem würde ich schrecklich gerne mehr über Tantra erfahren. Ich habe nämlich auch schon mal im Internet recherchiert. Manches klingt echt obskur, aber anderes mega abgefahren. Würde ich mit Sascha gerne mal ausprobieren, dann wäre hoffentlich nicht immer alles so schnell vorbei. Aber ich bräuchte eine Empfehlung. Wer weiß, wo man sonst landet, womöglich in einem Swingerclub. Sascha würde mich sicher voll gerne dahin abschleppen, aber …«

Das Schweigen um sie herum lässt ihren Satz implodieren. Sie sieht Karoline hilfesuchend an, aber Karolines Kopf ist leergefegt.

»Was guckst du so, Onkel Paul?«, blafft Sarah plötzlich.

Brigitte nimmt den Stapel Teller und trabt ins Haus.

Alle anderen Augenpaare drehen sich wieder in Richtung des sprachlosen Jubilars. Karoline reibt sich innerlich die Hände.

Dann bricht es aus ihm heraus. »Glaubt ihr, ich weiß nicht, was Tantra ist? Ich bin zwar nicht mehr der Jüngste, aber ich war Schandtaten gegenüber noch nie sonderlich abgeneigt.«

Nein, bestimmt nicht, das weiß sie nur zu gut. Dass er es aber wagt … Ihr Vater schaut sich nach allen Seiten um, will sich wohl vergewissern, dass nicht zufällig seine Frau im Anmarsch ist. »Es hieß zwar damals nicht Tantra, aber – Langhans sei mein Zeuge – wir haben nicht besonders viel anbrennen lassen.« Dabei leckt er feucht glänzend über seine Oberlippe, seine Augen fallen fast aus ihren Höhlen, als sähe er alle Weiber, die er jemals flachgelegt hat, direkt wieder nackt vor sich.

Ekel steigt in ihr auf. »Papa, lass gut sein! Wenn du meinst, Tantra sei die fernöstliche Variante von Gruppensex, wo jeder mit jedem rummacht, dann bist du zwar mit den gängigen Vorurteilen *completamente aggiornato*, aber darum gehts mir nicht.«

»Aber ich habe ja gar nichts dagegen. Du brauchst dich doch nicht zu verteidigen, meine liebe Karoline. Auch wenn das dein Beruf ist und du deswegen …«

»Ich verteidige mich nicht!« Karoline wird langsam sauer. »Viel eher klage ich dich an, *caro Papà*. Spielst dich hier auf wie der große Tantraexperte. Einfach lachhaft!«

Ihr Vater hebt abwehrend die Hände. »Oh, Entschuldigung. Kein Problem. Wir können gerne das Thema wechseln.«

»Wie wäre es, wenn du einfach mal zuhörst? Einfach mal neugierig bist, was andere so denken, und nicht immer sofort deinen Senf dazu gibst? Und jetzt spiel nicht den Beleidigten. Ist nämlich dein Geburtstag und wir sind unter uns. Sei einfach mal froh, dass du nicht den Alleinunterhalter geben musst.«

Jetzt hat sie sich ganz schön aus dem Fenster gelehnt. Verlegen schaut sie sich um. Fabians Augen sind auf Golfballgröße angeschwollen, Bastians Kinnlade hängt auf Brusthöhe und Sarah schaut, als wenn die Frauennationalmannschaft gerade in Führung gegangen wäre. Wieder sagt eine Weile keiner ein Wort. Brigitte kommt aus dem Haus zurück, setzt sich, steht aber sofort wieder auf und trägt ein paar leere Schüsseln ins Haus.

Sarah bricht als erste das Schweigen. »Was ist das denn nun für ein Kurs, den du besuchen willst? Was geht denn da ab?« Karoline hat zwar ihren Vater erfolgreich in die Schranken verwiesen, aber jetzt muss sie sich eingestehen, dass dies ein Pyrrhussieg war. Sie hat ja selbst keine Ahnung, wie das da abläuft.

»Frag mich, wenn ich dort war, Sarah. Ich weiß auch nicht mehr als auf der Website zu lesen ist. Aber was da steht, klingt einigermaßen seriös. Man muss sich nicht ausziehen, wenn man nicht will, und man wird auch nicht zwangsweise verkuppelt. Aber wer weiß. *No risk, no fun, si,* Sarah?«

Karoline schaut Sarah Zustimmung heischend an, aber die erwartete Reaktion bleibt aus. Fängt sie jetzt schon an, sich bei der Jugend anzubiedern? Bitte nicht! Überhaupt kommt ihr die ganze Situation zunehmend surreal vor. Fehlt gerade noch, dass alle Anwesenden in trauter Gemeinsamkeit übereinkommen, das nächste Familientreffen in Form eines Tantraseminars abzuhalten.

»Amüsiert ihr euch denn schön?« Eine nicht mehr ganz glockenhelle Stimme bringt Karoline erbarmungslos ins Hier und Jetzt. Mama! »Es gibt noch Erdbeeren mit Schlagsahne, Sarah, die magst du doch so gerne, weißt du noch, wie viele du schon verdrücken konntest, als du noch soooo klein warst?« Sie zeigt auf Kniehöhe. »Paul, ist dir nicht zu heiß in deinem Jackett? Soll ich es dir abnehmen? Ach Kinder, ist das nicht ein herrlicher Sommerabend? Es hätte wirklich nicht schöner kommen können, aber du hast es dir auch redlich verdient, mein Paulchen.« Hannelore Dittmer, wie sie leibt und lebt. In ihrem Pünktchenrock, der passenden weißen Bluse und ihrem wallenden blonden Haar sieht sie mindestens zehn Jahre jünger aus. Bewundernswert, die Kraft und Energie, mit der ihre Mutter immer schon den Laden geschmissen hat! Und das ohne ihre betont feminine Ausstrahlung zu verlieren. Aber es ist nach wie vor schwer, näher an sie heranzukommen, sie ist immer gut drauf, immer optimistisch gestimmt und wenn Karoline sich mit Sorgen an sie wendet, wird sie so lange aufgemuntert, bis sie freiwillig so tut, als ob alles wieder gut sei. Nur, um endlich in Ruhe gelassen zu werden.

»Du kommst gerade im richtigen Moment, mein Zuckerpüppchen. Unsere Tochter startet demnächst eine zweite Karriere im Tantra. Sie hat mich dazu verdonnert, einfach mal zuzuhören. Aber leider haben wir noch nicht viel zu hören bekommen. Komm, setz dich zu uns.«

Ich hätte es wissen müssen. Eine Zurechtweisung kann ihr Vater nicht lange auf sich sitzenlassen. Er ist es gewohnt, hundert Mitarbeiter auf Kurs zu halten und hat all die Jahre nie begriffen, dass die Familie nicht Teil seines Unternehmens ist. Ihre Mutter hat sich erfolgreich damit arrangiert, sie lässt ihn stets in dem Glauben, das Sagen zu haben, aber hinter seinem Rücken sind die Würfel oft längst gefallen, bevor er überhaupt nur ahnt, was gespielt wird.

»Das ist ja toll! Tantra! Ist das nicht so was Ähnliches wie Yoga? Hast du nicht schon mal davon erzählt? Ist bestimmt eine wunderbare Ergänzung zum trockenen Alltag in der Kanzlei. Machst du mal eine Probestunde mit uns? Du weißt ja, ich gehe seit Jahren jede Woche zum Yoga, aber ich habe nichts gegen eine Abwechslung. Das hält jung.« Diese Frau ist in ihrem Optimismus einfach unerschütterlich.

»Pass auf, was du sagst, Zuckerpüppchen! Beim Tantra geht es nämlich um Sex. Aber du hast recht. Das hält auch jung, vielleicht sollten wir mal …«

»Du alter Casanova, mir kannst du keinen Bären aufbinden. Karoline, sag du uns, was es mit Tantra auf sich hat? Ist doch so was wie Yoga, habe ich recht?«

Statt einer Antwort fällt ihr der Spruch ein: Willst du recht haben oder glücklich sein? Sie hat tatsächlich bereits genug mit Leuten zu tun, denen es vornehmlich darum geht, Recht zu bekommen. Davon lebt sie ja schließlich. Wahrscheinlich wäre sie bald arbeitslos, wenn die Leute lieber glücklich wären. Aber ihre Eltern haben es auf erstaunliche Weise geschafft, trotz ständigen Gerangels doch auch ein bisschen glücklich zu sein. »Tja, was soll ich sagen. Mein Urteil ist durch und durch salomonisch. Ihr habt beide recht! Tantra hat mit Yoga zu tun und auch mit Sex. Könnte also echt was sein für euch beide! Aber bitte nicht in dem Kurs, den ich besuche! Gibt es auch in einer Variante 50 plus.«

Hannelore Dittmer beginnt zu lachen. Ausgerechnet Brigitte stimmt mit ein und sie steigern sich gegenseitig in einen Anfall hinein. Dann legen auch noch Bastian und Sarah los und bald grölt alles wild durcheinander. Es ist offensichtlich unmöglich, nicht in das Lachen einzustimmen. Dabei hat vermutlich jeder einen anderen Grund dafür.

Und sie selbst? Karoline lacht nicht so laut wie die anderen, aber aus reiner Freude. Sie hat das ungeschriebene Familiengesetz gebrochen! *Man kann alles sagen, nur nicht die Wahrheit.* Und vor allem: Sie hat sich von der Angst vor den Übergriffen ihres Vaters nicht mehr lähmen lassen. »*Evviva*« schreit sie in voller Lautstärke. Und das Beste: Nur noch fünfmal schlafen.

14

»Sie haben was? Sag das nochmal, ich fasse es nicht!« Alex kratzt sich nervös am Hinterkopf.

»Du hast richtig gehört. Sie haben ihm das Handy weggenommen, weil er im Unterricht Pornos geschaut hat.« Heike ist ganz offensichtlich bemüht, eine ernste Miene aufzusetzen, aber es will ihr nicht so ganz gelingen. »Anscheinend hat sich plötzlich der Ton eingeschaltet. Du willst dir nicht vorstellen, was dann im Klassenzimmer los war.«

Alex lacht frei heraus. Doch, ganz sicher stellt er sich das vor. »Und dann?«

»Die Lehrerin hat mich gestern angerufen, ich könne das Handy abholen. Sie würde dann aber gerne ein paar Takte mit mir sprechen«, berichtet Heike trocken.

»Ich meine: im Klassenzimmer. Das muss doch echt eine schrille Situation gewesen sein. Hat sie nichts darüber gesagt?«

»Es hätte schlimmer kommen können, aber sie muss ziemlich cool reagiert haben. Frau Haberkamm gibt Kunst und Sport. Sie erwägt, das Thema mal im Unterricht durchzunehmen, aber vorher muss sie sich im Kollegium absichern.«

»Hahaha! Im Fach Kunst oder Sport? Sorry, aber das ist einfach zu lustig.«

»Finn findet das nicht so lustig«, gibt Heike mit besorgter Miene zurück.

»Was? Warum? Hast du mit ihm gesprochen?«, fragt Alex, nun auch ernster.

»Klar, was denkst du denn? Aber er rückt nicht raus mit der Sprache. Ist sonst gar nicht seine Art … du kennst ihn ja.«

Alex runzelt die Stirn. »Stimmt, wortkarg ist er eigentlich nicht.

Wahrscheinlich schämt er sich. Obwohl, schauen die Teenys heutzutage nicht alle sowas an? Vielleicht ist er sogar der Held …«

»Irgendetwas muss vorgefallen sein. Und es kommt mir so vor, als hätte sich schon länger etwas angebahnt. Ich habs dir ja neulich schon erzählt, seine Noten sind auch nicht mehr die besten, Deutsch drei, Englisch drei, Mathe vier minus, Mann, er hatte sonst immer nur Einser und Zweier.«

»Also drei oder vier ist nun echt keine Katastrophe, Heike, jetzt mach mal halblang«, blafft Alex sie an.

»Hey, nicht in dem Ton!«, faucht sie zurück. »Und außerdem habe ich keine Lust, dass uns der ganze Block zuhört.«

»Ja, ja, schon gut.« Er blickt vom Balkon ihrer Dreizimmerwohnung auf den nahegelegenen Spielplatz, wo ein paar Kids mit lautem Geschrei auf einem Gerüst herumturnen. Denen macht es sicher nichts aus, wenn er etwas lauter wird. Aber warum ist Heike so nervös? Finn wurde mit einem Porno in der Schule erwischt und die Lehrerin scheint gut damit umgehen zu können, also was ist das Problem? »Hast du eine Ahnung, was er sich im Internet alles reinzieht? Hat ihn irgendetwas verstört?«

»Sag du es mir!« fordert sie ihn auf. »Du bist doch vom Fach, wenn auch nicht gerade in der Filmbranche.« Sie legt ihren Kopf schief.

»Rede keinen Quatsch! Hast du ihn nicht daraufhin angesprochen?«

Heike druckst herum. Ihr ist dieses Thema anscheinend auch peinlich. Ist irgendwie beruhigend. »Doch, schon, aber das ist fast ein Jahr her. Damals hatte ich den Eindruck, Finn guckt sich das Zeug zwar an, aber er ist sicher nicht so naiv, das alles für bare Münze zu nehmen.«

»Kann ich mir auch nicht vorstellen. Aber was ist es dann?«

»Ich dachte, du könntest mal mit ihm reden. Vielleicht ist das was für ein Gespräch von Mann zu Mann.«

Alex zieht seine Jacke aus und legt sie auf die Brüstung. »Hm, ja, mal sehen, aber wenn er mir auch nichts sagen will, dann …«

»Verdammt, Alex! Es ist mir ernst. Ich will nicht, dass mein Sohn in einem Klima von Peinlichkeit aufwachsen muss. Er kann doch mit uns reden.«

»Eben. Aber offensichtlich will er nicht. Und du kannst ihn ja genauso gut nochmal drauf ansprechen. Du musst einfach den passenden Moment erwischen.« Er windet sich heraus, das merkt er ganz genau. Fühlt sich nicht gut an. Simone hat ihn mal beim Pornogucken erwischt, es läuft ihm heute noch eiskalt den Rücken runter, wenn er an ihren Gesichtsausdruck denkt. Pure Abscheu. Er schüttelt sich. Was soll er Finn schon zu diesem Thema raten? Um Himmels willen, wahrscheinlich sind die Kiddies damit entspannter als er selbst.

»Ich habe irgendwie Angst, ihm zu nahe zu treten und dass er dann ganz zu macht«, beginnt Heike von Neuem. »Deswegen wollte ich lieber erst mal mit dir sprechen. Gut, dass du ihn diesmal abholst. Ich mag sowas nicht am Telefon.«

»Kann ich verstehen.« Er ist wirklich froh, sie zu sehen. Mit keiner anderen Frau kann er so offen über solche Themen sprechen.

»Weißt du, Alex, ich bin mir gar nicht sicher, ob seine Stimmung überhaupt mit dem Porno zu tun hat. Bisher dachte ich immer, es ist wegen Tanja. Als ich ihn gestern auf Tanja angesprochen habe, hat er mich mit verkniffenem Mund und funkelnden Augen angeschaut, so als wäre er kurz davor auszurasten. Ich glaube, er ist echt in Not. Vielleicht fand Tanja gar nicht lustig, was sich in der Klasse abgespielt hat. Wer weiß?«

Hm, das klingt nicht gut. »Hast du das Video gesehen? Weiß du, was da drauf war?« Eine plötzliche Idee treibt ihm das Blut durch die Adern, ihm wird fast schwindlig, dabei ist der Gedanke eigentlich total abwegig.

»Nein.« Drinnen klingelt das Telefon. »Das ist wahrscheinlich Finn, er wollte eigentlich längst hier sein, aber du kennst ihn ja. Bestimmt muss er noch etwas gaaaanz dringend erledigen, schließlich sieht er seine Clique erst am Montag wieder.« Heike eilt ins Wohnzimmer.

Nein, seine Idee ist wirklich abwegig. Kann gar nicht sein. Dann hätte er was gesagt. Alex denkt nochmal an die Szene im Klassenzimmer. Eigentlich ist das ganze doch ein Slapstick. Wie es wohl wäre, Pornos im Kunstunterricht durchzunehmen? Oder noch besser: interdisziplinär! Diese Frau Haberkamm muss echt gut drauf sein. Super, wenn Heike mit ihr redet. Und fast schade, dass er nicht dabei sein kann. Diese Frau würde er gerne kennenlernen, die traut sich was.

Aus dem Wohnzimmer hört er Gesprächsfetzen von Heikes Telefonat. »Du hast alle Zeit der Welt …« Spricht sie wirklich mit Finn? Er sollte doch längst hier sein, hat sie ihm das etwa nicht klargemacht? Nun ja, ist wohl nicht so einfach; er wird sechzehn, bald wird er ein Mann sein… dabei ist er doch gerade noch mit seinem Bobbycar um die Ecke gebogen. Damals waren sie gerade zu dritt in Mannheim zusammengezogen. Vier glückliche Jahre, Babygeschrei und vollgeschissene Windeln inklusive.

Und dann, zack, war es plötzlich aus. Es versetzt ihm immer noch einen Stich. Er rechnet kurz nach … bald zwölf Jahre ist das nun her. Wie naiv sie damals gewesen sind! Ein neuer Lover und schon muss der alte weichen. Ein schwacher Trost, dass es mit Antonio auch nicht lange gut ging, der Typ war krankhaft eifersüchtig. Ein richtiger Psycho!

Alex tritt ans eiserne Balkongeländer. Die Wohnung, in der sie damals gewohnt haben, liegt gleich gegenüber, auf der anderen Seite vom Spielplatz. Freiburg ist eindeutig schöner, aber auch hier fühlt er sich immer noch ein wenig zu Hause. Ein Jammer, dass alle Versuche, doch noch zusammenzukommen, nicht geklappt haben. Finn hat keine Gelegenheit ausgelassen, sie wieder miteinander zu verkuppeln. Am schlimmsten war es, als er plötzlich nicht mehr mit seinem Papa reden wollte. Alex reibt sich die Stirn. Der kleine Bub hat ihm die ganze Schuld gegeben. Wie sollte er auch darauf kommen, dass seine Mama die Familie auf dem Gewissen hat? Kein Kind kommt auf so eine Idee und das mit Antonio hat er gar nicht mitgekriegt. Unten auf dem Platz stürzt sich einer der Jungs mit lautem Getöse die Rutschbahn hinunter. Könnte glatt Finn sein, der kleine Schreihals da unten, Finn vor zehn Jahren.

Alex tritt vom Geländer zurück und horcht an der Tür. Das geht aber lang. Er setzt sich auf einen der wackeligen Plastikstühle.

Warum hat es auseinandergehen müssen? So richtig begreift er es bis heute nicht. Mit Heike war Sex nie das Problem, ganz im Gegenteil, aber es ging einfach nicht mehr. Wie ein Schlüssel, der sich verbogen hat und nicht mehr ins Schloss passt.

Inzwischen sind sie längst beste Freunde. Vielleicht ist das sogar die bessere Wahl, wie bei Harry und Sally, nur leider umgekehrt und ganz ohne romantisches Finale. Für sowas ist er offenbar nicht geschaffen. Ob Karoline Dittmer das wohl ahnt?

»So, da bin ich wieder.« Heike bringt zwei Gläser Wasser mit. »Es war tatsächlich Finn. In einer Stunde ist er da. Sagt er. Tanja macht ihm Stress, angeblich, weil er morgen Abend nicht auf die Party kann. Wenn da mal nicht noch mehr dahinter ist! Er war schon drauf und dran, dir abzusagen, aber ich habe ihm klargemacht, dass das so nicht läuft.«

Alex ist nicht ganz bei der Sache, streckt aber eifrig den rechten Daumen nach oben. Ob Finn ihm wohl anvertraut, was da mit Tanja abgeht?

Heike lächelt zufrieden. »Ist bestimmt kein Schaden, wenn er früh lernt, nein zu sagen, diese Tanja hat ihn ganz schön unter der Knute. Kennst du sie eigentlich?«

»Nur vom Hörensagen. Was meinst du, wird es was Ernstes?« Was für eine saublöde Frage! Er kann nur hoffen, dass sein Junge das alles *nicht* zu ernst nimmt. In dem Alter!

»Du stellst Fragen!«, stöhnt Heike.

»Bisher waren das eher so Schwärmereien, oder?«, schiebt Alex nach und kratzt sich hinter dem Ohr.

Heike schaut ihn an, direkt in die Augen. »Ich hatte ja gehofft, du als Mann könntest dich eher in ihn hineinversetzen. Aber wenn ich dich so höre, kommen mir da meine Zweifel.«

»Mann, ich hab doch keine Ahnung, was bei den Kids heutzutage so abgeht. Und ob die überhaupt mit ihren Eltern sprechen wollen. Ich meine, früher … es wäre doch das Letzte gewesen, mit unseren Eltern über unsere ersten Dates zu sprechen oder gar über Sex.« Oh, *shit*, er muss unbedingt bei seinen Eltern anrufen. Sein Vater hat ihm so eine kryptische SMS geschickt.

»Manchmal sucht er das Gespräch mit mir, aber genauso schnell ist es wieder vorbei und dann kriege ich nichts mehr aus ihm heraus, gar nichts. Und wie gesagt, derzeit befinden wir uns im Status *gar nix*.«

Nein, das kann er unmöglich fragen. Aber es juckt ihn doch, er ist einfach neugierig: »Haben die denn schon …?«

»Was?«, fragt Heike unwirsch.

»Ich meine, übernachtet sie hier? Oder er bei ihr?« Mein Gott, warum eiert er so herum?

Sie verzieht ihr Gesicht. »Du meinst, ob sie Sex miteinander haben?«

»Danke, ja. Warum ist mir das Wort nicht eingefallen?« Er grinst verlegen.

»Ehrlich gesagt, ich weiß es nicht. Die tun heute zwar alle supercool, als wenn Poppen das Normalste von der Welt wäre. Laden sich Songs runter, die einem die Schamröte ins Gesicht treiben. Aber zum Glück sind sie dann doch zu schüchtern, um alles gleich in die Tat umzusetzen. Irgendwie hoffe ich das zumindest.« Sie leert das Glas Wasser fast in einem Zug.

Alex will etwas sagen, aber bevor ein Wort herauskommt, ist es ihm schon wieder entfallen.

»Trotzdem, diese ständige Überflutung mit sexuellen Reizen, wohin man auch schaut, die macht auch etwas kaputt. Oder?«

»Meinst du?«, erwidert Alex lasch. Ihre Bemerkung erinnert ihn an hitzige Diskussionen in der Männergruppe. Marcel ist ganz anderer Meinung. Kitschige Liebesfilme seien genauso schädlich, warum hielte die niemand für jugendgefährdend? Diese Doppelmoral mache einen ganz krank. Da ist was dran, findet Alex.

»Hallo! Ist da wer?«, fährt Heike ihn an.

»Ja. Ja! War gerade in Gedanken. Was war genau deine Frage?« Er fährt sich durch die Haare.

»Was du dazu meinst! Du als Mann! Du ziehst dir doch bestimmt auch Pornos rein, so wie ich dich kenne. Oder macht man das als Tantriker nicht mehr?« Sie zieht eine Augenbraue nach oben.

»Was soll das bitte mit Tantra zu tun haben?« Dort haben sie allerdings keinen Porno angeschaut. Auch keinen tantrischen.

»Gehst du zu solchen Kursen oder ich?« stichelt Heike weiter.

»Hast du schon mal die Reliefs von indischen Tempeln gesehen? Die sind ganz schön heftig. Treiben es in allen erdenklichen Stellungen. Die hatten sicher kein Problem mit pornografischen Darstellungen. Wenn ich mir das in einer Kirche vorstelle …«

»Du lenkst vom Thema ab, *little Lexi*. Du lässt dich wohl kaum von altindischen Reliefs bespaßen, wenn du, ich meine …«

»Komm, jetzt tu nicht so, Heiki! Du schaust dir doch auch gerne sowas an! Oder?« Gab´s da nicht mal diese DVD, die sie ihm ausgeliehen hat? *Serving her fantasy* oder so ähnlich, ein Frauenporno, wie Heike überflüssigerweise betonen musste. Aber der Streifen war heiß. Richtig heiß.

Er schaut sie an.

Sie tut so, als müsse sie lange nachdenken. »Naja, hin und wieder«, gesteht sie dann gedehnt und grinst ihn schief von der Seite an. Ziemlich sexy sieht sie dabei aus. Ob er ihr vorschlagen soll, mal zusammen einen anzuschauen? Nein, voll daneben. »Also, was soll sein? Soll der Sohn nicht dürfen, was selbst seine Eltern genießen?« Hm, das ist etwas voreilig gewesen, so leicht kommt er aus der Nummer nicht raus.

Und tatsächlich, Heike poltert sofort los. »Himmelherrgottsakrament! Jetzt stell dich doch nicht auf dämlich. Es geht doch nicht darum, ihm irgendetwas zu verbieten. Aber was auch immer da vorgefallen ist, vielleicht braucht er Hilfe. Unsere Hilfe.«

»Was du nicht sagst!« Alex wippt unruhig mit den Beinen und kippt dabei um ein Haar das Tischchen mit den Gläsern um. »Aber du glaubst doch nicht, dass er Tanja …« Nein! Das wird er jetzt nicht sagen!

»Ich glaube gar nichts. Aber du glaubst nicht, wie oft ich schon Männer im Bett hatte, die nichts Besseres im Sinn hatten als einen Porno nachzuspielen.«

»Nein!«

»Doch!«

»Wie denn das?«

»Okay, wenn du es unbedingt wissen willst. Einer wollte unbedingt in mein Gesicht abspritzen.« Heike sieht tatsächlich so aus, als hätte sie gerade unfreiwillig eine Ladung abbekommen. Alex lacht aus vollem Halse. Die Vorstellung ist einfach zu komisch.

Heike fährt cool in ihrem Bericht fort, es scheint ihr auch nichts auszumachen, dass sie auf dem Balkon sitzen. »Als ich ihn frage, was ihn denn daran so anmacht, klärt er mich tatsächlich mit einer Offenheit auf, für die ich ihn gleich wieder hätte knutschen können. Er meinte, 90 Prozent aller Pornoszenen im Netz endeten mit einem Cumshot. Er wolle das endlich mal selbst erleben, leider hätte bis jetzt noch keine seiner Miezen mitgemacht. Mir würde also die Ehre zuteil, die Erste zu sein. Mann, der Typ hatte echt Nerven«, stöhnt Heike.

»Miezen! Hahaha!« Alex kommt aus dem Lachen gar nicht mehr raus, er kann sich die Szene nur allzu gut vorstellen. »Und? Hast du?«, beeilt er sich zu fragen, als er seinen Lachanfall wieder unter Kontrolle hat.

Die Sommersprossen auf ihren Wangen werden ein wenig dunkler. »Was?«, fragt sie, jetzt etwas irritiert.

»Naja, hast du ihm den Gefallen getan?«

Heike zögert die Antwort hinaus. Bestimmt hat sie. Jetzt wird sie doch echt verlegen und das steht ihr genauso gut wie das Freche. Es erinnert ihn an die ersten Jahre mit ihr, als sie gemeinsam den Sex entdeckt haben. Am Anfang war sie ziemlich schüchtern, er musste immer den ersten Schritt machen, aber wenn sie erst mal in Stimmung war, brach ihre Neugier hervor, dann war sie richtig heiß, dann wollte sie alles ausprobieren. Naja, fast alles.

»Und wenn ich es getan hätte?« Okay, sie tastet sich langsam vor. »Was würdest du dann von mir denken?« Sie schaut ihn mit einer Mischung aus Herausforderung und Verletzlichkeit an.

»Dann würde ich denken, dass du eine der heißesten Bräute unter der Sonne bist, die sich für nichts zu schade ist, wenn es darum geht, einen Mann glücklich zu machen.«

»Puh.« Heike stöhnt demonstrativ erleichtert auf und wischt sich über die Stirn.

»Echt. Der Typ war schräg drauf, kein Thema, aber ich finde es scharf, dass du so was mitmachst, Heike. Du nimmst Sex einfach leicht.«

»Du meinst, ich bin leichte Beute, oder?«, hakt sie pikiert nach.

Quatsch. Sie hat ihn genau verstanden. »Um Gotteswillen, niemals! So meine ich das nicht. Wirklich nicht. Deine Offenheit ist für jeden Mann ein Traum.« Mit seiner übertrieben verträumten Miene setzt er noch eins drauf. Obwohl es die Wahrheit ist.

»Danke für die Blumen. Aber wie kommst du darauf, dass ich den Trip überhaupt mitgespielt habe?« Sie kann so wunderbar unschuldig tun.

»Komm schon, hättest du mir sonst diese Story erzählt?«, neckt Alex sie weiter.

»Manchmal denke ich, ich mach mal für ein Jahr Männerpause und gehe ins Kloster.«

»Nee, lass mal, ist nichts für dich. Aber nun erzähl schon, wie ging das Ganze aus?« Hat sie diesem unbezahlten Möchtegernpornodarsteller tatsächlich erlaubt, ihr süßes Gesicht zu benetzen?

Heike kaut auf ihrer Unterlippe. »Also gut. Ich habe es ihm tatsächlich gestattet. Er musste aber versprechen, mir nicht in die Augen zu spritzen.«

Jetzt kann Alex sich ein breites Grinsen nicht mehr verkneifen. »Wie geht das denn?«

Sie lässt sich zum Glück nicht beirren. »Und dann legte er auch schon los, keine zehn Sekunden später kam die volle Ladung. Dann, noch bevor ich die Kleenexrolle greifen konnte, fängt der Typ an zu lachen. Er hat sich halbtot gelacht. Erst war ich total irritiert, ich dachte, er lacht mich aus. Ich war kurz davor auszurasten, das kannst du mir glauben. Aber dann bekam ich mit, dass sein Lachen nicht böse gemeint war.«

»Warum auch?«, wirft Alex zweideutig ein.

»Weiß mans? Später erklärte er mir in aller Ausführlichkeit, dass er das Ganze selbst ziemlich albern fand, aber irgendwie hätte es einfach mal sein müssen. Es sei doch absurd, dass daraus so ein Fetisch gemacht würde. Besonders geil fand er es nicht. Angeblich, da bin ich mir nämlich nicht so sicher, er plapperte wie ein Distelfink, es muss sich eine unglaubliche Spannung in ihm gelöst haben. Was mich betrifft, ehrlich, ich brauche das nicht jedes Mal.« Sie schaut ihn mit großen Augen an. Wie ein unschuldiges Kind und gleichzeitig total durchtrieben, eine gefährliche Kombination, aber unwiderstehlich, ihm wird ganz heiß. Warum waren solche Gespräche mit Simone unmöglich? Gemeinsam verrückte Dinge ausprobieren, danach sehnt er sich so sehr, dass es weh tut. Er denkt an das Date am kommenden Donnerstag. Ob Karoline wohl bereit sein wird, erotisches Neuland mit ihm zu erforschen? Wie sie in der Kanzlei obercool die heißen Stellen zitiert hat … war schon mal ziemlich vielversprechend.

»Hey, bist du noch da?«, holt Heike ihn erneut unsanft aus seinen Träumereien. »Ich erzähle dir was Intimes und du haust irgendwo in deine Gedanken ab. Das verletzt mich.«

Alex erschrickt. »Sorry«, ist alles, was er herausbringt. Es tut ihm wirklich leid.

»Und an was hast du gedacht?«

»Jammerschade, dass wir nicht mehr zusammen sind«, antwortet Alex ohne zu zögern.

»Okay, das ist lieb von dir, aber das Thema haben wir doch durch. Und an was hast du *noch* gedacht?«

Ertappt. Heike kann man wirklich nichts vormachen. »Verdammte Hellseherin!«

Sie sieht ihn erwartungsvoll an.

»Also gut. Ich dachte an jemand anderes.« Er steht auf, er braucht unbedingt etwas Bewegung.

»An eine Frau …« Sie steht ebenfalls auf und baut sich vor ihm auf.

Er geht an ihr vorbei ins Wohnzimmer, Sie folgt ihm auf dem Fuße. »Ja, an eine Frau. Ich habe sie gerade erst kennengelernt. Ganz verrückte Situation, sage ich dir. In einer Anwaltskanzlei. Sie ist scharf wie Chili. Ich treffe sie am Donnerstag.«

»Oh. Bist du denn schon über Simone hinweg? Ich meine, das ist doch gerade erst zu Ende, oder?«

»Ja.«

»Meinst du nicht, du solltest das erst mal verarbeiten, bevor du dich wieder auf was Neues einlässt?«

Er geht hinaus auf den Balkon und setzt sich wieder auf einen dieser billigen Plastikstühle. Die verdammte Harmlosigkeit, mit der sie das fragt, macht ihn fertig. »Das sagst ausgerechnet Du?« Jeder Therapeut, der was taugt, würde ihr ganz sicher zustimmen. Trotzdem, er will diese Scheiße nicht hören.

Sie lehnt an der Balkontür und schaut auf ihn herab. »Sollte ich nicht?«

»Lass gut sein, Heike.«

Zum Glück hakt sie nicht weiter nach, sondern setzt sich wieder zu ihm und erzählt ausgiebig von ihrem neuen Vorhaben, eine umfangreiche Werbekampagne für den renommierten Niestein-Verlag zu starten. Wahnsinn, was die an Werbegeldern verpulvern. Davon können Dallmann & Co nur träumen.

Dann erzählt Alex von seinen Projekten. Die Geschichte mit dem Plagiat streift er nur kurz. Warum eigentlich? Stattdessen berichtet er von einem Thriller, der in Südbaden spielt. Eigentlich ein Widerspruch in sich, aber vielleicht gerade deswegen interessant. Das Manuskript des völlig unbekannten Autors hat er gerade erst reinbekommen.

Irgendwann schaut Heike auf die Uhr und kommt erneut auf Finn zu sprechen. »Also, du redest mit ihm, okay? So … von Mann zu Mann?«

»Hm. Und wie soll ich das Ganze eröffnen? So ganz klassisch? *So, mein Sohn, setz dich mal, ich habe ein ernstes Thema mit dir zu besprechen. Sicher weißt du schon, wie die Bienen …* So, ja?«

Heike knufft ihn auf seine Schulter und lacht.

»Vielleicht könnte ich es elegant mit einem Besuch im Zoo verbinden?«, fährt Alex gespielt verträumt fort. Wir könnten da einen Video drehen …

Plötzlich schlägt krachend die Wohnungstür zu. Im nächsten Moment steht Finn auf dem Balkon und sprudelt los, noch während er seinen Vater umarmt. »Hi, Dad! Sorry für die kleine Verspätung, aber ich musste schnell noch was klären. Was liegt an? Hast du dir schon was Cooles für uns ausgedacht? Und sag jetzt nicht, wir gehen nach Basel in den Zoo oder so was …«

Heike und Alex prusten los. Irgendwie auch erleichtert.

»Was geht denn hier ab? Habe ich was Falsches gesagt?« Finn schaut von einem zum anderen und wieder zurück. »Hey, macht mir nichts vor. Ich kriege es sowieso raus.«

Heike fängt sich als Erste. »Sorry, das war Situationskomik. Kann man nicht erklären, echt nicht.«

Finn runzelt die Stirn und blinzelt sie an. Dann holt er seinen iPod aus der Hosentasche: »Hey Dad, kennst du den? *Blumio.* Den sehen wir demnächst live auf dem Festival in Künzelsau. Schreibt super Texte, Alter. Musst du dir mal reinziehen. Hier, den Song zum Beispiel: *Die Welt ist schwul!* Er träumt davon, in einer total schwulen Welt als Hetero diskriminiert zu werden, dann wacht er auf und merkt, wie krank das eigentlich ist, Schwule zu diskriminieren. Cool, oder?« Und schon fängt sein MP3-Player an zu plärren *Ich bin ein durchschnittlicher männlicher Bürger …*

Alex tauscht bedeutungsvolle Blicke mit Heike. Denkt sie, was er denkt? Wer braucht hier wohl Aufklärung? Ob sich das mit Tanja wohl wieder eingerenkt hat? Alex mustert Finn von oben bis unten. Er sieht tiefenentspannt aus, gar nicht so wie nach Heikes Beschreibung vermutet. Das schwarze Haar ist fast rausgewachsen und hängt auch nicht mehr so emomäßig ins Gesicht. Blond steht ihm viel besser, genau wie seiner Mutter. Ob die abgerissenen Klamotten wohl Absicht sind? Keine Ahnung, damit kennt Alex sich wirklich nicht aus. Teuer sehen sie jedenfalls nicht aus. Woher auch?

»Hast du alles gepackt, Finn? Wir können ja später noch weiterhören.«

»Zwei Minuten. Muss nur noch kurz den Song …« Finn setzt einen Kopfhörer auf und spaziert summend in sein Zimmer, Heike eilt ihm hinterher.

Wie kann er das Gespräch mit Finn wohl am besten starten? Weißt du, zu meiner Zeit … plötzlich steht er wieder als kleiner Steppke neben seinem Vater im Zoo und sieht, wie ein kräftiger Puma sein Weibchen heftig von hinten attackiert. Wie das Weibchen damals geschrien hat, fast wie ein Mensch! Hatte er ganz vergessen. Vielleicht könnte er so beginnen: Es war einmal vor langer Zeit ein Puma, der lebte glücklich mit seiner Frau im Erlebniszoo zu Hannover. Zu einem völlig unpassenden Zeitpunkt kam Opa Robert mit dem kleinen Alex des Weges und … Alex kichert vor sich hin.

Sehr gerne würde er ein wirklich offenes Gespräch mit Finn führen, aber … geht es ihn überhaupt etwas an, was sein Sohn so treibt?

Seine Gedanken wandern zu Karoline und er kommt sich selbst vor wie gerade mal fünfzehn. Als Finn und Heike mit der Reisetasche in der Tür auftauchen, steht er auf und bemerkt, dass sein Sohn ihn von der Körpergröße her bald übertrumpfen wird. »Komm, Kerle, es geht los.«

Wenig später fahren sie schweigend gen Süden. Alex fühlt sich zunehmend angespannt. Er versucht, zumindest ein bisschen Smalltalk in Gang zu bringen, aber Finns Antworten fallen immer karger aus. »Wie gehts in der Schule?« »Könnte schlimmer sein.« »Was macht der Schlagzeug-Unterricht? Bringts der Lehrer, hat der was drauf?« »Ja, schon. Aber ich werde es nicht weitermachen.« »Aha. Warum?« »Weiß nicht, habe einfach nicht mehr so'n Bock drauf.« Irgendwann verstummen sie vollends.

Ratlos spielt er im Geiste verschiedene Varianten durch, wie er das heikle Thema anschneiden könnte, aber keine findet Gnade vor seinem inneren Kritiker. Reich-Ranicki ist nichts dagegen. Er schaltet das Radio ein, um die dröhnende Stille zu übertönen. Plötzlich steigen bittere Vorwürfe in ihm auf, dass er sich all die Jahre nicht mehr Zeit für seinen Sohn genommen hat. Ist nie wieder gut zu machen.

Im Radio läuft »*Are you lonely, lo-lo-lo-lo-lonely* …« Finn fängt an, die Melodie leise mit zu summen. Alex zwingt sich, mit einzustimmen, obwohl er sich dabei mordsmäßig albern vorkommt.

Plötzlich blickt ihn Finn schräg von der Seite an und grinst. »Alter, krass! Du triffst ja keinen Ton!«

Alex fällt ein Stein vom Herzen. Der Junge kann noch sprechen. Er legt ihm eine Hand auf seinen Oberschenkel.

»Nee, das glaub ich jetzt nicht«, posaunt Finn. »Mein Alter ist pädo oder wie oder was?«

Alex traut seinen Ohren kaum. Als er zum Beifahrersitz hinüber blinzelt, sieht er Finn breit vor sich hin grinsen. Der bemerkt trocken: »Mach dir nicht in die Hose, war'n Scherz, okay?«

Für Alex ist das eine Liebeserklärung. Jetzt oder nie. »Finn, du kannst dir denken, dass Heike mir erzählt hat, was bei dir in der Schule …«

»Ist abgegessen. Alles wieder im Lot.« Er wirkt tatsächlich entspannt, aber warum will er nicht mehr sagen?

»Du wirkst relaxed, das freut mich. Gestern warst du noch ganz anders drauf, sagt Heike. Magst du echt nicht darüber sprechen?«

»Das willst du nicht wissen.« Bei aller zur Schau gestellten Coolness ist Finns Verletzlichkeit jetzt nicht mehr zu übersehen.

»Doch, Finn, ich möchte es sehr gerne wissen.« Wie sehr er ihn liebt, sagt er jetzt lieber nicht. Käme wahrscheinlich schräg rüber.

»Okay, aber ich habe dich gewarnt. Ist wirklich ziemlich heftig.«

Alex atmet tief durch und denkt an seine Ahnung von vorhin, er hatte sie wieder verworfen, aber … »Sage es einfach, Finn. Sage es einfach.« Innerlich vibriert sein ganzer Körper.

»Dann fahre rechts ran. Nimm den Parkplatz da vorne!« Der Junge wird sechzehn und ist sowas von reif, Alex kann es kaum fassen. Bis das Auto steht, sprechen sie kein Wort. Eine Weile blicken sie sich an. Als er sieht, wie Finns Augen feucht werden, will sich dieser abwenden. »Sag es einfach, Finn!«

»Du weißt von dem Video …« beginnt der zögernd.

»Ja. Ich meine im Prinzip, ja. Aber nicht, was für ein Video. Außer, doch, es war ein Sexfilm, oder?«

»Ja.« Es ist schwer mit anzusehen, wie Finn mit sich kämpft. Er nimmt seine Hand, aber Finn zieht sie sofort wieder weg.

Dann fährt er fort. »Tanja hat einen älteren Bruder. Lukas.«

Jetzt bleibt Alex fast das Herz stehen.

Finn merkt das sofort. »Nein, nicht das, was du denkst. Dieses verdammte Arschloch, dieses Drecksschwein, hat in Tanjas Zimmer eine Kamera installiert.

Alex begreift sofort, sagt aber nichts. Er ist sprachlos.

»Lukas hatte mir mein Handy geklaut, da hat er es draufgeladen. Alle haben es gesehen. Ich war der letzte Depp, der es zu sehen bekam. Jetzt hat es Frau Haberkamm und wahrscheinlich holen sie sich im Lehrerzimmer einen drauf runter.«

»Und Tanja?«, fragt Alex tonlos.

»Ich war mir sicher, dass sie Schluss macht. Aber … deswegen bin ich ja später gekommen.«

»Macht gar nichts.«

»Tanja ist sowas von cool! Gestern, als sie das Ganze mitbekommen hat, ist sie komplett abgestürzt. So habe ich sie noch nie gesehen, obwohl es in letzter Zeit … Egal. Dann hatte ich diesen Riesenstreit mit Mama, weil ich Tanja so unmöglich allein lassen konnte.«

Alex bleibt der Mund offenstehen. Sein Sohn! Unglaublich, wie souverän er erzählt. Von wegen ausgeflippt.

»Ich war eben noch bei ihr. Seit sie weiß, dass ich nichts mit der Sache zu tun habe … sie hat gesagt, dass es jetzt, wo es sowieso alle Welt sehen kann … was soll uns jetzt noch auseinanderbringen? Kitschiger Scheiß, oder?« Finns Grinsen reicht vom einen Ohr zum anderen. Jetzt kann er nicht anders, er nimmt seinen Sohn in den Arm. »Ich wünsche dir noch ganz viel kitschigen Scheiß, mein Sohn!« Wie war das noch mit dem romantischen Finale? Vielleicht sollte er bei seinem Sohn in die Lehre gehen.

Während des Wochenendes mit Finn hat er Karoline fast vergessen, aber je näher das Date mit der Anwältin rückt, desto nervöser wird er. Nur noch drei Tage. Frau Dr. Karoline Dittmer. Er spricht den Namen immer wieder aus wie eine Beschwörungsformel. Wie begegnet man einer Frau, mit der man schon höchst vergnügliche Themen besprochen hat, aber immer noch per Sie ist? Eine knifflige Frage und ein wunderbarer Stoff für einen Roman, aber diesmal ist er selbst einer der Protagonisten! In Gedanken spielt er immer wieder durch, wie er sie nach ihren Interessen fragt, wie er herausfindet, ob sie solo ist, wie er ihr das Du anbietet, wie er mit ihr flirtet und … Carstens Roman ist natürlich ein super Aufhänger, um auf intimere Themen zu sprechen zu kommen. Aber komischerweise beruhigt ihn das überhaupt gar nicht. Den ganzen Tag schon kann er sich kaum auf seine Arbeit konzentrieren. Am liebsten würde er den Baden-Thriller zur Seite legen und an Carstens Roman weiterarbeiten. Aber der liegt nun mal auf Eis. Vielleicht sogar für immer.

Am Abend zwingt er sich, keine Pornoseiten anzuschauen. Das Gespräch mit Heike zeigt Wirkung. Er schließt eine Wette mit sich selbst. Wenn er es schafft, bis Donnerstagabend keinen einzigen

Porno anzuschauen, ist er nicht süchtig. Scheiße, klingt fast wie nicht schuldig. Aber ist nicht allein schon so eine Wette ein Symptom für … oder hat er eine Kritikerattacke? Unsere negativen Gedankenschleifen verhalten sich wie Monster, solange wir sie nicht stoppen, hört er Karina sagen. Danke Karina!

Auf Krimi schauen hat er auch keine Lust. Aber er könnte ja mal wieder ganz in Ruhe Musik hören. Er stöbert in seinem CD-Regal, kann sich aber nicht entscheiden. Beethoven, Verdi oder lieber Rachmaninov? Am Ende zappt er eine Weile lustlos durch Fernsehprogramm und geht dann früh ins Bett.

Dort denkt er wieder an Karoline. Wie schön es wäre, wenn … Es ist wie ein Fluch. Noch nicht einmal seine Fantasien wollen ihm gehorchen, ob er will oder nicht, früher oder später funkt Simone dazwischen. Musst du schon wieder … Und wenn es nicht Simone ist, ist es Heike. Dein Sohn braucht dich. Oder Marcel, der ihn aufmuntern will, ihn damit aber nur nervt. Irgendwann ist Alex so frustriert, dass er an den Rechner geht und … Nein. Gerade noch rechtzeitig fährt er ihn wieder runter.

Ein Glück, dass er morgen Abend zum Kino verabredet ist. Ziemlich beste Freunde, Marcel hat Karten besorgt. Und danach, das hat er schon angekündigt, will er mehr über Tantra erfahren. Hm. Hat er vielleicht doch Blut geleckt? Hoffentlich kann ihm sein Freund auch ein paar Tipps für Donnerstag geben. Sowas kann allerdings auch nach hinten losgehen. Gedanken sind Monster. Fixe Ideen auch.

15

Die Sonne bricht sich in den Fenstern der gegenüberliegenden Bank, als Karoline um Punkt 20 Uhr die schwere Holztür des *Da Giovanni* aufstößt und das Restaurant betritt. Sie hat eine Weile vor dem Spiegel gestanden und sich dann für die graue Stretchjeans, ein schlichtes weißes Oberteil und darüber die fließend weite, rot-schwarze Longbluse entschieden. Dazu schwarze Pumps mit nicht zu hohen Absätzen. Sie fühlt sich sinnlich in diesem Outfit, zugleich aber auch sicher, denn sie will nicht zu eindeutige Signale aussenden.

Vorbeigelaufen ist sie am Giovanni schon öfter, aber drin war sie noch nie. Ein edles Ambiente. Die Wände zeigen unverputzt das alte Steingemäuer, die Beleuchtung ist stark heruntergedimmt, über den Tischen aus hellem Pinienholz hängen kleine rote Strahler. Zumindest würde sie sehen können, was sie auf dem Teller hat. Und vielleicht noch ein bisschen mehr.

Sie versucht einen gelassenen Blick, aber das Herz klopft ihr bis zum Hals. Alex scheint noch nicht da zu sein, aber vielleicht weiß der Kellner etwas von einem reservierten Tisch.

»Buona sera, Signora! Wie viele Personen? Haben Sie reserviert?« fragt der kleine etwas rundliche Mann sie mit kultiviert italienischem Akzent.

»Ich weiß nicht, ich meine, zwei Personen, aber hat vielleicht ein Herr Schwaizer reserviert? Für 20 Uhr?«

»Herr Schwaizer! Aber ja, Signora, bitte kommen Sie. Kommen Sie!«

Ob das Zufall ist, der Tisch in der abgelegenen Ecke? Als sie ihn sieht, steht er sofort auf und kommt ihr lächelnd entgegen. Den Kellner scheints zu freuen, als er sich diskret zurückzieht, ein gewisses Schmunzeln ist kaum zu übersehen. In diesem Job bekommt man wohl so einiges mit …

Da ist er also, steht ihr direkt gegenüber: Alex Schwaizer. Er sieht blendend aus, frisch rasiert, die rötlichen Haare lässig verstrubbelt. Hat er vielleicht auch eben noch vor dem Spiegel gestanden und nach passender Kleidung gesucht? Graue, enganliegende Stoffhose, elfenbeinfarbenes Hemd und ein helles Sakko in feiner Streifenoptik … irisches Temperament mit italienischem Chic, eine spannende Kombination! Sein breites, freundliches Lächeln setzt sich bis zu den Augen fort und wirkt kein bisschen angestrengt oder gespielt. Er scheint sich tatsächlich sehr zu freuen.

»Guten Abend, Frau Dittmer! Schön, dass Sie gekommen sind! Ist dieser Tisch hier in Ihrem Sinne? Ansonsten könnten wir auch wechseln. Ein Platz ist vorne noch frei, allerdings zu nahe an der Garderobe, deswegen dachte ich …«

»Nein, das ist gut hier, danke. Guten Abend Herr Schwaizer!« Sie streckt ihm die Hand entgegen, fühlt sich dabei aber merkwürdig steif. Aber die badischen Küsschen links, Küsschen rechts, sanft neben die Wange gehaucht, wären noch unpassender. Oder nicht? Alex nimmt ihre linke Hand, legt seine andere sanft auf ihre Schulter und führt sie zum Tisch, wobei er fast über einen Stuhl stolpert. Es wirkt nicht gerade routiniert, wie er das macht, das beruhigt sie ein wenig, ihr Puls fährt langsam herunter.

Er lässt ihr die Wahl, wohin sie sich setzen will. Er selbst setzt sich dann nicht ihr gegenüber, sondern übers Eck, das ist angenehm unaufdringlich, so kann sie den Kontakt steuern, vor allem den Augenkontakt. Doch schon die erste kurze Begegnung ihrer Augen katapultiert sie auf das Traumschiff in der Karibik. Zum Glück kann er nicht sehen, was vor ihrem inneren Auge abläuft.

»Sie strahlen!« Tut er allerdings auch! »Waren sie schon mal hier? Ich finde Giovanni den besten Italiener in der Stadt. Delikate, selbst gemachte Pasta! Die Ravioli in Salbeibutter sind ein Traum!«

Traum. Karoline stockt kurz der Atem, aber sie fängt sich schnell wieder. »Nein, ich war noch nie hier. Von außen sieht es ja nicht so edel aus«, sie schaut sich um, »aber von innen! Sehr schön. Danke für diese Wahl!«

Sie greift nach einer der beiden Speisekarten, die der Kellner in der Zwischenzeit gebracht hat. Das verschafft ihr Zeit, ein paar Mal tief durchzuatmen. Das erste Date nach zwei Jahren! Und dann noch mit einem Mann, der in der Lage ist, dieses gewisse Kribbeln in ihr zu bewirken. Worüber sie wohl reden werden? Über den Roman von Carsten Kiefer? *È davvero strano*, total merkwürdig, dass sie schon über Fesselspiele, tantrische Rituale und Pflaumendildos gesprochen haben, sich aber noch siezen.

Sie darf ihren Vorsatz nicht aus dem Blick verlieren: Sie wird an diesem Abend nicht mit ihm im Bett landen. Auf keinen Fall, und sollte es auch noch so sehr kribbeln, den Stress tut sie sich nicht an. Diese Entscheidung tut ihr gut und sie freut sich wirklich auf den Abend. Wenn er gleich mit ihr ins Bett will, wird er bald merken, dass sie dafür die Falsche ist. Bisher macht er nicht gerade den Eindruck, nur auf ihren Körper aus zu sein, gar nicht, dieser Alex. Ob er wohl merkt, dass sie ihn innerlich …? Soll sie ihm gleich zu Beginn das Du vorschlagen? Oder wäre das schon eine zu eindeutige Einladung? Wäre nicht das erste Mal, dass ein Mann ihr …

»Un Aperitivo? Campari? Cinzano?« meldet sich der Kellner. »Oder einen Cocktail? Dolce Vita? Der ist wunderbar süß! Oder Manhattan? Der ist eher herb!«

»Wie wäre es mit einem Prosecco?«, unterbricht Alex den Kellner an Karoline gewandt.

»Prosecco. Ja, guter Schaumwein. Prosecco da Veneto! Empfehlung vom Chef!«, plappert der Kellner munter weiter.

»Gracie, wir brauchen noch etwas Zeit!« Karoline gibt dem Kellner mit einer beschwichtigenden Handbewegung zu verstehen, dass er bitte später wiederkommen möge.

»Ja, kein Problem, alle Zeit der Welt!«

Als der Italiener außer Hörweite ist, wendet sie sich wieder Alex zu. »Haben wir denn etwas zu feiern?«

»Wie wäre es mit einem wunderschönen Abend? Wäre das Grund genug?« Er lächelt sie offen, aber auch frech an.

Seine Direktheit verunsichert sie – gefällt ihr aber auch. Doch diesmal ist es kein Heimspiel wie in der Kanzlei und auch kein Meditationskurs. »Vögel, die am Morgen singen, holt am Abend die Katze.« Sie muss auf der Hut sein.

»Aber es heißt auch: Der frühe Vogel fängt den Wurm!« Er schaut sie herausfordernd an.

»Was ihm nicht viel nützt, wenn ihn am Abend die Katze holt!«, gibt sie forsch zurück.

»Carpe Diem! Außerdem haben wir ja schon Abend.« Als wenn er diese These noch untermauern müsste, schaut er auf seine auffallend eckige Armbanduhr. Passt eigentlich nicht zu ihm.

»Und, haben Sie heute schon einen Vogel gefangen?«, neckt sie ihn weiter.

»Ah, Sie denken, ich sei die Katze. Also wenn schon, dann hoffentlich doch ein Kater.« Sein Lächeln zieht sich von einem Ohr bis zum anderen.

»Vermutlich ein Kater, der ein Kätzchen sucht«, versetzt sie und erschrickt über ihren scharfen Tonfall. Alex offensichtlich auch, so irritiert, wie er sie anschaut.

Ich habe einfach keine Übung im Flirten. Entspann dich, versucht sie sich selbst Mut zu machen. »Also gut! Prosecco!«, lenkt sie ein.

»Sagte die Katze?« Er fixiert ihre Augen.

Diesmal weicht sie ihm nicht aus. Eigentlich hat sie ja nichts zu verlieren, die Grenzen hat sie klar abgesteckt – zumindest für sich selbst. »Sagte die Katze zum Kater!« Warum diesen Abend nicht als Flirtschule nutzen?

Unendliche Minuten schauen sie sich einfach nur in die Augen. In ihrem Magen rumort es heftig. Es kommt in Wellen, nimmt aber stetig zu. Hoffentlich kann er es nicht hören.

»Signora et Signore, hier eine kleine Vorspeise, Empfehlung des

Hauses! Bruschetta mit schwarzer Olivenpaste aus Sicilia. Passt sehr gut zu Prosecco.«

Jetzt ist sie heilfroh über sein Erscheinen, lange hätte sie dem Blick nicht mehr standgehalten.

Doch als sie sich gerade an den Kellner wendet, kommt Alex ihr zuvor. »Ja, bringen Sie bitte zwei Prosecco, Giovanni!«

»Sehr gerne, Signore, aber ich nicht Giovanni! Giovanni ist der Chef! Ich bin Paolo!«

»Ah, scusi, Paolo!«

»Parla italiano?«, fragt sie, als Paolo sich entfernt.

»Leider nur ein paar Brocken. Aber Sie, oder?«

»Ja, ich habe eine ganz besondere Beziehung zu diesem Land.« Mehr möchte sie gerade nicht sagen.

»Wie schön, ich liebe Italien. Immer wenn ich dort bin, verliebe ich mich von Neuem in das Land. Sonne, Meer, toskanische Küche, eine fantastische Kultur und dann diese Sprachmelodie, wobei die Italiener ja immer mit dem ganzen Körper sprechen. Die verstehen was davon, das Leben zu genießen.«

»Aber sie wählen immer wieder zwielichtige Figuren, Berlusconi, Salvini …«, gibt Karoline zu bedenken. »Und Anwältin möchte ich dort auch nicht sein.«

»Alles hat seine Schattenseiten. Aber die Italiener, die ich kenne, fanden Berlusconi immer schon … Ich erspare Ihnen dieses Wort. Und Sie? Waren Sie schon mal in Italien?«

»Ja, ich war oft mit meinen Eltern dort und später sogar mal für ein halbes Jahr. Zuletzt vor Jahren in Venedig. Eine traumhafte Stadt, wenn auch etwas morbide. Ich könnte dort niemals leben.« Klar, weil sie mit Marco dort war, aber das gehört nicht hierhin.

»Waren Sie zur Biennale dort? Oder im Urlaub?«

»Nein, zu zweit.«

»Aha.« Alex schaut sie fragend an. Sie spürt, wie sie rot wird, und ist froh, dass er nicht weiter darauf eingeht.

Paolo bringt zwei Prosecco. »Prego e salute! Haben Sie schon gewählt?«

Ups. Sie hat noch keinen einzigen Blick in die Speisekarte geworfen.

»Einen Moment noch bitte, wir schauen noch!«, meint Alex mit einem bedauernden Blick.

»Kein Problem! Alle Zeit der Welt! Nichts geht vor Amore!«, sagt er und zwinkert dabei gutmütig mit einem Auge. Fast hätte sie sich verschluckt.

Es ist inzwischen nach neun Uhr, die Vorspeise haben sie hinter sich gebracht. Karolines Gang auf die Toilette schenkt ihm eine kurze Verschnaufpause. Das Gespräch ist intensiv gewesen, obwohl es bislang nur um unverfängliche Themen ging. Ganz anders als in der Kanzlei. Am aufregendsten die Phasen, in denen ihre Augen einander abgetastet haben. Ihr Blick ... einfach unglaublich. Das Gespräch mal unterhaltsam, mal neckisch, aber auch ein bisschen verkrampft. Kein Wunder. Obwohl ihm mit dieser Frau wohl kaum der Gesprächsstoff ausgehen wird, fühlt er sich seltsam unruhig. Was will sie von ihm? Nur reden, oder vielleicht mehr? Wenn er das wüsste, könnte er sicher besser entspannen. Dann hätte er alle Zeit der Welt.

Mehrmals hat er versucht, das Thema dezent in Richtung Erotik zu lenken. Wirklich dezent, so wie Marcel es ihm eingeschärft hat. Aber sie hat das Gespräch stets wieder auf unverfänglichere Themen zurückgeführt. Klimawandel ist eigentlich nicht uninteressant, ihr Vater arbeitet wohl in dem Bereich. Oder Geschlechterpolitik, da engagiert sich seit langem bei den Grünen, ist ja durchaus spannend. Aber über was auch immer sie sprechen, es sind die kleinen Untertöne, der Subtext, der ihn nervös macht. Zum Beispiel als sie davon gesprochen hat, dass viele Männer in der Partei einfach nicht verstehen wollen, um was es bei der Quote überhaupt geht. Wie sie *Männer* ausgesprochen hat, hat ihn schaudern lassen, obwohl sie sofort betont hat, dass es ganz sicher viele Ausnahmen gebe. Und dann hat sie ihn wieder so angeschaut, dass er weiche Knie bekam, ganz im Gegensatz zu einer anderen Region in seinem Körper. Er seufzt. Langsam aber sicher baut sich ein Verdacht in ihm auf.

Oder hat sie doch einen Freund? Eigentlich glaubt er das nicht, aber warum zum Teufel meidet sie - die in ihrer Kanzlei keinerlei Hemmungen hat, ein rotes Satinlaken oder einen Pflaumendildo in den Mund zu nehmen - dann das Thema, dessentwegen sie doch schließlich hier sind?

Oder etwa nicht?

Relax! Ihre Augen verraten schließlich eindeutig, dass da mehr läuft als eine gepflegte Dinner-Konversation. Aber dann kommt immer wieder Paolo und behandelt sie wie ein Liebespaar. Ist es das, was ihr peinlich ist? Fühlt sie sich beobachtet? Rudert sie deshalb mit schöner Regelmäßigkeit zurück? Offensichtlich! Paolos Anspielungen sind teilweise furchtbar plump, hoffentlich hält sie ihn nicht für einen bestellten Anmachkomparsen. Und dann fängt er auch noch an, Gualazzis *Follia d'amore* zu trällern. Liebeswahn!

Der Typ hat Nerven! Karoline verdreht bei seinen Auftritten immer wieder leicht die Augen, lässt sich aber sonst kaum etwas anmerken. Er trommelt mit den Fingern auf die Tischplatte, schaut sich um und dann wieder auf die Uhr. Wo bleibt sie denn? Was in aller Welt machen Frauen immer so lange auf der Toilette?

Endlich taucht sie wieder auf, noch schöner als in seiner Erinnerung. Hat sie den Lippenstift nachgezogen? Den Lidschatten abgedunkelt? Zum Glück ist sie nur leicht geschminkt. Frauen, die sich auftakeln und behängen wie einen Christbaum, sind nicht gerade sein Fall. Und sie hat das sowieso nicht nötig und weiß das offensichtlich auch. »Paolo hat schon gefragt, wann er den Hauptgang bringen darf«, beschwert sich Alex mit gespielter Empörung, als sie sich setzt. Das ist zwar glatt gelogen - aber sie soll ruhig spüren … ja, was eigentlich?

Pass auf, mach es nicht kaputt, bevor es begonnen hat! Er weiß doch nur zu gut, wie gerne Frauen auf Zeit spielen, auch wenn sie es niemals so nennen würden. Spiel einfach mit! Ein wunderbarer Geruch zieht plötzlich in seine Nase. Hat sie auch ihr Parfum erneuert oder ist das ihr natürlicher Duft? Er saugt ihn tief in sich ein. Ist wie eine Droge.

Sie setzt sich, bevor sie antwortet »Okay, dann sagen Sie ihm doch gleich Bescheid, dass wir für den nächsten Gang bereit sind. Wäre doch schade, wenn Ihr Agnello nicht mehr lammzart wäre.« Ihr Lächeln ist undurchdringlich.

Er gibt der Kellnerin hinter dem Tresen ein Zeichen, sie versteht ohne Worte. Dann hebt er sein Glas und Karoline das ihre. Jetzt! Bevor sie mit ihm anstoßen kann, sagt er »Ich will ehrlich mit Ihnen sein, Frau Dittmer! Für mich sind Sie längst Karoline. Er zögert, hoffentlich war das nicht zu forsch. Ich heiße Alex! Aber das wissen Sie, ich meine, das weißt *du* ja schon …«

Jetzt verliert ihr Pokerface doch ein wenig von seiner Strenge, fast scheint es zu entgleisen. Ihre Lippen formen sich zu einem lautlosen O, ihre Augenlider zucken kurz, dann kehrt sie wieder zu ihrem einnehmenden Lächeln zurück. »Ja gerne! Alex! Das ist ein schöner Name. Ist das Ihr, ich meine dein Geburtsname oder die Abkürzung von Alexander?«

»Mein Vater liebte die Bibliothek von Alexandria, deswegen wurde ich Alexander getauft. Aber eigentlich heiße ich seit ich denken kann Alex. Und du? Wurdest du immer Karoline genannt, oder vielleicht Karo? Oder Lienchen?«

»Lienchen?« Sie verzieht gequält das Gesicht. »Das klingt ja grauenvoll, nein. Aber meine Brüder nennen mich Karo. Und meine besten Freunde auch.«

»Darf ich dich etwas fragen, Karo?«

»Sie sind ganz schön forsch, wenn ich das mal so sagen darf. Ich sagte, meine besten Freunde dürfen mich so nennen!«

»Du!«

»Was?«

»Wir sind beim Du angekommen. Schon vergessen?«

»Nein. Ich meine, ja.«

Verlegenheit steht ihr genauso so gut wie Coolness, stellt er zufrieden fest. »Und? Darf ich dich Karo nennen?«

Karoline verdreht wieder die Augen. Doch dann scheint sie sich zu entspannen. »Also gut. Sagen wir: für diesen Abend. Weil du es bist!«

»Danke! Es ist mir eine Ehre«, sagt Alex mit übertriebener Erleichterung und wischt sich dabei imaginäre Schweißtropfen von der Stirn.

Karoline schaut ihn an und lächelt. Das Lächeln ist wärmer geworden. »Und deine Frage?«, ergreift sie wieder das Wort.

»Was? Ach so, die! Die hast du gerade beantwortet. Ich gehöre zu deinen besten Freunden.«

Jetzt ist sie echt verblüfft. Steht ihr auch gut! Es fängt an, richtig Spaß zu machen.

»Bist du immer so keck, Alex?«

»Betrachte es bitte als Kompliment! Ich möchte nur, ich meine, ich denke immer mal wieder an unsere Begegnung in der Kanzlei. Du fragtest mich, was für Übungen ich mit Carsten mache. Erinnerst du dich?«

»Nicht wirklich«, foppt sie ihn. »Solche Gespräche gehören zu meinem klar umrissenen Aufgabengebiet, deswegen habe ich nicht mehr alle Details im Kopf …«

»Och, ich könnte da nachhelfen. Ich sage nur Pflaumendildo, Satinlaken, seidene Bänder, die einen ans Bettgestell fesseln …«

Alex spürt es, bevor sie es sagt. »Weiß du was, Alex, bei dir muss man sich echt in Acht nehmen. Von wegen den kleinen Finger geben und dann …«

Ihre Bemerkung trifft ihn mitten in die Magengrube. Sie bestätigt seinen Verdacht. Genau das läuft hier schon den ganzen Abend. Einen Moment schließt er die Augen. »Befürchtest du, zu weit zu gehen, Karoline?«, fragt er nach einer Weile. Sie soll auf keinen Fall merken, wie sehr ihm das Hin und Her zu schaffen macht.

Langes Schweigen, es sieht aus, als denke sie angestrengt nach, ehe sie erwidert: »Wie weit würdest du denn gerne gehen?«

»Jetzt wirst du aber ziemlich direkt!« Bloß jetzt nichts Falsches sagen! Oder soll er im ganz im Gegenteil schon aufs Ganze gehen? Ihr sagen, wie anziehend er sie findet? Dass der Abend nicht hier im Restaurant zu Ende gehen müsse? Aber was, wenn er sie damit noch mehr verschreckt? »Also, wenn du mich schon so direkt fragst, Karoline, ich kann mir ziemlich viel vorstellen. Aber erst mal genieße ich es, jetzt hier mit dir zu Abend zu essen.« Mist, warum schaut sie zur Seite? Warten, sprechen? Er zögert, setzt dann aber neu an: »Stimmt eigentlich gar nicht. Genau genommen könnte ich auf das Essen auch verzichten. Aber es ist gut, hier zu sein, mit dir zu reden. Und nach dem Essen würde ich gern mit dir« … er zögert wieder, es fällt ihm nichts Gutes ein … »mit dir noch irgendwo hingehen.« Wie bescheuert klingt das denn! So wie sie ihn anschaut, findet sie das sicher auch.

»Erst noch in die Disco und dann zu dir oder zu mir? Ist es das, was du sagen willst?« Die Rückfrage klingt verdammt streng.

»Nun, was die Disco betrifft …«, versucht es Alex mit Humor, doch weiter traut er sich jetzt nicht mehr. Ihr verkniffener Mund sieht eindeutig nicht so aus, als wenn ihr nach Scherzen zumute wäre.

Karoline nimmt ihr Glas in die Hand und dreht es nach allen Seiten, als blicke sie in eine Kristallkugel. Dann setzt sie es plötzlich ab. »Lass uns doch Klartext reden, Alex. Du willst mit mir ins Bett. Glaubst du, ich merke das nicht?«

Alex schluckt. Uff. Damit hat er nicht gerechnet, sein Herzschlag galoppiert ihm davon. Aber gut, warum nicht Klartext reden? Er wird ihr … aber da gibt sie ihm mit einer Handbewegung zu verstehen, dass sie noch nicht fertig ist. und dann kommt der Hammer. »Ich frage mich nur, warum du nicht merkst, dass ich das nicht will!«

Leichter Schwindel, ihm ist, als hätte Karoline ihm gerade ungebremst eins übergebraten. Seine Schläfe pocht wie wild.

In diesem Moment kommen Paolo und die hoch aufgeschossene Kellnerin – ihr Timing kann man einfach nur als perfekt bezeichnen – mit der Hauptspeise: »Sella d'agnello con crosta d'erbe, Lammrücken? Ah, für den Herrn! Strangolapreti, Gnocchi mit Spinat und Ricotta für die Dame! Prego, Signore. Buon Appetito! Noch einen Wunsch? Noch einen Rotwein für die Dame?«

»No, gracie tante, aber bitte bringen Sie noch ein Mineralwasser, eine große Flasche«, flüstert Karoline.

»Una grande Bottiglia di Aqua. Sehr gerne.« Mit einer Verbeugung zieht er sich formvollendet zurück.

»Habe ich dir den Appetit verdorben? Entschuldige bitte, aber ich musste das jetzt einfach mal loswerden.« Sie schaut prüfend auf ihre Gnocchi, greift zur Gabel, legt sie aber gleich wieder hin. »Ich genieße es hier mit dir, Alex, wirklich.« Kurze Pause, in der sie ihn anschaut, als wäre er ein kaputtes Auto, dann fügt sie hinzu: »Können wir nicht einfach reden zusammen, das Essen genießen, reden und uns kennenlernen?«

»Ist schon okay, Karoline, du brauchst dich nicht zu entschuldigen. Ist ja mein Problem, wenn ich so ein unsensibler Tropf bin.« *Sooo unsensibel bin ich allerdings auch wieder nicht!* Er will doch gar nicht unbedingt sofort mit ihr ins Bett. Er will nur mit dieser Möglichkeit spielen. Aber er darf sich jetzt nicht rechtfertigen, soviel hat er beim Tantra immerhin schon gelernt. Als er sie anschaut, lacht sie.

Gottseidank! Das bringt seinen gefrorenen Blutkreislauf dem Taupunkt wieder näher. Er hebt sein Glas, will mit ihr anstoßen, aber als sie nicht darauf eingeht, nimmt er einfach einen Schluck. »Du hast recht. Lass es dir schmecken!«

Eine Weile essen sie schweigend, unterbrochen nur von anerkennenden Kommentaren zum gelungenen Lammrücken, der wirklich wunderbar zart ist, und zum feinherben Geschmack der Gnocchi.

Seine Gedanken laufen derweil auf Hochtouren. Mit seinen Versuchen, sie dezent anzumachen, ist er voll vor die Wand gefahren. Wie beim Workshop, als er total gemieden wurde, weil seine Gier durch jede seiner Poren zum Vorschein kam. Ist es wirklich so schlimm? Wirkt er wirklich so plump? Aber warum hat sie sich dann überhaupt mit ihm getroffen? Sie ist doch wohl nicht gerade die Frau, der es schwerfällt, nein zu sagen. Und was war mit den erotischen Textpassagen, die sie in der Kanzlei regelrecht rezitiert hat? So muss man es nennen, sie hat sie nicht einfach vorgelesen. Er ist sich hundertprozentig sicher gewesen, in ihr endlich eine Frau vor sich zu haben, die ohne allzu große Hemmungen über Sex sprechen kann. Hat er sie dermaßen abgetörnt, dass sie ihn jetzt so abblitzen lässt? Sie haben sich doch bis jetzt wunderbar unterhalten! Sie hat über seine kleinen Witze gelacht und sie haben jede Menge Anknüpfungspunkte gefunden. Es sind kaum Gesprächspausen entstanden, außer … und dann sind sie nicht peinlich gewesen, sondern erregend und intim. Zumindest für ihn. Kann man sich so täuschen?

Die Blicke in ihre weiten braunen Augen … ist es pure Wunschvorstellung, dass ihr diese Blicke genauso eingefahren sind wie ihm? Im Laufe des Gesprächs ist sie dem Augenkontakt allerdings immer mehr ausgewichen. Es stimmt! Er hat diese Signale einfach nicht wahrhaben wollen. *Stattdessen habe ich Idiot sogar noch einen Zahn zugelegt.* Am liebsten würde er sich gerade selbst einen kräftigen Tritt in den Arsch geben.

»Wo bist du gerade? Können wir uns nicht einfach weiter unterhalten?«. Sie klingt fast kleinlaut, die Strenge ist aus ihrem Gesicht gewichen, sie sieht jetzt auch viel jünger aus und fast zerbrechlich.

»Ehrliche Antwort?«

»Gerne!«

»Ich würde mir am liebsten selbst in den Arsch treten, weil mich mein Gefühl für Timing mal wieder herbe im Stich gelassen hat. Es tut mir leid.«

Karoline schaut ihn eine Weile einfach nur an. Liegt etwa Mitleid in ihrem Blick? Dann, als wäre seine Verwirrung nicht schon groß genug, nimmt sie kurz seine Hand und streichelt sie. Es fühlt sich fantastisch an. »Muss dir nicht leidtun. Ich habe wohl auch etwas überreagiert. Ich glaube, ich bestelle doch noch ein Glas Rotwein. Magst du auch noch etwas?«

»Ja, gerne, ich nehme eine Weißweinschorle, Grauburgunder.« Sie schaut ihn einen Moment ungläubig an, dann geht sie zum Tresen und gibt die Bestellung auf.

Als sie wiederkommt, herrscht für eine kleine Weile ruhiges Schweigen. Zeit, sich innerlich zu sammeln. Hat er bitter nötig. Sie auch?

Die Kellnerin bringt die Getränke und Alex weist entschuldigend auf sein Glas. »Ich weiß, ich bin ein Banause. Für Weinkenner ist Schorle wirklich das Letzte.«

Sie nimmt ihr Glas und prostet ihm zu. »Salute! Es gibt Schlimmeres!«

Dankbar nimmt er die Geste an. »Cheers!« Und nach kurzer Pause, wieder etwas mutiger: »Ist der Ruf erst ruiniert, lebt sichs gänzlich ungeniert.«

»Da kann ich noch von dir lernen«, erwidert sie langsam. Er sucht nach Anzeichen von Ironie in ihrem Gesicht, aber sie meint es ernst.

»Banausentum?«, fragt er ungläubig.

»Ich meine, meinen Ruf zu ruinieren. Als Anwältin tut man sich damit nicht so leicht.«

»Das kann ich mir vorstellen. Magst du deinen Job?«

»Interessiert es dich? Ich meine, Jura findet nicht jeder wahnsinnig prickelnd.«

»Du wirst mir sicher nicht gleich einen Fachvortrag halten. Aber ja, wie es dir damit geht, das interessiert mich.«

»Alle halten mich für die taffe Anwältin, die alles cool auf die Reihe kriegt und mit der man sich besser nicht anlegt. Im Beruf bringt das viele Vorteile, Richter und Prozessgegner zu beeindrucken ist im Gerichtsalltag die halbe Miete. Die meisten Laien machen sich keine Vorstellung, wie wenig die Urteile mit der eigentlichen Sachlage zu tun haben.«

»Echt? Ich habs ja geahnt, aber das aus berufenem Munde …« Das Atmen ist wieder leicht, das nervöse Pochen in der Brust hat sich gelegt, er ist froh, dass ihre Unterhaltung wieder Fahrt aufnimmt.

Karoline lacht. Sie kann wirklich wunderschön warmherzig lachen, es kommt direkt aus ihrem Herzen. Dann wird sie wieder ernst. »Ich denke wirklich manchmal daran, nochmal etwas ganz anderes anzufangen.

»Ach ja? Was denn?«

»Ich bin nämlich eigentlich ganz anders, aber in diesem Beruf komme ich so selten dazu.«

»Respekt. In der Literatur kennst du dich auch aus«, versucht Alex sie ein bisschen zu necken. Keine gute Idee, das sieht er an ihren verdrehten Augen.

»Horváth habe ich immer gemocht. Aber was ich eigentlich sagen wollte, ist gar nicht so witzig.«

»Ich bin ganz Ohr.« Und das ist er jetzt wirklich.

16

Ist es der Wein, der ihr die Zunge lockert, oder welcher Teufel reitet sie, diesem Alex ihr halbes Beziehungsleben zu offenbaren und auch noch zu gestehen, dass sie seit Jahren keinen Sex mehr gehabt hat. Dass sie deswegen vermutlich viel Zeit brauchen wird, bevor sie mit jemandem ins Bett geht. Sie erzählt von Marco, wie sie mit ihrem Skilehrer in einer reich verzierten Gondel durch die modrigen Kanäle Venedigs geschippert ist und wie er sie danach wochenlang auflaufen ließ. Fast ein Jahr hat sie ihm hinterhergeschmachtet, obwohl sie sich nur in größeren Abständen getroffen haben und er ständig mit anderen Frauen zugange war. Sie zeigt Alex ihren Schmerz, aber kann er sie überhaupt verstehen?

Kann überhaupt ein Mann das verstehen? Sie wischt sich eine Träne aus dem Auge. Bestimmt ist sie inzwischen total verschmiert.

Wenig später auf der Toilette kann sie nicht glauben, was der Spiegel ihr bezeugt. Ist es die geschickte Beleuchtung, mit der Giovanni nicht nur den Gastraum, sondern auch die Toiletten ausgestattet hat, oder sieht sie tatsächlich gar nicht so jämmerlich aus, wie ihr zumute ist? Eigentlich sogar richtig gut und um die Augen herum regelrecht verwegen.

Mit ein paar Spritzern macht sie sich frisch, zieht den Lippenstift nach und wischt die verschmierte Tusche aus den Augenlidern. *Ich muss den Abend demnächst beenden, sonst …*

Sollte sie das Dessert noch abwarten? Eigentlich verlässt sie niemals einen Italiener ohne Tiramisu, aber eine Stimme aus dem Off flüstert ihr zu: *Mach dich rechtzeitig davon. Du darfst nicht zu viel von deinen Schwächen zeigen, schon gar nicht beim ersten Mal.*

Wenn diese Stimme ein echtes Gegenüber wäre, würde sie sofort losschreien. *Halts Maul. Ich habe es satt, ewig die coole, selbstbewusste Lady zu spielen und dann nachts allein im Bett zu liegen, um vom unendlich einfühlsamen Prinzen zu träumen, der mich wachküsst. Ich bin keine fünfzehn mehr!*

Aber da ist niemand. Also schluckt sie ihren Ärger herunter und kehrt an den Tisch zurück. »Wollen wir demnächst mal aufbrechen? Ich werde langsam müde und habe morgen einen langen Tag vor mir!«, platzt es gleich aus ihr heraus.

Alex Augenbrauen ziehen sich zusammen, so wie bei ihrem alten Lateinlehrer, wenn ihr die passende Vokabel nicht einfiel. »Ich dachte, du wolltest dir dein Leben nicht mehr so vom Beruf diktieren lassen? Komm, lass uns noch einen Nachtisch bestellen. Die machen hier wunderbares Tiramisu.«

Woher kennt er ihr Geheimnis? »Da kann ich allerdings nicht nein sagen.«

»Fein.« Er freut sich offenbar wirklich.

Und er sucht weiter den Augenkontakt. Trotz allem, was sie ihm offenbart hat, zieht er sich nicht zurück. Sie gibt sich einen Ruck und schaut diesmal nicht gleich wieder zur Seite. Sie mag seine Augen, sie sind gar nicht graublau, sie sind grün, mit bernsteinfarbenen Einsprengseln. Fasziniert blickt sie in ein ganz eigenes Universum.

Wenn sie sich gerade nicht schämt, liebt sie es, anderen Menschen in die Augen zu schauen. Wenn sie sich nur nicht so leicht darin verlöre. Maria hat ihr mal gesteckt, niemand beherrsche den Augenfick so gut wie sie. Damit hat sie ihre Liebe allerdings auch nicht retten können, denn zum Sex gehört leider früher oder später auch der Rest des Körpers dazu.

»Du hast wunderbare Augen.«

Hat sie das gesagt oder er? Sie muss lachen. »Du wirst es nicht glauben, aber das habe ich auch gerade gedacht.«

»Dass du wunderbare Augen hast? Bin ich etwa nicht der erste, der das bemerkt?«

Karoline knufft ihn auf die Schulter.

»Sag mir, warum ist es so schwer mit euch Männern?«

»Liebe beginnt da, wo Frauen schwierig werden. Das gehört alles zum göttlichen Plan.«

»Oh, jetzt wird`s philosophisch«, erwidert Karoline spitz.

»Ich fasele wieder nur dummes Zeug. Aber ehrlich gesagt, ich finde es auch nicht leicht.«

»Mit Männern?«

»Haha!«

»Was fällt dir denn nicht leicht? Jetzt weißt du schon so viel von mir und ich noch fast gar nichts von dir. Außer dass du getrennt lebst und einen Sohn hast.«

Seine Stirn kräuselt sich, mit dem Zeigefinger trommelt er leicht gegen das Weinglas, dann schaut er sie prüfend an. »Warum glaube ich, dass du das lieber nicht wissen solltest?«

»Was?«

»Das, woran ich gerade denke.«

»Und das wäre?«

»So leicht legst du mich nicht aufs Kreuz.«

»Das hättest du wohl gerne! Komm schon, spucks aus.« *Will ich das wirklich wissen?* Plötzlich ist sie sich gar nicht mehr so sicher. Wer weiß, was Männer so alles im Schilde führen.

»Ich habe einen Traum. Ich kann einfach nicht glauben, dass Gott Männer und Frauen so geschaffen hat, dass sie am Ende immer tragisch scheitern.« Alex führt sein Glas zum Munde, stellt es aber ohne zu trinken wieder ab. »Wenn sie nicht vorher schon trivial gescheitert sind.«

»Aha. Ich glaube, ich weiß genau, wovon du sprichst.« Langsam wird sie ungeduldig.

»Und ich weiß, glaube ich … du willst, dass ich mich um Kopf und Kragen rede.«

»*Precisamente!* Also nun mal Butter bei die Fische, sagte in so einem Fall meine Oma aus Eckernförde.«

Er lacht, wahrscheinlich stellt er sich gerade ihre skurrile Oma vor. »Muss toll sein, so eine Oma zu haben. Meine Oma aus Sigmaringen hielt es eher mit *Was man nicht weiß, macht einen nicht heiß.*«

»Mamma mia.« Sie versucht, eine grimmige Miene aufzusetzen, aber im Grunde genießt sie das Spiel. Warum Frauen es nicht lassen können, bei Männern den Nussknacker zu spielen, hat Maria des Öfteren vorwurfsvoll gefragt, wenn Karoline sich mal wieder an einem Mann die Zähne ausbiss. Gehört dieser verdammte emotionale Masochismus bei Frauen zur genetischen Grundausstattung? Maria jedenfalls fehlt dieses Gen, dafür besitzt sie aber sein sadistisches Gegenstück.

Alex zieht nervös an seinem rechten Ohrläppchen. Da ist er wieder, der Alex, den sie in der Kanzlei kennengelernt hat. »Verdammt, ich habe einfach eine Scheu, dir mehr von mir zu erzählen. Vor allem, weil du ja schon klargemacht hast, dass da zwischen uns nichts läuft.«

Um Himmels Willen, was redet er denn da. »Habe ich das?«

»Schon vergessen? Du fragtest, warum ich so unsensibel sei, nicht zu merken, dass da nichts läuft von deiner Seite.«

Das ist ja mal wieder der Klassiker! »Jetzt habe ich so viel von mir erzählt und du bringst es auf die einfache Formel, dass zwischen uns nichts läuft?« Das Herz schlägt ihr bis zum Halse.

»Und wie hast du es wirklich gemeint?«, fragt Alex hitzig.

»Also gut, zum Mitschreiben: Ich möchte nicht mit jemandem Sex haben, den ich gerade erst kennenlerne, schon gar nicht am ersten Abend. Alles klar?«

»Zu einem späteren Zeitpunkt wäre das aber nicht ausgeschlossen?«

»Das ergibt sich folgerichtig als Option aus Satz eins. Es gibt allerdings keine Gewährleistung, dass dieser Fall jemals eintritt.«

»Hey, auch wenn ich etwas Blödes gesagt habe, lass mich nicht gleich zu einem deiner Fälle mutieren, bitte.«

Er wirkt gekränkt, aber das hat er sich selbst zuzuschreiben. »Es macht mich einfach sauer. Ich habe dir so viel von mir erzählt.«

»Ja und? Ich habe dir doch zugehört. Was ist denn los?«

Versteht er es wirklich nicht? »Es war nicht leicht, dir zu gestehen, dass ich schon länger keinen Sex mehr hatte und dass ich sogar mehrere Male auf Sexmaniacs hereingefallen bin. Das erzähle ich bestimmt nicht jedem! Und dann verhältst du dich so, als seist du selber einer.«

Er denkt intensiv nach, zumindest sieht es so aus. Vielleicht begreift er es ja endlich. Aber dann fragt er lapidar: »Und wenn ich einer wäre?«

»Könntest du mal aufhören, ständig im Konjunktiv von dir zu sprechen?«

»Jetzt haben wir einen richtigen Streit, oder? Und das, obwohl ich dachte, deutlich gemacht zu haben, dass ich vollkommen respektiere, dass wir heute auf keinen Fall zusammen im Bett landen. Ich habe mich sogar für meine Anmache entschuldigt. Was willst du denn noch?«

»Ich würde gerne auch etwas von dir erfahren! Von dir, Alex Schwaizer! Etwas Persönliches, Intimes.«

»Du möchtest etwas Intimes von mir erfahren, aber du möchtest nicht, dass ich dich anmache, richtig?«

»Du kannst mich ruhig anmachen, solange du respektierst, dass ich *nein* sage.«

»Okay, dann sage ich dir mal etwas wirklich Persönliches. Ich hasse es, dass Frauen die Macht haben, uns Männer mit unseren sexuellen Bedürfnissen am ausgestreckten Arm verhungern zu lassen. Und ich sehne mich nach einer Frau, die diese Macht nicht missbraucht, sondern die zu ihrer Lust steht und Sex nicht als Gratifikation für ausreichend erhaltene Zuwendung missbraucht.«

Karoline schnappt nach Luft. Bloß nicht sofort reagieren. Sie lässt seine Worte einige Atemzüge auf sich wirken, bevor sie in ruhigem Ton erwidert: »Das klingt nach vielen Jahren Drama. Deine Frau hat dich am ausgestreckten Arm verhungern lassen. Wie lange ist es her? Oder hängst du immer noch am Haken?«

»Ich bin solo.«

Das kommt verdächtig schnell und viel zu entschieden. »Und seit wann?«

»Du gibst nicht so schnell auf, wenn du was wissen willst. Also gut, ist ja nur fair. Es ist vier Wochen her.« Er blickt sich um, als wolle er sich vergewissern, dass niemand plötzlich aufsteht und widerspricht.

»Was ist vier Wochen her? Ich bin zwar keine Anglerin, dazu fehlt mir die Geduld. Aber Würmer aus der Nase zu ziehen ist eine echte Leidenschaft von mir.«

»Ich merke es.« Er senkt seinen Kopf.

Karoline schaut ihn weiter fragend an. Wenn er jetzt nicht bald mit der Sprache herausrückt, lässt sie ihn los, denn so langsam verliert sie den Spaß an der Sache. Ja, sie sehnt sich nach einem Mann, aber es muss ja nicht gleich der Erstbeste sein. Was sie allerdings tief verunsichert, ist das Déjà-vu. Tut sie ihm unrecht? Liegt es vielleicht doch eher an ihr selbst als an ihm, dass dieses Treffen langsam aber sicher aus dem Ruder läuft?

Nach einer Weile, in der er sich immer wieder umschaut, steht Alex plötzlich auf. »Die haben den Nachtisch vergessen. Ich habs doch geahnt.« Er geht zur Theke, kehrt zurück, streift kurz ihren Blick und setzt sich bedächtig wieder hin. Dann nimmt er tatsächlich den Gesprächsfaden wieder auf, sie hat schon nicht mehr dran geglaubt. Er klingt dabei allerdings ziemlich matt. Ganz anders als zuvor. »Vor vier Wochen ist die Beziehung mit Simone in die Brüche gegangen. Wir waren fast vier Jahre zusammen, drei davon haben wir zusammengewohnt.«

»Dann ist sie nicht die Mutter deines Sohnes? Du sagtest, er werde sechzehn«, fragt Karoline betont sanft.

»Stimmt. Er wohnt bei seiner Mutter. Heike und ich sind schon zwölf Jahre auseinander.«

»Und warum habt ihr euch getrennt?«

»Meinst du jetzt Heike oder Simone?«

»Simone.«

Er seufzt, schaut sie mit leerem Blick an. »Warum wir uns getrennt haben, möchtest du wissen.« So, wie er es sagt, ist es ist eine Feststellung, keine Frage.

Aber dann kommt wieder erstmal nichts. »Lass mich raten. Simone hat sich von dir getrennt, weil du etwas mit einer anderen Frau angefangen hast. Und bei Heike war es genauso. Stimmts?«

»Nein. Stimmt nicht. Wie nennt man das in deinem Metier? Einspruch, Euer Ehren?« Sein Blick ist scharf, in seinen Augen plötzlich ein loderndes Feuer.

»Du vergisst, ich bin Anwältin, nicht Richterin!«, antwortet sie betont leicht. Aber Alex findet die Bemerkung offenbar nicht lustig, ist mit seinen Gedanken ganz woanders.

»Wenn du meinst, ich sei ein Womanizer, dann muss ich dich enttäuschen. Heike hat mich verlassen. Sie war diejenige, die etwas mit einem anderen hatte und der hat von ihr verlangt, dass sie sich sofort von mir trennt. Und sie hat das brav getan. Als sie es bereute, war es bereits zu spät.« Nein, Mitleid wird sie jetzt keines empfinden. Aber immerhin fängt er an, über sich zu sprechen.

»Und Simone? Hat sie dich auch verlassen?«

»Nein. Nicht wirklich. Obwohl, in gewisser Weise doch. Also, da müsste ich etwas weiter ausholen.«

»Ich höre dir gern zu.« Und mit einem Blick zu Paolo: »Und da kommt auch unser Nachtisch.«

Das Tiramisu ist köstlich, aber Alex vergisst es anscheinend schon nach dem ersten Löffel. »Nun ja, ich war auf einem Tantrakurs, vor vier oder fünf Wochen.«

Karoline fällt fast der Löffel aus der Hand. Gottseidank merkt er es nicht. Vor ein paar Wochen, er war also vorher schon …

»Ich wäre gerne zusammen mit Simone hingegangen, aber da war nichts zu machen. Keine Ahnung warum. Stimmt nicht, natürlich habe ich eine Ahnung, aber es geht ja nicht um sie. Am Anfang hatten wir so viel Nähe, so viel Vertrautheit, und ja, auch Sex. Ich werde nie vergessen, wie wir auf unserer kleinen Wiese gelegen haben, wie nennt man das? Gänseblümchensex? Wir waren gerade erst zusammengezogen ...« Karoline muss immer wieder tief Luft holen. Sie mag sich das nicht wirklich vorstellen, aber es berührt sie, ihn so verletzlich sprechen zu hören.

»Du kannst es dir sicher denken, dabei blieb es nicht. Bei mir ist es so, wenn der Sex schön ist, möchte ich mehr davon. Und nicht nur mehr, ich möchte forschen, ich möchte den Himmel auf Erden holen, ja, ich kann dann auch irgendwie nicht genug kriegen und das wurde für Simone mehr und mehr zum Problem. Sie fühlte sich bedrängt, sie fand immer mehr Ausreden. Ich wurde frustrierter, sie wurde gereizter und dann ...« Plötzlich hält er inne und schaut sie nachdenklich an. »Ich sollte dir das nicht erzählen ...«

»Doch bitte, Alex!« Schon im gleichen Moment merkt sie, dass sie jetzt diejenige ist, die drängelt.

»Ich ging dann in eine Männergruppe. Das hat es nicht einfacher gemacht, aber es tat einfach gut mitzukriegen, wie andere Männer damit umgehen. Ich glaube, es war kaum einer dabei, der mich nicht verstehen konnte. Aber der Graben zu Simone wurde immer tiefer. Erst fand sie es toll, dass ich in eine Männergruppe gehe, aber später entstand immer mehr eine Parallelwelt.«

Seine feuchten Augen, seine Offenheit - sie fühlt sich hin und hergerissen, aber je länger er von seiner Beziehung mit Simone spricht, desto mehr kann sie – vielleicht zum ersten Mal in ihrem Leben – nachvollziehen, in welche Not Männer geraten, wenn die Frau sich sexuell verschließt, zugleich aber Treue einfordert. Sie kann jetzt auch verstehen, warum er solche Angst hatte, darüber zu sprechen, immerhin hat sie sich genauso verhalten, wie er es kennt: Sie will ihn näher kennenlernen, ihn aber sexuell nicht an sich heranlassen. Zumindest nicht so schnell, wie er das anscheinend braucht.

Nachdem sie ihm eine Weile zugehört hat, entwickelt sich ein spannendes Gespräch über Frauen und Männer und darüber, warum sie so unterschiedlich gepolt sind. Warum fallen sexuelle

Bedürfnisse und Herzensanliegen früher oder später auseinander, bis dann einer fremdgeht? Das Thema hat sie auch mit Maria schon rauf und runter dekliniert. Alex hat sich erstaunlich viele Gedanken gemacht, wie Frauen und Männer wirklich zueinanderfinden könnten, manchmal kommt es ihr so vor, als spräche er aus der Ferne einer anderen Welt, in die sie ihm kaum zu folgen vermag.

Plötzlich wird es wieder konkret. »Wir sind es auch unseren Kindern schuldig. Weißt du, was Finn neulich passiert ist?«

»Nein, erzähl!«

Alex berichtet ihr in allen Details, was im Klassenzimmer und danach vorgefallen ist, und es verschlägt ihr tatsächlich fast die Sprache. Wie berührt er davon ist, dass sein Sohn und seine Freundin sich nicht haben auseinanderbringen lassen.

»Du liebst deinen Sohn, oder?«, fragt sie sanft.

Er nickt verlegen. Ist es ihm etwa peinlich? Wenn er wüsste, wie sympathisch ihr das ist.

Doch dann wechselt er wieder das Thema und erklärt ihr, worum es eigentlich in dem Roman von Carsten Kiefer geht: um eine Vision von Liebe und Sex jenseits bürgerlich-christlicher Sexualmoral. Um die Integration sämtlicher Facetten, die unser Liebesleben annehmen kann. Um die vorurteilsfreie Akzeptanz jedweder Liebe und Vorliebe. So kann man diesen Roman also auch lesen? Interessant.

Seine Ausführungen werden immer weitschweifiger, aber sie spürt seine tiefe Sehnsucht. Manche seiner Ansichten, na ja, aber seine Offenheit beeindruckt und berührt sie. Er ist längst nicht so plump auf Sex fixiert, wie sie ihm unterstellt hat.

Dann kommt er wieder auf Tantra zu sprechen und sie fühlt sich, als säße sie auf einem Ameisenhaufen. »Ich weiß nicht, ob du dich damit mal befasst hast, für mich ist tantrische Philosophie … also, ich träume von einer Kultur, die Sex nicht verteufelt, sondern als etwas Heiliges versteht.« Was ist das in seinem Blick? Misstrauen? Provokation? Weiß er etwas?

»Aha.« Mehr bringt sie nicht raus. Nein, er kann unmöglich wissen, dass sie beinahe den gleichen Kurs besucht hätte wie er. Und schon gar nicht, dass sie weiß, dass er dort war. Wenn sie nun zu deutlich auf das Thema einsteigt … es ist total dumm so zu denken, aber vielleicht würde er etwas merken.

»Hast du schon einmal einen Tantrakurs besucht?«, fragt er fast beiläufig, aber mit einem seltsamen Unterton.

»Nein«. Mist, das klang viel zu schroff, warum bloß muss sie so tun, als sei das vollkommen abwegig? Warum ist sie so scheu, warum kann sie nicht zu sich zu stehen und das Thema direkt ansprechen? Immerhin hat sie es auf dem Familientreffen doch auch geschafft.

Sie schämt sich, weiß aber gar nicht, wofür. Liegt es an ihrem Traum? Alex nackt mit dieser Orientalin, das Bild hat sich tief in ihr eingebrannt.

Er lächelt, er lächelt so, als wüsste er genau … Aber verdammt, er kann es nicht wissen! Der Druck schnürt ihr die Kehle zu, dicker Kloß im Hals, aber sie muss etwas sagen! »Warst du denn schon öfter auf solchen Kursen?«

»Ja. War ich.«

»Und?«

Nach kurzem Zögern antwortet er bestimmt. »Davon erzähle ich dir lieber ein anderes Mal, okay?«

Als sie nicht sofort antwortet, setzt er etwas weniger entschieden nach: »Oder nicht okay?«

»Ja, schon okay. Und danke, dass du doch noch so viel von dir erzählt hast.« Uff. Es flimmert vor ihren Augen. Sie kennt dieses Symptom. Nein, jetzt bloß nicht daran denken!

Was für ein Glück, dass er nicht weiter auf das Thema eingeht, sie darf sich auf keinen Fall verplappern. Gleichzeitig: Was wäre so schlimm daran? *Mannagia!* Einfach nicht daran denken.

Alex und Maria haben einiges gemeinsam, soviel ist klar. Karoline merkt es an ihrer anfallsartigen Unsicherheit, die kommt ihr nur allzu vertraut vor. Ist Alex etwa auch Skorpion? Angeblich sollen Stiere sich vor Skorpionen in Acht nehmen, aber zum Glück glaubt sie nicht an Astrologie.

Okay, sie will nicht darüber reden. Dann eben nicht. Aber den Beleidigten zu spielen, hilft jetzt auch nicht weiter. Gib ihr Zeit! »Hat dir das Tiramisu geschmeckt? Ist superlecker hier, oder?«, fragt er und schaut dabei auf sein eigenes Schälchen. Er hat den Nachtisch kaum angerührt. Er stutzt, dann führt er einen Löffel zum Mund. »Köstlich! Aber etwas anderes war wohl wichtiger.« Er lässt sich die mächtige Creme genüsslich auf der Zunge zergehen. »Da könnte ich mich reinlegen. Noch einen Espresso? Oder einen Wein?«

»Ja, wirklich sehr lecker. Aber jetzt möchte ich tatsächlich langsam ins Bett. Es ist schon nach elf.«

Es hat nichts mit mir zu tun. Langsam aber sicher ist ihm klargeworden, warum Karoline ihn erotisch auf Distanz hält. Es ist nicht wegen ihm, aber es fällt ihm trotzdem nicht leicht das zu akzeptieren. Immer wieder meldet sich die warnende Stimme in seinem Hinterkopf: Bloß nicht wieder in eine Beziehung hineinschliddern, in der er mehr Sex will als sie.

Karoline ist wahnsinnig anziehend. Wenn er sie anschaut, spürt er sofort ein Kribbeln am ganzen Körper. Kann er ihr die Zeit geben, die sie braucht? Will er das überhaupt? *Nicht jetzt!* Wie oft hat er diese Worte von Simone gehört! Zum Glück gelingt es ihm, die bösen Erinnerungen schnell wieder zu verscheuchen. Karoline ist anders. Simone hätte niemals so über Sex gesprochen wie Karoline.

Aber da ist etwas, das er noch heute Abend herausfinden muss. Das muss doch möglich sein. »Es war schön, dich kennenzulernen. Es fühlt sich erstaunlich vertraut an.« Als sie lächelt, fügt er heiter hinzu: »Sogar streiten können wir schon.«

Was für ein wunderschönes Lächeln! »Ja, stimmt, wenn man bei jedem Streit gleich davonrennt … dann hätte ich sicher meinen Beruf verfehlt. Danke für den schönen Abend!«

»Gerne und danke dir. Aber … darf ich dir noch eine Frage stellen?«

Karoline zieht die Augenbrauen hoch.

Alex zögert. *Gehe ich schon wieder zu weit?* Nein, verdammt, er zensiert sich schon wieder selbst. Ist doch nur eine Frage. »Hat dich der Roman von Carsten eigentlich … angemacht? Ich meine, wir haben über seinen Sinn und die Philosophie gesprochen, die dahintersteht, aber findest du die …, ich meine, diese Szenen auch erotisch? Als sein Lektor bin ich manchmal zu dicht dran, um das noch halbwegs objektiv beurteilen zu können, verstehst du?« Hoffentlich ist das nicht wieder allzu aufdringlich. Aber es musste einfach sein. Viel lieber würde er fragen: Kannst du dir vorstellen, die eine oder andere Szene weiter auszuschmücken, mit uns beiden als Hauptfiguren? Aber das kann er natürlich nicht bringen.

An ihrer Miene ist nichts abzulesen. »Du stellst die Frage sicher aus rein beruflichem Interesse. Aber bist du überhaupt noch sein Lektor?«

Die feine Ironie in ihren Worten ist nicht zu überhören. Karoline lässt ihn schon wieder elegant auflaufen, aber so leicht lässt er sie nicht davonkommen. Er muss nachlegen. Aber vorsichtig! »Naja, um ehrlich zu sein, deine Einschätzung würde mich auch ganz privat interessieren. Aber keine Panik, ich habe verstanden, dass du nicht gleich beim ersten Treffen …« Er nimmt einen Schluck Wein. »… und auch warum. Aber davon abgesehen, mal ganz abgesehen von dir und mir, würde es dich reizen, so etwas mal selbst zu erleben? Dich auf eine Entdeckungsreise ins Land der Erotik zu begeben?« Uff. Seine Frage kommt nicht gut an, aber jetzt ist sie raus und er kann sie nicht mehr zurücknehmen.

In diesem Moment betritt Paolo wieder die Bühne, mit seinem unnachahmlichen Riecher, wann sein Einsatz gefragt ist. Während er die Dessertteller abräumt, fragt er mit einem Augenzwinkern: »Alles okay? Haben Sie noch einen Wunsch?«

»No gracie, il conto, per favore!«, erklärt Karoline kühl.

»Tutte insieme?«

»Nein, wir zahlen getrennt«, entscheidet Karoline ohne zu zögern.

»Ich wollte dich eigentlich einladen.« Alex räuspert sich und greift nach seiner Geldbörse.

»Nein, Alex, ist nett gemeint, aber lass gut sein. Vielleicht ein anderes Mal.«

»Alles klar!« Hat sie gerade *ein anderes Mal* gesagt? Ja, sie hat! Vielleicht war die Frage doch nicht too much. »Hm, bekomme ich noch eine Antwort?«, fragt er und flüstert fast.

»Wie?«

»Auf meine Frage, du weißt schon, die Reise ins Land der …«

»Alex, findest du es nicht etwas spät, um so mit der Tür ins Haus zu fallen?«, erwidert Karoline säuerlich. Sie greift nach ihrer Handtasche und schaut Richtung Theke.

Er weiß genau, dass er jetzt bei Dunkelrot über die Ampel fährt, aber anstatt zu bremsen, gibt er plötzlich Vollgas. »Das ist doch keine Anmache! Ich habe nur öfter darüber nachgedacht. Mir gehen die Szenen nicht aus dem Kopf, die du aus dem Roman vorgelesen hast, weißt du, wie sich die Heldin auf dem roten Satinlaken herumwälzt, während er sie …«

»… mit der Zunge an ihrer Muschi leckt«, fällt Karoline ihm barsch ins Wort. »Ob mich so etwas anmacht?« Jetzt klingt sie richtig sauer, er sollte schnellstens zurückrudern. Aber er kann nicht. Warum gibt sie ihm nicht einfach eine klare Antwort? Das kann doch verdammt nochmal nicht so schwer sein. Findet sie solche Szenen abstoßend, pornographisch, heiß, primitiv, erfrischend direkt oder unter ihrem Niveau? *Sag es doch einfach, Karoline, und gut ist.*

»Weißt du Alex, am liebsten würde ich sagen *Leck mich!* Aber ich bin mir ziemlich sicher, du würdest auch das noch falsch verstehen. Lass uns gehen.«

Er weiß, dass es falsch ist, aber der Zug ist abgefahren und er kann ihn nicht mehr stoppen. »Warum kannst du nicht ganz normal antworten?« Er würde gern gelassen klingen, aber seine Stimme überschlägt sich beinahe. Alle Alarmleuchten stehen auf Rot.

»Sag mal, kann es sein, dass du ein ernstes Problem hast?«, versetzt Karoline und steht abrupt auf. Als sie sich zum Ausgang wendet, brennt bei ihm die letzte Sicherung durch. »Das mag sein, aber ich bin sicher nicht der Einzige, der hier ein Problem hat.« Er schreit fast, auch egal. »Warum werde ich das Gefühl nicht los, dass du ein Spielchen mit mir spielst? Geilst du dich insgeheim daran auf, Männer wie mich erst scharf zu machen, um sie dann einfach stehen zu lassen? Ist es das?«

Karolines dreht sich nochmal zu ihm um. Wie in Zeitlupe. Ihre Überraschung scheint echt. Dann verengen sich ihre Augen zu Schlitzen und ihre Lippen werden schmal.

Jetzt steht auch Alex auf.

Sie macht einen Schritt auf ihn zu, wie zwei Kampfhähne stehen sie einander gegenüber, sie zischt: »Bist du jetzt völlig durchgeknallt? Oder vielleicht so ein armer Irrer, der zwischen Porno und Realität nicht mehr unterscheiden kann? Soll es ja Millionen geben von der Sorte. Klar, irgendjemand muss ja für den Milliardenumsatz im Rotlichtsektor sorgen.«

So muss sich ein angestochener Stier fühlen, sein Puls rast hoch wie eine Rakete, er wird zurückschlagen, auch wenn das alles unwiederbringlich zerstören wird, was sich den ganzen Abend über zart angebahnt hat. *Nie wieder! So hinterfotzig lasse ich mich niemals mehr verletzen!* »Wenn du so offen und ehrlich bist, wie du vorgibst, warum stehst du dann nicht dazu, dass du dich zum Tantra angemeldet hast? Warum versuchst du, mich darüber auszuhorchen, anstatt offen von deinen eigenen Wünschen und Gelüsten zu erzählen? Warum spielst du die Madonna und manövrierst mich in die Rolle des Lüstlings? Gibt dir das ein Gefühl der Macht? Holst du dir nachher einen darauf runter?« Innerlich weint er bereits, doch sein Gesicht fühlt sich an wie Granit und in seinem Bauch tobt ein Höllenfeuer.

»Woher weißt du das?« Sie spricht leise und ruhig. Zu leise. Es lässt ihm einen Schauer über den Rücken laufen und seine Wut verpufft ins Nichts.

»Weil ich dort war und dein Name auf der Liste stand. Es war ein Versehen, ich hätte das nicht zu Gesicht bekommen dürfen, aber ich habs mit eigenen Augen gesehen.«

»Aha.« Karoline setzt sich wieder. Sitzt da wie versteinert.

Immerhin. Er setzt sich auch wieder.

Minutenlang spricht keiner von ihnen ein Wort.

Paolo kommt, legt wortlos die Mappe mit der Rechnung auf den Tisch und zieht sich sofort wieder zurück.

»Du hast die ganze Zeit gewusst, dass ich dort angemeldet war?« Karoline murmelt, als spräche sie mit sich selbst. Dann nimmt sie ihre Handtasche, zieht einen Schein heraus, legt ihn auf den Tisch und verlässt mit einem kaum vernehmbaren »Das müsste reichen, ciao!« das Restaurant.

Alex fühlt sich wie gelähmt. Er könnte aufspringen und sie zurückhalten, ihr versichern, dass es doch kein Verbrechen war, dass sie sich dort angemeldet hat, dass sie einfach nur offen über alles reden müssten. »Aber ich liebe dich doch«, würde er ihr am liebsten noch hinterherrufen. Aber das wäre mit Sicherheit so ziemlich das Dümmste, was er noch bringen könnte.

Sein Inneres fühlt sich so verwüstet an wie nach dem Durchzug eines Hurrikans. Die Stille ist trostlos. Er starrt auf die Tür, aber sie will sich ums Verrecken nicht wieder öffnen. Das wars dann wohl.

Er ballt die Hände zu Fäusten, aber er kann hier unmöglich auf den Tisch hauen. Was ist denn schon gewesen? Es war wohl nicht mehr als eine riesengroße Illusion.

Er hat unbedingt daran glauben wollen, dass Karoline offen für seine Vision wäre. Dass sie eine besondere Frau ist. Dass sie keine falsche Scham und vor Sex keine Angst hat, sondern darauf abfährt, so wie er. Dass sie einen Partner sucht, mit dem sie ihre Träume leben kann. So wie er. Die selbstbewusst genug ist, die

Schuld nicht immer beim anderen zu suchen, wenn etwas schiefläuft. In allen diesen Punkten hat er sich bitter getäuscht. Der Schock bringt alles zum Einsturz. Sein Magen rebelliert, aber er will es nicht spüren. Es tut einfach zu weh. Er kann noch nicht abschätzen, was das für sein Leben bedeutet, aber es ist heftig.

Zum ersten Mal, so fühlt es sich an, ist sein Mut in seinem Kern gebrochen, sein unerschütterlicher Glaube daran, dass irgendwo da draußen eine Frau herumläuft, die zu ihm passt. Mit der er der Welt beweisen kann, dass Mann und Frau zusammenpassen und miteinander glücklich sein können. Zum ersten Mal beschleicht ihn das Gefühl, dass das alles nicht mehr sein könnte als ein riesengroßer, alberner Traum.

Er legt das Geld passend auf die Theke und nickt Paolo kurz zu. Vor der Tür empfängt ihn fieser, kalter Nieselregen.

17

Nachdem er aufgelegt hat, holt Alex sich erst mal ein Bier aus dem Kühlschrank und lässt sich aufs Sofa plumpsen. Er wollte es ihr eigentlich nicht am Telefon sagen, aber dann ist es ihm rausgerutscht und sie hat so reagiert, als würde er sich ein neues Auto kaufen. Genau genommen also gar nicht. Ist überhaupt nicht ihre Art. Als es damals mit Heike zu Ende ging, hat seine Mutter ihn mit gutgemeinten Ratschlägen geflutet. Jetzt hat sie ihm noch nicht mal die neuesten Durchsagen ihrer Astrologin übermittelt. Na ja, gottseidank, darauf kann er wahrlich verzichten.

Wo er auch hinschaut, überall stehen Kisten herum. Morgen holt Simone die erste Ladung ihrer Habseligkeiten ab. Was für ein Glück, dass sie eine Weile bei ihrer Schwester unterkommen kann. Warum hat sie ihn eigentlich nicht sofort rausgeworfen, immerhin gehört das Haus doch ihr? Sie hat es wohl keinen Tag länger unter einem Dach ausgehalten. Tut schon weh. Heute Morgen hat sie angedeutet, dass er sich sehr bald eine neue Bleibe wird suchen müssen, war ja klar. Aber dafür hat er gerade keinen Kopf. Er schließt die Augen und nimmt einen tiefen Schluck.

Die Trauer über das Ende mit Simone hatte schon langsam nachgelassen, aber jetzt … er hat die Karre mit Karoline voll vor die Wand gefahren und die Wunde ist wieder aufgeplatzt. Es hat alles keinen Sinn. In einem Anfall nächtlicher Klarheit hat er das einzig Richtige beschlossen: Er wird erst mal allein bleiben. Zwischendurch flammt helle Empörung auf: Was diese verrückte Advokatin sich überhaupt einbildet! Immerhin hat sie ihn als Erste verarscht, als sie so getan hat, als hätte sie mit Tantra nichts am Hut. Erst stichelt sie, dass er doch bitte mal was Persönliches preisgeben soll und dann … verliert sie keine Silbe über ihre eigenen tantrischen Ambitionen. Und legt noch so einen Abgang hin! Echt das Letzte, ihn einfach so stehen zu lassen! Als sie draußen war, hat Paolo mit der Hand vor dem Gesicht hin und her gewedelt und auf die Tür gezeigt. Aber das ist nur ein schwacher Trost. Keine Ahnung warum, aber das Date mit Karoline hat ihm viel bedeutet. Aus. Vorbei.

Nicht mehr daran denken!

Das altbekannte Klingelzeichen schreckt ihn aus seinem Dämmerzustand. Es ist zu schrill, er muss sich ein anderes aussuchen, aber immerhin besser als Beethovens Fünfte. Diese unsägliche Melodie hat er gestern endlich von seinem Telefon gelöscht. Er schaut auf das Display. Es ist Carsten. Einmal tief durchschnaufen, dann hebt er ab. »Hallo?«

»Hallo Alex!« Er klingt entspannter!

Hat sich sein Thema geklärt? »Hallo Carsten! Wie …«

»Alex, ich war richtig sauer und dich dann nicht erreichen zu können … und im Verlag kann ich ja auch nicht mehr anrufen, ist schon irgendwie ätzend, aber … Schwamm drüber, ich bin über den Berg und halt dich fest, ich habe sogar schon einen neuen Verlag in Aussicht. Und eine hübsche Abfindung obendrauf.«

So ganz entspannt klingt Carsten auch wieder nicht. Alex hält den Hörer etwas zur Seite und atmet ein weiteres Mal tief durch. »Das freut mich, Carsten. Echt! Ich fand das Ganze auch voll daneben, das kannst du mir glauben. Vielleicht werde ich auch demnächst den Verlag wechseln. Vielleicht können wir dann sogar weiter zusammen …«

»Mal halblang, Alex, vorher gibt es noch was zu klären. Ich habe bis heute keine klare Ansage bekommen, was ich überhaupt abgekupfert haben soll, das ist doch vollkommen crazy! Oder ist es Teil eines perfiden Plans? Ich checke es jedenfalls nicht.«

»Und was willst du da von mir?«, fragt Alex vorsichtig.

»Naja, ist doch wohl naheliegend. Du wirst es mir gleich verraten, was da los war. Das bist du mir schuldig, Mann! Ich weiß,

Dallmann hat dir bestimmt deine Schweigepflicht eingeschärft, aber ich muss dem neuen Verlag reinen Wein einschenken, warum ich gekündigt wurde. Die wollen natürlich wissen, um was es dabei überhaupt ging und ob nicht vielleicht doch was dran ist.«

»Carsten, ob du's glaubst oder nicht, ich weiß es auch nicht. Nichts. Nada. Niente.«

»Wie bitte?« Carstens Stimmlage steigt langsam an. »Du wirst zu meiner Anwältin geschickt, um über den Fall zu verhandeln, und weißt nicht, worum es überhaupt geht?«

»Klingt dünn, ich weiß, aber genau so war es.« An Carstens Stelle würde ich das auch nicht schlucken, denkt Alex freudlos und legt die Beine auf den Tisch. *Junge, entspann dich mal!*

»Gut, der Typ verheimlicht dir die genauen Fakten, aber du musst doch zumindest atmosphärisch etwas mitbekommen haben. Wollte Dallmann mich einfach loswerden? Passt ihm meine Nase nicht?«

»Ach was!«

»Aber wenn das mit dem Plagiat nur vorgeschoben war, dann muss doch was dahinterstecken. Denk doch mal nach! Als Lektor bist du doch selbst ein halber Detektiv. Das ist Ihr Einsatz, Monsieur Poirot! Und sag jetzt bitte nicht, dass dir rein gar nichts in den Sinn kommt. Es *muss* etwas dahinterstecken!«

Carsten hat vollkommen recht. Aber sein Gehirn ist wie leergefegt. »Ich habe nicht den blassesten Schimmer. Wenn das ein Thriller wäre, den ich zu lektorieren hätte, würde ich darauf tippen, dass der Typ ein Psychopath ist. Er fühlt sich von unbekannten Mächten dazu getrieben, eine deiner SM-Szenen in realiter umzusetzen … womöglich will er sogar noch erheblich weiter gehen. Wenn dann just dieses Szenario ausgerechnet in einem Thriller seines eigenen Verlags ausführlich geschildert wird … genau! Dann stünde doch kurz darauf der Kommissar auf der Matte, oder?« Jetzt muss er doch schmunzeln: Sein Chef, ein Psychopath. Das passt.

»So denken Psychopathen?«, fragt Carsten hörbar beeindruckt.

»In Büchern schon. Ansonsten, keine Ahnung, fiel mir nur gerade so ein. Irgendeinen Reim muss man sich ja drauf machen.«

»Aber du redest nicht von dir, oder, Alex? Muss ich Angst vor dir haben?«, flüstert Carsten geheimnisvoll in die Leitung.

Alex senkt seine Stimme. »Ich wollte dir gerade vorschlagen, dass wir uns heute um Mitternacht beim alten Kirchturm …« Dann kann er sich das Lachen nicht mehr verkneifen und hält den Hörer etwas zur Seite.

Aber Carsten hat es doch gehört und lacht mit. »Verarschen kann ich mich selbst!«

»Also was willst du dann von mir?«, fragt Alex wieder ernst.

»Du hast echt keine Ahnung, was dahintersteckt? Ich habe mal verschiedene Kernbegriffe wie *Tempel der Himmelsrichtungen* in die Autorensuchmaschine eingegeben, aber es gab keinerlei relevante Treffer. Es kommt in keinem Buch vor.«

»Das ist alles schon irgendwie mysteriös.«

»Also, das hilft mir jetzt echt nicht weiter. Hake halt bitte nochmal bei Dallmann nach. Du wirst schon irgendwas rausfinden. Und wenn du ihm Daumenschrauben anlegst, ist's mir auch recht. Hat er sich redlich verdient.«

»Ich kann dir nichts versprechen, Carsten, der Typ ist eine harte Nuss, und wenn der auf stur schaltet, dann …«

»… wird dir mit deiner Psychopathenfantasie schon was einfallen. Ach ja, und noch was: Es eilt!« Die letzten Worte kommen ziemlich scharf rüber.

Aber was solls, Alex will das Geheimnis selbst lüften. »Okay, ich versuchs.«

»Ich wusste, dass ich auf dich zählen kann, Mann! Halt die Ohren steif. Bis bald!«

Okay, er wird mit Dallmann ein offenes Wort reden müssen. Ist vielleicht gar nicht so schlecht.

Später am Abend surft er erst zu den Nachrichten, dann zum Sport und dann … Aber auch die schärfsten Pics und Clips zeigen heute keinerlei Wirkung. Die Beine auf dem Tisch, reibt er sich die müden Augen. Doch dann fällt ihm diese spezielle Seite ein: *www.sweet-agony.com*. Marcel hat sie ihm kürzlich empfohlen, vielleicht wäre das etwas, was ihn noch irgendwie berühren kann. Angeblich ist nichts gefaked. Tatsächlich, man sieht nur Gesichter, von einer Frau, von einem Mann oder manchmal auch von einem Paar.

Er klickt sich durch die Seiten, sucht nach einer verheißungsvollen Frau, damit sie ihn durch ihr lustvoll entgrenztes Gesicht auf andere Gedanken bringt. Das gelingt tatsächlich und nicht nur bei einer. Irre, wie verschieden Menschen mitten im Orgasmus aussehen! Bringen sich selbst seufzend, stöhnend und miauend zum Höhepunkt und schauen dabei direkt in die Kamera. Ganz schön mutig. Und erst der Soundtrack! Manche schreit so laut, dass sicher die ganze Nachbarschaft in den Genuss ihres Lustgesangs gekommen ist. Bei anderen hört man keinen Mucks. So wie bei dieser jungen Schwarzhaarigen. Man merkt gar nicht, dass sie kommt, nur die leichte Rötung der Haut lässt etwas ahnen. Er klickt auf das Interview mit ihr und das zieht ihn tatsächlich eine Weile in den Bann. So jung und schon so mutig. So erfahren. Laut Ehrenkodex ist wirklich alles echt und Alex hat daran keinen Zweifel. Interviews wie diese sind eine Offenbarung, viel heißer als alle Orgasmen. Immer wieder stockt ihm der Atem, nicht weil ihre Ideen so ausgefallen wären, sondern weil diese junge Frau mit ihrer eigenwilligen Emo-Frisur und den vielen Piercings vollkommen selbstbewusst zu ihren sexuellen Wünschen steht. Atemberaubend.

Und *shit*, er selbst ist Lichtjahre davon entfernt.

Dann schaut er einem Pärchen zu, das sich mit berührender Offenheit in die Augen schaut, während sie es sich selbst besorgen. Ding-Dong. Das E-Mailprogramm funkt dazwischen. Nur schnell schauen, von wem die Mail ist, dann kann er weiter dem immer heftiger stöhnenden Paar beiwohnen. Sie werden sicher bald kommen.

Karoline Dittmer!

Sie schreibt ihm eine E-Mail. An seine private Adresse!

Er ist versucht, sie wegzuklicken und zu dem Pärchen zurückzukehren, und sei es auch nur, um sie zappeln zu lassen. Aber keine Chance, die Neugier überwältigt ihn. Sie wird doch wohl nicht mit weiteren Vorwürfen … nein. Sein Herz schlägt immer schneller, während er die Zeilen überfliegt.

> Lieber Alex,
> ich erlaube mir, beim Du zu bleiben, obwohl es mir schon fast wieder fremd vorkommt, so als hätte ich die Begegnung beim Italiener nur geträumt. Um ehrlich zu sein, ich habe tatsächlich von dir geträumt, mehrmals sogar …
> Ich würde gerne noch mal Kontakt zu dir aufnehmen und ich will auch keine Anstandsfrist wahren. Ich weiß natürlich nicht, ob du noch dazu bereit bist. Vielleicht hast du ja nach meinem theatralischen Abgang die Nase restlos und gestrichen voll von mir. Das könnte ich sogar verstehen. Es war eine Kurzschlussreaktion, für die ich mich hiermit in aller Form entschuldige.

Der Videoclip läuft weiter, während er Zeile für Zeile wie einen Joint in sich einsaugt. Die sich überschlagenden Lustklänge der beiden virtuellen Gestalten bekommt er nur noch aus weiter Ferne mit, das hier ist weitaus heißer.

> Wenn du Lust hast, noch mehr von mir und meinen Träumen zu erfahren, dann schick mir einfach ein kurzes Okay an die obige Adresse (bitte private E-Mails NIEMALS an die Kanzleiadresse!).
> Lieben Gruß
> Karoline

Karoline entschuldigt sich! Damit hätte er echt nicht gerechnet. Hat sich schon jemals eine Frau bei ihm entschuldigt? Die einhellige Botschaft der besseren Hälfte der Menschheit ist doch: Der Mann ist schuld, egal ob Klimakrise, Genderpaygap oder ausbleibende Orgasmen.

Aber da steht es schwarz auf weiß: *... für die ich mich hiermit in aller Form entschuldige.*

Wahnsinn!

Diese Frau steckt wirklich voller Überraschungen. Ein bisschen förmlich klingt sie ja schon. Andererseits spricht sie von ihren Träumen.

Stunden später hat er sich dazu durchgerungen, Karoline zu antworten. Er sitzt vor seinem Notebook, allerdings ohne jede Ahnung, was er ihr schreiben soll.

»Sehr geehrte Frau Dittmer,«

So ein Quatsch, delete. Das Teufelchen in ihm würde gerne so beginnen, aber er will sich nicht rächen. Nicht, nachdem sie sich entschuldigt hat. Also nochmal! Das meiste, was er in die Tasten hämmert, hat vor seinem kritischen Blick keinerlei Bestand und wird sofort wieder gelöscht. Entweder erscheint es ihm zu distanzlos oder zu distanziert. Gibt es denn gar nichts dazwischen? Das ist ja schlimmer als bei einem Bewerbungsschreiben! Lieber erst mal drüber schlafen!

Halb elf, viertel vor elf, zehn vor elf. Seit dem Versenden der Mail hat Karoline immer wieder ihren Account abgerufen. Nichts. Aber es ist den Versuch wert gewesen! Irgendwie, na ja, sie gibt sich Mühe, nicht allzu enttäuscht zu sein. Diese Träume – sie musste es versuchen. Der letzte ... da ist nur noch eine Szene, aber die hat sich umso mehr in ihr Gehirn eingebrannt: In einer kleinen, barocken Kirche vor dem Altar, vor ihnen eine Priesterin in buntem, sakral anmutendem Gewand, sie knien vor ihr nieder. Das Gefühl dabei ist kaum auszuhalten: unbeschreibliches Glück. Vielleicht ist es nur eine kitschige Kleinmädchenfantasie, aber sie musste es versuchen.

Halb zwölf. Immer noch nichts. Vielleicht zu spät. Wäre sie bloß nicht so davon gestürmt! Der Abend war, mit allen Höhen und Tiefen, doch sehr anregend, auf gewisse Weise sogar intim.

Bis auf das Ende.

Es kommt eben immer auf das Ende an, das ist in der Kanzlei ihr täglich Brot. Ist das Urteil gesprochen, ist der Fall erledigt, so oder so. Es sei denn, man geht in Revision. In gewisser Weise ist es genau das, was sie sich wünscht: in Revision zu gehen. Das Urteil ist aufgrund von Verfahrensfehlern zustande gekommen. Zumindest was sie betrifft.

Schlafen ist aussichtslos, also weiter surfen. Das Suchwort *Tantra* bringt millionenfache Einträge. Warum hat sie nie mitbekommen, wie viele Menschen danach suchen? Manches ist allerdings schon recht sonderbar. Funktioniert das nach der Devise *Sex sells* oder laufen die Angebote wirklich mehr oder weniger auf Gruppensex mit Räucherstäbchen hinaus?

Sie landet wieder bei der Leela-Akademie, bei der sie sich neulich an- und wieder abgemeldet hat. Eigentlich hat sie fest vorgehabt, Nikolai auf die Akademie hin anzusprechen, immerhin ist die Leiterin Karina seine Schwester, aber wenn sich immer neugierige Ohren in seiner Nähe tummeln, *non sia mai*. Das Layout der Website gefällt ihr, weil es dezenter rüberkommt als andere. Du bestimmst jederzeit selbst, wieweit du dich auf eine Übung einlassen willst, liest sie dort. Was soll das denn bitteschön heißen? Kommt es bei den Übungen denn direkt zum Sex oder was hat diese Bemerkung zu bedeuten? Großartige Vorstellung, wie alle kreuz und quer durch den Raum tanzen und langsam aber sicher ihre Kleider ablegen! *Madre di Dio!* Die Blicke wandern hin und her und alle sind ganz frei, noch freier als in der Sauna, und man traut sich auch noch hinzuschauen. Ein lustvolles Schaudern läuft ihr über den Rücken, doch im Bauch krampft sich etwas zusammen.

Nach einer Weile führt ihre Recherche sie zur Tantramassage. Wieder wird davor gewarnt, auf plumpe Angebote hereinzufallen. Die meisten bieten ihre Dienste exklusiv für Männer an, manche aber auch speziell für Frauen. *Die sexuelle Anatomie der Frau wird sogar in der modernen Sexualwissenschaft weitgehend missverstanden. Die Klitoris ist kein kleiner Penis, sondern reicht tief in die*

Vagina hinein. Viele Frauen sind jedoch durch alte Verletzungen oder groben Sex so empfindungslos geworden, dass sie innen kaum etwas fühlen. Ein leises Zucken meldet sich zwischen ihren Schenkeln, mit verhaltenem Atem liest sie weiter. *Durch eine Yonimassage werden verschüttete Gefühle wieder hervorgelockt und nie geahnte Dimensionen weiblicher Lust werden jeder Frau zugänglich.*

Hm, ein bisschen vollmundig klingt das schon, aber ... interessant. Doch nie im Leben würde sie zu einem wildfremden Mann gehen und sich gegen Geld im Intimbereich berühren lassen. *Per amor di Dio!* Aber auch nicht von einer Frau. Sie erinnert sich, wie Maria sie berührt hat. Wenn Maria ihre Perle zusammen mit dem Eingang der Vagina stimulierte, wurde sie manchmal unglaublich geil und kam sogar mehrmals hintereinander. Aber auch bei Maria konnte sie sich oft nicht gehen lassen. Manchmal war die Stimulation viel zu direkt und die Lust verschwand von einem auf den anderen Moment, als hätte jemand einen Schalter umgelegt. Das wäre bei einer professionellen Massage bestimmt noch viel schlimmer. Sex ohne Nähe und Vertrauen ist einfach nicht ihr Ding.

Sie seufzt. *Ich brauche für Tantra eben doch einen Partner.* Seufzend gibt sie *Partnersuche* in die Suchmaschine ein und sofort beim ersten Link lächelt ihr – natürlich! – ein glückliches Paar entgegen, das verkündet: *Es ist wie ein Märchen. Wir möchten uns bei Pasu bedanken, denn ohne Pasu hätten wir uns nie im Leben gefunden.*

Da soll man nicht bitter werden! Sie klickt auf die Anmeldeseite und wird über die Gebühren aufgeklärt. Muss man heutzutage immer erst eine Stange Geld in die Hand nehmen, bevor man ein befriedigendes Liebesleben führen kann? Wieso kann man nicht einfach so jemanden kennenlernen? Jemanden wie Alex, kommentiert eine gehässige innere Stimme postwendend, der dann noch nicht mal auf deine E-Mails antwortet! Jetzt reichts. Sie fährt mit der Maus auf den Ausschaltbutton, aber ... Halt! Bevor sie den Computer runterfährt, kann sie ja nochmal kurz checken. Ups. Ihr Herzschlag verdoppelt sich innerhalb von Sekunden.

From: Alex Schwaizer!

Jetzt bloß nicht zu viel erwarten. Sie klickt die Mail an und … oje, das sieht wirklich dünn aus!

Liebe Karoline,

ich habe mich sehr über deine E-Mail gefreut. Du hast mich ziemlich überrascht. Danke auch für die Entschuldigung. Ich hätte mich bestimmt nicht so bald wieder gemeldet, aber jetzt bin ich gespannt, was du mir noch mitteilen möchtest.

Herzliche Grüße

Alex

Hm, das ist wirklich kurz. Hat sie mehr erwartet? *Certo che sì!* Aber sie hat ihn nicht darum gebeten. Genau genommen hat sie sich mit ihrer eigenen Mail den schnöden Dreizeiler selbst eingebrockt hat. Sie hat nur um ein kurzes Okay gebeten. Verglichen damit ist seine Ansage ja geradezu von epischer Breite. Voller Ungeduld öffnet sie ein neues Mailfenster.

Lieber Alex,

danke, dass du geantwortet hast. Ich hatte schon begonnen mich bei pasu.de umzuschauen …

Löschtaste. Nochmal von vorn.

Lieber Alex,

danke, dass du geantwortet hast. Mein Abgang neulich bei Paolo war ein melodramatischer Schmarrn. Wenn ich so was im Fernsehen sehe, schalte ich sofort ab. Du hast mich beim Lügen erwischt und das war mir so peinlich, dass ich es im ersten Moment nicht wahrhaben wollte. Weißt du was? Ich habe mich abgemeldet, weil Du angemeldet warst! Ich weiß, das war dumm. Kleinmädchenhaft. Albern.

Aber jetzt ist es raus.

Denke darüber, wie du willst, aber denke nicht, dass ich Spielchen mit dir spiele. Ich suche nämlich tatsächlich einen Partner, im Ernst. Ich hatte wohl im Stillen gedacht, du könntest derjenige sein, welcher … Da wollte ich mich lieber erst mal alleine »fortbilden«, bevor ich dir privat begegne. Um dich von Anfang an als Liebesgöttin zu umgarnen, der du niemals würdest widerstehen können. Stattdessen habe ich mich aufgeführt wir eine Zicke, nun ja, das weißt du ja selbst …

Karoline liest den Entwurf nochmal durch. Nein, das klingt schrecklich. So geht das nicht. Nichts kann Männer mehr abtörnen als eine Frau, die sich anbiedert.

Es dauert noch bis weit nach Mitternacht, bis sie endlich eine Fassung erstellt hat, die sie - vielleicht - tatsächlich abschicken kann.

18

Er gibt *Liebestempel* ein und klickt auf Return. Ganz oben auf der Liste erscheint *Khajuraho*, Indien, dann ein Edelbordell in Berlin und eine Feng-Shui Anleitung fürs Schlafzimmer. Verdammte Hacke, es muss doch herauszufinden sein, was es mit diesem Plagiatsscheiß auf sich hat. Das Telefonat mit Carsten liegt Alex im Magen. Morgen muss er mit seinem Chef sprechen, er hat es versprochen. Was könnte er denn noch eingeben? *Dominanzspiele.* Mehr als fünfzigtausend Einträge. *In einem Rollenspiel wendet der Dom physische oder psychische Praktiken an, um sowohl sich selbst als auch dem unterworfenen Partner Lust zu bereiten.*

So kommt er nicht weiter. Als Alex wenig später mit der dampfenden Teetasse widerstrebend an den Schreibtisch zurückkehrt, gibt er *Tempel der Himmelsrichtungen* ein. Diesmal nur drei Einträge, aber wieder nichts Relevantes. Cheops Pyramide in Ägypten, Angkor Wat in Kambodscha und auf Platz drei *erosclub.de.* Doch da steht nichts von einem Tempel. Bestimmt wieder ein Puff. Ein Klick auf den Link und schon öffnet sich eine Website in Schwarz- und Rottönen, mit anspruchsvollen erotischen Fotografien und Zeichnungen illustriert. Der weitere Zutritt ist registrierten Mitgliedern vorbehalten.

Was solls, dann werde ich eben Mitglied. Zum Glück kostet es nichts, außer Nerven, wie sich immer deutlicher herausstellt. Eine ellenlange Liste von Formalitäten ist zu erledigen, dann kann er sich endlich einloggen. Er starrt gebannt auf das Display und sein Herzschlag beschleunigt sich wie auf einer Achterbahn vor der großen Abfahrt. Wahnsinn! Als Headline blinkt ihm *Tempel der Himmelsrichtungen* entgegen! Aber klar, bevor er diesem Link folgen kann, muss er weitere Hindernisse überwinden – als wolle er sich ins Pentagon einhacken. Dann ist noch eine Ehrenerklärung abzugeben: Alle Inhalte des Forums sind urheberrechtlich geschützt und auch die mündliche Weitergabe von Informationen aus dem Forum ist strikt untersagt. Schnell klickt er auf *Ich stimme zu*, obwohl er sich insgeheim fragt, wie die das überhaupt kontrollieren wollen. Egal, er will vor allem endlich wissen, was in diesem Forum über den Tempel geschrieben steht.

Dann ist er drin. Wow! In einem mehrstöckigen, pagodenartigen Gebäude finden sich verschiedene Fenster und Türen, die man wiederum durch Anklicken öffnen kann. Jede trägt eine eigene Aufschrift: *Die Spiritualität des Körpers * Die Kunst der Verführung * Ecstatic und Slow Sex * Queere Identität: Frauen, Männer und mehr * Mythos und Symbolik der Himmelsrichtungen …*

Verdammte Axt! Gibt es den Tempel tatsächlich? Alex ist elektrisiert, er fräst sich in einen Text hinein, nur um kurz darauf zum nächsten Stichwort zu springen. *Sex als Spielkunst * Die Poesie von BDSM * Tantra * TDH-Trainings * Investors Lounge …* die Vielzahl spannender Themen und Beiträge droht ihn zu überschwemmen. Eine höchst lebendige virtuelle Community! Er liest mal hier und mal dort hinein. Bei *Liebesdienste und heilige Huren* scheiden offenbar sich die Geister, naja, kein Wunder. Wie ein ahnungsloses Insekt bleibt Alex im Netz der Schwarzen Witwe hängen.

> So etwas können sich nur Männer ausdenken!!! Ein sexuelles Schlaraffenland ohne jede Bindung und Verantwortung. Was soll das sein, eine heilige Hure??? Soll die etwa auf Bezahlung verzichten, für den guten Zweck? Seid ihr Männer jetzt total durchgeknallt? Ich bin echt nicht prüde und ich finde einen Tempel, in dem unsere natürliche und gottgegebene Sexualität endlich geheiligt wird, eine megakrasse Idee. Aber was hat Prostitution darin zu suchen? Spiritualität und sexuelle Kommerzialisierung, das geht echt nicht zusammen! Ich kann nur hoffen, dass sich keine Frau dafür hergibt. *wunderweib*

@wunderweib
Heilige Huren haben mit Kommerz nichts zu tun. Lies mal in alten Berichten über matriarchale Kulturen, da galt es als ehrenvolle Aufgabe, wenn Frauen in sexuellen Riten den Göttinnen der Fruchtbarkeit dienten. Es hat nichts mit dem Schmutz zu tun, der heute der Prostitution anhaftetet. Man darf das Projekt nicht durch die Brille der patriarchalen Verzerrungen sehen, unter denen wir doch alle, Frauen wie Männer leiden. Also bitte nicht vorschnell urteilen! *6magier*
@sexmagier
Mann, Mann, Mann! Du bist ein Mann, du wirst wahrscheinlich kaum nachvollziehen können, dass Frauen nicht einfach aus Tausenden von Jahren sexueller Unterdrückung aussteigen können, so als wenn nichts gewesen wäre, nur um dann gleich wieder den Männern sexuell zu Diensten zu sein. Mag ja sein, dass das im Matriarchat möglich war, wobei ich da auch so meine Zweifel habe. Aber jetzt steht doch wohl erst mal was anderes an. Wie wäre es denn, wenn in diesem Tempel Männer den Frauen zu Diensten wären, für einen höheren Zweck, versteht sich? *wunderweib*
@wunderweib
Warum können Männer nicht zugleich intelligent und attraktiv sein? Dann wären es ja Frauen! LOL Also sieht nicht gut aus, dass Männer Frauen zu Diensten sein können. *ophelia*

Jetzt muss er aber doch … Alex klickt auf *antworten*, aber sofort erscheint eine Meldung, dass er dazu nicht berechtigt sei, dafür müsste er einen Premiumzugang beantragen und der kostet … *Vergiss es!* Er klickt zurück und liest gespannt weiter.

@wunderweib
Du scheinst nicht auf dem Laufenden zu sein, wunderweib. Auch männliche Liebesdiener gehören zum

Konzept des Tempels, also wozu die ganze Aufregung? Das ganze Projekt ist doch dazu da, den Geschlechterkampf zu überwinden und nicht neu aufzulegen. Eure Diskussion ist die von gestern. *marco*

@marco

Allein, mir fehlt der Glaube! Wahrscheinlich kommt dann auf 50 weibliche Huren eine männliche. Und warum meldet sich hier nicht mal eine Frau zu Wort, die tatsächlich als heilige Hure dienen möchte? *wunderweib*

@alle

Mein Body ist heilig, Sex ist heilig, das Leben ist heilig, gibt es etwas Heiligeres, als allem mit allem zu dienen? Ich finde die Vorstellung ekstatisch. Ich will in das bedingungslose Dienen initiiert werden!!! *tefnut*

@wunderweib

Schon mal was von *Waves of Joy* gehört? Da werden seit Jahren Frauen in die Mysterien der Weiblichkeit eingeführt. Ich habe mich noch nicht dorthin getraut, aber meine beste Freundin war dort und sie spielt ernsthaft mit dem Gedanken, sich für den Tempel zu bewerben. Sie sagt, es gebe für eine Frau nichts Beglückenderes, als einen Mann nach allen Regeln der Kunst in Ekstase zu versetzen und sich dabei selbst vollkommen hinzugeben. Allerdings sei dazu eine langjährige Ausbildung nötig, denn die meisten Frauen seien gewohnt, sich selbst zu missachten, wenn sie einem Mann dienen. Das frustriert und verletzt letztlich aber nicht nur sie selbst, sondern auch den Mann, dem niemals das Geschenk zuteilwird, mit seinem Zauberstab tief in einer Frau anzukommen. *joy2love*

Genial! joy2love spricht ihm aus der Seele. Aber gibt es wirklich Frauen, die zu dieser Art Hingabe in der Lage sind? Oder ist das doch nur wieder eine typische Männerphantasie, die Frauen zu Dienerinnen degradiert? Es ist frustrierend, dass hier im Forum solche Kämpfe ausgetragen werden. Kennt er zur Genüge. Karoline! Wie freizügig ist sie ihm in der Kanzlei erschienen und wie deprimiert war er nach dem Tête à Tête im Restaurant. Ist das Objekt seiner Sehnsucht eine Fata Morgana? Jedenfalls verschwindet es immer, sobald man ihm näherkommt.

Er klickt auf weitere Beiträge, verharrt immer mal wieder und kommt ins Grübeln. Ist Liebe ohne Bindung überhaupt möglich? Ein solcher Tempel setzt das doch voraus, meinen die einen, die anderen halten dagegen, dass es ganz neue Formen von Bindung geben könnte.

Noch spannender wird es in dem Thread zu den einzelnen Himmelsrichtungen. Von romantischen Liebeszimmern bis zu Folterkellern … es gibt nichts, was es hier nicht gibt. Im kühlen Norden erhält jeder Besucher - und jede Besucherin! - eine Einweihung in die Regeln des Tempels und wird dazu animiert, die eigenen Vorlieben zu erkennen und zu bekunden. Im sinnlichen Westen ist von einer riesigen Wanne die Rede, in der eingeölte Körper über- und untereinander hindurchflutschen. Im Süden soll eine erotische Spielwiese dazu einladen, in aller Unschuld Doktorspiele nachzuholen oder neue zu erfinden. Im Osten wird es feinstofflich. Hier kann man auf rein energetische Weise Sex haben, nur durch Chakra-Atmen und minimale Bewegungen, die die Körper subtil aufeinander einstimmen. Hm. Karina hat auch mal davon gesprochen, dass Sex ganz ohne Berührung möglich sei. Möglich vielleicht schon, denkt Alex, aber warum sollte man das wollen?

Die Ideen für den Tempel scheinen unerschöpflich, Alex Gedanken und Gefühle, Lust, Erregung, Staunen, Ekel, Begeisterung, Bedenken, alles schwirrt in wilder Eintracht wüst durcheinander. Solche Events können leicht mal entgleisen! Wie soll für nötigen Schutz gesorgt werden? Andere Welten sind das, unendliche Weiten, unabsehbare Tiefen … seine Wangen glühen.

Den heiligen Huren kommt eine erstaunlich zentrale Bedeutung zu. Aber wie in aller Welt soll das konkret ablaufen?

Nach und nach wird ihm klar, dass es das Projekt noch nicht gibt, die Planungen aber schon recht weit fortgeschritten sind. Das Forum dient anscheinend als eine Art Testballon und es werden bereits Investoren angeworben, sie suchen nach passendem Personal und manche Anwärter befinden sich anscheinend schon in Ausbildung. In einem Thread wird diskutiert, welche Qualifikation eine heilige Hure mitbringen müsse. Werden Mann oder Frau immer nur für eine oder höchstens zwei Himmelsrichtungen ausgebildet? Welche kämen wohl für ihn in Frage? Alle Dimensionen der Sexualität kann kein Mensch allein abdecken, heißt es. Aha. Warum eigentlich nicht? Wie auch immer, das Projekt sprengt alles jemals Dagewesene.

Langsam wird er müde, genau genommen ist er vollkommen fertig, doch als er gerade den Rechner runterfahren will, kommt ihm wieder in den Sinn, nach was er eigentlich suchen wollte. Carsten! Das Plagiat! Er lehnt sich zurück und schließt die Augen. Tatsächlich erinnert einiges hier an Carstens Roman. Er hat das alles für Carstens rege erotische Fantasie gehalten und wäre nie im Leben auf die Idee gekommen, dass es einen realen Hintergrund haben könnte. Wer steckt dahinter? Ein ominöser Mister X? Hat der vielleicht Dallmann unter Druck gesetzt, den Vertrag mit Carsten zu kündigen? Ist Dominik Mister X? Kennt Carsten ihn vielleicht sogar?

Das macht alles keinen Sinn. Wenn dem so wäre, wüsste Carsten doch selbst am besten, woher der Wind weht. Aber wodurch haben diese Tempelritter von dem Manuskript erfahren? Dallmann muss da irgendwie mit drinhängen. Je länger Alex nachdenkt, desto mehr Fragen tauchen auf, sie nehmen sogar exponentiell zu. Ihm rauscht der Kopf.

Erst auf dem Klo fällt ihm Karoline wieder ein und dass er noch keine Antwort von ihr hat. Der Kontakt mit ihr erscheint ihm jetzt wie aus einer anderen Welt, obwohl sie sich doch wegen genau dieses Manuskriptes kennengelernt haben. Soll er ihr von seinen Entdeckungen berichten? Was sie wohl davon hält? Oder hat sie vielleicht selbst schon in diese Richtung recherchiert? Karoline als heilige Hure … Alex betätigt die Spülung. Sie würde ihn umbringen, wenn sie seine Gedanken lesen könnte.

Er wird erst mal selbst weiter forschen, was es mit diesem Tempel auf sich hat. Vielleicht sollte er sich selbst als heilige Hure bewerben? Er kichert in sich hinein. Wie nennt man das bei einem Mann? Callboy? Dressman? Passt ja wohl gar nicht. Liebesdiener? Klingt schon besser. *Aber wäre ich dafür überhaupt geeignet?* Oder schon zu alt? Er würde mit jeder Frau Sex haben müssen, die seine Dienste in Anspruch nehmen will, und sei sie auch noch so alt? Dick? Stinkend? Hässlich?

Nein, an so etwas will er jetzt nicht denken. So läuft das nicht, nicht in so einem Tempel. Man wird doch wohl wählen können, mit wem man schläft, oder etwa nicht? Das wäre echt das Paradies, von dem er immer geträumt hat. Sex bekäme endlich den Platz, den er verdient: ein göttliches, unbeschreiblich wunderbares Geschenk, das die Menschheit endlich entsprechend würdigen und zelebrieren würde.

Halt, ganz ruhig! Irgendwo muss doch ein Impressum stehen, aus der ganz realen Welt. Aber da ist nichts. Auch nach intensivem Suchen findet er nichts, wo man sich bewerben kann oder auch nur Näheres über die Modalitäten erfährt. Er stellt eine Anfrage ins Forum. Hoffentlich antwortet bis morgen jemand. Für heute reichts – es ist drei Uhr, er muss unbedingt ins Bett.

Doch an Schlaf ist lange nicht zu denken. Vielleicht würde es helfen, sich einen runterzuholen. Eigentlich mag er das so auf die Schnelle überhaupt nicht mehr, fühlt sich hohl an, vor allem danach. Aber er würde sicher besser einschlafen. Obwohl sein Kopf von erotischen Bildern überquillt, zeigen sein Körper und speziell sein Schwanz keinerlei Bereitschaft, auf sein Vorhaben einzusteigen. Also lässt er es bleiben und gleitet schließlich doch fast unbemerkt ins Land der Träume, in dem erotische Tempel längst selbstverständlich sind.

Sein Schädel brummt, nach der kurzen Nacht fühlt er sich zerschlagen, trotzdem führt ihn sein erster Gang an den PC und er loggt sich direkt beim Erosclub ein. Keine Antwort auf seine Anfrage, Mist. Er gähnt und streckt seine Glieder. Naja, wer würde auch mitten in der Nacht auf so eine banale Frage antworten? Eine warme Dusche wäre jetzt gut. Danach wird er sich Gedanken machen, wie er weiter vorgeht. Immerhin braucht er noch ein paar Infos, bevor er seinen Chef zur Rede stellen kann. Routinemäßig klickt er auf den Empfangs-Button seines E-Mail-Programms.

Sie haben drei neue Nachrichten. Ups. Eine Nachricht von Karoline! Er hat sie tatsächlich vollkommen vergessen, unglaublich. Allerdings … wenn er ihr von seinen Recherchen und Fantasien erzählt, wird sie bestimmt sowieso nichts mehr von ihm wissen wollen. Wäre es nicht ehrlicher, den Kontakt gleich abzubrechen? Ist er etwa schon wieder dabei, in eine Art Doppelleben hineinzurutschen? Seine Gedanken verknoten sich wie verschlissene Schnürsenkel. Aber die E-Mail kann er ja trotzdem lesen. Dann wird er ihr schreiben, dass es keinen Sinn hat, sich nochmal zu treffen. Keine Halbheiten mehr.

From: Karoline Dittmer

Lieber Alex,

ich habe mich gefreut, dass du geantwortet hast. Im Restaurant ist einiges schiefgelaufen. Können wir das hinter uns lassen und einen weiteren Versuch starten?

Falls ja, hätte ich eine Idee, eine ziemlich verwegene, muss ich zugeben. Ich hoffe sie gefällt dir so gut wie mir, auch wenn ich dabei ehrlich gesagt ziemlich Herzklopfen habe.

Ich will jetzt doch einen Tantrakurs besuchen, im Institut Leela, und zwar möglichst bald. Wie sieht es aus? Bist du dabei?

Du weißt ja, eigentlich sind wir ganz anders ;-)

Herzlich Karoline

Jetzt muss er sich erst mal setzen. Was für eine Achterbahn. Vielleicht hat er sich doch nicht getäuscht in ihr. Wie sie die Passage mit dem Pflaumendildo vorgetragen hat … Aber dann dieser Eiertanz im Restaurant und ihr dramatischer Abgang. Im Grunde haben sie schon alle Phasen einer Liebesbeziehung hinter sich, bevor es überhaupt begonnen hat.

Soll er sich nochmal auf sie einlassen? Wenn ihr der Sex nicht genauso wichtig ist wie ihm, wenn erotische Fantasien sie eher in die Flucht als in ihren Bann schlagen, was soll das bringen? Andererseits zeugt ihr Vorschlag echt von Mut. Mehr noch ihre Entschuldigung … und … hat sie das wirklich geschrieben? Dass sie eigentlich ganz anders ist?

Hat sie. Aber wie? Realität von Fiktion unterscheiden zu können, darin sollte er Profi sein. Wenn es sich um einen Roman handeln würde, wüsste er genau, wie es weiter gehen müsste.

Er wippt auf dem Stuhl hin und her, bis er fast umfällt, sein Bein donnert gegen das Tischbein. Er hält sich das Knie, bis der Schmerz nachlässt. Okay. Der Kurs verpflichtet ja zu nichts. Er wird mit Frau Dr. Karoline Dittmer einen Tantrakurs besuchen. Hammer! Eigentlich ist die Idee richtig genial.

Alles Weitere wird sich finden. Wenn sie ihn wieder nervt oder auf Abstand hält … es gibt ja noch andere Frauen dort. Wenn sie aber wirklich ganz anders ist … vergessen ist der müde Kopf, Alex vibriert vor Energie. Kein Doppelleben mehr, keine faulen Kompromisse. Schon gar nicht im Namen der Liebe.

Alex eilt an den Rechner zurück. *Königin und Diener* heißt der nächste Kurs bei Leela. Wenn das mal kein Omen ist.

Er könnte sie nun doch in die Tempelrecherche einweihen. Nein, keine gute Idee, ist ja auch kaum mehr als ein Hirngespinst. Vielleicht später. Wenn er sie erst mal hat spüren lassen, was er zu bieten hat. Er wird sie so geil machen, dass sie fortan nach seinen Liebesdiensten lechzt. *Was bin ich doch für ein verdammter Macho!* Trotzdem macht es ihm tierisch Spaß, sich haarklein auszumalen, wie sie ihm verfällt. Eine leise Stimme warnt ihn vor allzu großen Erwartungen; er verscheucht sie, so gut es geht. Die Enttäuschung - wenn es denn so sein soll - kommt auch ohne besonderes Zutun. Wie ihre Augen wohl aussehen, kurz bevor sie kommt? Ihre wild entgleisten Gesichtszüge, wenn er sie noch ein wenig hinhält? Und noch ein wenig …

Er lacht vor sich hin. Pfeifend begibt er sich ins Bad, zieht sich aus und stellt sich unter den kräftigen, heißen Strahl …

19

In eben dem Moment, als sie auf die Straße tritt, fängt es an zu regnen. Mist! Natürlich ist ausgerechnet heute der Wagen in der Werkstatt, aber vielleicht tut es ja gut, sich per pedes abzureagieren. Ihr Herz klopft immer noch wie verrückt vor Zorn: Sechs Monate nach Hamburg, der Typ hat sie ja nicht mehr alle. Und ihr auch noch so die Pistole auf die Brust zu setzen. Er hat es nicht direkt gesagt, aber zwischen den Zeilen ist rübergekommen: Wenn sie sich weigert, kann sie auch gleich kündigen. *Frau Dr. Dittmer, Sie wissen genau, dass wir Sie als Mitarbeiterin sehr schätzen, aber um wirklich erfolgreich zu sein, muss man sich heutzutage ständig weiterbilden und spezialisieren.* Sie könnte kotzen. Obwohl, eigentlich ist es unwahrscheinlich, dass er sie wirklich gleich entlässt, eher bekommt sie nur noch die langweiligen Mandate zugeschoben und ihre Aufstiegschancen sinken gen null. Jetzt schüttet es auch noch. Die Jacke bis über die Ohren gezogen läuft sie weiter, bleibt an einer Bushaltestelle kurz stehen, aber es sieht nicht so aus, als wenn der Regen bald aufhört. Also weiter, wenn sie sich beeilt … so weit ist es ja nicht nach Hause. Nur den Hang rauf, dabei wird ihr zumindest wärmer.

Sie geht noch etwas schneller, doch ihr Handy bringt sie aus dem Takt. Blöd, wer ist das denn und wo ist das Ding überhaupt? Bastian! »Ja? Was gibts?«

»Du hast ja eine Laune! Ist etwas passiert?«, fragt ihr Bruder besorgt. »Soll ich …«

»Ja, ist es! Und nein, du sollst gar nichts!«, gibt sie barsch zurück. *Cazzo!* Sie benutzt ihn schon wieder als Blitzableiter. Und wenn schon, als Profi muss er damit umgehen können, hat er neulich selbst gesagt.

»Ist es wegen ...«, Bastian zögert einen Moment, aber sie weiß schon, was jetzt kommt. »Es ist wegen Alex, oder? So heißt er doch, gell?«

»Nein, es hat nichts mit Alex zu tun. Berger spinnt. Er will mich nach Hamburg verfrachten; und zwar am liebsten schon gestern.«

Ha, es ist nicht wegen Alex? Wer soll ihr das abkaufen? Sie kann nicht mit ihm am Workshop teilnehmen und es macht sie ganz krank, sich stattdessen in Hamburg die Wohnung anschauen zu müssen, die Berger für sie an Land gezogen hat. Länger als bis zum Wochenende könne er die nicht zurückhalten, hat er behauptet und kommt sich dabei wohl noch besonders gewissenhaft vor. *Che stronzo!*

»Nach Hamburg?«, fragt Bastian verdattert.

Seine Fürsorge ist lieb gemeint, aber wenn sie weiter mit ihm spricht, lässt sie garantiert ihre Scheißlaune an ihm aus. Diesmal nicht. »Ich kann dich nicht verstehen. Hörst du mich?«, krächzt sie in ihr Smartphone, dann klickt sie das Gespräch einfach weg. Sie kann jetzt keine Mitleidsbekundungen und guten Tipps ertragen.

»Kannst du nicht aufpassen?«, brüllt plötzlich ein Radfahrer direkt neben ihr. Erschrocken schaut sie sich um. Sie ist auf den Fahrradweg geraten und um ein Haar hätte es den Radfahrer bei seiner Vollbremsung umgelegt. »Sorry!«, murmelt sie ihm benommen hinterher, als der Typ längst wieder wütend in die Pedale tritt. Was für ein Glück, dass sie nicht im Wagen sitzt. Sie ist absolut verkehrsuntüchtig.

Eine halbe Stunde später liegt Karoline matt auf ihrem Sofa und starrt missmutig die Decke an. Warum ausgerechnet jetzt? Warum ausgerechnet dieser Steuerberaterlehrgang? Ja, sie hat Berger mehrfach darauf angesprochen, dass sie sich gerne verändern würde. Als er den Steuerberater ins Spiel brachte, hat sie nicht wirklich widersprochen und die Idee mit Mediation hat sie ihm auch nur in ihrer Fantasie vorgetragen. Sie ballt die Hände und beißt die Zähne zusammen. Wie dumm kann man eigentlich sein? Warum hat sie ihm nicht gleich klargemacht, dass Steuerfuzzi überhaupt nicht in Frage kommt? Sie will nicht noch mehr mit diesem Finanzscheiß zu tun haben, das stinkt doch alles zum Himmel.

Freddy sieht das ganz anders, er hat ihr sogar gut zugeredet. Ist doch super, hört sie ihn dozieren, die Partei braucht Steuerexperten. Das ist ein Zukunftsthema, das müssen wir besetzen, denk doch mal nach, egal um welches Politikfeld es geht, am Ende dreht sich immer alles ums Geld. Du hast dich oft genug über das deutsche Steuerrecht aufgeregt. Da hat er allerdings recht. Wenn du dich da reinhängst und gute Konzepte bringst, steht deiner Parteikarriere nichts mehr im Wege! Als wenn es ihr jemals um Karriere gegangen wäre. Oder vielleicht doch? Gibt es in einer Partei überhaupt irgendjemand ohne selbstsüchtige Hintergedanken? Ihr Mund wird plötzlich trocken, nein, nicht trocken, eher bitter.

Sie steht auf, greift nach der Flasche Rotwein, besinnt sich dann aber eines Besseren und setzt einen Tee auf. Johanneskraut, Balsam für die Nerven. *Ich muss mich irgendwie beruhigen und dann genau über alles nachdenken.*

Dieses Manuskript ist eine Zumutung. Alex stürmt in die Teeküche. Ist schon seine dritte Tasse Kaffee heute, aber besser konzentrieren kann er sich trotzdem nicht. Es ist einfach zu viel los und dann noch das. Er muss baldmöglichst eine Wohnung finden, hat Simone ihn per SMS wissen lassen. Kündigung per SMS! Gehts noch? Fast hätte er sie gar nicht bemerkt, wenn er nicht nach der SMS seines Vaters gesucht hätte. Der muss jetzt leider warten. Rasch eine Wohnung zu finden, ist in Freiburg weniger wahrscheinlich als ein Lottogewinn. Und dann auch noch Finn! Es gibt schon wieder Ärger in der Schule, diesmal ist er mit Gras erwischt worden. Sein Sohn behauptet, er habe nur mal an einem Joint gezogen, aber sein Klassenlehrer besteht auf einem Gespräch mit den Eltern, ausdrücklich auch mit dem Vater.

Glaubt der etwa, dass er Finn auf diese Spur gebracht hat? Wahnsinn! Aber wenn das so weitergeht: Warum nicht wirklich mal einen Joint durchziehen?

Und die Stimmung im Verlag … *angespannt* wäre ein lupenreiner Euphemismus. Kollegin Rancic hat ihm heute Morgen unter vier Augen angedeutet, dass sie sich nach etwas anderem umsehen wird. Kann er verstehen, täte er am liebsten auch, aber das ist jetzt einfach kein guter Zeitpunkt, gar nicht. Außerdem: Auf eine offene Lektoratsstelle kommen zig Bewerbungen. So einfach geht das nicht. »Verd…, jetzt hat er sich auch noch die Zunge verbrannt!« Fluchend spuckt er den Kaffee vor sich aus, wischt die Pfütze auf und kehrt in sein Büro zurück. Immerhin ein schöner, lichtdurchfluteter Arbeitsplatz. Sogar bei Nieselwetter ist es hell. Hellgrau.

Das Manuskript, das aufgeschlagen auf dem Schreibtisch liegt, starrt ihn vorwurfsvoll an. Er kommt einfach nicht weiter. Dabei muss das Gutachten bis morgen fertig sein. *Für die Liebe sterben* heißt der Arbeitstitel. Dallmann hat es ihm mal wieder aufs Auge gedrückt, ohne vorher zu fragen. Dieses Machwerk spottet jeder Beschreibung. Soll ein Psychothriller sein, aber das Gruseligste an diesem Text ist die Sprache des Autors. Da kann ein Lektorat nicht mehr viel retten. Er kann es schließlich nicht komplett neu schreiben.

Die Grundidee ist gar nicht mal so schlecht. Marvin, ein schüchterner Börsenmakler, der in der Finanzkrise seinen Job verloren hat, will es allen zeigen und bildet sich ein, die ultimative Geschäftsidee entwickelt zu haben. Wofür sind Menschen bereit, alles zu tun? Für Liebe, für Sex und für Geld! Wenn man also Geld verdienen, viel Geld verdienen will, muss man den Menschen Liebe und Sex verkaufen. Naja, *Sex sells* ist auch nicht gerade neu, aber einige von Marvins Ideen sind durchaus originell. Natürlich schreckt sein Täter vor nichts zurück, per versteckter Kamera filmt er liebeshungrige Frauen in ihren eigenen vier Wänden und lockt sie dann auf perfideste Weise in einen Hinterhalt.

Aber die Sprache! Der Typ hat weniger als gar kein Talent! Welcher Teufel hat Dallmann geritten, ihm gleich einen Vertrag in Aussicht zu stellen? Noch dazu einem Debütanten! Das tut er doch sonst nicht. Komisch. Es geschehen einfach komische Dinge in diesem Laden.

Er legt das Manuskript beiseite und schließt seine Augen. Noch zwei Tage! Königin und Diener. Warum heißt der Workshop eigentlich nicht König und Dienerin? Egal. Sein Herz schlägt ein bisschen schneller. Ein sinnliches Ritual mit Karoline … sie wird ihm nicht mehr so leicht ausweichen können. *Und wenn sie mich erst mal hautnah spürt, wird sie das auch nicht mehr wollen.*

Nebenan hört er Dallmanns tiefe Stimme. Sein Chef telefoniert. Er muss unbedingt mit ihm sprechen, wegen Carsten und auch über dieses neue Manuskript. Aber was soll er ihm sagen? Dass ihm hier im Verlag einiges komisch vorkommt? Dass die einsamen und undurchsichtigen Entscheidungen der Chefetage ihm langsam die Nase hochgehen? Kommen Sie, Herr Schwaizer, Sie haben sich bis heute nicht durch besonderes Interesse an der Programmplanung hervorgetan, oder täusche ich mich da, hört er ihn schon poltern. Das stimmt, geht ihn eigentlich auch nichts an. Aber sein Bauch sagt ihm … *Oh Mann! Mein Bauch! Ich denke schon wie eine Frau.*

Er lauscht. Dallmann hat das Telefonat anscheinend beendet. Jetzt! Alex gibt sich einen Ruck, eilt in den Flur und klopft an Dallmanns Tür. Keine Antwort. Er legt sein Ohr an die Tür, aber von drinnen ist nichts zu hören. *Soll ich einfach hineingehen?* Nein.

Er geht ins Nebenzimmer. »Frau Rancic, ist Dallmann …«

»Ja, tut mir leid«, sie fuchtelt wie wild mit ihren Händen herum, »ich weiß, sie müssen dringend mit ihm reden, aber ich konnte ihn nicht aufhalten. Keine Chance. Er ist gerade an mir vorbeigerauscht … Ich hatte wirklich keine Chance, ihm zu sagen …«

Alex holt tief Luft. »Schon gut.« Verdammte Katzenpisse, das kann doch nicht wahr sein. Jetzt muss er noch einen Tag länger an dieser unseligen Geschichte herumkauen.

Fix und fertig fühlt er sich, als zwei Stunden später die Wohnungstür hinter ihm ins Schloss fällt, aber zwei Telefonate muss er noch führen. Erst seine Mutter. Irgendwas stimmt nicht mit ihr, sie hat ihm noch nie eine SMS geschickt. Aber sie geht nicht dran.

Dann ruft er Simone an, auch das nicht ohne Herzklopfen.

»Schön, dass du zurückrufst«, meldet sie sich sogleich. Sie klingt weich, ja fast liebevoll. Was ist denn da los?

»Simone! Muss das wirklich sein? So schnell? Wann willst du mich denn raushaben? Ich meine, du weißt ja, der Wohnungsmarkt in Freiburg ...«

»Alex, ich kenne dich. Wenn ich dir keine Frist setze, bist du noch in drei Jahren drin. Also: In drei Monaten.« Sie sagt das völlig entspannt, als handele es sich um eine schlichte Tatsache.

Er schluckt. »Aber ... warum willst du denn, ich meine, willst du denn wieder einziehen? Für dich alleine ist das Haus doch viel zu groß!«

»Für dich etwa nicht? Und außerdem ... vielleicht will ich das Haus ja gar nicht für mich alleine«, fährt sie in geheimnisvollem Ton fort. Er spürt ein leichtes Ziehen in der Magengegend.

»Das muss ich jetzt nicht verstehen, oder?« Besonders gelassen hat das gerade nicht geklungen. Hat sie etwa einen Neuen? Nein, so schnell sicher nicht, passt nicht zu ihr. Eine Frauen-WG? Ein Pflegekind? Quatsch! Aber was dann?

»Alex, ich möchte das Haus verkaufen. Und ich werde es nur gut los, wenn es in absehbarer Zeit frei wird. Alles klar?«

»Also gut.« Das klingt gottseidank nicht nach neuer Liebe. Und auf einen Monat früher oder später kommt es dann sicher auch nicht an.

»Alex?«

»Ja?«

»Ich wollte dir einfach sagen, dass es mir gut geht. Du brauchst also nicht so herumzudrucksen.«

»Freut mich zu hören.« Ist doch schön, dass es ihr gut geht! Aber irgendetwas piekst ihn. »Und was lässt dich so jubilieren?«

»Ich werde mich auch beruflich verändern. Ich werde ein Kinderschutzprojekt aufziehen, es geht um Missbrauchs- und Gewaltprävention.«

»Wie schön für dich. Sonst noch was?«

»Alex, gewöhn dich an den Gedanken: Du konntest mich nicht glücklich machen, also kannst du mich auch nicht unglücklich machen.« Ihrem heiteren Tonfall nach zu urteilen, hätte er tatsächlich keine Chance.

»Alles klar. Wir sprechen uns. Ich muss Schluss machen.« Irgendwie geht ihm die Luft aus.

»Ciao Alex«, flötet sie noch, dann ist die Leitung tot.

Unschlüssig hält er noch eine Weile den Hörer in der Hand. Er fühlt sich leicht benommen, als wenn sein Kreislauf ... dann plötzlich weiß er es genau: Sie hat doch einen Neuen! Er spürt es einfach. Anders kann es gar nicht sein. Auch das noch.

Eigentlich hat er vorgehabt, weiter in Sachen Tempel zu recherchieren, aber irgendwie ist ihm die Lust vergangen. Wie in Trance treibt es ihn dennoch an den PC, auf eine der Seiten, die er sich gewöhnlich anschaut, wenn er zu nichts anderem mehr Lust hat.

Ein neuerliches Klingelzeichen reißt ihn aus seiner Webtrance. Karoline! Sie ruft an! Um diese Zeit! »Ja, hallo! Hier ist Alex. Was verschafft mir die Ehre?«

»Hier ist Karoline.« Sie klingt rau. Ist sie etwa ... betrunken?

Als sie nichts weiter sagt, wird er unruhig. »Ja, was gibts? Du klingst ... traurig.«

»Ja, bin ich auch, gelinde gesagt. Alex, ich muss für das Wochenende absagen. Ich muss nach Hamburg.«

Sein Kreislauf sackt so schnell ab wie der Fahrstuhl im Empire State Building. »Nein! Warum das denn?«

»Ich kann meinen Job vergessen, wenn ich mich weigere. Übernächste Woche solls losgehen und ich hab keine Ahnung, wo ich unterkommen soll, wenn ich diese Wohnung nicht nehme. Und sie ist nur bis zum Wochenende ...« Ihr Satz bricht einfach so ab. Sie scheint echt verzweifelt.

In Sekundenschnelle schaltet sein Gehirn auf Anarchie. Feuern! »Hey, du kannst so kurzfristig nicht einfach absagen. Die verlangen Stornokosten …«

»Scheiß auf das Geld«, erwidert sie tonlos.

Sofort bereut er, was er gesagt hat. Als wenn es ihm ums Geld ginge! »Aber, kannst du nicht vielleicht von hier aus, ich meine über das Internet, es gibt doch so Wohnungsportale. Oder du gehst einfach erst mal ins Hotel.«

»Alex, du verstehst nicht! Ich soll für ein halbes Jahr nach Hamburg. Meinst du, da habe ich den Kopf frei für Ringelpiez mit Anfassen?«

Es zieht ihm den Boden unter den Füßen weg. »So denkst du über Tantra?«

»Jetzt leg bitte nicht jedes Wort auf die Goldwaage. Es geht mir echt nicht gut.«

»Das merke ich.« Sein Magen lässt daran keinen Zweifel.

»Na immerhin.«

»Kann ich irgendetwas für dich tun?« Einfühlsamer kriegt er es nicht hin.

»Ja. Ich glaube schon.«

Pause. Soll er jetzt raten? Also gut: »Okay. Dann sage ich dir einfach mal was. Lass den Quatsch mit Hamburg und komme auf den Workshop. Alles andere wird sich finden.«

Weint sie? Es hört sich fast so an. »Danke. Ich werde drüber nachdenken.«

»Da nich für, sagt der Hamburger.«

Sie lacht leise. »Dein Humor ist echt gewöhnungsbedürftig, aber es tut gut zu hören, dass du wirklich mit mir dorthin willst.«

Uff! Alex spürt ihre Erleichterung. Und seine eigene. »Dann sehen wir uns am Freitag?«

»Alex, du gehst sowieso hin, oder?«

Was sollte ihn davon abhalten? Für einen kurzen Moment kommt ihm seine Mutter in den Sinn. »Hm, doch, ich glaube schon, aber … okay, überleg es dir. Ich würde mich einfach freuen, dich da zu sehen. Naja, ist ein klein wenig untertrieben. Du siehst, für hanseatischen Stolz musst du nicht nach Hamburg gehen, kannst dich auch bei mir dran erfreuen.«

Sie schnieft. »Danke, Alex. Du hast mir echt sehr geholfen, auch wenn ich noch nicht weiß … Ich melde mich, okay?

»Okay«, murmelt er vor sich hin.

Als sie aufgelegt hat, brüllt er aus vollem Halse. Dann wird er still. Wenn sie jetzt echt nicht mitkommt, dann … *Ja, was dann?* fragt eine fiese Stimme aus seinem Hinterkopf.

20

Zu viert hocken sie auf weinroten, verschlissenen Kissen am Boden und sollen sich darüber austauschen, was sie zu diesem Kurs geführt hat. »… meine Weiblichkeit wieder erwecken …«, »… zum Alltag gewinnen …«, »… Facetten an mir …«. Kaum etwas kommt wirklich bei ihr an. Karoline ist viel zu sehr bei Alex, der in einer anderen Kleingruppe hockt. Seine Begrüßung ist kühl gewesen, schmerzhaft kühl, fast als kenne er sie kaum. Was ja auch stimmt, versucht sie sich klar zu machen, aber ohne Erfolg. Sie hatte ihm ja versichert, er sei zu nichts verpflichtet: Wir schauen einfach, was sich ergibt und was nicht. Hat sie sich damit selbst verarscht? Sie hat zwar keine festen Erwartungen, aber dass sie sich ab und an begegnen, ist doch wohl selbstverständlich. Hinter ihrem Rücken hört sie sein Lachen und muss sich zusammenreißen. Bloß nicht ständig nach ihm schauen.

»Magst du auch etwas von dir erzählen?«

Uffa! Drei Augenpaare starren sie an, als würde sie als Zeugin vernommen. »Was?« Verdattert schnappt sie nach Luft.

»Wir würden gerne auch von dir etwas hören.« Eigentlich sieht er ganz freundlich aus, der Mann ihr gegenüber, trotz seiner markanten Nase und den weißen Haaren. Seine strahlend blauen Augen schenken ihr ein wohlwollendes Lächeln. So wie Freddy sie früher immer angeschaut hat.

»Ja, klar, sorry, ich war wohl etwas abwesend. Also, ich war noch nie bei so einem Kurs, nur beim Yoga, aber das ist ja was anderes. Ich wollte schon lange mal Tantra kennenlernen. Und jetzt bin ich hier.«

Warum schweigen die anderen und schauen sie weiter so unverwandt an? Was soll sie denn bitteschön noch sagen? Von

Alex erzählen? Bestimmt nicht, aber was dann? Dass sie Anwältin ist? Dass sie seit langem keinen Mann mehr hatte? »Ich habe in letzter Zeit viel gearbeitet und möchte an diesem Wochenende mal ausspannen. Mich verwöhnen lassen. Man gönnt sich ja sonst nichts.« Was für ein dummer Spruch. Und ihr Lachen klingt auch ziemlich hohl. Kein Wunder, dass niemand einstimmt. *Die müssen mich für eine komplett hohle Nuss halten.* Ihr Gegenüber Peter lächelt allerdings immer noch so freundlich, als wäre er die Güte selbst.

»Ich war noch nie bei so einem Seminar …« Karoline hält mitten im Satz inne und reibt sich die Augenbrauen. Hat sie das nicht gerade schon gesagt? »… ich muss zugeben, ich bin ziemlich aufgeregt … Wart ihr schon mal hier?«

Die Rothaarige links von ihr schaut irritiert drein und räuspert sich, sagt aber nichts.

Rechts sitzt ein älterer Herr, naja, ihr Vater könnte er nicht sein, aber fast. Auch von der Statur her, eher klein und gedrungen, Halbglatze. In belehrendem Tonfall hebt er an: »Tja, du scheinst nicht allzu gut zugehört zu haben. Wir haben bereits alle darüber gesprochen. Aber ich sage es dir auch gerne nochmal. Ich war schon oft hier und habe auch schon ein Training mitgemacht. Du brauchst keine Angst zu haben. Ist echt klasse hier. Die machen das echt gut.«

Er schaut sie mit festem Blick an. Warum fühlt sie sich plötzlich wie seine Patientin? Dann fährt er fort: »Mir ging es auch nicht anders. Au weia, als ich zum ersten Mal hier war, hätte ich mir fast in die Hose gemacht vor Angst.«

Der Typ geht ihr auf die Nerven, obwohl er es sicher gut meint. Die Rettung kommt durch die Zimbel, gefolgt von Karinas weicher Stimme: »Wir kommen jetzt im großen Sitzkreis zusammen.« Gottseidank! Gerade noch mal davongekommen.

Aber dann tritt Peter auf sie zu und fragt: »Darf ich dich einfach mal in den Arm nehmen, Karoline?« Sie ist so perplex, dass sie nur ein laues »Ja, klar!« herausbringt. Da drückt er sie auch schon mit seinen langen, schlaksigen Armen an seinen langen, schlaksigen Körper. Es fühlt sich überraschend gut an. Doch plötzlich bahnt sich ein Anflug von Trauer den Weg hoch zu ihrer Kehle und sie windet sich schnell aus der Umarmung. Jetzt noch in den Armen eines wildfremden Mannes zu weinen, wäre eindeutig zu viel. Peter lässt sofort los, aber sein »Schön, dass du da bist, Karoline!« treibt ihr nun doch die Tränen in die Augen. Ihn scheint das nicht im Mindesten zu irritieren. »Ist schon okay. Du musst nicht stark sein. Hier nicht! See you later.«

Soll das eine Drohung sein oder eine Verheißung? Sie wendet sich mit einem kurzen Nicken wortlos ab, setzt sich in den Kreis und schaut sich um. Alex sitzt genau ihr gegenüber und strahlt wie ein Honigkuchenpferd.

So ein Idiot. Merkt er denn nichts? Innerlich schrumpft sie immer weiter zusammen.

Das wird nichts mit Alex, das ist leider jetzt schon klar. Er bewegt sich hier wie ein Fisch im Wasser und sie selbst fühlt sich wie ein Eichhörnchen, das sich plötzlich nicht auf einem Ast, sondern auf einem Seerosenblatt wiederfindet, mitten auf einem großen Teich. Sie wird hier versauern oder ertrinken.

Oder schwimmen lernen!

Es tut gut zu hören, warum die anderen da sind. Mehr zu mir kommen, meine verschüttete Lust ausgraben, auf mein Herz hören, tiefe Begegnungen, in fast jeder Äußerung erkennt sie etwas von sich selbst wieder. Eine Frau Mitte vierzig outet sich sogar mit dem Wunsch, sich mal wieder richtig zu verlieben. Karoline würde lieber im Boden versinken, als so etwas vor versammelter Mannschaft zuzugeben, aber sie bewundert den Mut dieser Frau.

Als sie selbst an der Reihe ist, klopft ihr Herz wie wahnsinnig, schlimmer als vor Gericht, aber viel muss sie ja nicht sagen. »Ich habe keine Ahnung, was mich hier erwartet und versuche, keine Erwartungen zu haben. Aber ich habe Zweifel, ob mir das gelingen wird. Ehrlich gesagt, ich weiß auch gar nicht, ob ich das überhaupt will … Ich war schon einmal auf einem Meditationsretreat, aber das hier ist …« Dann versagt plötzlich ihre Stimme, Tränen steigen auf. Sie versucht krampfhaft sie runterzuschlucken. An den Retreat will sie schon gar nicht denken.

Sie geht ihm völlig aus dem Weg. Er muss aufpassen, dass er sich davon nicht runterziehen lässt. Wer weiß, ob es überhaupt mit ihm zu tun hat. Es geht Karoline nicht besonders gut, das ist offensichtlich. Vielleicht braucht sie einfach erst mal ihren Raum. Ich werde sie jedenfalls nicht bedrängen! Wie sie gestern Abend vor der ganzen Gruppe plötzlich geweint hat. Sie war wohl selbst am meisten überrascht und hat sich krampfhaft bemüht, ihre Gefühle wieder unter Kontrolle zu bekommen. Es hat ihn berührt, sie von ihrer tiefen Sehnsucht sprechen zu hören und sie so verletzlich zu sehen. Immerhin weiß er aus eigener, schmerzhafter Erfahrung, wie schwer man sich das Leben machen kann, indem man seine Gefühle zurückhält. Bilder vom letzten Seminar tauchen auf, als er kurz davor war, abzureisen; und wie sich das Blatt gedreht hat, weil er nicht vor seinen Gefühlen davongelaufen ist.

Seit der Begrüßung hat Karoline kaum Kontakt zu ihm aufgenommen, gerade mal ein kurzer Blick oder ein flüchtiges Hallo, dann ist sie wieder weg. Er wird sich damit abfinden müssen, wenn sie sich nicht näher auf ihn einlässt. Auf keinen Fall wird er um ihre Aufmerksamkeit betteln oder ihr womöglich hinterherrennen. Diese Lektion hat er gelernt.

Als er gar nicht mehr damit rechnet, taucht sie plötzlich wie aus dem Nichts vor ihm auf. »Suche dir einen Partner!«, hat es gerade geheißen – wortlos streckt sie ihm einladend ihre linke Hand entgegen.

»Du, ähem, möchtest mit mir …« stammelt er.

»Ja! Okay? Was dagegen?« Sie schaut ihn unverwandt an.

»Ja, ich meine Nein, nichts dagegen. Im Gegenteil!« Freudig nimmt er ihre Hand, die sich warm und prickelnd anfühlt. Es geht ihm durch und durch. Ups. Wenn das schon so abgeht, sobald er nur ihre Hand berührt …

Minuten später tanzt sie vor ihm. In ihren enganliegenden schwarzen Leggins und der hüftlangen Bluse – in orientalisch schillernden Rot- und Grüntönen – ist von der gestylten Anwältin nichts mehr zu sehen. Leichtfüßig umkreist sie ihn und bewegt sich immer geschmeidiger zu den langsamen, sinnlichen Rhythmen. Groß und schlank, ihr Körper, mit ein paar Rundungen, die sich bestimmt fantastisch anfühlen. Es ist, als würde sie mit ihren Bewegungen die Luft um sich herum streicheln.

Am liebsten würde er sofort in den Tanz mit einsteigen, aber die Regeln sind klar. Er ist dazu verdonnert, ihren Tanz einfach zu empfangen und zu erspüren, welche Sehnsüchte sie darin zum Ausdruck bringt. Für einen kurzen Moment stellt er sich vor, er befände sich in einem erotischen Tempel und würde von einer heilige Hure eingeweiht. Langsam legt sie Kleidungsstück um Kleidungstück ab und …

Er erschrickt. Sie hat seine kurze Abwesenheit sofort bemerkt und stampft mehrmals laut auf den Boden, wie eine afrikanische Amazone. Es wirkt weniger wütend als vielmehr würdevoll. Immer wieder treffen sich ihre Blicke, manchmal unsicher tastend, manchmal aber schlagen sie ein wie ein Blitz. Einige ganz besondere lassen die Zeit für einen winzigen Moment still stehen … er sehnt sich danach, darin einzutauchen wie in einen See aus körperwarmer, flüssiger Zartbitterschokolade.

Dann wechseln sie die Rollen. Die Musik für die Männer ist kraftvoller, mit Trommeln unterlegt. Wie manipulativ Musik doch sein kann, aber die kantigen Rhythmen kommen ihm durchaus entgegen, er will Karoline seine Kraft demonstrieren, seine Entschlossenheit und auch seine Wildheit. Hält sie seine animalische Seite aus? Eigentlich eine super Idee, das erst mal im Tanz auszuloten. Er stampft mit den Füßen, ballt die Hände zu Fäusten und streckt sie gen Himmel wie seinerzeit *Muhamed Ali*. Er stößt sein Becken vor und zurück und schaut Karoline dabei fest in die Augen. Ja, er will sie mit den Augen penetrieren. Plötzlich hält sie sich eine Hand vor das Gesicht, als wenn sie niesen müsste, aber nein, sie lacht. Der Stich fährt direkt in seinen Bauch. Scheiße. Lacht sie ihn etwa aus?

Und wenn schon! *Dann mache ich mich halt zum Affen.* Er gibt nochmal extra Gas und stößt auch noch tiefe Urlaute aus. Fehlt nur noch *Ich Tarzan, du Jane …*

Wenn sie den Tanz nicht schon in der Morgenmeditation geübt hätten, würde er sich das niemals trauen. Er kommt sich vor wie ein brünstiger Hirsch oder ein stämmiger Berggorilla. Aber es macht tierisch Spaß, die Nummer immer weiter zu übertreiben.

Irgendwann muss er selbst lachen und sofort platzt es aus Karoline heraus. Sie schüttet sich regelrecht aus vor Lachen, aber er lässt sich nicht mehr verunsichern und als der Tanz zu Ende ist, stimmt er wieder in ihr Gelächter ein. Ihre Augen sind feucht, aber nicht traurig. Er nimmt sie in den Arm und dabei rauschen Wellen von Vibrationen durch seinen Körper, die immer feiner werden. Wie exquisit, himmlisch, in seinem Becken meldet sich zarte Erregung. Sie scheint es zu merken. Erst zieht sie ihr Becken leicht zurück, aber dann, im nächsten Moment, drückt sie sich extra kräftig an ihn heran. Er wird noch steifer, aber dann heißt es auch schon: Setzt euch zusammen hin und tauscht euch aus! Er hält sie noch einen Moment fest in seinen Armen, spürt sein glückliches Lächeln und lässt sie sanft los. Dann besorgt er zwei weinrote Kissen und sie lassen sich darauf nieder.

Eine kleine Ewigkeit sagt keiner ein Wort, sie schauen sich nur an. Ihre Lippen vibrieren, dann leckt sie kurz mit der Zunge darüber. In seinem Kopf rasen die Gedanken, aber sein Sprachzentrum ist ausgeschaltet.

Eigentlich ein wunderbarer Zustand, aber nicht leicht auszuhalten. Sein Mund scheint sich wie von allein zu öffnen, aber es kommt nichts heraus. Ihr Lächeln bringt seine Mundwinkel zum Zittern. Einer muss jetzt was sagen! Seine Unsicherheit steigert sich weiter, bis der innere Befehl plötzlich die Oberhand gewinnt. Er beginnt zu sprechen. »Weißt du, an was ich gerade denke? *Was du liebst, lass frei. Kommt es zurück, gehört es dir - für immer.*«

Karoline schnappt nach Luft und schaut ihn verständnislos an.

»Keine Panik, ich habe nur den guten alten Konfuzius zitiert.« Alex zuckt mit den Schultern und lächelt ihr beruhigend zu, doch sie sieht immer noch wie ein großes Fragezeichen aus. »Vielleicht sollte ich es lieber mit meinem heiß geliebten Oscar Wilde halten: *Gesegnet seien jene, die nichts zu sagen haben und den Mund halten.*« Nach einer weiteren Pause, in der sie ihn fragend anschaut, fügt er bedauernd hinzu: »Ich gehöre offensichtlich nicht dazu. Ich bin jedenfalls arg froh, dass du den Schritt auf mich zu gemacht hast. Danke! Danke für alles, was ich gerade im Tanz mit dir erleben durfte. Mir fehlen die Worte.«

Der dichte Wald bietet angenehmen Schutz vor der sengenden Sonne dieses strahlenden Frühlingstages. Karoline weiß nicht mehr, wer diesen Spaziergang eigentlich vorgeschlagen hat, nach dem Mittagessen war einfach klar, dass sie zusammenbleiben. Der Spruch von Konfuzius hat sie noch eine Weile beschäftigt, aber sie hat sich nicht getraut zu fragen, was er damit sagen wollte. Hier im Wald kann sie ihr Gedankenkarussell langsam loslassen.

Zum ersten Mal, seit sie hier ist, spürt sie so etwas wie Frieden. So wohltuend, die hoch aufragenden Bäume. Tannen und Buchen, die ihr Gelassenheit vermitteln: Wir haben schon so viele Stürme überstanden, wozu sich Sorgen machen? Sie bleibt stehen, hoch oben wiegen sich die Wipfel sanft im Wind, sie könnte ewig zuschauen.

»Was gibts da oben?« fragt Alex und folgt ihrem Blick.

»Nichts. Ich genieße nur einfach die Kraft der Bäume. Ich bin viel zu wenig in der Natur. Würde mir sicher guttun.«

»Mir auch!« bekennt Alex knapp.

Langsam setzen sie sich wieder in Bewegung. Bald müssen sie umkehren, um rechtzeitig zur Nachmittagssession zurück zu sein. »Und warum tun wir es dann nicht?«, fragt Karoline nachdenklich.

»Wir tun es doch! Wir sind mitten in der Natur, falls du es noch nicht gemerkt hast.«

»Schlaumeier!« Sie stößt ihm spielerisch einen Ellbogen zwischen die Rippen.

»Selber Schlaumeier.« Alex drückt ihr einen flüchtigen Kuss auf die Wange.

Es fühlt sich an wie ein kleiner Stromschlag. »Alex!«, ruft sie mehr überrascht als empört und schlingt kurz die Arme um ihn. Nur kurz, sonst …

Hand in Hand schlendern sie weiter. Sie fühlt sich weich, zutraulich und bereit, Alex an ihren Gedanken teilhaben zu lassen. »Manchmal merkt man ja gar nicht, was man so alles entbehrt, wenn man tagein tagaus seiner Arbeit nachgeht. Ich bin wahnsinnig froh, dass ich jetzt nicht in Hamburg rumhänge. Danke für deine Ermutigung! Mein Chef war not amused und die Sache mit Hamburg ist damit nicht vom Tisch, nur aufgeschoben, aber …«

»Steuerfortbildung. Klingt tatsächlich wahnsinnig aufregend. Sollte ich vielleicht auch mal machen. Man gönnt sich ja sonst nichts«, frotzelt Alex.

»Tja, es hat ja nicht jeder so einen spannenden Beruf wie du und darf mit allen möglichen – und unmöglichen – erotischen Fantasien sein Geld verdienen.«

»Immerhin gibt es auch im Leben mancher Anwältin Tage, wo ihr etwas Reizendes auf den Tisch kommt …«

Karoline flüstert in sein Ohr: »Ganz zu schweigen von den verschämten Typen, mit denen sie dann knallhart darüber verhandeln muss.«

»Das hast du wirklich! Knallhart! Und vor allem heiß.« Sein übermütiges Lachen gefällt ihr genauso gut wie sein Frotzeln.

»Bearbeitest du eigentlich nur solche Bücher?«

»Mit *solchen* meinst du wohl Erotik, oder? Nein, nicht nur. Manchmal darf ich auch in anderen Genres einspringen, zum Beispiel Psychothriller oder Kinderbücher.«

»Interessante Kombi«, bemerkt Karoline. »Magst du eigentlich

Kinder?« Warum in aller Welt fragt sie das. Am liebsten würde sie die Frage sofort wieder streichen, hoffentlich versteht er sie nicht falsch.

»Ich habe einen Sohn, schon vergessen?«, erwidert er ein wenig rau.

Das heißt gar nichts, murrt etwas in ihr, aber sie will nicht weiter auf dem Thema rumreiten. »Stimmt, klar, du hast es erwähnt.«

Alex Handy klingelt. Ihr Blick folgt seinem aufs Display, doch er klickt den Anruf schnell weg. Hat sie da gerade »Mama« gelesen?

»Nichts Wichtiges. Und du? Du hast keine Kinder, oder?«

»Nein.« Das *leider nicht* verschluckt sie, weiß nicht mal, ob es überhaupt stimmt. Aber irgendetwas brennt in ihrer Brust.

»Und? Hättest du gerne welche?«

Dio mio, können wir nicht das Thema wechseln? »Vielleicht. Aber das ist ja auch eines der Themen, die man nicht so einfach entscheiden kann.«

Um das ungemütliche Schweigen zu beenden, lenkt Karoline das Thema wieder in eine andere Richtung. Sie sprechen über die Machtkämpfe bei den Grünen, über ihre liebsten Reisen, über Erfahrungen mit Yoga und Meditation. Alex hält sich etwas bedeckt mit dem, was ihn sonst so interessiert, aber sie genießt den Spaziergang und vor allem die entspannte Atmosphäre. Vielleicht muss es gar nicht immer schwierig mit ihm sein. *Träum weiter!* meldet sich sofort eine innere Stimme, die ihr nur allzu bekannt vorkommt.

Noch zwei weitere Male klingelt Alex Handy, doch er geht nicht dran. »Da will dich jemand unbedingt erreichen, oder?«

»Mein Vater. Kann warten, ich werde ihn Montag zurückrufen. Wenn es dringend wäre, würde er mir eine SMS schreiben.«

»Magst du deinen Vater?«

»Er ist Professor für Mathematik. Darin ist er wirklich gut, aber sonst … Ob ich ihn mag? Ich weiß nicht. Ich glaube, ich habe gerade keine Lust, darüber nachzudenken.«

»Na, ist ja auch eine Antwort.«

»Ja.« Nach einer Weile fügt er hinzu: »Ist genauso eine Art Antwort, wie mein alter Herr sie geben würde, wenn es nicht gerade um Differentialgleichungen geht.« Er schaut zu ihr rüber. Sein verlegenes Lächeln lässt sie wieder weich werden.

Als sie ins Seminarhaus zurückkehren, ist noch eine Viertelstunde Zeit. Karina hat ein Ritual erwähnt, das später stattfinden soll. »Hast du eine Ahnung, was für ein Ritual das sein soll?«, fühlt sie vorsichtig vor.

»Nein, keine Ahnung. Aber vielleicht ist es wieder so ein Viererritual wie beim letzten Mal. Warum fragst du?«

Er weiß ganz genau, warum sie fragt! Aber wahrscheinlich ist es besser, nicht weiter nachzubohren. »Ach, nur so, ich bin halt neugierig.« Sie umarmt ihn noch mal kurz und innig und verabschiedet sich dann schnell. »Bis gleich!« Schon ist sie auf dem Weg in ihr Zimmer.

Vierergruppen! Lieber nicht drüber nachdenken, was ihr hier noch alles blühen kann. *Aber ich kann ja schon mal passende Kleidung raussuchen.* Was gar nicht so leicht ist, wenn man nicht weiß, auf was das Ganze hinauslaufen soll.

Stunden später ist Karoline wieder mit ihrer Kleidung beschäftigt, aber jede Gelassenheit ist dahin. Die Pause ist knapp, in wenigen Minuten beginnt der zweite Teil des Rituals. Sie betrachtet sich im Spiegel. In dem schwarz-roten Spitzen-BH und passendem Stringtanga sieht sie ganz schön sexy aus. Muss auch so sein! Sie bindet sich den seidenen Lunghi um und zieht ihn noch etwas fester, so rutscht er nicht gleich wieder runter. Ihre Haare bindet sie erst nach hinten zusammen, öffnet sie wieder, um sich dann doch für das Haargummi zu entscheiden.

Wann war sie zuletzt so aufgeregt? Jetzt ist sie dran, in dieser Ritualrunde wird sie Königin sein. Sie darf sich alles wünschen, wonach ihr Herz begehrt. Oder ihr Körper. *Ich muss mich nur trauen!* Drei Diener sind dafür da, sie zu verwöhnen. Zwei Diener und eine Dienerin, genau genommen. Verena, Peter und … Alex.

Zum Glück ist das jetzt klar. Die Wahlsituation ist der reinste Horror gewesen. Peter ist sofort auf sie zugestürmt und hat sie belagert. Während sie völlig auf Alex konzentriert ist. Aber der kommt nicht zu ihr, sondern macht sich an Verena ran, und dann stehen die beiden händchenhaltend vor ihr.

Für einen Moment gerät sie in Panik. Peter redet auf sie ein, wie gerne er ihr Diener sei, aber sie kann keinen klaren Gedanken fassen, geschweige denn spüren, was sie jetzt tun soll. Dann kommt auch noch Halbglatze Franz auf sie zu, der Typ von der Kennenlernrunde. Mit einem letzten Rest von Entschlossenheit lässt sie Peter einfach stehen, begibt sich auf die andere Seite des Raumes und schließt die Augen.

Eigentlich mag sie Verena. Sie ist ein paar Jahre jünger als sie selbst, hat beneidenswert lange blonde Haare und Augen so blau wie eine Lagune. Sie lächelt immerzu, aber es ist ein sympathisches Lächeln. Damit macht sie es eigentlich unmöglich, sauer auf sie zu sein, aber Karoline ist trotzdem sauer. Und wie! Oder eifersüchtig? Immer wieder hat sie Verena mit Alex zusammen gesehen. Was läuft zwischen den beiden?

Als sie ihre Augen wieder öffnet, sieht sie alle anderen in Vierergruppen zusammenstehen, nur sie selbst ist allein. Nein, das kann gar nicht sein, die Leiterin hat doch vorher abgezählt und zwei ihrer Helferinnen ins Rennen geschickt, damit es aufgeht. Ihr wird schwarz vor Augen und die Knie werden weich. Karina eilt ihr mit großen Schritten entgegen und fragt besorgt: »Hast du noch keine Gruppe?« Am liebsten würde sie sich einfach fallen lassen und hemmungslos weinen, aber wie versteinert steht sie da. Karina handelt schnell und plötzlich stehen Peter, Verena und Alex um sie herum. »Kommst du zu uns?«, fragen Peter und Alex im Chor. Wieso sind die plötzlich nur zu dritt? Auch egal. Wie eine willenlose Puppe tritt sie zu der Gruppe hinzu.

Als ein sanftes Lied gespielt wird und alle Ritualgruppen sich in den Armen halten, beginnt sie sich wieder zu spüren. Schon wieder laufen ihr Tränen übers Gesicht, egal. Schön, wie Verena ihr sanft über Haar und Rücken streichelt und zuflüstert: Ich freue mich, dass du bei uns bist!« Ein tiefer Atemzug, jetzt nicht denken, einfach die Augen schließen und hier sein. Ja, es ist schön.

Sie schaut erneut auf die Uhr, Mist, die Erinnerung hat sie davongetragen, sie ist schon einige Minuten zu spät dran, noch ein Blick in den Spiegel, dann ist sie soweit. Geschwind verlässt sie das Bad und eilt in den Seminarraum, der mit allerlei indischen Tüchern und bunten Kerzen reich geschmückt ist. Zum Glück ist sie nicht die letzte und das Ritual hat noch nicht begonnen.

Was im Laufe der nächsten Stunde geschehen wird, möge der Himmel entscheiden, obwohl sie selbst jetzt zur Königin wird. Ihr königlicher Wunsch ist eigentlich recht schlicht. Ermutigt durch die Ritualrunden zuvor, in denen sich Peter und Verena haben verwöhnen lassen, lässt sie ihre Diener einfach nur wissen: »Bereitet mir ein Fest der Sinne! Ich wünsche mir, in einem Meer von Zärtlichkeit zu baden. Alles andere überlasse ich euch.«

Schon bald beginnen die drei, sie langsam zu streicheln, zunächst über den Stoff hinweg. Kurze Zeit später helfen sie ihr, den Lunghi abzulegen und noch etwas später auch ihre Dessous. Sie ist vollkommen nackt und fühlt sich erregt und beklommen zugleich. Er hat sie noch nie so gesehen, doch zum Glück kommt sie gar nicht dazu, lange darüber nachzudenken, was das jetzt … Hände streicheln sie mal zart, mal kräftig von den Haarspitzen bis zu den Füßen, Finger tänzeln auf ihrem Bauch und ihren Schenkeln herum, irgendwann machen sie auch vor ihren Brüsten nicht mehr halt und entlocken ihr kehlige Seufzer, die ihre Diener noch mehr anzufeuern scheinen. Je mutiger sie werden, desto mehr kann sie sich fallen lassen. Wann, wenn nicht jetzt?

Wann immer Karoline ihre Augen öffnet, trifft ihr Blick den eines anderen. Anfangs versucht sie noch, Alex aus dem Strudel von Zärtlichkeiten heraus zu spüren, aber es ist ihr mehr und mehr egal, wer sie wo berührt. Es ist wie eine nie endende Kaskade sinnlicher Genüsse. Das Pochen in ihrem Becken wird immer intensiver, voller Verlangen stimmt ihr Sex sein eigenes Lied an: *Ich will auch!*

Bisher hat noch keiner ihre pochende Vulva berührt, oder wenn, dann höchstens mit einem leichten Hauch. Soll sie um mehr bitten? Immerhin ist sie die Königin, kein Flittchen! Oder doch? Wenn sie … *Halts Maul, Quälgeist!*

Bevor der innere Kampf ihren Genuss wirklich trüben könnte, spürt sie plötzlich etwas Weiches, Feuchtes an ihrer Yoni. Ist sie etwa schon so nass? Gerade als ihre innere Gouvernante sich wieder einschalten will, entfährt ihr ein Schrei, der nicht nur sie selbst, sondern auch ihre Diener erschreckt und sie innehalten lässt. »Alles okay?« haucht eine zärtlich besorgte Stimme. Es ist Alex. »Ja, macht weiter, es ist himmlisch«, hört sie sich stammeln, und als hätte sich ihr Körper verselbständigt, öffnen sich ihre Beine noch weiter und sie spürt, wie sich die Berührungen sofort intensivieren und um ihre offene Mitte keinen Bogen mehr machen.

Jemand fängt an, ihre Lippen sanft zu berühren, dann spürt sie Lippen auf ihrem Mund; eine kleine Ewigkeit später eine Zunge, die mit unendlicher Geduld um Einlass bittet. Sie kann nicht widerstehen und sie will es auch nicht.

Wie in einer Choreografie wiederholt sich das wohlige Öffnen an ihren unteren Lippen, während gleichzeitig Hände und Arme zärtlich auf ihrem Körper tanzen. Irgendwann beginnt jemand, gezielt ihre Klit zu stimulieren. Das fühlt sich zwar geil an, holt sie aber aus ihrem paradiesischen Fließen heraus. Von sich selbst überrascht, legt sie entschieden ihre rechte Hand beruhigend auf die stimulierende Hand. Zum Glück wird das Signal sofort verstanden. Tiefer und tiefer sinkt sie in den reinen Genuss ihres Körpers.

Als die letzten zehn Minuten angekündigt werden, durchzieht sie ein leichtes Bedauern. Sie bittet ihre Diener näher zu sich und die schmiegen sich sofort von beiden Seiten an sie heran. Sie genießt die innige Verbundenheit … himmlisch! Gemeinsam bilden sie einen einzigen Körper, der ineinander schmilzt. So soll es bleiben – für immer geborgen, voller Lust, Intimität und … noch mehr Lust. Doch die Zeit ihrer Regentschaft geht unwiederbringlich zu Ende. *Che peccato!* Als sie ihre Augen öffnet, blickt sie in die sanft strahlenden Augen von Alex. Wie gerne würde sie dort zu einem Flug ins All aufbrechen, jetzt sofort. Aber die Ansage ist unmissverständlich: »Lass los, entlasse deine Dienerinnen und Diener aus ihren Rollen und beendet die Ritualrunde mit dem Namastè!«

Nach dem Ende der vierten und letzten Ritualrunde liegt Alex mit Karoline, Verena und Peter auf der Matte. Es ist einfach geil gewesen, von allen dreien gleichzeitig verwöhnt zu werden. Still. Es gibt kein Wort für das, was er gerade erlebt hat. Zwischendrin hat er Peters kraftvolle und gröbere Berührungen deutlich herausgespürt, aber der Kontrast ließ die zärtlichen und erotischen Berührungen der Frauen nur noch intensiver hervortreten. Unglaublich, ein unfassbar eingespieltes Team. Die beiden konnte er überhaupt nicht unterscheiden. Nein, er wollte es gar nicht! Hier ging es einfach mal nur um ihn selbst.

Das feierliche Ritual ist vorüber, aber viele bleiben noch leichtbekleidet oder nackt auf ihren Ritualplätzen beieinander. Es ist warm, fast heiß, das Licht gedimmt, sanfte Pianoklänge, hier und da von Kichern und Seufzern untermalt. Die Atmosphäre im Raum hat etwas Entspanntes, Erotisches und zugleich Heiliges. Ein wahrer Garten der Lüste … ob der alte Hieronymus Bosch so etwas wohl auch erlebt hat? Das Gemälde hat ihn schon immer fasziniert. Er schmiegt sich wohlig an Verena, die vor ihm liegt. An Rücken und Hintern spürt er Karolines Körper, hinter ihr liegt wahrscheinlich Peter. Wäre er noch König, würde er Peter jetzt aus seinen Diensten entlassen und sich nur mit den beiden Frauen vergnügen. Aber der lässt sich nicht so leicht abschütteln.

Und es käme bei den Frauen vermutlich auch nicht gut an, wenn er sie für sich allein beanspruchen würde.

Wie geht es jetzt weiter? Kann gut sein, dass auch die Frauen Lust auf mehr haben. Aber wie soll das aussehen? Mit beiden zusammen?

Und dann ist da auch noch Peter. Es bleibt ihm nichts Anderes übrig, als abzuwarten. Die sanften Bewegungen der weiblichen Körper jagen ihm Schauer über den Rücken, seine Erregung schwillt an und ab wie die Gezeiten von Ebbe und Flut. Karoline knabbert vorsichtig an seinem Ohrläppchen, während er Verena sanft auf den Hals küsst. Dann hört er undeutlich geflüsterte Worte. Was hat sie gesagt? War das Karoline?

Er versteht nur Lust und Nacht. Er antwortet mit einem Brummen, das eigentlich eine Einladung darstellen soll, die Worte zu wiederholen.

Aber da kommt schon ein »Ich freue mich!« Es kommt eindeutig von Karoline.

Seine Haut fängt an zu kribbeln. Wem oder was hat er jetzt zugestimmt? Hat sie Lust, die Nacht mit ihm zu verbringen? Das muss es wohl sein, was sonst? Ups. *Ich bin gar nicht sicher, ob ich das will.* Zumindest nicht ohne Verena. Aber wenn er das Karoline gegenüber zu erkennen gibt … er weiß ja um ihre Empfindlichkeit, sie fände das bestimmt nicht lustig. Und erst recht nicht lustvoll. Sie wird ausflippen! Scheiße, sie sind doch gar nicht liiert. Warum fühlt er sich schon wieder schuldig? Weil er sich niemals auf eine Frau tiefer einlassen kann?

Etwas zieht sich immer enger um seine Brust zusammen. Die Nähe zu diesen beiden Frauen, die er gerade noch genossen hat, wird langsam ungemütlich. Was ist er doch für ein Idiot! Da liegt er zwischen zwei Traumfrauen, die ihn mit ihren nackten Körpern umschmeicheln, und leidet Qualen. Die Qual der Wahl. Er fühlt sich wie gelähmt.

Zuerst spürt er es an seinen Beinen, es kommt Bewegung in den Haufen. Karoline rückt von ihm ab, er dreht sich um und sieht, wie Peter sie umarmt. Er sieht traurig aus. Dann rückt Peter zu ihm rüber, umarmt auch ihn und sagt leise: »Ich überlasse dir das Feld. Ich glaube, hier bahnt sich etwas an, wo ich nicht unbedingt dabei sein möchte. Viel Glück!« Alex ist klar, was er damit meint. Aber verdammt, er will es jetzt gar nicht wissen. Es fühlt sich irgendwie ... gefährlich an.

Als Peter kurz darauf den Raum verlässt, sitzen die beiden Frauen links und rechts neben ihm und schauen ihn erwartungsvoll an. Sein Herz rast, plötzlich ist er nicht mehr so sicher, ob er hier überhaupt selbst dabei sein will. Aber jetzt einfach abzuhauen, geht gar nicht. Er würde kein Auge zutun und sich selbst dafür verfluchen, dass er vor einer so unglaublich verheißungsvollen Nacht geflohen ist.

Also dableiben!

Irgendetwas wird, irgendetwas *muss* geschehen.

Ewig werden die Frauen nicht so dasitzen und ihn anstarren.

Doch es kommt ihm fast so vor. Er schaut zu Verena, in ihre überirdisch klaren blauen Augen. Sein Blick wandert zu ihren zarten, kleinen Brüsten und weiter hinunter auf ihren wunderschönen schlanken Körper, der sich - wie er nun weiß - noch besser anfühlt, als er aussieht. Und nun lächelt sie schon wieder dieses unwiderstehliche Lächeln, das ihn lockt und umgarnt. Wie Skylla. Und auf der anderen Seite sitzt Charybdis. Soll er sich lieber festbinden lassen? Er wendet sich zu Karoline. Ihre Gesichtszüge sind längst nicht mehr so entspannt wie nach ihrem Ritual. Da sah sie einfach nur himmlisch aus, wobei der Himmel ziemlich sexy sein muss, in dem sie schwebte. Jetzt schaut sie wieder strenger, ihr langes Haar fällt zerzaust um ihr Kinn und ihre Lippen formen tonlos die Worte »Gehen wir?«

Sein Herz fühlt sich an, als würde es im nächsten Moment zerspringen. Lange kann er nicht mehr warten, er muss handeln. »Es war super schön mit euch beiden«, beginnt er und merkt selbst, wie phrasenhaft das klingt. Und verdammt, er stammelt schon wieder wie ein verdammter, präpubertärer Teenager. Verena schlingt ihre Arme um seinen Oberkörper und seufzt wohlig »Ja, stimmt. Von mir aus könnte es noch so weitergehen.« Ein Blick zu Karoline, die dreht sich zu Verena, er kann nur ahnen, was da jetzt zwischen den beiden Augenpaaren hin und her schießt. »Danke Verena!«, seufzt es in ihm und er ist ihr wirklich total dankbar, lässt sich aber nichts anmerken. Sie hat das Fass aufgemacht, das er die ganze Zeit auf den Schultern trägt.

Die Temperatur im Raum sinkt um gefühlte 20 Grad. Oder ist sie gestiegen? Er beginnt zu zittern und zu schwitzen. In seinen Fantasien ist ein Dreier mit zwei Frauen schon oft vorgekommen und in den diversen Filmchen, die er sich im Internet reinzieht, sowieso. Aber das hier ist weder Fantasie noch Kino, das ist das reale Leben. Und es gibt auch keine Seminarleitung mehr, die ansagt, worauf er jetzt besser mal achten sollte.

Stunden später - es sind wohl nur Sekunden - bricht Karoline das gespannte Schweigen. »Verena, du weißt, wie dankbar ich war, als ihr mich heute Mittag aufgenommen habt. Du hast mir sehr geholfen, wahrscheinlich wäre ich sonst abgereist. Und ich habe es noch selten so genossen, einen Mann mit einer anderen Frau zu … Ach, was rede ich denn da … Ich habe so etwas noch nie erlebt. Aber jetzt …«

Verena fällt ihr ins Wort »… geht es doch erst richtig los! Ich weiß, dass du ein Auge auf ihn geworfen hast, ist ja nicht zu übersehen. Aber wenn du wirklich vorhast, ihn zu lieben, dann lass ihn frei! Lassen wir ihn entscheiden, was er will, okay?«

Das wird ja immer krasser. Nun steht der Kelch direkt vor ihm. Warum leidet er nicht an Asthma oder irgend so etwas, das wäre jetzt der ideale Moment für einen schweren Anfall. Die Luft wird tatsächlich eng, aber für einen Anfall wird es nicht reichen. Er muss Farbe bekennen und zwar jetzt. Scheiße. Sein Mund ist zugeklebt.

Aber … ist das nicht genau das, weswegen er hier ist? Sich nicht mehr um die heiklen Situationen herum zu mogeln, wenn es um seine erotischen Wünsche geht? Zu sich zu stehen? Was wäre es wert, von einer dieser beiden Frauen geliebt zu werden, wenn er sich selbst dabei verrät? *Das habe ich doch lange genug durchexerziert.* Er fühlt die beiden Augenpaare auf sich ruhen, wagt aber nicht, selbst hinzuschauen.

Aber ewig schweigen geht auch nicht, da kann sein Mund noch so trocken, sein Magen noch so klumpig sein: »Ihr wollt es wirklich wissen? Was ich will? Ich darf entscheiden, was wir zusammen machen?«

»Das hättest du wohl gern, du alter Chauvi!« Verena sagt das mit so viel Wärme, dass er unwillkürlich lächeln muss, obwohl ihm wahrlich nicht zum Lachen zumute ist. »Aber du bist nicht mehr König oder wenn doch, dann hast du es jetzt nicht mehr mit zwei Dienerinnen zu tun, sondern mit zwei weiteren königlichen Hoheiten!«

Karoline schnappt nach Luft, sagt aber nichts.

Auch er braucht eine Atempause, aber es gibt kein Zurück mehr: »Also, dann sind wir drei königliche Hoheiten, von denen jede seine Wünsche einbringen darf? Die Idee gefällt mir. Ich bin dabei.«

»Ich auch!« Für Verena ist längst klar, was zu geschehen hat.

Karoline schweigt. Sie tut ihm fast leid. Er kann deutlich spüren, wie sie mit sich kämpft. Und er weiß genau, was er mit dieser Zumutung riskiert. Dass sie nämlich endgültig nichts mehr von ihm wissen will. Es würde ihm das Herz zerreißen, aber dann, verdammt … dann soll es so sein! Wenn er sich jetzt wieder verbiegt, wie soll das dann … Nein, jetzt nicht auch noch an Simone denken!

Nach einer Weile flüstert Karoline in seine Richtung: »Alex, kann ich mal kurz einen Moment mit dir allein sprechen?«

»Nein, so läuft das nicht!« Es beruhigt ihn, dass Verena jetzt nicht mehr lächelt. »Hier gibt es keine Geheimabsprachen. Wenn wir damit erst anfangen, müssen wir uns nicht wundern, wenn das hier im Desaster endet! Sag, was du zu sagen hast, Karoline, aber sag es offen!«

Alex rutscht auf seinem Kissen hin und her. In seinem Kopf nur Leere. Er zittert.

»Du sprichst, als hättest du echt Ahnung von Dreierbeziehungen. Total cool!« Karolines Worte sind klar artikuliert, ihre Stimme tonlos, als wäre plötzlich alles Leben aus ihr gewichen.

Scheiße! Der Tonfall gefällt ihm nicht. Ganz und gar nicht. Aber Wahnsinn, Verena lässt sich nicht von ihrer Linie abbringen. »Ich habe schon so einiges erlebt, das stimmt, aber das ist kein Grund, mich dumm anzumachen.« Dabei schaut sie Karoline entschlossen an.

Die senkt den Blick. Langsam röten sich ihre Gesichtszüge. Nach einer schier endlosen Pause sagt sie »Tut mir leid. Du hast recht. Ich bin mal wieder dabei, alles kaputt zu machen. Fakt ist, ich habe eine Heidenangst, Alex noch länger mit dir zu teilen, ich habe keine Ahnung, wie das funktionieren soll. Ich weiß ja noch nicht einmal, wie das zu zweit geht«, offenbart sie mit einem vorsichtigen Lächeln. »Naja, im Prinzip schon, aber – ach scheiße, ihr wisst schon, was ich meine, oder?« Sie versucht weiter zu lächeln, kämpft aber gleichzeitig mit den Tränen.

Verena nimmt Karoline in den Arm. »Danke für dein Vertrauen.« Sie streichelt ihr über den Rücken, die Arme und dann von der Seite über den Bauch.

Karoline entspannt sich, Alex sieht das Ganze mit gemischten Gefühlen. Plötzlich ist er fehl am Platz.

»Hm, du fühlst dich richtig gut an. Vielleicht sollten einfach wir beide …« Verena schaut kokett zu ihm rüber.

Er verdreht die Augen und richtet sich auf. »Nachdem nun alles geklärt ist … wo gehen wir hin?«

Karoline schaut ihn an, als hätte sie gerade in einen sauren Apfel gebissen.

»Sorry, war wohl ein bisschen zu schnell«, rudert er zurück.

»Warum bleiben wir nicht einfach auf unserer Matte? Hier sind wir durch die Atmosphäre im Raum geschützt«. Verena, die Erfahrene.

»Und wir brauchen uns nicht so allein zu fühlen, bei all den Zuschauern ...« Karoline bemüht sich wohl, cool zu klingen. Wird sie sich wirklich auf eine Nacht zu dritt einlassen?

»Kommt, lasst uns aufhören zu diskutieren. Ich möchte euch spüren.«

Karoline nimmt Verenas Angebot dankbar an und lässt sich auf die Seite sinken. Verena gibt Alex ein Zeichen, Karoline in ihre Mitte zu nehmen. Von beiden Seiten schmiegen sie sich eng an Karoline. Eine Weile liegen sie einfach so da.

Dann lässt er vorsichtig seine Hand über Karolines Rücken wandern. Verena rückt etwas ab und legt eine Hand auf das Herz der anderen Frau. Als Karoline wohlig seufzt, fangen sie langsam an, sie zärtlich zu streicheln.

21

Er liegt in seinem Bett und kann nicht schlafen. Kein Wunder. Wieder und wieder laufen die letzten Stunden vor seinem inneren Auge ab. Er wird schon wieder geil, als er an den Moment denkt, in dem er Karolines Yoni mit der Zunge verwöhnt, während Verena Karoline zart auf den Mund küsst und gleichzeitig mit ihren Fingerspitzen an seinem Schwanz herumspielt. Verena hat immer wieder die Führung übernommen, oft nur mit kleinen, aufmunternden Gesten und Blicken. Er hat sich ihr gerne gefügt. Noch immer hat er den salzigen Yonigeschmack auf der Zunge. Die Lustsäfte sind nur so aus Karoline herausgeflossen, seine Zunge hat sie förmlich in sich hinein gesaugt. Dabei wälzte sich ihr Becken hin und her; irgendwann schien es nur noch zu vibrieren.

Wie gerne hätte sein Schwanz seine Zunge ersetzt. Ihrer Muschi hätte das auch gefallen, da ist er sich ziemlich sicher. Ihr Pulsieren hatte etwas Forderndes, aber er hat widerstanden, hat es einfach gelassen. Nicht unwahrscheinlich, dass er damit alles zerstört hätte, was sich zwischen ihnen dreien aufgebaut hat. Jetzt, allein im Bett, träumt er davon, in ihre dunkle, feuchtheiße und saftige Yoni einzudringen … wahrscheinlich würde er das keine zehn Sekunden aushalten.

Gegen seine Erregung hat die Müdigkeit keine Chance. Er lässt diesen Film immer wieder vor seinem inneren Auge ablaufen. Wie sie beide gemeinsam Verena verwöhnen. Während er mit seinen Lippen Verenas Brüste liebkost, blickt er immer wieder dorthin, wo Karoline Verenas Schoß abwechselnd leckt und dann wieder verspielt mit ihren Fingern stimuliert. Es sieht nicht so aus, als wäre sie zum ersten Mal mit einer Frau intim. Manchmal begegnen sich ihre Blicke mit einer unglaublichen Tiefe. Was er sieht, ist pure Liebe.

Karoline ist weit über ihren Schatten gesprungen. Hat sie sich auf dieses Abenteuer nur eingelassen, weil es ihm so viel bedeutet? Alex kann sich nicht erinnern, sich jemals so geliebt gefühlt zu haben wie in diesen Augenblicken tiefer Verbundenheit. *Hoffentlich ist das nicht schon wieder eine meiner Illusionen. Nein, nein, das kann nicht sein, nicht nach dieser Nacht!*

Jetzt sieht er wieder Verena vor sich. Wie sie kommt. Sie kommt mehrmals und lächelt sogar noch mitten im Orgasmus. Ihr ganzer Körper zuckt und bebt. Bei anderen Frauen in höchster Lust entgleisen die Gesichtszüge, drücken eher Schmerz aus als Lust. Doch in Verenas Gesicht findet er pure Verzückung. Er spürt ihre Ekstase im eigenen Körper, jetzt noch, ausgelöst einzig und allein durch die Macht der Erinnerung.

Wieder sieht er Karoline, wie sie seinen Schwanz liebkost, wie sie heftiger wird, wie sie versucht, ihn mit der Hand zum Höhepunkt zu bringen. Doch er will nicht kommen. Als er sie sanft bremst, schaut sie ihn erst ermutigend, dann fragend und voller Verletzlichkeit an.

Er nimmt einfach sanft ihre Hand weg und zieht sie an sich. Verena liegt auf der anderen Seite und dämmert selig vor sich hin. So bleiben sie über Stunden.

Er hat auf keinen Fall kommen wollen, obwohl es fast schmerzhaft war, dem Drang zu widerstehen. *Warum eigentlich?* Hat er Angst gehabt, eine der beiden Frauen zu verletzen, wenn er sich bei der anderen gehen lässt? Hätte er sich geschämt, so ganz offen vor ihrer beider Augen abzuspritzen? Wahrscheinlich schon, obwohl die Vorstellung ihn auch anmacht. Aber da gehts um noch viel mehr. Er muss unbedingt mal Karina fragen … oder vielleicht doch lieber einen Mann, am besten einen mit längerer Tantra-Erfahrung.

Wenn es nach ihm gegangen wäre, hätten sie alle drei im Gruppenraum das Nachtlager aufgeschlagen oder wären zusammen in Karolines Einzelzimmer umgezogen. Es ist wieder Verena, die mit Bestimmtheit dafür sorgt, dass ihr gemeinsames Erlebnis einen klaren Abschluss findet und danach jeder brav in sein eigenes Bett verschwindet. Dass er in seinen Fantasien immer noch mit beiden zusammen ist, hat sie allerdings nicht verhindern können. Irgendwann in der Nacht kommt er dann doch noch zum Höhepunkt, es geht einfach nicht anders. Der Orgasmus ist so intensiv, dass es weh tut. Mitten im schmerzhaften Höhepunkt sieht er Karoline vor sich, nicht Verena. Ihr Blick ist … unbeschreiblich intim.

Als er am nächsten Morgen erwacht, ist das erste, was er spürt, das eingetrocknete Sperma auf seinem Bauch. Es spannt. Er schlägt die Bettdecke zur Seite und will sich aufrichten, aber … vor lauter Schreck schreit er auf. Er liegt nicht allein im Bett.

Karoline schwänzt die Meditation, obwohl sie früh genug aufgewacht ist. Sie liegt auf dem knochenharten Futonbett und fixiert den Traumfänger an der Decke. Alles in ihrem Kopf kreist. Die Erlebnisse der vergangenen Nacht sind – trotz aller Ängste, die sich immer wieder einstellen – wunderschön gewesen. Aber in einem entscheidenden Punkt ist sie keinen Schritt weiter: Was ist nun mit Alex? Was hat das alles zu bedeuten? Will er was von ihr, oder ging es ihm nur um das Abenteuer zu dritt? Sie hat immer wieder versucht, nicht darauf zu achten, wem Alex sich mehr zuwendet.

Es ist ihr nicht gelungen.

Eine Antwort auf ihre Frage hat sie auch nicht. Für diese eine Nacht ist das okay, aber wie soll es jetzt weitergehen? Seit sie wach ist, zieht sich ihr Magen immer mehr zusammen, bis es weh tut. Dazu die Angst, Alex und Verena heute Morgen zu begegnen. Am liebsten würde sie einfach im Bett bleiben.

Kurz vor neun Uhr steht sie auf und schleppt sich in Richtung Dusche. Gerade noch aus dem Augenwinkel sieht sie … Nein, das kann nicht wahr sein.

Alex kommt zusammen mit Verena aus seinem Zimmer.

Sie ist so geschockt, dass sie sich wie ferngesteuert wegdreht und auf das Bad zusteuert. Alles Blut in ihr sackt nach unten, ihr wird schwarz vor Augen, in ihrem Kopf ist nur noch Leere.

Zum Glück ist sie allein im Bad. Als der Schwindel abflaut, stellt sie sich wie in Trance unter den Wasserstrahl und merkt erst zu spät, wie heiß er ist, viel zu heiß. Verdammt. Am liebsten würde sie den Duschschlauch erwürgen und anschließend in Ohnmacht fallen. Sie dreht kälter, das Brennen auf der Haut lässt nach, aber unter der Haut, in ihrer Brust, brennt es lichterloh.

Sie kann es nicht fassen. Alex und Verena sind in der Nacht doch noch zusammengekommen. Pures Entsetzen wallt in ihr auf, aber zugleich fühlt sie sich vollkommen gelähmt.

Vielleicht gibt es eine andere Erklärung. Es muss eine andere Erklärung geben. So sehr kann sie sich nicht in Verena getäuscht haben. Alex … ihm, oh ja, ihm traut sie ohne weiteres zu, sie auf diese Weise zu hintergehen. Und das nach dieser Nacht. Soll sie mehr über ihn oder sich selbst schockiert sein?

Sie wird nicht weiter ins offene Messer rennen, soviel ist klar! Sie wird erst mal beobachten, wie sich die beiden beim Frühstück verhalten. Ihr Bauch fühlt sich hart an wie Granit. Er lässt sich auch durch das warme Wasser nicht erweichen.

Im Speisesaal herrscht ausgelassene Stimmung, alle quatschen durcheinander, immer wieder übertönen Lachsalven das allgemeine Stimmengewirr. Nur er fühlt sich völlig daneben. Was war das denn gerade? Er hat sich frohen Mutes neben Karoline setzen wollen, aber sie lässt ihn so cool abblitzen, dass er keinen Ton mehr herausbringt. »Nein, hier sitzt schon jemand. Nein, dort drüben saß gerade Jeremy, der wird sicher gleich wiederkommen, tut mir leid.«

Sie hat mit ihm gesprochen, als käme er von *Zeugen Jehovas*.

Jetzt kaut er an seinem Körnerbrötchen herum und zermartert sich das Gehirn. Was ist denn bloß jetzt schon wieder los, verfluchte Ziegenkacke? Er hat ihr doch nur sagen wollen, wie sehr ihn der Abend beglückt hat. Wie dankbar er ist, dass sie über ihren Schatten gesprungen ist und sich auf den Dreier eingelassen hat. Ob sie ihn etwa mit Verena gesehen hat vorhin? Aber nein, der Flur war leer. Sie muss krank sein. Oder ihr verdammter Schatten hat sie wieder eingeholt. Scheiße. Geht das jetzt ewig so weiter? Diese Workshops sind zum Verrücktwerden, eine Achterbahn mit doppeltem Looping ist nichts dagegen.

Warum müssen Frauen immer zwei Schritte zurückweichen, wenn sie sich mal einen Schritt vorgewagt haben? Kann das mal jemand erklären?

Verena ist anders. Vielleicht hätte er nach dem Ritual einfach den Mut aufbringen sollen, sich für sie zu entscheiden. Als sie heute Morgen beim Aufwachen plötzlich an seinem Bett sitzt, hat er sich allerdings nicht besonders gefreut. Einfach in sein Zimmer reinzuschneien! Joe hat sie zwar reingelassen, aber trotzdem. Geht gar nicht! Und erst ihre Begründung! *Du warst nicht bei der Medi. Ich habe mir Sorgen gemacht.* Ist sie vielleicht seine Mutter? Oder ist sie etwa eifersüchtig?

Er ist ziemlich sicher, dass sie kontrollieren wollte, ob er nicht vielleicht doch mit Karoline ins Bett gestiegen ist. Hat sie gehofft, sie in flagranti zu erwischen? So ein Schmarrn! Dabei ist sie eigentlich unglaublich süß. Und Erfahrung mit freier Liebe hat sie auch. Polyamorie hat sie das genannt. Wie sie gestern Karo einbezogen hat, das war hohe Kunst. Und ihr schlanker Körper ist einfach hinreißend. Die zarte Haut. Ihre gespielt obszönen Gesten. Ihr lustvolles Stöhnen …

Und dann … die kalte Dusche. Wie mit Martina. Mit der ist am nächsten Morgen auch alles anders gewesen. Ob doch mit ihm selbst etwas nicht stimmt?

Alex versucht, die aufsteigende Ahnung beiseite zu schieben … aber ganz offensichtlich ist das hier ein wiederkehrendes Muster. Verdammte Scheiße! »Wie war denn dein Ritual gestern?« Spricht da jemand mit ihm? Ja, Sonja. Die hat ihm gerade noch gefehlt! »War es für dich auch so umwerfend?«, flötet sie vergnügt. »Also ich fand es unglaublich berührend, diese Energie im Raum zu spüren und alle diese schönen Menschen, die sich sinnlich und voller Liebe verwöhnen. Mir war es total egal, in welcher Rolle ich war. Es war einfach himmlisch …«

»Bitte sei mir nicht böse, aber ich hatte nicht viel Schlaf und außerdem bin ich ein Morgenmuffel …«, versucht er sie zu stoppen, bevor er sie richtig herb anfahren muss.

»Ist das mein Problem? Ich dachte nur, wie du so allein dasitzt, dir könnte ein wenig Zuwendung guttun. Und da ich mich so voller Liebe fühle …«

Er verdreht die Augen und sendet ein Stoßgebet gen Himmel. Mama mia. Liebe kann so unglaublich nerven.

»Ist ja schon gut, ich lasse dich in Ruhe.« Sie zockelt ab und es dauert nicht lange, bis sie ein neues Opfer gefunden hat.

Er blickt sich um. Der Platz neben Karoline ist immer noch frei. Ist zwar keine Überraschung, tut aber trotzdem verdammt weh. Auf der anderen Seite des Raumes erspäht er Verena. Sie plaudert munter mit Peter und lächelt ihr strahlendes Lächeln, das jeden Morgenmuffel zur Verzweiflung bringen muss. Wahrscheinlich ist es absolut unmöglich, in ihrer Gegenwart schlecht drauf zu sein. Nein, Verena ist es auch nicht, da wird nichts weiter sein, soviel ist klar.

Ich sollte aufhören, so viel zu denken. Alex fasst sich an den Kopf. Wenn er weiter sein Hirn mit solchen Gedanken traktiert, wird er wieder genauso … dass man auf einem Seminar mit lauter offenen Menschen so einsam sein kann. Krass. Am liebsten würde er eine Bombe werfen, mitten hinein! Aber dann würde auch Karoline … scheißegal.

Zwei Stunden später hocken wieder alle im Kreis, Sharing ist angesagt. Alex staunt, wie unterschiedlich die Leute den Abend erlebt haben. Die meisten sind tief bewegt, aber nicht alle scheinen glücklich. Manche wirken traurig, andere sprechen von ihrer

Angst, dass sie diese Erfahrung nicht in ihren Alltag mitnehmen können. Dann ist Verena dran und sein Herz fängt so sehr an zu trommeln, dass er kaum ihren Worten zu folgen vermag. »… bin meiner Vision nähergekommen. Ich trage tief in mir ein Bild von einer Welt, in der die Liebe frei ist, in der wir damit aufhören, um unsere Liebe einen Zaun herum zu ziehen, damit sie uns nur ja keiner wegnimmt. Zu viert so intim zusammen zu sein, war wie ein Vorgeschmack auf eine bessere Welt …« Verena strahlt, was sonst.

»Und wie wird man in deiner besseren Welt davor geschützt, dass man gnadenlos hintergangen wird?« Einen Moment herrscht Totenstille. Karolines beißende Frage scheint jedes Atmen im Raum zu ersticken. Verena schaut fassungslos zu ihr rüber und sein Herz fängt an zu galoppieren. Zum Glück muss er jetzt nicht eingreifen, das ist Karinas Job.

Aber die sagt auch nichts.

»Was willst du mir damit sagen, Karoline?« Verenas Stimme ist plötzlich glasschneiderscharf, niemand, der nur ihr unschuldiges Lächeln kennt, würde ihr diesen Ton zutrauen.

»Ist schon gut. Eigentlich müsstest du wissen, worauf ich anspiele. Aber du bist eine gute Schauspielerin, Respekt.« Karolines Worte triefen vor Gift. Die Gruppe ist geschockt, viele blicken zu Karina, als wollten sie sagen: »Mach was! Das kannst du doch nicht so laufen lassen.«

»Ich weiß, dass du Alex für dich haben willst, das habe ich dir gestern schon gesagt. Aber mit der Nummer hier wirst du nicht nur Alex, sondern über kurz oder lang jeden Mann in die Flucht schlagen. Mich übrigens auch. Mir reichts jetzt langsam.«

»Und was wolltest du heute Morgen in Alex Zimmer? Nachdem du in der Nacht einen langen Vortrag darüber gehalten hast, warum jetzt jeder von uns in sein eigenes Bett geht? Wen willst du hier eigentlich verarschen?« Karolines Stimme wird immer lauter, sie klingt jetzt wie das Grollen eines heranziehenden Gewitters.

»Ach, das ist es!« Verenas Lachen ist wohl mehr Ausdruck von Verzweiflung als von Amüsement.

»Ja, das ist es!«, ruft Karoline voller Wut. »Du bist total krank! Erzählst hier was von freier Liebe und spielst dann so dermaßen mit gezinkten Karten. Widerlich!«

»Vergiss es, das muss ich mir nicht anhören. Du hast ja keine Ahnung, warum ich heute Morgen bei Alex war.« Irgendwie gefällt es Alex, dass von Verenas Souveränität nicht mehr allzu viel übrig ist.

»Ist ja auch unglaublich schwer, darauf zu kommen«, giftet Karoline weiter.

»Karoline?« Endlich greift Karina ein. Gottseidank, langsam fühlt sich die Situation an wie eine Vorabend-Soap. Wenn man selbst mittendrin steckt, ist es gar nicht lustig.

»Ja, tut mir leid. Ich bin nicht dran. Verena war dran. Tut mir leid. Ich höre schon auf«. Karolines Stimme bebt.

»Nein, das ist es nicht, was ich dir sagen will, Karoline. Im Gegenteil. Ich möchte dich ermutigen, nicht nur ein paar Spritzer deiner Wut raus zu lassen, sondern die ganze Ladung.«

»Was?«

Karina wendet sich an die Gruppe. »Seid ihr einverstanden?« Überwiegend Grummeln und Nicken. Karina wertet das als Zustimmung. Sie lässt zwei ihrer Assistenten eine Matte und mehrere Kissen vor Karoline drapieren. Dann setzt sie sich neben Karoline. »Du kochst vor Wut? Stimmts?«

»Ja!«

»Und was willst du damit machen? Sie wieder runterschlucken, als wäre nichts gewesen?«

»Nein!«

»Was dann?«

»Sag du es mir!«

»Damit du weiter die Arme spielen kannst, du immerzu tun musst, was andere ihr befehlen?«

Karoline zögert, ein Lächeln unterbricht kurz die Anspannung rund um ihren Kiefer. Dann wird er wieder hart wie Stein. »Ich hasse Männer!«, sagt sie tonlos.

»Ja!«

»Ja, Ja, Ja!«, schreit Karoline erbost. »Und was soll ich jetzt bitteschön damit machen?«

»Da vor dir liegen Kissen. Das sind die Männer, die du hasst.«

Karoline schaut Karina an, als hätte sie ihr gerade vorgeschlagen, einen stinkenden Strumpf zu verspeisen.

»Stell sie dir vor. Da sind sie!«

»Das ist albern.«

Eine ganze Weile geht es hin und her, doch Karina lässt nicht locker. Langsam fragt er sich, wohin das wohl führen soll. Doch dann stockt ihm der Atem. »Du tust diesen Männern nichts«, legt Karina los. »Du zeigst ihnen auch nicht deine Wut. Deinem Vater schon gar nicht. Er kann dich belästigen und du schämst dich dafür. Du bist auf ewig seine brave Tochter. Für deinen Vater verzichtest du sogar auf eine glückliche Beziehung. Du bist wirklich brav. Hoffentlich weiß Papa das auch zu schätzen …«

Das ist zu viel, Karoline schmeißt sich auf die Kissen und ihr spitzer Schrei erstickt darin. Mit Karinas Anleitung löst sie sich wieder und schlägt dann mit den Fäusten auf die Kissen ein, als ginge es um Leben und Tod. Ihre gellenden Schreie treffen Alex bis ins Mark. Er sieht keine erwachsene Frau mehr, er sieht ein von Schmerz verzerrtes junges Mädchen, das sich wild seine Verzweiflung von der Seele brüllt. »Ihr geilen Monster, ihr sexfanatischen Krüppel, ihr sabbernden Schweine, ich hasse eure sabbernden Spermaspritzen, ihr eeeeeekeeeeelt mich an!«

Dann schlagen Wut und Hass plötzlich in tiefes Schluchzen um. Karoline sinkt auf die Kissen und weint hemmungslos, alle Dämme sind gebrochen. Es schnürt ihm die Kehle zu. Er schaut sich in der Gruppe um, etlichen laufen die Tränen übers Gesicht, andere sehen aus wie versteinert. Es ist, als wohne er einer uralten geheimen Zeremonie bei, in der der Teufel ausgetrieben wird. Karoline hat sich in Karinas Schoß gelegt, sie sieht jetzt aus wie ein kleines Kind und Karina spricht leise auf sie ein, was immer noch weitere Wellen tiefer Trauer aus Karoline hervorholt.

Irgendwann kehrt Ruhe ein. Sie sieht erschöpft aus, aber zehn Jahre jünger. »Lass dir Zeit. Ich spreche jetzt zur Gruppe. Du kannst das alles einfach an dir vorbeirauschen lassen. Okay?« Mit diesen Worten übergibt Karina Karoline einer Assistentin, Karoline nickt schwach und lässt sich in Judiths Arme sinken.

Dann wendet sich Karina an die Gruppe. »Wahrscheinlich hat das in jedem von uns tiefe Wunden berührt. Wir alle tragen alten Schmerz und abgrundtiefen Hass in uns. So ein Ausbruch ist nicht das Ende vom Lied, aber manchmal ein wichtiger Schritt. Männer wie Frauen wurden über Jahrtausende zutiefst verletzt, Sex wurde nicht geehrt, sondern missbraucht und pervertiert. Wenn wir uns für wahrhaftige Liebe öffnen, begegnen wir unausweichlich alten Wunden. Solange wir diese nicht heilen, können wir keinem Menschen jemals vertrauen. Dann wird Liebe gefährlich, Sex zum Kampfplatz und tantrische Sexualität bekommt überhaupt keine Chance. Okay, kommt zusammen in Kleingruppen, zu dritt oder zu viert, und tauscht euch aus, was das Geschehen der letzten halben Stunde in euch angerührt hat. Vielleicht wollt ihr euch auch einfach nur eine Weile halten und euren Gefühlen Raum geben, ganz ohne Worte. Das ist auch okay.«

Alex schaut sich unschlüssig um. Er fühlt sich unsicher und verletzlich. Was denken die anderen jetzt wohl über ihn? Zwei Männer kommen auf ihn zu, mit denen er vorher kaum Kontakt gehabt hat, Frank und Moritz. Sie nehmen ihn in seine Mitte. Erleichtert spürt er, dass er nichts erklären muss.

Eine Weile liegen sie einfach da und es tut unheimlich gut, von den Männern gehalten zu werden. Sie sprechen kaum. Am tiefsten erreicht ihn Frank mit der Bemerkung »Seit Ewigkeiten habe ich immer so eine Scheißangst, dass ich irgendwann mal den ganzen Hass einer Frau abkriege. Ich habe immer schön versucht, meine sexuellen Wünsche so zu verpacken, dass frau möglichst nicht merkt, was für ein geiler Bock ich in Wirklichkeit bin. Aber sie kann mir eigentlich dankbar sein … zumindest muss ich es nicht immer persönlich nehmen.« Dann stupst Frank ihn leicht gegen den Arm. »Hey, Alex, du bist auch so ein geiler Bock, ich sehe es dir an der Nasenspitze an. Gestern Abend habe ich dich beneidet, wie ich dich mit den beiden Frauen dort liegen sah. Vorhin habe ich Gott gedankt, dass ich nicht in deiner Haut stecke. Und jetzt bin ich stolz auf dich, auf uns, darauf, dass wir uns mehr und mehr trauen, Männer zu sein. Lass dich drücken, Mann!« Alex kennt dieses Gefühl aus der Männergruppe. Männersolidarität. So ganz wohl ist ihm indessen nicht dabei, keine Ahnung, warum.

Zum Glück gibt es am Ende des Vormittages die Gelegenheit, nochmal zu denen hinzugehen, mit denen man etwas zu klären hat. Alex sieht, wie Verena sofort auf Karoline zusteuert und die beiden sich hinsetzen. Er zögert einen Moment, aber da winken sie ihn auch schon herbei. Unglaublich, wie schnell die beiden die Missverständnisse ausräumen. Karoline ist weich und offen, so als hätte sie alles Gift versprüht. Als Verena erklärt, warum sie heute Morgen zusammen aus seinem Zimmer gekommen sind, holt Karoline ein paarmal tief Luft. Dann bemerkt sie trocken: »Ich danke euch für diese gekonnte Inszenierung. Sonst wäre ich vielleicht noch weitere vierzig Jahre auf meinem Hass sitzen geblieben.«

Alex wird ein wenig schwindelig. Wahnsinn wie extrem seine Gefühle zu Karoline an nur einem einzigen Wochenende Achterbahn fahren. Jetzt spürt er eine warme, wohlige Zuneigung, gepaart mit zartem, sinnlichem Verlangen. Verena verhält sich auffallend distanziert, er gibt sich einen Ruck. »Wie gehts es dir jetzt, Verena?«

Ihre Stirn kräuselt sich. »Ich fühle mich ehrlich gesagt noch etwas benommen.« Dann wendet sie sich an Karoline. »Du bist wirklich mutig. Ich muss zugeben, dass ich gestern und auch heute Morgen noch auf dich herabgeschaut habe, von wegen, du bist noch nicht soweit, Liebe jenseits von Besitzansprüchen zu leben. Ich fand mich toll in der Rolle, euch beiden etwas beizubringen. Aber jetzt beschleicht mich die Ahnung, dass ich mir was vormache. Ich weiß nicht, ich würde mich wahrscheinlich niemals so tief auf einen Typen einlassen, dass er mich so zum Ausrasten bringt. Ich glaube, wenn eine von uns Alex verdient hat, dann bist du es.«

Sein Gesicht fängt an zu glühen und sein Magen rebelliert. »Rede doch nicht so einen Quark, Verena! Du sprichst ja schon wie der Pfarrer meiner Oma. Und außerdem vergleichst du Äpfel mit Birnen. Ohne dich wären wir nicht da, wo wir jetzt sind.«

»Ob du allerdings auch Karoline verdient hast, da bin ich mir nicht so sicher.« Verena gibt ihm einen Kuss auf die Wange und er fühlt sich wie ein dummer Schuljunge. »In einem Jahr gebt ihr mir Bescheid, ob ihr wirklich zusammengekommen seid. Okay?«

»Vereeena!« Ihre mahnenden Stimmen im Chor, da müssen beide lachen. Ihre Blicke wandern zueinander und treffen sich mit voller Wucht. Die ganze Peinlichkeit der Situation verbrennt im Feuer eines Augenblicks. Verena umarmt sie beide gemeinsam. »Vergesst das Meditieren nicht!«, gibt sie ihnen in ihrer unnachahmlichen Art noch mit auf den Weg, dann steht sie langsam auf und überlässt Alex und Karoline ihrem Schicksal.

Karoline schaut ihn an, schaut ihn einfach immer weiter an. Dann nähert sie sich langsam seinem Gesicht, ihre Augen verschwimmen, ihr Mund legt sich sanft auf seinen und Alex wird niemals sagen können, wie viele Sekunden, Minuten oder Stunden es dauert, bis sich ihre Münder zu einem leidenschaftlichen Kuss vereint haben.

Der Klang der Zimbel mahnt sie vollkommen uneinsichtig, dass es jetzt Zeit ist für das Mittagessen. Egal.

22

Ein wenig mulmig ist ihr schon, aber sie ist vor allem erleichtert. Und ein bisschen stolz. Soeben hat sie sich krankgemeldet, zum ersten Mal seit Jahren, und das, obwohl sie gar nicht krank ist, jedenfalls nicht im üblichen Sinne. Vielleicht liebeskrank. *Follia d'amore.* In diesem Fall jedoch zeigen ihre Symptome zunehmende Gesundheit an … Immerhin war es doch hochneurotisch, die Liebe so viele Jahre zu vernachlässigen und sich immer nur um Paragraphen, Streitwerte und einstweilige Anordnungen zu kümmern.

Latte Macchiato auf dem Wohnzimmersofa, dazu Diana Kralls *Jazz zum Träumen*. Sie legt sich aufs Sofa, kuschelt sich in eine flauschige Decke und ergibt sich bereitwillig ihren Sehnsüchten und Erinnerungen. Seit sie heute Morgen aufgewacht ist, hat ihre Sehnsucht sie vollständig im Griff. Eigentlich sollten Veranstalter darauf hinweisen, dass man durch ihre Seminare arbeitsunfähig werden kann. Was sie dort innerhalb von nicht einmal 48 Stunden erlebt hat, sprengt alles, was sie sich jemals hätte vorstellen können. Nie im Leben wäre sie dorthin gefahren, wenn sie auch nur ansatzweise vorausgesehen hätte, was ihr dort blüht. Eifersuchtsdramen. Sex zu dritt. Ein hemmungsloser Wutanfall vor der ganzen Gruppe. Sich in einem erotischen Tanz zu entkleiden. Als Königin von zwei Männern und einer Frau bedient zu werden. Wenn sie das auch nur geahnt hätte. Und jetzt liegt sie an einem Montagmorgen auf ihrem Sofa, schlürft ihren Latte und fühlt sich wie nach einem Schleudergang, aber gleichzeitig so erfüllt wie … ja, seit wann eigentlich nicht mehr?

Liegt es an Alex? Das wäre die naheliegende, aber nicht unbedingt beruhigende Erklärung für ihren Zustand. *Bin ich verliebt?*

Komischerweise weiß sie das gar nicht so genau und es scheint nicht mal wichtig. Nein, Quatsch, natürlich ist das wichtig. Aber auch nicht ganz ungefährlich. Wenn der Workshop anders geendet hätte, sähe die Welt deutlich trüber aus. Noch gestern Morgen hätte sie Alex vor lauter Wut am liebsten in eine andere Galaxie befördert.

Verena! Diese Schlange sagt ihnen allen Ernstes auf den Kopf zu, sie seien ein Paar, nur dass sie es selbst noch nicht wissen. Ganz schön dreist und ... nicht ganz unverfänglich. Nie im Leben würde sie zu einer Kartenleserin gehen, um sich die Zukunft weissagen zu lassen, und jetzt das. Wenn Bastian sie jetzt sähe, so versonnen in den Milchschaum pustend und vor sich hinlächelnd. Was soll sie mit all dem anfangen? Wie es wohl Alex damit geht? Ob er sowas wohl ernst nimmt? Hat er nicht mal erwähnt, dass seine Mutter regelmäßig eine Wahrsagerin konsultiert? Ha, vielleicht muss er jetzt erst mal seine Mama hinzuziehen. Manchmal kommt er ihr vor wie ein kleiner Junge, aber er kann zum Glück auch anders ...

Beim Abschied haben sie sich angeschaut wie zwei Dreizehnjährige, die von ihrer älteren Schwester verkuppelt werden, ohne zu wissen, was das eigentlich bedeutet. Wie peinlich ist das denn? Sie hat sich vollkommen nackt gefühlt, sogar noch nackter als nackt, so als könne Alex durch jede Pore ihrer Haut bis in ihr Innerstes schauen. Seltsam, dass sie in diesem Moment nicht einen Funken Angst gespürt hat. Er hat die hässlichsten Seiten gesehen, die eine Frau einem Mann überhaupt nur zeigen kann: Hass und Ekel auf alle männlichen Wesen dieses Universums. Wenn er immer noch nicht genug von ihr hat, ist er selber schuld. Jedenfalls hat sie nichts mehr zu verbergen – ein wunderschönes Gefühl von Freiheit. Sie kann sich nicht erinnern, jemals einem Menschen so nah gewesen zu sein.

Wie er sie immer wieder angeschaut hat. Es traf sie nicht nur mitten ins Herz, sondern brachte auch ihre Yoni zum Kribbeln. So wird sie ihre Muschi in Zukunft nennen. Der Name markiert einen sexuellen Neuanfang, jenseits all der falschen Scham. Der Anfang ist gemacht und lässt einiges erhoffen. Was ist so schlimm daran, dass zu ihr gehört, was Männer mehr als alles andere begehren? Deswegen muss sie sich noch lange nicht als Objekt fühlen. Maria hat schon immer darauf beharrt, aber damals … es hat plausibel geklungen, aber sie konnte es einfach nicht fühlen, es war immer mit Druck verbunden. Doch jetzt … *Ich habe doch selbst Lust!* Sie fühlt es schon wieder zart in sich pochen und lässt eine Hand hinunter auf ihre Yoni gleiten. Jedenfalls wird sie nie mehr das Opfer spielen, das sich bei jeder eindeutigen Annäherung sexuell belästigt fühlt. *Die Yoni verleiht uns Frauen eine besondere Würde. Wir müssen sie nur selbst würdigen. Würde lässt uns von der Frau zur Königin aufsteigen.* Karina hat vollkommen recht. Traurig nur, dass sie fast vierzig Jahre alt werden muss, um das zu entdecken. Das sollte jedes Mädchen spätestens mit vierzehn erfahren dürfen.

Karoline schließt ihre Augen und genießt die Bilder und Visionen, die in ihr aufsteigen. Sie tanzt, mal allein, mal mit Alex, mal in einem großen Saal, inmitten festlich gekleideter Frauen und Männer, die sie als Sexgöttin verehren. Wow. Sie holt tief Luft. Aber ganz geheuer sind ihr diese Bilder nicht. In ihren Hinterkopf schleicht sich eine altbekannte Stimme, die ihr hämisch zuflüstert: Typischer Fall von Dopamin-Rausch. Wenn der vorbei ist, wirst du schon wieder auf dem Boden der Tatsachen landen. Dann wirst du auch Alex wieder mit realistischen Augen sehen, denk doch mal nach! Um ein Haar wäre er jetzt mit Verena zusammen. Du glaubst doch nicht, dass der Typ dir jemals treu sein wird? *Non sia mai!*

Merda, nicht schon wieder diese fiesen Drohungen! Mit ein wenig *Ujjayi-Atmung* aus dem Yoga schafft sie es immerhin, die nervtötenden Misstöne soweit in Schach zu halten, dass sie sich wieder ihren süßen Träumen zuwenden kann. Wie Alex sie in einem langsamen, erotischen Tanz soweit aufheizt, dass er gar nicht mehr anders kann, als sie ins Bett zu zerren. Sie sträubt sich, gibt sich widerstrebend, was ihn nur noch heftiger in Fahrt bringt. Nach und nach streifen sie sich ihre Kleidungsstücke vom Leib, bis sie langsam aufs Parkett sinken und am Boden weiter tanzen. Die erste Berührung wird eine hormonelle Explosion auslösen, deswegen zögert sie sie immer weiter hinaus. Ihre Körper winden sich umeinander herum und verpassen sich jedes Mal nur um Haaresbreite.

Ding Dong. Das Klingeln ihres Telefons reißt Karoline aus ihren hitzigen Träumen. Bestimmt die Kanzlei. Können die denn nicht einfach mal akzeptieren, dass sie krank ist? Ein kurzer Blick auf das Display verrät ihr allerdings, dass nicht die Kanzlei dran ist. Die Nummer kommt ihr irgendwie bekannt vor, erst gestern …

Alex! Alex ruft sie an. Jetzt schon. Vor lauter Aufregung fällt ihr fast das Telefon aus der Hand, sie kann den Hörer gerade noch abfangen. »Dittmer?«

»Karoline! Ich bins, Alex.«

Er macht eine Pause, aber sie bringt nicht mehr als ein gehauchtes »Hi!« heraus.

»Bin ich zu früh dran? Ich habe es schon in der Kanzlei versucht, aber die sagten, du seist zu Hause. Also, ich habe mich an unsere Abmachung gehalten und erst mal eine Nacht drüber geschlafen. Viel länger halte ich es allerdings nicht aus. Bist du gut zurückgekommen? Hast du gut geschlafen? Wie geht es dir?«

»Ich, äh, ja, danke. *Merda*, ich stottere wie ein Teenager.«

»Ich finde das total süß!«

»Echt?«, fragt Karoline. Er findet sie *süß*! Hm.

»Ja!«

»Und du? Wie hast du geschlafen?«

»Schlaf? Was soll das sein?« Es tut gut, sein sanftes Lachen.

»Sehr lustig!«

»Wann sehen wir uns?«

Sie schnappt nach Luft. »Willst du nicht erst drüber schlafen?«

Er zögert einen Moment, dann fällt der Groschen. »Treffer! Ganz die Anwältin, ein offenes Wort und es wird sofort gegen einen verwendet. Also gut, ich habe geschlafen. Bestimmt eine Stunde. Oder sogar zwei.«

»Und jetzt willst du mich sehen?«

»Naja, nicht ganz sofort, ich muss noch in den Verlag. Aber wie wäre es mit heute Abend? Apropos. Wieso bist du eigentlich nicht in der Kanzlei?«

»Ich habe mir freigenommen.«

»Cool. Einfach so?«

»Einfach so.« erwidert sie schnippisch. *A dire il vero,* so einfach ist es nun auch wieder nicht.

»Ich staune. Weil … gestern beim Abschied hast du doch gesagt, du kannst dir gar nicht vorstellen, morgen im Büro zu erscheinen.«

»Eben. Also habe ich es einfach gelassen.«

»Also bist du gar nicht krank?«, fragt er, immer noch erstaunt.

»Wie man's nimmt«, antwortet sie.

Eine Weile schweigt er und sie genießt es, seinem Atem zu lauschen. Es könnte auch einfach so bleiben. Aber dann fragt er wieder: »Also sehen wir uns heute Abend?«

»Wo?«

Seine Antwort kommt schnell: »Überall, aber nicht bei Paolo.«

»*D'accordo!* Also wo?«

»Bei dir?«

»Bei mir?« Sie schaut sich reflexartig in ihrer Wohnung um.

»Ja, bei dir!« Das ist jetzt gar nicht der kleine Junge, der da spricht.

Ihre Stimme zittert etwas, doch was soll`s: »Aber ich werde nicht für dich kochen!«

»Ich werde dich schon noch zum Kochen bringen.«

Es dauert nur einen Moment, bis sie begreift. »Sehr witzig. Fällt dir eigentlich mal etwas anderes ein?«

Zum Glück geht er über ihre Spitze hinweg. »Und wenn wir doch noch Hunger haben, bestellen wir etwas vom Pizzaservice. Ich bin um acht bei dir, okay?«

»Ich freu mich.«

»Und ich erst! Ciao Bella!«

Als sie aufgelegt hat, bleibt sie erstmal wie alarmiert aufrecht sitzen, bis ihr rasendes Herz sich beruhigt hat. Fast. Alex kommt heute Abend zu ihr, hier in ihre Wohnung! In ihrem Bauch ein Schwarm Schmetterlinge, der gerade geschlüpft ist und mit den ersten Flugversuchen beginnt. Ab sofort Kaffeeverbot. Und dann muss sie sich mal umsehen, was noch alles zu tun ist, damit sie ihn überhaupt empfangen kann.

Zwei Stunden später schaut sie zufrieden auf ihr Werk: alles aufgeräumt, gesaugt und das Bett frisch bezogen. Jetzt das Badezimmer. Sie hasst Putzen noch mehr als die sprödesten Arbeiten im Büro, aber heute ist es anders. Das Aufräumen bringt Klarheit in ihre Gedanken, genau das, was sie vor diesem Abend braucht. Wann hat zuletzt ein Mann bei ihr … Moment!

Geht sie etwa davon aus, dass er bei ihr schläft?

Ja, Mamma mia, warum auch nicht. Ihr iPhone meldet eine SMS. Nein, er wird nicht absagen. Trotz der extremen Turbulenzen, am Wochenende ist etwas geschehen, was sie erstaunlich ruhig macht. Der Blick aufs Display verrät: Tatsächlich eine Nachricht von Alex. *Bist du nicht zu Hause? Habe dir auf den AB gesprochen. Muss dringend mit dir sprechen. Ruf bitte zurück, sobald du kannst.*

Von wegen Ruhe und Gelassenheit! Von ein paar Zeilen weggeblasen wie trockene Spreu. Sie rennt zum Anrufbeantworter, der tatsächlich eine Nachricht anzeigt. *Karoline, es gibt ein Problem mit heute Abend. Bitte rufe mich an, sobald du das abhörst.* Oh nein! Sie kommt gegen die anrollende Enttäuschung nicht an und lässt sich zu Boden gleiten, muss sich anlehnen, zur Vernunft kommen! *Es hat nichts mit uns zu tun. Es gibt einfach ein Terminproblem. Es hat nichts zu sagen. Er will mich nicht versetzen, es ist einfach etwas dazwischengekommen.* Aber alle beschwörenden Sätze können nicht verhindern, dass sie mit jedem Atemzug trauriger wird.

23

Die offiziellen Sprechzeiten sind längst vorbei, aber für ihren Sohn werden sie wohl eine Ausnahme machen. Alex sucht eine ganze Weile, bis er den richtigen Eingang gefunden hat. Da stehts: Gynäkologie und gynäkologische Onkologie. Er stößt die Tür auf und eilt hinein. Kliniken sind eine eigene, beklemmende Welt. Ein Glück, dass er sie bisher nicht allzu oft betreten musste. Allein schon der keimfreie Geruch, der ihm entgegenschlägt …

Endlich hat er sich bis zur richtigen Station durchgeschlagen. Die Oberschwester, eine freundliche Koreanerin, begrüßt ihn fast wie einen alten Bekannten und verweist ihn sogleich auf das gegenüberliegende Zimmer. Vorsichtig öffnet er die breite, graugrüne Tür.

Er ist noch nicht ganz drin, da hört er schon ihre brüchige Stimme. »Alexander! Schön, dass du gekommen bist. Setz dich doch!«

»Mama!« Oje, sie sieht schrecklich aus, aber er darf sich seine Erschütterung nicht anmerken lassen. Ihre Haare wie Stroh, ihre Wangen tief eingefallen und zerfurcht. Er drückt ihr ein Küsschen auf die Wange. Sie riecht nach Desinfektionsmittel und ranziger Butter.

Alex zieht den weiß lackierten Metallstuhl vom Fenster neben das Bett und setzt sich. »Wie geht es dir, Mama?« Seine Worte kommen ihm eigenartig hölzern vor. Wie spricht man mit seiner Mama, wenn man sie zum ersten Mal ernsthaft krank vor sich hat?

»Ist keine schöne Sache, aber Sibylle hat mich gewarnt. Sie hat mir auf den Kopf zugesagt, dass ich im Sommer eine gesundheitliche Krise durchmachen werde. Sie hat aber auch gesagt, dass ich es schaffe.« Sie lächelt gequält, von ihrem üblichen Esprit ist wenig zu spüren.

Diese Astrologin! Endlose Debatten haben sie geführt, ob Astrologie zu etwas taugt, aber seine Mum schwört darauf und entspricht angeblich hundertprozentig dem Klischee eines Zwillings – astrologisch gesehen, wohlgemerkt. Um keine Bemerkung nie verlegen.

»Seit Jahren liegt sie mir schon in den Ohren, dass ich mehr nach meiner Mitte schauen soll, mehr zur Ruhe kommen.« Sie schaut ihren Sohn an, als wolle sie ihn um Verzeihung bitten, dass sie bis heute daran gescheitert ist.

Alex blickt seiner Mutter ruhig in die Augen und tatsächlich schweigt sie mal für einige Sekunden.

Dann legt sie wieder los. »Ich habe schon einen CD-Player bestellt, deine Schwester bringt nachher die Meditations-CDs mit, das wird mir sicher helfen, zur Ruhe zu kommen.«

»Da bin ich mir ganz sicher, Mum. Das wird schon wieder.« Er ist selbst überrascht von dem Schwall Trauer, der ihn bei diesen Worten überfällt.

»Nicht traurig sein, mein Kleiner! Wirst sehen, ich bin hier bald wieder raus. Unkraut vergeht nicht.« Ihre tonlose Stimme spricht eine andere Sprache.

»Mama, du brauchst jetzt nicht mich zu trösten.«

Ein Anflug von Dankbarkeit huscht über ihr Gesicht. Sie versucht, ihre Hand nach ihm auszustrecken, aber die Kanüle und der Schlauch, die daran befestigt sind, hindern sie, ihn zu berühren.

»Gibt es schon ...«, Alex sucht nach der passenden Formulierung, »Ergebnisse?«

»Nein, mein Junge, die OP war ja erst gestern. Es dauert mindestens drei Tage, bis sie Genaueres sagen können.«

»Das ist ja wie Folter«, rutscht es ihm heraus und sie zuckt zusammen. Scheiße, er streut noch Salz in die Wunde. »Ich meine, sonst geht doch alles so schnell, heutzutage, warum ...«

»Lass gut sein. Was man nicht ändern kann …« Sie lässt den Satz im Nichts enden und seufzt. »Wie geht es dir, Alexander? Geht es dir gut? Ist nicht bald wieder Buchmesse?«

»Immer erst im Oktober.«

»Ach wirklich? Ich hätte schwören können …«

»Mama, das spielt doch jetzt gar keine Rolle. Leg dich wieder hin! Du brauchst Ruhe!« Unglaublich, wie diese Frau ihre letzten Reserven mobilisiert, um bloß nicht schwach zu wirken. Er greift nach ihrer Hand und legt sie in seine. Und tatsächlich, für einen Moment wird sie still.

Er blickt sich um. Ob sein Vater wohl schon da war?

Als hätte sie seinen Gedanken erraten, weist seine Mutter auf den Strauß bunter Gladiolen, der auf der Fensterbank steht. »Die Blumen sind von Papa, er musste gleich wieder in die Uni.«

Typisch! Speist seine Frau mit einem Strauß Blumen ab und macht sich gleich wieder aus dem Staub. So ist er immer gewesen. Ein Wunder, dass ihm die Zahlen und Formeln nicht aus dem Kopf wachsen. Er hat schon in einer virtuellen Welt gelebt, lange bevor es die überhaupt gab. »Das sieht ihm ähnlich!«

»So ist er nun mal, mein Schatz.« Seine Mutter seufzt.

»Macht es dir denn gar nichts aus?«

»Man kann Menschen nicht ändern, man kann sie nur lassen oder sich permanent aufregen.« Sie klingt eher resigniert als gelassen. Seine Eltern haben ganz offensichtlich einen Modus gefunden, mit dem sich leben lässt, aber glücklich sind sie wohl kaum.

»Könntest du mir einen Gefallen tun«, sie bemüht sich um ein Lächeln, »und die Jalousie etwas hochziehen? Die Sonne ist ja längst um die Ecke.«

»Ja, klar.« Mit wenigen Handgriffen bringt er mehr Licht ins Krankenzimmer. Immerhin das kann er für sie tun.

»Wie macht sich der Junge? Ist er immer noch so gut in der Schule? In welcher Klasse ist er jetzt?«

»In der zehnten. Naja, in letzter Zeit hat er etwas nachgelassen.

Aber alles im grünen Bereich. Fast alles. Pubertät halt.« Ob Heike ihr von dem Drama mit dem Video erzählt hat? Wohl kaum.

Seine Mutter kichert leise. »Das war bei euch auch nicht anders. Aber er könnte sich ja auch mal melden. Wahrscheinlich würde ich ihn gar nicht wiedererkennen.«

»Da könntest du recht haben.« Mann, es liegt viele Jahre zurück, dass er Finn mit nach Göttingen gebracht hat. Damals hat sie ihm noch von Zwergen, Feen und Elfen erzählt …

»Bestelle doch Heike einen lieben Gruß. Es ist schon lange her, dass ich … ach, ich will nicht klagen. Sag, wie geht es Simone?«

Alex holt tief Luft. »Mama, ich habe dir doch erzählt …«

Sie beißt sich auf die Lippen. »Ach, oh entschuldige. Ich werde älter. Ich habe es nicht vergessen, es ist nur …«

Dass du niemals länger bei einer Sache bleiben kannst, bringt Alex den Satz innerlich zu Ende.

»Weißt du, mein Junge, ich habe sie nie sonderlich gemocht. Bestimmt findest du bald eine, die besser zu dir passt. Vielleicht solltest du auch mal zu Sibylle gehen. Den eigenen Seelenpartner anzuziehen ist inzwischen ihr Arbeitsschwerpunkt und sie hat enorme Erfolge damit.«

Ob Papa wohl der Richtige für sie war? Hat sie das auch mal von Sybille klären lassen? »Mama?«, fängt er an, aber dann kann er sich gerade noch stoppen. Es ist sicher nicht der richtige Zeitpunkt, das jetzt zu fragen.

»Was hast du auf dem Herzen?«

Er spürt schmerzlich seine Sehnsucht nach Karoline. »Ach nichts, ich dachte nur gerade …«

»Mach aus deinem Herzen keine Mördergrube! Weißt du, wer das immer gesagt hat?«

»Nein, aber lass gut sein. Sag mal, kommt Silvia heute noch?«

»Sicher … deine Schwester müsste eigentlich längst hier sein.«

»Wartet sie vielleicht draußen?«

Jetzt kann seine Mutter ihre Trauer nicht mehr verbergen. Hilflos schaut sie ihn an.

»Mum, lass das unser Problem sein, okay? Du bist für unseren Zwist nicht verantwortlich.« Er nimmt vorsichtig ihre Hand und hält sie einen Moment. »Ich komme morgen wieder. Und ich schicke Silvia zu dir rein, okay?«

Seine Mutter sinkt erschöpft auf ihr Kissen zurück und schließt die Augen.

Karoline sitzt in ihrem Büro und starrt auf die Bäume im Park. Seit einer Stunde starrt ins Grüne, ohne wirklich etwas aufnehmen zu können. Wenn er nicht bald anruft … Ist seine Mutter wirklich so krank oder …? Sie will diesen Gedanken nicht zu Ende denken, aber es fällt ihr einfach unglaublich schwer, einem Mann wirklich zu vertrauen. Und dann noch einem, den sie gerade erst kennengelernt hat. Und wie!

Seit Alex gestern angerufen und das Treffen abgesagt hat, ist ihre Stimmung auf Talfahrt. Eigentlich ist nichts passiert, außer dass er auch am Abend keine Zeit hatte, länger mit ihr zu sprechen. Dass er zu seiner Mutter fährt, wenn sie schwerkrank ist, kann sie wohl kaum gegen ihn verwenden, aber leider folgt ihr Herz nicht den Gesetzen der Logik. Ihr Herz braucht … Alex. Und zwar jetzt und sofort, sonst drehen sich ihre Gedanken immer schneller im Kreis … und werden immer düsterer.

Sie reibt ihre Schläfen, ihr Puls hämmert. Einatmen und Ausatmen. Einatmen und Ausatmen. Dann die Arme lang über'n Kopf und ein paar weitere tiefe Atemzüge. Sie hört die beruhigende Stimme von Nikolai. Und nach vorne aushängen. Als sie wieder hochkommt, ist sie etwas gefasster. Sie schlägt den Aktenordner auf und versucht, das Schreiben vor ihren Augen zu erfassen, aber nichts davon kommt in ihrem Gehirn an. Als wenn die Synapsen in einen Warnstreik getreten wären.

Dazu haben sie auch allen Grund. Seit Jahren reißt sie sich für die Kanzlei den Arsch auf. Und jetzt das!

Frauen sind zu nett. Es stimmt genau, was sie auf der Pinnwand im Wartezimmer ihrer Frauenärztin gelesen hat. Frauen kommen beruflich nicht weiter, weil sie zu nett sind. Weil sie davon ausgehen, fair behandelt zu werden, wenn sie sich selbst fair verhalten.

Ein Glück, dass es bei mir anders läuft, hat sie damals noch gedacht. Ihr Chef hat sie immer gefördert, war fast wie ein zweiter Mentor für sie, neben Freddy. Er hat ihr brisante Fälle überlassen, mit denen sie sich bestens profilieren konnte. Vor allem den Fall Miller. Einen zweistelligen Millionenbetrag hat sie für die Solarfirma herausgeschlagen, trotz Anklage wegen Insolvenzverschleppung. Verdammt, nicht mehr lange, dann könnte sie sich ohne Probleme selbständig machen. Hat sie gedacht. Und jetzt das.

Sie kann an nichts anderes denken, obwohl einige dringende Akten vor ihr auf dem Tisch liegen und auf Erledigung klagen. Am liebsten würde sie alle nehmen und aus dem Fenster schmeißen. Basta!

Sie muss unbedingt mit jemandem sprechen. Aber warum unbedingt mit Alex? *Darf ich ihn schon mit sowas behelligen?* Immerhin ist das Thema alles andere als sexy.

Egal. *Wenn er nicht anruft, rufe ich eben an.* Sie wählt die Handynummer. »Es ist zur Zeit keiner erreichbar«, plärrt ihr die unerbittliche Computerstimme entgegen. *Che cazzo!*

Dann eben im Verlag. Sie unterbricht die Verbindung, bevor jemand drangehen kann. Verdammt, er ist doch in Göttingen.

Gefühlte Stunden später klingelt es auf ihrem Handy. »Dittmer?«

»Karoline!« Er scheint sich zu freuen. Ihr Puls beruhigt sich ein wenig. »Was gibts denn? Du klingst außer Atem.«

»Alex! Gut, dass du endlich … passt es dir überhaupt gerade?«

»Naja, nicht wirklich. Ich habe nur gerade gesehen, dass du angerufen hast, da wollte ich zumindest mal kurz … In der Klinik muss ich das Handy immer ausschalten.«

»Wie gehts ihr denn?« Sie muss das fragen, obwohl sie viel lieber sofort über ihr Problem sprechen würde.

»Nicht gut. Gar nicht. Muss ziemlich schrecklich sein, tagelang auf die Ergebnisse zu warten. Ich bete darum, dass es nicht bösartig ist. Aber das ist nicht der Grund, warum du anrufst, oder? Wir waren ja für heute Abend …«

Dass er das merkt! Dreimal danke, Alex! »Stimmt! Ich habe ein Problem. Ich muss unbedingt mit jemandem reden, sonst drehe ich durch.«

»Aber das Problem hast du nicht mit mir, oder?«, fragt er vorsichtig, aber auch leicht amüsiert.

»Nein, ausnahmsweise mal nicht.« Sie versucht zu lachen, aber das missglückt. Also in medias res. »Es geht um meinen Job. Mein Chef besteht nach wie vor darauf, mich baldmöglichst nach Hamburg zu versetzen.«

»Was?«, fragt Alex entsetzt. Sie freut sich darüber, sie kann jemanden gebrauchen, der ihr Entsetzen teilt. »Aber das machst du nicht mit, oder?«

»Nein!« Ist sie sich wirklich so sicher? Leider nicht.

»Und wo ist dann das Problem?« Männer! Manchmal denken sie unerträglich logisch.

»Er hat einiges in der Hand, um mich dazu zu bringen, und er scheint wild entschlossen.« Sie hört sich selbst jammern und hasst sich dafür.

»Dann soll er dir eben kündigen. Du hast doch erzählt, dass du bei deinen Mandanten total beliebt bist. Dann machst du dich einfach selbständig.«

Klar, ganz einfach, denkt Karoline bitter. Warum ist sie nicht selbst darauf gekommen? »So einfach ist das leider nicht …«

»Dann gehst du halt in die Politik. Hast du nicht erzählt, dass, wenn du nur wolltest …«

»Alex, bitte, das ist jetzt nicht das Thema. Und außerdem geht das auch nicht von heute auf morgen.«

»Das behaupte ich doch gar nicht!« Er klingt beleidigt. »Ich dachte nur, es hilft dir, dich vom Diktat deines Chefs nicht unterkriegen zu lassen.«

»Danke, ist sicher gut gemeint.« *Aber irgendwie nicht das, was ich gerade brauche.* Aber was braucht sie denn überhaupt?

Eine Weile herrscht Schweigen.

»Karoline, ich habe jetzt nicht allzu lange Zeit. Können wir vielleicht heute Abend weitersprechen? Ganz in Ruhe. Ich muss noch dringend im Verlag anrufen. Und vorher die E-Mails checken. Und und und. Tut mir echt leid …«

Au. Das tut weh. Er wimmelt sie ab. Sie hats geahnt. »Okay, heute Abend. Weißt du schon, wie lange du in Göttingen bleiben musst?«

»Sie ist frisch operiert, sie haben den Tumor entfernt. Sie weiß aber noch nicht, ob er wirklich bösartig ist. Bis die Ergebnisse da sind, bleibe ich hier. Und mein Vater, das alte Arschloch … Er hat ja schon am Wochenende versucht, mich zu erreichen, aber … Ach Scheiße, ich muss Schluss machen. Bis später!«

Blitzartig sieht sie sein Handy vor sich, als sie durch den Wald spaziert sind. »Alles klar, ich verstehe. Also, machs gut, bis dann.« Scheiße, jetzt ist sie noch mutloser als vorher. Ist sie überempfindlich oder ist er wirklich so distanziert? Vielleicht sollte sie doch lieber mit einer Frau …

Maria! Die wird sie nicht so abwimmeln, aber dafür muss sie sie erst mal erreichen – was unwahrscheinlich genug ist.

Doch sie hat Glück, Maria ist beim zweiten Versuch dran und hört ihr tatsächlich eine Weile zu, ohne gleich mit abwegigen Vorschlägen um die Ecke zu kommen. Aber dann bringt sie tatsächlich eine Idee, wie ihr Chef von seinem Vorhaben abzubringen wäre, und zwar ohne gleich die volle Konfrontation zu riskieren. »Du wirst ihm eine Alternative vorschlagen, die seine Kanzlei noch besser voranbringt als die Abordnung nach Hamburg. Hast du nicht gesagt, euch fehlt ein Mediator? Das wäre doch was!«

»Ja, stimmt. Ich habe es sogar schon mal erwähnt, aber Berger kann sich anscheinend nichts Konkretes darunter vorstellen. Ich glaube, er hat so eine Art Psychophobie. Vielleicht sollte ich mal bei den Kollegen vorfühlen …«

»War ja auch nur so eine Idee. Ich will jedenfalls nicht, dass du nach Hamburg gehst, Karo! Du bist doch kein Fischkopf!« Ihre brüchige Stimme verrät Karoline, dass es Maria damit ernst ist und das tut richtig gut.

Mit der neuen Perspektive kommt auch die Energie zurück. Nach kurzer Recherche entdeckt sie, dass noch in diesem Monat eine Infoveranstaltung zum Thema Mediation stattfindet. Ist zwar in Basel, aber immerhin ein Ansatz.

Jetzt fühlt sie sich schon deutlich besser, nimmt die Akte, die oben aufliegt, und zwingt sich zur Konzentration. Handelt es sich um eine rechtmäßige Kündigung oder wurde gegen das Diskriminierungsverbot verstoßen? Mit was für einem Scheiß sie sich immer wieder befassen muss! Erstaunlich, dass das überhaupt noch funktioniert. Nach einer Stunde hat sie den Fall in allen Details in sich aufgenommen und greift zum Diktiergerät.

24

Sie geht nach Hamburg! Das darf doch nicht wahr sein. Und er sitzt hier in diesem gottverdammten Göttingen fest und … Wegen des Gesprächs mit Dallmann ist ihm sowieso schon elend genug, aber dass Karoline nach Hamburg verfrachtet wird, nein, das kann nicht sein. *Ich werde das verhindern.*

Du Witzbold, meldet sich die fiese Stimme, die ihm so oft im Nacken sitzt und von dort in die Suppe spuckt. *Du schaffst es ja noch nicht einmal, deinem eigenen Chef die Stirn zu bieten.* Alex steht auf, geht – soweit das kleine Hotelzimmer es überhaupt zulässt – auf und ab und bleibt vor dem Fenster stehen. Die Äste der großen Fichte draußen biegen sich durch und ächzen schwer unter dem Angriff der Windböen. Aber sie brechen nicht.

Er greift nach dem Hörer und wählt die Nummer. Dallmann wird nicht gleich sehen, wer anruft, gut so. Aber bevor das Freizeichen ertönt, klingelt sein Handy. Marcel!

»Hey, du Meister des schlechten Timings. Was gibts?«, fragt Alex genervt.

»Und du wirst langsam Meister der schlechten Laune, oder wie?«

»Sorry, aber ich wollte gerade … kann ich dich später zurückrufen?«

»Klar, Mann. Ich wollte dir nur sagen, ich war da!«

»Du warst wo?«

»Auf dem Event, von dem ich dir neulich erzählt habe. EWS, *Eyes Wide Shut,* der Film mit Tom Cruise, du erinnerst dich?«

Plötzlich ist Alex elektrisiert. »Wenn ich diesen Film irgendwann vergessen sollte, leide ich an Alzheimer. Du kannst meinen behandelnden Arzt zu gegebener Zeit daran erinnern!«

»Also, magst du aus erster Hand erfahren, was da abgeht? Vielleicht willst du dann auch nicht mehr zum Tantra. Ich hatte übrigens eine supercoole Maske, die kann ich dir gerne mal ausleihen, wenn du …«

»Marcel, ich bin total heiß drauf, alles über diese Party zu erfahren, aber jetzt muss ich leider erst mal …«

Zum Glück insistiert Marcel diesmal nicht so penetrant wie üblich. Sie verabreden sich für später.

Jetzt wieder umschalten. Carsten. Das Plagiat. Nicht so einfach.

Doch nach wenigen Minuten drückt er die Wahlwiederholung.

»Dallmann.« Oh! Er ist tatsächlich sofort dran.

»Guten Tag, Herr Dallmann, Schwaizer hier. Gut, dass ich Sie endlich erwische, sicher hat Frau Rancic Ihnen schon …«

»Ja, ich weiß Bescheid, aber ich erwarte gerade einen wichtigen Rückruf, können Sie vielleicht …«

»Herr Dallmann, wenn ich nicht sehr bald eine Auskunft von Ihnen bekomme, sieht Herr Kiefer sich gezwungen, Anzeige zu erstatten. Oder Sie zu verklagen, keine Ahnung, wie man das nennt.«

Einen kurzen Moment hört er nur Dallmanns Atem. »Okay, worum gehts denn? Was müssen Sie wissen?« Nanu. Plötzlich so freundlich?

»Herr Kiefer muss seinem neuen Verlag gegenüber offenlegen, warum er gekündigt wurde …«

»… aber er wurde gar nicht gekündigt!«, geht Dallmann sofort dazwischen. »Der Vertrag wurde im beiderseitigen Einvernehmen aufgelöst und er bekommt eine satte Abfindung.«

»Nun, Herr Dallmann, das ist Stand heute. Zuerst aber wurde er gekündigt und der neue Verlag will wissen, was es mit dem Plagiatsvorwurf auf sich hat, bevor er einen Vertrag abschließt. Kann man ja verstehen, oder?« Ganz ruhig bleiben, Alex.

Eine Weile scheint die Leitung wie tot. Hat das Arschloch etwa aufgelegt? Alex merkt, wie langsam doch die Wut in ihm hochkocht. »Herr Dallmann? Sind Sie noch da? Herr Dallmann?«

»Ja, ja, natürlich bin ich noch da. Aber … wieso hat Herr Kiefer denn seinen neuen Verlag über die Kündigung informiert? Das hätte er auf keinen Fall tun dürfen. Das sind Interna, die gehen niemanden etwas an. Sagen Sie ihm das, Schwaizer.«

Der polternde Ton, den Dallmann plötzlich wieder anschlägt, verschlägt Alex fast die Sprache. Aber nur fast. »Erstens hat Herr Kiefer mit dem neuen Verlag Kontakt aufgenommen, bevor Sie sich über die Vertragsauflösung verständigt haben, deswegen konnte er damit wohl kaum hinter dem Berg halten. Und zweitens, Herr Dallmann, ganz ehrlich … die Sache stinkt zum Himmel. Wenn Sie die Hintergründe Ihrer Kündigung nicht offenlegen, wird sich wohl bald der Staatsanwalt bei Ihnen melden. Ich weiß ja nicht, ob Ihnen das lieber ist …« Er wird ihn rausschmeißen, das ist jetzt vollkommen klar. Trotzdem fühlt er sich so kraftvoll wie schon lange nicht mehr.

»Herr Schwaizer, Sie erinnern sich vielleicht an das Ehrenwort eines früheren deutschen Bundeskanzlers, oder?« Plötzlich wieder die Freundlichkeit in Person.

Der Typ ist ein beschissenes Chamäleon. »Ja, so dunkel, da war mal was, aber was hat das …«

»Nun, wie immer man dazu steht, Ehrenwort ist Ehrenwort.«

»Und Sie haben ein Ehrenwort abgegeben, die Hintergründe der Kündigung nicht offenzulegen«, stellt Alex sachlich fest.

»Ich wusste, dass Sie das verstehen. Männer verstehen so etwas, nicht wahr, Herr Schwaizer?« Der Typ ist kein Chamäleon, er ist eine Krake.

Aber seine Fangarme sind nicht so lang, wie er denkt. »Wissen Sie, Herr Dallmann, auch auf die Gefahr hin, in Ihren Augen kein richtiger Mann zu sein, meiner Ansicht nach war das Ehrenwort schon bei Helmut Kohl eine faule Ausrede und bei Ihnen sehe ich das nicht wesentlich anders. Tut mir leid.« Sein Herz klopft wie verrückt, aber es fühlt sich unendlich stark an.

»Sie enttäuschen mich, Schwaizer. Aber macht nichts. Richten Sie Herrn Kiefer aus, dass die Kündigung aufgrund eines plausiblen anonymen Hinweises erfolgt ist, der sich leider bei der näheren Überprüfung als unzutreffend erwiesen hat. Es tut dem Prinzverlag sehr leid und wir wünschen ihm für die Zukunft Alles Gute. Frau Rancic wird ihm das schriftlich geben, wenn er darauf besteht.«

»Aber …«

»Herr Schwaizer, ich wünsche Ihnen noch einen schönen Tag.« Piep, piep, piep, piep.

Aufgelegt. Alex lässt sich auf das Bett fallen. Alles dreht sich so geschwind, als hätte er Wein, Bier und Schnaps wild durcheinandergetrunken. Das Ding stinkt doch zum Himmel! Als ihm klar wird, was dieses Telefonat nach sich ziehen wird, wird ihm speiübel. Er ist arbeitslos.

Nachdem er sich eine Weile genüsslich im Selbstmitleid gesuhlt hat, kommt ihm plötzlich eine Idee. *Dann könnte ich auch nach Hamburg gehen.*

Doch die Euphorie über diesen genialen Einfall hält nicht lange an. Wegen einer Frau ganz woanders hinzuziehen? Ohne sie näher zu kennen? Ohne zu wissen, ob sie überhaupt zusammenpassen? Ohne dass sie überhaupt selbst dorthin will? Ohne Job? Eine Schnapsidee. Er gräbt sich in die Kissen ein und dämmert tumb vor sich hin.

Was Karoline wohl dazu meint, dass er arbeitslos ist? Ehrenwort … als Juristin wird sie das auch nicht besonders überzeugend finden. Ob sie wohl sauer ist, weil er beim letzten Gespräch so kurz angebunden war? Sie hätte alles Recht dazu, er hat sie ganz blöd hängen lassen, verdammt. Warum macht er sowas? Als Antwort meldet sich nur ein diffuses, mulmiges Gefühl in der Magengegend, sonst ist da einfach nur Schweigen.

Ehrenwort! Plötzlich ist er wieder hellwach. Das ist es, die Ehrenerklärung bei der Registrierung! Alex schnellt hoch und setzt sich an seinen Laptop. Er muss mehr über diesen verdammten Tempel herausfinden.

25

Sie hat es Freddy versprochen, also sitzt sie jetzt hier. Ob es wohl ihre letzte Mitgliederversammlung ist? Freddy fände das unverantwortlich. *Wenn wir uns nicht engagieren, dürfen wir uns auch nicht beklagen, dass so viel schiefläuft.* So ganz unrecht hat er damit nicht. Aber wenn sie nach Hamburg muss, hat sich das Thema sowieso vorerst erledigt.

Sie nippt an ihrem Rotwein, ein lausiger Tropfen. »Es tut mir leid, aber die Rednerliste ist geschlossen!« unterbricht die Versammlungsleiterin Benno vom BUND, der wie immer noch etwas zu sagen hat. »Wir haben noch einiges auf der Tagesordnung, aber jetzt machen wir erst mal Pause,« fügt Isabel freundlich aber bestimmt hinzu. Benno schnappt nach Luft, entscheidet sich aber fürs Schweigen.

Isabel kann sich gottseidank gegen Schwafler besser durchsetzen als ihr Vorgänger, stellt Karoline zufrieden fest. Das Gemurmel steigt deutlich an, der Vereinsraum des Ochsen ist proppenvoll. Die Kellnerin bahnt sich bereits mit Weizenbier und Apfelschorle den Weg durch die Tische, als plötzlich eine zierliche junge Frau mit wasserstoffblonden Haaren lautstark ihre eigentlich zarte Stimme erhebt. »Dann setze ich mich jetzt mal über die Regeln hinweg. Manche Männer lassen sich hier weitschweifig über alles Mögliche aus – außer zum Thema. Wir Grünen haben die Frauenquote, aber habt ihr euch schon mal überlegt, warum sich trotzdem vergleichsweise weniger Frauen in der Politik engagieren? Ich beantrage hiermit eine Redequote für Frauen. Setzt das bitte auf die TO. Danke!«

Freddy zuckt mit den Achseln, anscheinend hat er sie auch noch nie hier gesehen.

»Redequote, ich glaube ich spinne! Schau dich doch mal bei anderen Parteien um, dagegen sind wir eine Frauengruppe!«, ruft Benno mit hochrotem Kopf.

Die junge Frau steht nochmal auf. »Kannst du ein einziges Mal den Schnabel halten?«, legt sie nach. »Das ist es doch! Wir mögen zwar formal die Gleichberechtigung eingeführt haben, aber wenn die Männer schon auf den untersten Parteiebenen penetrant das Feld dominieren und Redebeiträge liefern wie Rüden, die ständig ihr Bein heben, dann …« Gegen den nun aufbrausenden Tumult hat Isabel keine Chance. Viele lachen, einige klatschen, manche rufen empört durcheinander und Freddy murmelt fasziniert: »… wie in alten Zeiten, wie in alten Zeiten!« Es klingt wie ein sich endlos wiederholendes Mantra.

Karoline steht auf und versucht, sich an Freddy vorbeizuschieben, doch der macht keine Anstalten sie durchzulassen. »Das lässt du dir entgehen?«, fragt er und hebt demonstrativ eine seiner buschigen Augenbrauen.

»Allerdings!«, raunzt sie ihn an und schickt einen Blick hinterher, der ihn sofort zur Seite rücken lässt. Sie hat genug von diesem Affentheater. *Dio mio,* wie hat sie das eigentlich all die Jahre ausgehalten? Hart aber herzlich, hat sie früher manchmal gedacht und vor allem war es lebendiger als in der Kanzlei. Jetzt kommt es ihr nur noch albern vor, wie im Kindergarten.

Draußen stellt sie sich ein wenig abseits der Eingangstür vom Ochsen, vor allem um dem Zigarettenqualm zu entgehen. Die frische Luft tut gut und sie hat sich wieder abgeregt. Da steuert Freddy auf sie zu und beginnt sogleich das Gespräch: »Und, was sagst du als Frau dazu? Ganz schön keck, die Kleine, oder?«

»Du glaubst nicht, wie oft mich diese Laberköpfe schon um den Verstand gebracht haben! Aber eine Redequote? *Non lo so.*

»Aha«, kommentiert er erstaunt. »da ist aber zum Glück mehr als genug übrig geblieben … von deinem brillanten Verstand, meine ich. Nicht dass du das falsch verstehst, du hast natürlich auch andere Qualitäten …«

Karoline verdreht die Augen. »Freddy, nicht schon wieder die Tour, okay?«

Freddy lenkt sofort ein. »Dann gib mir doch eine ernsthafte Antwort! Redequote, ja oder nein?«

»Ich finde es ehrlich gesagt offensichtlich, dass Frauen in der Regel anders kommunizieren als Männer, sie machen auch eine andere Politik. Aber Redequote? Eher nicht.« Ihr Vorschlag vom letzten Herbst, immer mal wieder eine Schweigepause einzulegen, kommt ihr in den Sinn. Das würde auch gegen die Laberei helfen. Der Antrag war allerdings nicht nur von Männern abgebügelt worden.

»Da bin ich ganz bei dir, aber warum agieren Frauen umso männlicher, je weiter sie auf der Karriereleiter nach oben kommen?«

»Das ist doch nur eine billige Ausrede von Männern, die nicht über sich und ihr Kommunikationsverhalten nachdenken wollen.« Ob sie Freddy jemals soweit kriegt, mal ein Schweigeretreat zu besuchen? Neulich hatte sie ihn fast soweit. Aber nachdem sie selbst dort vorzeitig abgereist ist, nun ja, macht es nicht gerade leichter, ihn davon zu überzeugen.

»Mag ja sein, aber trotzdem ist diese Vermännlichung ein Fakt. Und du willst nicht wissen, warum das so ist«, setzt Freddy nach.

Karoline zögert. Wenn sie ihn nicht schon so lange kennen würde … er stammt aus einer anderen Zeit, obwohl er sich schon verändert hat. Er könnte ihr Vater sein. »So wie ich dich kenne, wirst du mich gleich in deine umfassende Analyse einweihen.«

»Also, du willst es echt hören?«, fragt er erfreut.

»Nun mach schon!«

»Hast du dir schon mal überlegt, warum Frauen, die in die Politik gehen, ihren Sexappeal verlieren?«

»Freddy!« *Ich sollte lieber nach Hause gehen.*

»Ich habs dir gesagt, du willst es nicht wissen!«

Karoline schüttelt den Kopf. »Ich will nur keinen Schwachsinn hören!«

»*Ich bin die Hure, die man hasst! Vor einer Frau, die Macht hat und sich dabei nicht scheut, ihre Sexualität zu zeigen, hat man Angst.* Weißt du, wer das gesagt hat?«

»Nein.«

»Das hat Madonna gesagt und ich finde, sie hat recht. Frauen wie sie sollten in die Politik.«

»Oh nein!«

»Oh doch! Warum denn nicht?«

Karoline sucht in Freddys Gesicht nach Anzeichen, dass er sie auf den Arm nehmen will, doch sie wird aus seinem Grinsen nicht schlau. »Dann sollen Abgeordnete demnächst daherkommen wie diese Pornoqueen? Wie hieß die noch gleich? Damals im italienischen Parlament.«

»Warte … *Cicciolina*! Genau! Wäre doch gar nicht so übel. Wenn Saddam Hussein oder Osama bin Laden ihr Angebot angenommen hätten, wären uns elende Kriege erspart geblieben.«

»Das würde dir gefallen, wenn Politikerinnen für den Frieden auf den Strich gehen? Weißt du, Freddy, wenn deine Analyse derart tiefschürfend ist, will ich sie lieber doch nicht hören.« Sie macht einen Schritt auf die Tür zu.

»Nein warte, Karo, war nur eine kleine Provokation. Frauen sind sich ihrer sexuellen Macht nicht bewusst. Bei Männern gehört Sex und Macht zusammen, Frauen hingegen gehen immer noch davon aus, dass sie sich sexuell verweigern müssen, um mächtig zu sein.« Freddy schaut sie an, als hätte er eine nobelpreisverdächtige Entdeckung gemacht.

»Sollen denn jetzt auch noch mächtige Frauen nichts anderes als Sex im Kopf haben, wie Clinton, Strauß-Kahn, Berlusconi, Weinstein?

»Frauen könnten zeigen, dass Sex durchaus etwas mit Stil und gutem Geschmack zu tun haben kann. Wer könnte das besser transportieren als eine sexy Kanzlerin?«

»Du bist vollkommen durchgeknallt!« Karoline wischt mit ihrer rechten Hand vor ihrem Gesicht hin und her.

»Nein, nein, nein, keine Merkel. Gerade nicht!«

Jetzt kann sie sich ein Lachen doch nicht verkneifen. »Sì, come no! Julia Roberts for President! Maria Furtwängler, Lady Gaga. Das wäre doch mal ein echter Politikwechsel.«

»Bingo!« Freddy hebt einen Daumen nach oben. »Du bist die erste Frau bei den Grünen, die mich versteht. Wenn ich denen hier mit solchen Thesen komme, schmeißen sie mich raus oder schieben mich in den LGBTQ-Arbeitskreis ab«

»Wäre doch genau das richtige Politik-Feld für dich.« Karoline lehnt sich an die Hauswand.

»Die Grünen sind inzwischen so was von verspießert, was Sexualpolitik angeht. Emanzipatorische Aufklärung war gestern und im Schwulen-Ressort ist man restlos zufrieden, seit Schwule und Lesben heiraten dürfen. Fehlt gerade noch, dass der Papst bei uns eintritt.«

»Und was schlägst du vor?« Sie wippt ungeduldig mit dem linken Bein.

»Wir Achtundsechziger wussten schließlich immer schon, dass tiefgreifende Veränderungen eine sexuelle Revolution erfordern. Die Scham ist noch längst nicht vorbei, inzwischen dreht sich alles nur um Belästigung, Missbrauch und Zwangsprostitution. Das greift doch alles viel zu kurz.« Immerhin spricht er jetzt in normalem Tonfall.

»Wenn man sich in jeder Talkshow über Analsex auslassen kann, was willst du da noch groß befreien?« *Merda,* warum sagt sie nicht, was sie wirklich darüber denkt?

Freddy kommt nun richtig in Fahrt. »Ist das etwa Befreiung?«, ruft er so laut, dass die umstehenden Rauchergrüppchen sich nach ihnen umschauen. Leiser fährt er fort. »Hinter dem Vorwand, sexuelle Gewalt zu verhüten, ist uralte Sexualmoral auf dem Vormarsch. Geh mal an einen Nacktbadestrand, nackt siehst du da nur noch alte Knacker wie mich. Und du ahnst nicht, was für arme Würstchen ich manchmal anwaltlich vertreten muss, die wissen nicht wohin mit ihrer Lust.«

Ihr wird langsam unbehaglich. Missbrauch beginnt viel früher, als Männer wie Freddy sich das vorstellen können. Genausowenig wir ihr Vater; und die beiden waren mal eng befreundet.

»Darf ich persönlich werden?« Freddy schenkt ihr einen warmherzigen Blick. Plötzlich ein ganz anderer Freddy.

Sie nickt.

»Du hast doch an deinem Geburtstag erzählt, dass dir die Kanzlei kaum Zeit für ein Liebesleben lässt.«

»Man kann sich auch gut dahinter verstecken«, unterbricht sie ihn. Ich habe jedenfalls beschlossen, andere Prioritäten zu setzen.« Sie zieht ihren Blazer fester zusammen, dabei fühlt sie das Vibrieren ihres Handys in der Tasche. Sie wirft einen Blick auf das Display: *Ich denk an dich. Heiße Gedanken! Umarmung. A.*

Als sie wieder aufschaut, strahlt Freddy sie an. »Wow, du hast einen Lover! Wurde aber auch Zeit. Wie heißt er denn?«

»Freddy!«

»Das glaub ich jetzt nicht?«

Ihr Absatz trifft auf seinen Fuß, er springt zur Seite und jault auf. »Au!«

»Das hast du dir redlich verdient. Und was Alex angeht, ist völlig offen, ob was draus wird.«

Freddy lächelt gutmütig. »Alex? Ein schöner Name!«

»Ja.« Eine warme Woge durchzieht ihren Körper.

»Und warum bist du nicht sicher? Stimmt was nicht mit Alex?«

»Lass gut sein, Freddy.« Er wird in letzter Zeit immer kauziger.

Nachdem sie eine Weile geschwiegen haben, fährt Freddy fort. »Jetzt hast du mich ganz aus dem Konzept gebracht. Eigentlich wollte ich nämlich gerade sagen, dass ich dich gerne für die Bundesdelegiertenversammlung vorschlagen würde. Aber nur, wenn du regelmäßig guten Sex hast.«

Scheiße. Erst schaut sie zu Boden, dann blickt sie ihn fassungslos an.

Doch Freddy fährt ungerührt fort. »Es sollten mehr Frauen in die Politik, die Sex nicht auf dem Altar der Macht opfern.«

Langsam verwandelt sich ihre Fassungslosigkeit in Zorn. Was bildet der sich eigentlich ein? Freundschaft hin oder her, jetzt reichts. »Freddy, du hattest immer schon eine verschrobene Sicht auf Frauen, aber jetzt wirds erbärmlich.«

Freddy schaut sie an, als rede sie chinesisch. »Nun komm schon, so war das doch nicht gemeint. Sieh es doch mal als Kompliment. Du bist attraktiv, feminin, selbstbewusst und hast was in der Birne. Solche Frauen braucht das Land!«

»Du verdienst ein Parteiausschlussverfahren wegen Sexismus.« Fehlt nur noch, dass sie ihm eine Ohrfeige verpasst.

»Weißt du was? In Amerika traut sich kein Mann mehr, allein mit einer Frau im Fahrstuhl zu fahren. Was ist denn daran sexistisch, wenn ich dafür eintrete, dass Frauen ein Recht auf ein erfüllendes Sexualleben haben?«, ereifert sich Freddy weiter.

»Ein Recht? Das klang viel mehr nach Pflicht«, kontert Karoline.

»Ich sollte eine neue Partei gründen, *Rettet den Sex* oder so.«

»Mach das!« Sie schaut auf die Uhr, die Pause müsste bald rum sein.

Plötzlich schaut er sie verträumt an. Jetzt wieder Dr. Jekyll. »Wo hast du Alex eigentlich kennengelernt? Kann eigentlich nur in der Kanzlei gewesen sein.«

»Treffer, versenkt.«

»Und, was treibt ihr so?«

Es reicht mit Katz-und-Maus, Zeit für die Offensive. »Wenn wir nicht gerade wilden, leidenschaftlichen Sex haben, gehen wir auf Tantrakurse. Schon mal davon gehört?«

»Ja klar. Karoline, ich bin begeistert!«

»Sag jetzt nicht, du warst auch schon auf solchen Kursen!«

Freddys Stirn legt sich in Falten.

»Was gibt es da zu überlegen? Ja oder Nein?«

Freddy zieht sie zur Seite und schaut sich nach allen Richtungen um. Dann beginnt er in merkwürdig verschwörerischem Ton: »Was ich dir jetzt erzähle, darfst du niemanden weitererzählen. Niemandem! Verstehst du?«

»Meinst du, ich binde es dem nächstbesten Mandanten auf die Nase? Natürlich verstehe ich das.« Dann dämmert es ihr. »Es geht es um deine Frau, oder?« Klar, er hat seiner Frau nichts von seinen Tantra-Eskapaden erzählt.

»Anne weiß Bescheid, darum geht es nicht.«

»Was dann? Warum die Geheimnistuerei?«

Seine Gesichtszüge verhärten sich. »Ich erzähle es dir lieber doch nicht.«

Aber sie setzt ihm solange zu, bis Freddy endlich mit der Sprache herausrückt. »Ich arbeite an einem Buch. Zusammen mit jemand anderem.«

»Über Tantra?«

»Nicht ganz. Über einen Tempel. Einen Tempel, in dem sich Frauen und Männer sexuell befreien.«

Sie ist so überrascht, dass es aus ihr herausplatzt. »Sag jetzt nicht, dass dieser Tempel sich an den Himmelsrichtungen orientiert.«

Jetzt schaut Freddy sie überrascht an, nein, er wirkt entsetzt. So als hätte sie ihm gerade einen Mord gestanden. Im gleichen Moment wird ihr klar, dass sie ihre anwaltliche Schweigepflicht verletzt hat.

»Wie zum Teufel kommst du denn darauf?«, schnauzt Freddy sie an.

Ein vager Verdacht steigt in ihr auf. Hat Carsten etwa bei ihm abgeschrieben? Nein, das ergibt keinen Sinn, aber immerhin eine Spur. Plötzlich kommt sie sich vor wie Miss Marple. »Ist das so abwegig?«, fragt sie möglichst beiläufig.

»Nein, aber ich kann nicht glauben, dass du einfach so auf diese Idee gekommen bist.« Freddy ist ernsthaft beunruhigt, keine Frage.

»Dann stimmt es also! Du schreibst über einen Sextempel, der nach Feng-Shui Prinzipien die Himmelsrichtungen berücksichtigt? Glaubst du denn an Feng-Shui?« Ha, nette falsche Fährte, hoffentlich bohrt er nicht weiter nach. Sie kann unmöglich

Carsten ins Spiel bringen. Kurzer Blick zu Freddy. Er scheint sich etwas entspannt zu haben.

»Du machst Tantra, du interessierst dich für Feng-Shui … ist dein neuer Freund etwa ein Esofuzzi?«

»In was für ein Wespennest habe ich gestochen, dass du jetzt gehässig werden musst? Steht dir nicht, Freddy. Rück lieber raus mit der Sprache. Ich habe nur einfach mal wild herumspekuliert und du reagierst geradezu panisch. Also, was ist mit dem Tempel?«

Freddy zieht seine Augenbrauen bis unter die Stirn. »Du hältst hundertprozentig dicht?«

»Großes Indianerehrenwort!«

»Also gut. Wir arbeiten an der Veröffentlichung von …«

»Wir?« Wer denn noch?«

»Das tut nichts zur Sache. Das Buch ist ein Puzzlestein in einem größeren Projekt. Die Vorbereitungen für den Tempel laufen. Aber es darf noch nicht an die Öffentlichkeit, sonst wird das nichts. Außerdem möchte ich nicht damit in Verbindung gebracht werden. Wer nimmt einen Verteidiger von Sexualstraftätern noch ernst, wenn er einem geheimen Sextempel angehört?«

Ein kleines Hüsteln kann sie sich nicht verkneifen.

»Du brauchst gar nicht so zu tun, es wird alles legal sein. Und richtig heiß zugehen.«

»Und wer weiß davon? Ich meine, da müssen doch mehr Leute eingeweiht sein …«

Freddy wirkt einen Moment wie abwesend. »Wenn du unbedingt mit jemandem darüber sprechen willst, dann …«

»Freddy, du nervst! *Segretissimo,* top secret, ich habs verstanden.«

»Frauen müssen immer jemanden haben, mit dem sie sprechen können …«

Jetzt wird sie richtig sauer. »Freddy, du verdammter Kotzbrocken, erstens bin ich Anwältin wie du und zweitens kannst du dir dein antiquiertes Frauenbild …«

»Maria weiß Bescheid«, fährt Freddy vollkommen ruhig dazwischen. »Mit ihr kannst du reden, aber sonst mit niemandem!«

Maria? Maria steckt in der Geschichte mit drin. Ist das die fehlende Verbindung?

Die Glocke läutet das Ende der Pause ein. Sie versucht, sich die Aufregung nicht anmerken zu lassen. »Freddy, entspann dich. Und mal ganz nebenbei … was muss man eigentlich tun, um eingeweiht zu werden? Oder soll ich lieber Maria fragen?«

»Dich einweihen?«, gibt er halb abwesend zurück. »Du hast keine Ahnung, was du da sagst!«

Sein Tonfall klingt düster wie Anthony Hopkins in Schweigen der Lämmer. Ihr läuft ein Schauer über den Rücken. »Ich gehe noch kurz für kleine Mädchen«, wendet sie sich ab und geht schnurstracks in die Gaststätte, die Kellertreppe hinab.

Sie schaut sich um. Nein, er folgt ihr nicht. *Ich schaue zu viele Thriller.*

26

Nach dreihundert Metern bitte links abbiegen. Eigentlich könnte er das Navi abschalten, er kennt den Weg inzwischen nur zu gut und ist froh, dass es bald vorbei ist. Er will nach Hause. Eine Woche ist es nun fast her, dass sie zusammen auf dem Workshop waren, es kommt ihm langsam vor, als hätte er das alles geträumt. Nur dass sich die Bilder nicht verflüchtigen, im Gegenteil. Vor allem Karoline und Verena, ihre nackten Traumkörper ineinander verschlungen … dagegen verblassen sogar seine kühnsten Fantasien. Wann immer er daran denkt, pulsiert es in ihm honigsüß, bis hinab in seine Zellen. *Ich sollte beim Autofahren nicht daran denken.*

Dies wird der vorerst letzte Besuch bei seiner Mum sein, hoffentlich ist sie nicht zu traurig und merkt nicht, dass er sich darüber freut. Einmal noch, dann gehts zurück nach Freiburg. Endlich.

Die Schwester an der Pforte winkt ihn kurz heran. »Ihre Mutter ist verlegt worden. Gynäkologie, Zimmer 303.«

»Ist etwas passiert?«

»Nein, nein, gehen Sie nur hoch!«

Seiner Mutter geht es deutlich besser, das sieht er sofort, als er ins Zimmer kommt.

»Alexander!«

»Mama! Wie geht es dir?«

»Schön, dass du da bist. Stell dir vor, Sibylle war gerade da! Sie sagt, dass ich bald wieder rauskomme.«

»Hast du die Ergebnisse?«, fragt Alex hoffnungsvoll.

Seine Mutter lächelt gequält. »Die Ärzte sagen, ich hatte ein *In situ Carcinom*. Aber nun ist es draußen.«

Alex reißt die Hand auf den Mund. »Ein Karzinom? Aber das heißt …«

»Es ist eine Vorstufe von Krebs. Nichts wirklich Gefährliches und Sibylle hat das bestätigt.«

»Sibylle!« Vielleicht sollte er mal ein ernstes Wort mit ihr reden. Am Ende hält sie seine Mutter noch von lebenswichtigen Behandlungen ab. »Und was hat sie dir verordnet?«

»Ach, du weißt doch, sie verordnet mir nichts. Außer … setz dich doch erst mal. Komm her, lass dich anschauen.«

Als er an ihrem Bett sitzt, schaut sie ihn tatsächlich eine Weile an, ohne zu sprechen. Er genießt die selten stille Nähe.

Dann fällt ihm Sibylle wieder ein. »Was wolltest du mir eben sagen?«

»Was ich … ach nichts! Du brauchst dir keine Sorgen machen, ich werde bald wieder gesund.«

Er sieht ihr an der Nasenspitze an, dass sie etwas verschweigt. »Du weißt, dass du nicht gut lügen kannst. Du kannst es also auch gleich sagen, Mum!«

Erst lächelt sie verschmitzt, dann huscht ein Anflug von Trauer über ihr Gesicht. »Aber bitte sage Papa nichts davon, ja? Und Silvia auch nicht!« Sie sagt das in einem Plauderton, als wenn sie über Krankendiät spräche.

Aber ihn kann sie nicht täuschen. »Was ist denn …«

»Keine Sorge, es ist nichts Schlimmes. Aber dein Vater … nun, du kennst ihn ja.«

»War er denn heute nicht hier?«

»Er kommt jeden Tag, aber länger als 15 Minuten hält er es nicht aus.«

»Was? Das kann doch wohl nicht wahr sein. Liebt er dich überhaupt noch?« Alex beißt sich auf die Zunge. Die Frage ist ihm einfach so rausgerutscht.

Seine Mutter hebt überrascht den Kopf, zuckt zusammen und fällt mit schmerzverzerrtem Gesicht auf ihr Kissen zurück. »Die Wunde. Ich muss langsamer werden.«

»Du musst dich schonen, Mum. Sprechen wir von was anderem.« Er tätschelt ihre Hand, die nur noch aus Haut und Knochen besteht.

»Nein, Alexander. Mein Körper ist zwar schwach, aber du brauchst mich nicht so zu behandeln, als wäre ich dement.«

Okay, sie will es nicht anders. »Hast du dich in all den Jahren jemals gefragt, ob Robert der Richtige für dich ist? Oder Sibylle?«

»Sibylle?« krächzt sie.

»Nein, nicht Sibylle, um Himmels willen. Ich meine, ob du Sibylle gefragt hast. Ach, vergiss es!«

Ihre Augenlieder zucken, ihre Stirn legt sich in Falten. »Nein. Das habe ich mich nie gefragt.« Nach einer Pause fügt sie hinzu: »Ich sehe auch keinen Sinn darin, sich das zu fragen, dadurch wird es ja nicht besser. In einer Ehe muss man den anderen mit seinen Fehlern akzeptieren, sonst wird das nichts.« Sie hustet. Alex reicht ihr ein Taschentuch, in das sie den Auswurf spuckt.

Als sie den Blick wieder hebt, gibt er sich einen Ruck. »Ich sehe ja, dass du dich kaum noch über ihn aufregst. Aber, liebt ihr euch noch?«

»Natürlich lieben wir uns!«, schießt es aus ihr heraus. »Du stellst ja Fragen!« Plötzlich sieht sie doch wieder schwächer aus, alles Blut weicht ihr aus ihrem Gesicht.

Warum muss er das ausgerechnet im Krankenhaus fragen? Es ist dumm und unsensibel. Ihre Augen werden feucht. »Mama!«

»Ja, mein Sohn.« Sie versucht ihrer Stimme Festigkeit zu geben, aber das misslingt gründlich.

»Mama, ich wollte dir nicht zu nahetreten. Es war dumm von mir … Wir können ein andermal darüber reden, okay?«

»Behandle mich nicht wie ein kleines Kind, nur weil ich gerade etwas geschwächt bin. Und Sibylle hat mir gesagt, ich muss nicht immer die perfekte Mutter spielen, das würde mich krankmachen.«

»Wo sie recht hat, hat sie recht, Mama, also schone dich! Bitte!«

»Nein, nein, nein!« Ihren Trotz wird sie mit ins Grab nehmen.

Trauer steigt in ihm auf. »Doch, Mama!«

»Alexander, jetzt hör du mir mal zu.« Sie macht eine bedeutungsvolle Pause.

Da fällt es ihm siedend heiß wieder ein, sie hat ihm doch etwas Wichtiges verraten wollen. »Ja, sorry Mum, ich bin ganz Ohr.«

Erst sieht es so aus, als döse sie weg, doch dann ist sie plötzlich voll da. »Hast du in letzter Zeit an deinem Vater etwas bemerkt?«

»Was? Nein. Was sollte das denn sein? Im Gegenteil, ich finde er könnte durchaus mehr Anteil am Schicksal seiner Frau nehmen. Du liegst hier und er …«

»Nein, das meine ich nicht. Ich meine vor dieser Geschichte hier. Eigentlich … schon seit Monaten.«

»Wovon redest du denn?«, fragt Alex beunruhigt.

»Alex, kann ja sein, dass ich spinne. Du kennst mich. Aber Sibylle, sagt, dass Robert sich gerade in einer Konstellation befindet, in der die Venus seine Sonne transitiert. Und da gibt es nur zwei Möglichkeiten: Entweder er erlebt einen zweiten Frühling in seiner Ehe oder …« Sie schaut Alex hilfesuchend an.

Die Erkenntnis schlägt ein wie ein Blitz. Daran hat er nie gedacht, obwohl es sowas von naheliegt! Doch bevor die Empörung in ihm so richtig aufwallen kann, meldet sich der Fiesling im Hinterkopf: *Der Apfel fällt offensichtlich nicht weit vom Stamm.* »Du glaubst …?«

»Ja«, sagt sie lapidar.

»Und du glaubst, er ist jetzt … bei …?«

»Ich weiß nicht mehr, was ich glauben soll, Alexander. Aber seit mir Sibylle vor Monaten diesen Floh ins Ohr gesetzt hat, kommt mir doch so manches komisch vor.«

Ihr tiefer Schmerz ist unüberhörbar, auch wenn sie versucht, tapfer zu sein. Das hat sie monatelang mit sich rumgetragen? Sein Herz fühlt sich an, als würde es gleich auseinanderbrechen.

»Und … hast du ihn denn nie gefragt?«

»Doch, natürlich habe ich ihn gefragt, ob er denn wirklich so oft Überstunden machen muss. Seine Antworten klangen immer plausibel. Dann habe ich neulich eine Reise bei Anke gemacht.« Anke? Ach ja, die Hellseherin. Als alte Hexe wäre sie zutreffender beschrieben. »Und sie fängt dann genau von dem Gleichen an: Da ist etwas mit deinem Mann. Ich sehe eine junge Frau … Seitdem lässt mich der Verdacht nicht mehr los. Und neulich sehe ich sein neues Handy. Komischerweise hat er das alte auch noch.« Ihre Stimme bricht ab.

»Mama, du brauchst Schonung.«

»Nein«, erwidert sie in einer plötzlichen Aufwallung von Kraft. »Diese Schonung hat mich hier in die Klinik gebracht. Ich habe – nein, ich hatte! – diesen Knoten in der Brust, weil ich es nicht wahrhaben wollte, dass Robert eine andere hat. Inzwischen glaube ich sogar, dass es nicht das erste Mal ist.« Einen Moment schwingt Wut in ihrer Stimme, dann sackt sie wieder in sich zusammen.

Alex fühlt sich, als habe jemand einen Eimer Kleister über ihm ausgeschüttet. Er schaut auf die Uhr und schämt sich noch im selben Moment dafür. Was soll er tun? Er kann den Schmerz nur ahnen, den seine Mutter so lange unverdrossen weggeschoben hat. Vielleicht ist sie wirklich daran erkrankt. Das Leben ist ungerecht. Sein Vater gehört in die Klinik, nicht sie! *Und der Apfel*, meldet sich die feige Stimme aus dem Off.

In diesem Moment geht die Tür auf und Silvia stolziert herein.

»Sag ihr nichts davon, versprochen?«, haucht seine Mutter ihm eilig zu.

Er nickt widerwillig. Seit ihrem dritten Lebensjahr leidet seine jüngere Schwester an Asthma, ständig musste sie geschont werden. Immer wieder hat er den Verdacht gehegt, dass sie ihre Anfälle gezielt einsetzt. Tausendmal hätte er sie dafür erwürgen können.

Silvia wirft Alex einen kurzen Blick zu und murmelt ein tonloses Hallo. Dann geht sie auf die andere Seite des Bettes, beugt sich über ihre Mutter und gibt ihr ein Küsschen auf die Wange. »Mama, wie geht es dir?«

»Mach dir keine Sorgen, ich komm schon wieder in Ordnung. Ist doch gar keine Frage! Alexander, kannst du deiner Schwester bitte noch einen Stuhl holen?«

Ja klar muss er ihr einen Stuhl holen! Ihn selbst zu holen, hätte Prinzessin Silvia ganz sicher überfordert. Er geht hinaus auf den Flur, aber da stehen nirgendwo Stühle und eine Schwester ist auch nicht zu sehen. Zurück im Krankenzimmer, schiebt er Silvia seinen Stuhl hin, er hat hier eh nichts mehr verloren. Sie setzt sich, ohne ihn auch nur eines weiteren Blickes zu würdigen, klar. Am liebsten würde er einfach wortlos abhauen, aber das kann er seiner Mutter nicht antun. »Mama, ich glaube ich geh dann mal.«

»Ach, bleib doch noch! Wann habe ich euch schon mal zusammen?«

»Ich habe leider noch etwas im Verlag zu erledigen«. Scheiße, er lügt genau wie sein Vater. Es ist wie ein Zwang.

Seine Mutter scheint es nicht zu bemerken. »Danke, dass du gekommen bist. Ich weiß, dass das nicht leicht war für dich, du wirst ja gebraucht. Übrigens habe ich jetzt endlich ein eigenes Telefon. Ist zwar noch nicht freigeschaltet, aber morgen müsste es soweit sein.«

Er notiert sich die Nummer von einem Zettel, der auf dem Nachttisch liegt. »Das ist super, ich rufe dich an, sobald ich in Freiburg bin.« Sanft streicht er ihr zum Abschied über die Wangen. »Und werde bald wieder gesund, hörst du?«

Draußen auf dem Flur schaut er sofort nach, wie hieß das Ding? *In situ Carcinom*? Schon beim ersten Eintrag wird er fündig. Es ist tatsächlich nur eine Vorstufe von Krebs. Erleichtert bewegt er sich weiter durch den langen Flur in Richtung Aufzug. Ein kleines Mädchen steigt mit ihm ein, ihr Kopf ist rundum verbunden. Schüchtern schaut sie ihn mit ihren großen Augen an und lächelt ihm zu. »Mama kommt morgen wieder. Und nachher kommt Papa.«

Er will antworten, doch plötzlich überfällt ihn tiefe Trauer. Er kämpft mit den Tränen und will nicht, dass die Kleine ihn so sieht, also wendet er sich ab, aber das macht ihn nur noch trauriger. Als er unten aussteigt, bleibt sie im Aufzug stehen, sie will anscheinend wieder hochfahren. Aus den Augenwinkeln sieht er noch, wie sie ihm zuwinkt.

Das Vertrauen, das dieses Mädchen ihm entgegenbringt, berührt ihn zutiefst, aber es beschämt ihn auch. Er kann es nicht einmal annehmen. Ob er wohl auch mal so zutraulich war? Vielleicht sollte er seine Mum mal fragen. Gerne hätte er mit ihr weiter über die Liebe gesprochen. Mit ihr, immerhin, kann er über so etwas reden.

Vielleicht sollte er bei seinem Vater einfach mal mit der Tür ins Haus fallen. »Papa, keine Frau kann sich darauf verlassen, dass ich treu bleibe. Hast du eine Ahnung, wo ich das herhabe?« Er kann förmlich riechen, wie seinem Vater der Angstschweiß ausbräche und er fieberhaft nach einer passenden Antwort suchen würde. Aber will er das wirklich erleben?

Egal, jetzt ab nach Freiburg! Entschlossen steigt er in seinen Wagen, klickt die Heimatadresse im Navi an und braust los. *Karoline, ich komme!* Mit ihr wird er jedenfalls von Anfang an mit offenen Karten spielen. Kein doppeltes Spiel mehr, aber auch kein Verbiegen. Doch kaum auf der Landstraße, melden sich Zweifel. Gehört der Tempel mit all seinen abgefahrenen Fantasien auch dazu? Er sieht erst im letzten Moment, dass die Ampel vor ihm auf Rot umschlägt, und legt quietschend eine Vollbremsung hin.

Die letzten Meter haben sie heftig ins Keuchen gebracht, aber der Blick jetzt ist – überwältigend. Sie war lange nicht mehr hier oben. Hat sie jemals auf dem Schauinsland eine so unglaubliche Fernsicht erlebt? Das gesamte Alpenpanorama ist fast so klar zu sehen wie neulich beim Retreat im Allgäu. Es weht ein angenehmer, nicht zu kühler Wind, der den Schweiß auf ihrer Haut schnell trocknen lässt.

Auf den Stufen zur Aussichtsplattform hat Bastian nicht länger auf sie gewartet, jetzt kommt er strahlend auf sie zu. »Wandern ist doch was anderes, als mit der Gondel hochzufahren, oder? Ich spüre jeden Muskel.« Er räkelt sich genüsslich.

»Trotzdem gut, dass wir zumindest bis zum Geiersnest hochgefahren sind. Ich bin fix und fertig«, keucht Karoline glücklich. »Yoga ist eben kein Sport. Ich sollte mehr wandern.« Sie kann den Blick von der Bergkette im Süden gar nicht abwenden. *Impressionante.*

Bastian reicht ihr sein Fernglas. »Titlis, Eiger und Jungfrau; und wenn ich mich nicht irre, ist das ganz rechts der Mont-Blanc.«

»Wow! Das … muss … deutlich mehr als zweihundert Kilometer entfernt sein«, stammelt Karoline, immer noch leicht außer Atem, während sie weiter in die Ferne schaut. »Berge haben etwas Majestätisches«.

»Fast dreihundert!«, berichtigt Bastian putzmunter. »Ich hätte Lust, mal wieder richtig Skifahren zu gehen. Kommst du mit?«

Sofort meldet sich die Erinnerung an Marco. Aber vielleicht wäre es an der Zeit, darüber hinwegzukommen. »Jetzt ist ja erst mal Sommer, aber sonst gerne.« Ob Alex wohl Ski fahren kann?

»Für ein Chalet oder eine Ferienwohnung sind wir schon spät dran. Ich kümmere mich mal drum.«

Karoline dreht sich langsam einmal um die eigene Achse. Sie könnte die Berge endlos in sich aufnehmen.

Doch dann drängt das Thema Hamburg wieder nach oben. Sie wendet sich an Bastian. »Ich kann mir einfach nicht vorstellen, in den flachen Norden umzuziehen. Ich brauche Berge und Täler um mich herum.« Gestern hat sie Berger gegenüber angedeutet, dass sie nicht nach Hamburg gehen wird; und auch nicht nach Berlin, als er das vorschlug, jedenfalls nicht auf Dauer. Er hat erstaunlich gelassen reagiert, zugestimmt hat er allerdings nicht.

»Ich mag mir auch nicht vorstellen, dass du achthundert Kilometer entfernt lebst.« Schön zu spüren, wie ernst er das meint. Wahrscheinlich klingt der Schmerz über die Entfernung zu seiner Tochter dabei mit. Freiburg – Boston, das müssen gut und gerne sechstausend Kilometer sein.

»Und – nicht auszudenken – ich müsste mir einen anderen Therapeuten suchen, wenn du nicht mehr in der Nähe bist«, witzelt Karoline.

Er lacht. »Tja, meine wichtigste Intervention der letzten Jahre scheint ja ein voller Erfolg zu sein. Das wünsche ich dir jedenfalls von Herzen, Schwesterherz. Auch wenn das, was du von Alex erzählt hast, nun ja … etwas *gewöhnungsbedürftig* ist.«

Das ist es allerdings. Die ganze Woche über grübelt sie nun schon und kommt immer wieder zu dem Schluss, dass Alex nicht wirklich der Mann ist, mit dem sie ihr Leben teilen will. Aber wie Dornröschen auf den Richtigen zu warten, ist es auch nicht. Also warum nicht mal den Experten fragen? »Bastian?«

»Ja?«

»Du weißt, dass ich es nicht mag, wenn du dich als mein Therapeut aufspielst, aber in diesem Fall … ganz ehrlich, was rätst du einer Frau, die in deine Praxis kommt, weil ihr Partner nicht treu sein kann? Oder – genauer gesagt – nicht treu sein will.«

»Du meinst, so ganz allgemein, mal ganz abgesehen von dir, sehe ich das richtig?«

So wie er lächelt, hat er sie verstanden. »Ja, genau. Rein theoretisch.«

»Okay. Also, ich würde ihr gar nichts raten. Ich würde ihr Fragen stellen wie zum Beispiel, was Treue für sie bedeutet, was ihr dabei besonders wichtig ist, ob Sex dabei die entscheidende Rolle spielt oder eher Zuverlässigkeit und ob sie sich vielleicht auch selbst vorstellen kann, mehr als einen Mann zu lieben … oder zu begehren. Oder vielleicht auch eine Frau. Ich meine, ganz theoretisch …« Er grinst, wohl eher aus Unsicherheit. Kein Wunder.

»Okay, lassen wir das mit der Theorie. Das Tantrawochenende hat bei mir extrem viel in Bewegung gebracht und mich durcheinandergewirbelt, auch einiges, an das ich vorher felsenfest geglaubt habe. Die vielleicht wichtigste Erkenntnis heißt: Es gibt ein Liebesleben, bevor man fest liiert ist. Seltsam, oder?«

»Naja, das kann irgendwie auch nicht anders sein, denn wenn man merkt, dass man jemanden attraktiv findet, ist man ja noch nicht fest zusammen …«

Wow, ist der aber schlau! »Ich habe mich vielleicht etwas unklar ausgedrückt. Ich meine Liebesleben mit allem drum und dran. Sex, Verliebtsein, Orgasmus, voneinander träumen, sich nach dem anderen sehnen, enttäuscht werden, sich beleidigt zurückziehen, sich wieder öffnen … und das alles ohne feste Liaison.« Ihre Worte pulsieren in jeder ihrer Zellen.

»Du sprichst von dem Wochenende, oder?«

»Ja. Ich weiß nicht, ob du dir so etwas vorstellen kannst …«

»In meiner Ausbildung hatten wir viel Selbsterfahrung, das ging oft ziemlich ans Eingemachte. Aber wenn ich dich so höre … ich weiß tatsächlich nicht, ob ich mir das vorstellen kann.« Er klingt traurig

»Hat dich Tantra nie interessiert?«, fragt Karoline sanft.

»Doch. Es war sogar mal Thema, bevor Deborah …«

»… dich verlassen hat«, bringt Karoline den Satz zu Ende.

Er schluckt. »Lange vorher. Dann kam Jenny, weißt du ja alles. Ich konnte mir ehrlich gesagt nie vorstellen, allein dorthin zu gehen. Konnte ich mir bis vor kurzem nicht. Vielleicht muss ich dich da nochmal einiges fragen. Aber jetzt geht es ja um dich.«

»Ja. Und weißt du, was ich noch von dem Wochenende mitgenommen habe? Es darf auch einfach mal um mich gehen.«

»Ja, liebe Karoline, das darf es«, sagt er sanft. Jetzt klingt seine Stimme kein bisschen therapeutisch.

»Und genau deswegen solltest du vielleicht auch mal dorthin gehen, Bastian. Es darf nämlich auch mal um dich gehen.« Es ist ihr noch nie so klar gewesen, wie sehr sie sich in diesem Punkt ähneln. Es schien immer, als sei er so klar mit sich.

Eine Weile sagt Bastian kein Wort. Er überlässt ihr seine Hand, aber nur kurz, dann nickt er und wendet sich wieder ab.

Den Weg hinunter gehen sie schweigend. Karoline ist ein wenig stolz, sie schafft es tatsächlich immer besser, ihre Gedanken zu beobachten und nicht ständig von ihnen getrieben zu werden. Das wird sie am Mittwoch mal Nikolai sagen, hat sie nämlich bei ihm gelernt. Inzwischen mag sie sogar wieder seinen Humor, er ist dem von Alex gar nicht mal so unähnlich.

Irgendwann fühlt sich das Schweigen nicht mehr gut an. Ist er sauer? Bevor sie zu grübeln anfängt, fragt sie ihn lieber direkt: »Habe ich etwas Falsches gesagt?«

»Nein, sorry. Ich war nur in Gedanken.«

Er klingt tatsächlich entspannt. »Kein Problem.«

Inzwischen ist es kühler geworden, es weht ein böiger Wind, der hier oben fast ohne Hindernis auf sie einbläst. Sie holt ihre Jacke aus dem Rucksack und zieht sie über. Dann nimmt sie einen großen Schluck Wasser, bis die Flasche leer ist.

Weiter unten nimmt Bastian das Gespräch wieder auf. »Du denkst viel an ihn, oder?«

»*Sì.*«

»Ich glaube, ich bin ein bisschen neidisch. Wann trefft ihr euch denn? Heute Abend? Es ist euer erstes Rendezvous zu Hause, oder? Wie aufregend.«

»Ja, allerdings. Er ist auf dem Weg nach Freiburg und ruft an, sobald er weiß, wie er durchkommt.« Sie sollte allerdings auch mal auf ihr Handy schauen. »Oh, *che sfiga*, er hat schon angerufen, ich habe es gar nicht gehört.«

»Ist auch nicht überall Empfang hier oben. Tu dir keinen Zwang an, ruf ihn zurück!« Bastian nickt ihr aufmunternd zu und tritt etwas zur Seite.

»Nein, nein, hier ist es zu windig. Ich rufe ihn an, wenn wir unten in der Gaststätte sind. Ich hoffe, der Empfang dort reicht aus.«

In einer windgeschützten Ecke beim Gasthaus Engler, wählt sie seine Nummer. Sie ist tatsächlich schrecklich aufgeregt, aber ein bisschen kann sie es sogar genießen. »Alex? Ich bins! Karoline.«

»Hallo Karoline!« Sie versteht ihn kaum, aber ja, ja! Es ist seine Stimme, die sie da mühsam aus dem Autolärm herausfiltert. »Es ist ätzend, irgendwo müssen sie Ferien bekommen haben. Ich stehe mehr, als dass ich fahre.«

»Du Ärmster! Wo steckst du denn jetzt?«

»Die nächste Ausfahrt heißt … Moment … Friedrichsdorf, Bad Homburg.«

»Du bist noch vor Frankfurt? Oje!«

»Alles halb so wild. Außer dass es heute Abend … ich weiß nicht. Ich glaube, es ist keine gute Idee, wenn ich fix und fertig von der Autobahn gleich bei dir aufschlage.«

»Ich verstehe. Macht nichts. Na ja, fast nichts. Ist mir ja auch lieber, wenn du wach bist, wenn wir uns sehen. Ich will dich ganz!« Bei diesen Worten zuckt sie selbst zusammen. »Ganz im Hier und Jetzt, verstehst du?«, schiebt sie schnell nach.

Er lacht laut auf. »Holla, Karoline! Du machst mir ja richtig Angst. Was hast du denn vor?«

Geschieht ihm recht. »Tu nicht so unschuldig, kauft dir eh keiner ab«.

Wieder lacht er aus vollem Halse. »Ich freu mich auf dich. Wo bist du denn überhaupt? Ist das eine Ansage gewesen da im Hintergrund?«

»Das ist die Essensausgabe, ich bin beim Gasthof Engler, auf dem Rückweg vom Schauinsland, habe gerade eine ekstatische Gipfelerfahrung hinter mir und werde jetzt einkehren.«

»Allein?«

»Wo denkst du hin? Mit einem attraktiven Mann natürlich!«

Jetzt ist sein Lachen doch etwas verhaltener. »Ich glaube, wir machen dann mal Schluss. Sonst fahre ich hier noch gleich einem drauf. Bis morgen!«

»Punkt Acht. Winterstraße 45. Und wage es ja nicht …«

»Ich werde da sein!«, sagt er bestimmt.

Ein kleines Jubeln tanzt in ihr, sie eilt in die Gaststube und schaut sich um. Bastian sitzt direkt am Fenster und winkt ihr zu.

»Und?«, grinst er.

»Was, und?«

»Du siehst gut aus! Verliebtsein steht dir. Aber pass auf dich auf!«

»Vielleicht solltest du auch mal …, ich meine, nicht dass du so endest, wie alle diese unglücklichen Singles in deiner Praxis …« Das hat sie sich einfach nicht verkneifen können.

Er verzieht das Gesicht. »Danke! Jetzt sind wir quitt, oder?«

»*Sì, scusa,* war nicht so gemeint.«

Eigentlich würde sie gerne noch mit ihm über den Tempel sprechen, aber das ist jetzt wohl keine gute Idee. Und außerdem streng verboten.

27

In seiner linken Hand kann er den Strauß roter Rosen kaum halten, mit der rechten drückt er auf Dr. K. Dittmer. Durch die Sprechanlage ertönt blechern ihre Stimme. »Komm rauf, zweiter Stock, linker Eingang.« Sie klingt genauso aufgeregt, wie er sich fühlt.

Stufe für Stufe lässt er das Gefühl in sich einsinken, jetzt – in wenigen Sekunden – wird er sie tatsächlich privat treffen. Kein Vorwand mehr, kein Workshop, keine Kanzlei, Karoline pur. Er freut sich unbändig und, ja, er ist voller Vertrauen, dass dies ein wunderschöner Abend wird.

Wie sie da in der Tür steht! Er bleibt unwillkürlich stehen, muss sie erst mal in Ruhe betrachten. In ihrem langen, enganliegenden schwarzen Kleid, mit einem breiten roten Gürtel, die Schlitze reichen weit ihr Bein hinauf … elegant, aber auch einen Tick verrucht. Ihre Haare hat sie zusammengebunden, aber nicht so streng wie in der Kanzlei, sondern zu einem lässigen Knoten, von dem ein paar Strähnen ins Gesicht fallen.

Als ihre Blicke sich treffen, huscht ein Strahlen über ihr Gesicht. Sie begrüßt ihn mit Bussi links, Bussi rechts, aber das ist ihm zu förmlich. Er schlingt seinen freien Arm um ihre Hüfte und zieht sie spielerisch, aber fest an sich. Eine himmlische, leicht orientalisch anmutende Duftwolke hüllt ihn ein.

Lachend windet sie sich aus seiner Umklammerung. »Komm rein. Schön, dass du da bist.« Mit Blick auf die Rosen fügt sie staunend hinzu: »Rote Rosen! Kennst du das Lied von der Knef? *Für mich solls rote Rosen regnen …* War mal mein Lieblingslied.«

»Dann magst du rote Rosen. Wunderbar!« Das Lied ist zwar extrem kitschig, aber jetzt kann es gar nicht kitschig genug sein.

Sie nimmt die Rosen in Empfang und schnuppert an ihnen. »Hm. Ich stell sie gleich mal ins Wasser.«

Klarheit und Weite strahlt ihre Wohnung aus, das gefällt ihm. Es dominieren weiße Wände, helle Hölzer und Elemente aus Edelstahl. Stilvoll! Gleich vom Eingang aus hat man einen Blick ins Wohnzimmer, zur Rechten windet sich eine freitragende Treppe in ein weiteres Geschoss. Ein paar Schuhe stehen am Boden, eine Aufforderung, der er gerne folgt. Fast andächtig betritt er das Wohnzimmer und mustert Karoline in der offen angrenzenden Küche, dann setzt er sich an die Theke und schaut zu, wie sie die Rosen anschneidet und kunstvoll in einer großen, anthrazitfarbenen Vase arrangiert.

Er kann den Blick nicht von ihr abwenden. Das Kleid betont ihre schlanke Figur und den runden Po. Am liebsten würde er sofort ihren süßen Hintern streicheln, aber das wäre gerade keine so gute Idee.

Sie setzt sich ihm gegenüber an die Theke, schaut ihn einfach an. Ihre Hände wandern über die Marmorplatte auf ihn zu. Er nimmt sie entgegen und fängt an, sanft mit ihnen zu spielen.

»Jetzt bist du also hier!«, schnurrt sie wie eine Katze. Oh nein, nicht wieder den Katzen- und Katerdialog.

»Ja, jetzt bin ich hier!« Er kann nicht anders, er grinst sie offen an und obwohl seine Augen es vermutlich eh verraten, muss er es auch gleich sagen: »Du siehst sexy aus!«

Karoline antwortet mit einem gehauchten »*Uffa!*«

Sie bekommt das anscheinend nicht jeden Tag zu hören. Na, wird sie sich wohl dran gewöhnen müssen.

Andächtig betrachtet sie seine Hände. Alex folgt ihrem Blick. Im Kontrast zu ihren zarten Katzenpfoten sehen seine Hände grob aus, aber unter ihrer Berührung schmelzen sie dahin und ein Schauer jagt ihm über den Rücken.

Kostet ihn einige Disziplin, nicht jetzt schon die Führung zu übernehmen, um die Theke herum zu stolzieren und ihren anmutigen Körper auf seinen Schoß zu platzieren. In seiner Fantasie ist er schon oft intim mit ihr gewesen, aber er weiß genau, was passiert, wenn er ihr nicht genügend Zeit lässt. Reflexartig greift er an seine rechte Pobacke, gut, leicht ausgebeult, die Gummis sind an ihrem Platz. Er ist zwar nie Pfadfinder gewesen, aber in dieser Hinsicht kann deren Motto nicht schaden.

»Hast du Hunger?«, fragt Karoline. Ihre sinnlichen Lippen zucken fast unmerklich.

»Ja!« *Auf dich, Süße! Aber das sage ich lieber nicht.*

»Ich habe eine Brokkolicremesuppe, danach gibt es vegetarische Antipasti und Tomaten mit Mozzarella. Soll ich die Suppe schon mal aufsetzen? Oder magst du erst was trinken?«

Er möchte vor allem Kontakt zu ihren immer noch unfassbar großen, braunen Augen. »Ich trinke bereits … mit den Augen.«

Sie blinzelt. »*Seine Augen trinken alles*. Kennst du sicher, oder?«

»Wie? Ich verstehe nicht.« Ein Zitat?

»*Seine Augen trinken alles, was in den Sehkreis kommt.* Max Ernst über Max Ernst. Ich dachte, das gilt vielleicht auch für Alex.«

»Ah, nein, ich bin da schon etwas wählerischer. Ich will dich.«

»*Wär nicht das Auge sonnenhaft, die Sonne könnt es nie erblicken.*« Ihre Augen lächeln.

»Du magst Goethe?«, fragt er sanft.

»Ach, das war Goethe? Sorry, ich bin da nicht die Expertin. Ist nur einer der Lieblingssätze von Nikolai, meinem Yogalehrer.«

Alex kann sich ein Lachen nicht verkneifen. Zum Glück stimmt sie mit ein.

»Also, du magst im Moment nichts trinken?«, nimmt sie den Faden wieder auf.

»Doch, schon, gerne. Aber vor allem … mag ich dich! Als Vorspeise, als Hauptspeise und als Nachspeise.« Jetzt ist es doch raus. Und er läuft auch noch rot an.

Ihr Minenspiel verändert sich von Sekunde zu Sekunde, einen kurzen Moment kneift sie die Augen zusammen. »Das hast du aber sehr nett gesagt. Aber vielleicht doch noch einen Aperitif vorweg?«

Uff, war wohl okay, sein Vorpreschen. »Ja, gerne. Ich nehme eine Karoline, mit einer Prise Salz und Zitrone, ohne Eis.« Er weiß es genau, er spielt mit dem Feuer ... *wie wenn Nähe und Ferne übereinander herfallen und sich zerschneiden* ... wo hat er das erst kürzlich gelesen?

Sie geht wortlos zum Kühlschrank, schneidet eine Zitrone auf, streut ein paar Körner Salz auf die Zitronenscheibe und kehrt zu ihm zurück. Sie hält ihm die Scheibe hin und nähert sich langsam mit ihrem Mund.

Er tut es ihr gleich. Als beide mit der Zunge die Zitrone erreichen, spürt er die herbe Frische zusammen mit der feuchten Wärme ihrer Zunge. Der Stromstoß fährt ihm unmittelbar in seinen Schwanz und er zuckt zurück. Karoline nimmt die Zitronenscheibe und lutscht weiter genüsslich daran. Dann verzieht sie das Gesicht und sucht erneut seinen Mund. Sie neckt ihn mit kurzen Zungenschlägen, nur um sich gleich wieder zurückzuziehen.

Er holt tief Luft. Mann, Geduld ist echt nicht seine Stärke, aber es wird besser. Während sie sich weiter küssen, nimmt er ihre Hände und hält sie an seine Wangen, als müsse er ihr Halt geben.

Nach einer gefühlten Ewigkeit zieht sich Karoline zurück und erklärt mit gespielter Sittsamkeit: »Ich setze jetzt mal die Suppe auf. Mich gibt es erst wieder als Nachspeise.«

»Als Gentleman werde ich mich deinem Speiseplan selbstverständlich fügen.« Eigentlich kann er ihr super dankbar sein, dass sie die Bremse einlegt hat. Sie haben doch Zeit. Den ganzen Abend. Die ganze Nacht. Vielleicht sogar noch viel mehr.

Wenn da nur nicht der beißende Argwohn wäre. Er schließt die Augen. Was hat Marcel neulich dazu gesagt? *Wenn eine Frau auf Zeit spielt, will sie dich nicht wirklich ... oder sie will dich ganz. Wenn Sex ihre einzige Trumpfkarte ist, wird sie die allerdings niemals aus der Hand geben. So oder so, entspann dich, du kommst sowieso nicht dagegen an. Die schärfsten Frauen sind eine raffinierte Mischung aus Brandstiftung und Feuerwehr. Spiel mit dem Feuer und habe Spaß dabei!*

Dieser Spaßvogel! Und wenn es um mehr als nur Spaß geht? Dann wäre Marcel der Letzte, der für derartige Brandwunden ein Rezept hätte.

Gebannt schaut Alex zu, wie sie sich an der Anrichte zu schaffen macht, die Brokkoli auseinandernimmt und die Röschen in den Topf wirft. Wohlige Wärme durchströmt ihn. Unglaublich, was er mit ihr schon alles erlebt hat. Er kommt sich vor wie der Protagonist in seinem eigenen Roman. Bevor sich die Angebetete ergibt, hat er schwere Prüfungen zu bestehen. Es soll Leute geben, die auf die letzten Seiten vorblättern, weil sie die Unsicherheit nicht ertragen. Kriegen sie sich oder kriegen sie sich nicht? Voll daneben! Aber … hätte er die Chance … er ist sich nicht so sicher, ob er jetzt würde widerstehen können.

Wie brennende Pfeile spürt Karoline seine Blicke in ihrem Rücken. Warum hat sie ihn gestoppt? Der zitronengeschwängerte Kuss hat sie unglaublich angemacht … auch sie hat auf ganz anderes Lust als Brokkoli.

Sie schüttet Knoblauch, die gedünsteten Zwiebeln und das Gemüse in den Mixer und schon wird alles unter lautem Getöse zu einer cremigen Masse. Es macht Spaß, mit Alex zu flirten, aber … sobald der Mann seine Beute erlegt, ist für ihn der Spaß vorbei, *si fa per dire*. Sie schmeckt die Suppe ab, gibt noch etwas Sahne und Muskat dazu und lässt alles kurz aufkochen.

Am liebsten würde sie das zauberhafte Spiel von Necken und Verführen endlos weiter und auf die Spitze treiben, bis zum Höhepunkt und darüber hinaus, aber … ihr wird immer heißer und die Suppe, die langsam vor sich hin köchelt, hat nur geringen Anteil daran.

Wenig später löffeln sie schweigend die Suppe, dazu der fruchtige Merlot, sie merkt kaum, was sie isst, immer wieder versinkt sie in seinen Augen. Es fällt ihr nicht leicht, das Schweigen zu genießen. Peinigend der Gedanke, sie müsse irgendeine Art Konversation in Gang halten.

Aber die kleinen Gesten, seine Blicke und das Mienenspiel in Alex Gesicht, so gerne würde sie einfach allem vertrauen, was sie da sieht. Für kurze Momente gelingt das sogar.

Von Zeit zu Zeit nimmt Alex ihre Hand und spielt mit ihr. Zweimal erwischt er dabei den Löffel, die Tischdecke ist längst bekleckert. Offensichtlich ist er genauso unsicher wie sie selbst. Dann und wann provoziert er mit kleinen Frechheiten, berührt mit einem Finger lasziv ihre Lippen oder leckt zart das Gewürz von einem ihrer Finger. Auch seine Füße bleiben nicht untätig, einer schmuggelt sich sogar hinauf auf ihren Schoß. Sie kitzelt ihn, bis er ihn lachend wieder zurückzieht.

»Es ist schön, hier zu sein«, seine Stimme ist belegt, fast ein bisschen feierlich. Sie antwortet schnell. »Ja. Schön, dass du da bist! Bereit für den nächsten Gang?«

Alex zögert. »Die Suppe schmeckt super. Aber, ehrlich gesagt, habe ich gar keinen Hunger. Und wenn ich sehe, wie du an der Suppe nippst, geht es dir nicht viel besser.«

Karoline schiebt den Teller beiseite und streckt die Beine unter dem Tisch aus. Sie fühlt sich ertappt, braucht aber irgendwie noch Zeit. Unschlüssig rührt sie in dem halbvollen Suppentopf, dann gibt sie sich einen Ruck: »Heißt das, wir gehen gleich zur Nachspeise über?«

»Du meinst die, die man gewöhnlich im Bett einnimmt?«, sagt er mit typischem Alex-Grinsen.

»Oh, wir könnten auch hier …«

Er steht auf, bevor sie den Satz zu Ende bringen kann. Er zieht sie hoch, nimmt sie in die Arme und drückt sie an sich.

Ihr kurzes Erschrecken weicht schnell lustvoller Wärme, die leise durch ihren Körper rieselt. Sie schmiegt sich an ihn wie eine Katze, mit ihren Krallen kratzt sie ihm zärtlich über den Rücken. Ups. Schon öffnet er langsam den Reißverschluss auf der Rückseite ihres Kleides und streichelt mit seinen Fingerspitzen über ihre nackte Haut. Seine Blicke suchen ihr Einverständnis. Ja, mach weiter, aber bitte langsam! Ihr Lächeln lässt ihn anscheinend schwindlig werden, denn er verliert kurz das Gleichgewicht. Doch als wenn nichts wäre, lässt er behutsam das Kleid an ihrem Körper heruntergleiten, bis sie in ihrer roten Spitzenunterwäsche vor ihm steht. Sie zittert, jede ihrer Poren richtet sich sehnsüchtig auf und ihre Brustwarzen protestieren stolz gegen den BH. Alex tritt einen Schritt zurück und betrachtet sie mit aufreizender Coolness. Aber seine Augen verraten das Feuer, das in ihm brennt.

»Habe ich schon gesagt, dass du aussiehst wie eine Sexgöttin?«

»Was heißt hier aussehe?«, gibt Karoline kühn zurück und huscht hinter Alex, um ihn von dort zu umfassen und ihre Hände über seine Vorderseite wandern zu lassen. Kurz bevor sie an seinem Gürtel ankommt, fällt ihr Blick auf das Küchenfenster, das den Nachbarn gerade zu viel Einblick erlaubt. Ohne ein Wort löst sie sich von seinem vibrierenden Körper, zieht alle Vorhänge in Küche und Wohnzimmer zu und kehrt zu ihm zurück.

»Heute keine Zuschauer?«, flachst Alex.

»Nein, heute ist die Vorstellung ganz und gar exklusiv.« Sie fährt mit ihren Händen an ihm hinunter. Als sie die Wölbung in seiner Hose spürt, hält sie inne.

Vorsichtig beginnt sie, auf Alex Glied zu trommeln, woraufhin er scharf die Luft einzieht und anfängt, seinen Gürtel zu lösen.

»Langsam!« flüstert sie ihm ins Ohr. »Nicht so ungeduldig!« Dabei krault sie ihn durch seine Jeans hindurch und spürt, wie er immer härter wird. *Dio mio*, seine Erregung ist ansteckend.

Alex versucht, sich aus ihrer Umklammerung zu befreien, aber sie hält ihn fest und genießt die Power, die ihr in diesem Moment zuströmt. Das prickelnde Gefühl fließt direkt in ihren Unterleib.

Er lässt sein Becken kreisen, sie lässt ihres mitschwingen. Sie erinnert sich an den Tanz, den sie im Workshop getanzt haben. Und dann an Maria. Auch sie ist eine Tänzerin, nicht nur auf der Tanzfläche. Es hat immer so schön angefangen, aber sobald sie eindeutiger wurde … nein, mit Alex wird es anders sein. Doch in ihrem Magen rumort es gewaltig.

Sanft löst sie sich von Alex und schlendert zur Musikanlage. »Magst du Jazz? *Jamie Callum*?«

»Jazz ist fein, aber, wollen wir nicht lieber ins Schlafzimmer wechseln?«

Etwas in ihr krampft sich zusammen. Es geht ihm nicht schnell genug. »Va bene, gehen wir hoch.« Sie sucht eine Weile im CD-Regal, obwohl sie genau weiß, wo sich die CD befindet. Ihr Herz klopft bis zum Hals. In den nächsten Minuten wird sich entscheiden, ob der Abend zu einer Enttäuschung wird oder … sie diesmal die Weichen anders stellt.

Kaum haben sie das Schlafzimmer betreten, da lässt sich Alex mit einem lauten Seufzer auf ihr breites Doppelbett fallen. Sie hat es mit der schwarzroten Satingarnitur bezogen, die sie vor Jahren gekauft, aber kaum je benutzt hat. Jetzt erscheint sie ihr zu seidig, zu wollüstig, ach, zu was auch immer. Er streckt die Hände nach ihr aus, aber es geht nicht. Sie fühlt sich abgeschnitten, muss sich erstmal auf den Bettrand setzen. Ihr fröstelt und vor ihren Augen fängt es an zu flimmern. Sie kneift sie leicht zusammen, aber das hilft nur kurz. Sie wickelt ein Tuch um ihren Körper, fühlt sich aber dennoch zu nackt für das, was jetzt kommt. Kommen muss.

Alex, noch in Jeans und schwarzem Hemd, scheint nicht zu merken, dass sich bei ihr Entscheidendes verändert hat. »Ist dir kalt? Macht nichts, das gibt sich bald.« Als er anfängt, sein Hemd aufzuknöpfen, bricht es aus ihr heraus. »Warte. Setz dich erst noch mal hin. Ich muss dir was sagen. Sonst geht das hier nicht.«

Es klingt furchtbar unbeholfen, viel zu schroff und wahrscheinlich ist jetzt alles kaputt. Sie fühlt sich hundeelend und als Alex sie gekränkt anschaut, wird ihr noch elender. Warum ist sie nur so kompliziert?

Was ist denn jetzt wieder los? Was hat sie gerade gesagt? Und warum sitzt sie überhaupt auf der Bettkante wie Prinzessin auf der Erbse? Nicht schon wieder diese Nummer. Das kann sie einfach nicht bringen. Am liebsten würde er aufspringen, kann sich aber zum Glück beherrschen. Er starrt die Decke an. Das Schlafzimmer ist plötzlich zu kühl, zu aufgeräumt, leblos. Sein Herzschlag galoppiert ihm davon.

Was bin ich doch für ein Idiot! Sie hat ein sexuelles Trauma, das ist doch sonnenklar! Weiß der Teufel, warum. Erst macht sie einen heiß und dann kommt die kalte Dusche. Immer und immer wieder. Wie dumm kann man überhaupt sein, das nicht wahrhaben zu wollen?

Der Beginn in der Küche ist ein einziger Traum gewesen. Nein, kein Traum, vollkommen real! An erotischer Spannung fehlt es sicher nicht. Und dann? Kein Traum, sondern Trauma! Er schluckt. Es schmeckt gallig. Er muss unbedingt etwas trinken.

»Alex, ich brauche nur etwas mehr Zeit«, hört er sie plötzlich aus weiter Ferne.

»Was?«

»Ich will dich auch!«

»Aha«, murmelt er vor sich hin.

»Frauen haben ein anderes Timing.«

Oh, nein! *Wie oft muss ich das noch hören?* Wenn das alles wäre, hätte Freud das sicher auch schon herausgefunden. Es törnt sie total ab, wenn sie sich unter Druck fühlt. Aber verdammt, er macht doch gar keinen Druck, er ist einfach nur scharf auf sie. Das ist ein himmelweiter Unterschied.

»Alex?« Karoline fasst ihn an den Schultern, sucht seinen Blick. »Habe ich dich verletzt?«

Jetzt kommt die mitfühlende Phase. Er weiß schon genau, wie es weitergeht. Sie wird ihm so viel Zuwendung schenken, bis alles wieder von vorne beginnt. Bis zum nächsten Crash, wenn sie ihn von Neuem geradewegs aus dem siebten Himmel in die Hölle jagt.

»Wie lange muss ich mit meiner Geilheit hinter dem Berg halten, damit du nicht denkst, ich will es jetzt und sofort?« Er richtet sich auf und stützt sich auf den Ellbogen ab. Immerhin reden sie miteinander.

»Jetzt nimm das bitte nicht so höllisch ernst. Ich mag deine Geilheit. Alles was ich sagen wollte … war … lass uns etwas langsamer machen.«

Glaubt sie das selbst? Sein Blick streift den ihren nur, aber lang genug um zu bemerken, dass ihre Augen feucht sind. Der Ärger verfliegt in Sekundenschnelle. Ist sie genauso verzweifelt wie er? Muss er einfach nur lernen, geduldiger zu werden? »Komm!« Er legt sich wieder aufs Bett und zieht sie an sich. »Du hast alle Zeit der Welt, okay?«

Sie schaut ihn verlegen an, dann lässt sie ihren Körper sanft neben seinen gleiten und legt ihren Kopf auf seine Schulter. »Du brauchst keine Angst zu haben. Ich will dich auch«, flüstert sie.

Sie sagt die Wahrheit, er kann es deutlich spüren. Und doch entfährt ihm: »Und das soll ich glauben?«

»Ja.«

Bevor er es sich recht überlegt hat, ist schon der nächste dumme Satz draußen. »Dann versprich mir, dass wir uns spätestens in einer Stunde das Hirn aus dem Leib vögeln.«

Da springt sie auf und trommelt mit den Fäusten auf seine Brust, doch er bekommt sie an den Handgelenken zu fassen. Mit einer raschen Drehung wirft er sie auf den Rücken, doch er kann sie nicht unten halten. Schon bald tobt ein wilder Ringkampf. »Du bist so ein verdammter Macker! Du bist so ein …«, presst sie hervor.

Ein kurzer Blick in ihre Augen lässt ihn entspannen. »Was bin ich? Sags mir, du verdammt Zicke.«

»Du verdammter Hurenbock, lass mich los!« kreischt sie, aber ihr Spaß an der Rauferei ist unüberhörbar. Sie schreien, ringen und rollen wild über einander, es geht hin und her, über die Bettkante auf den Boden und weiter.

Nach einer Weile fängt Karoline an zu keuchen und er stoppt. Sie umfasst seinen Kopf und presst ihren Mund direkt auf seinen. Er zögert. So schnell kommt selbst er kaum mit und … was ist das jetzt überhaupt?

Langsam, ganz langsam öffnet er dann doch seine Lippen. Und langsam, ganz langsam umspielt ihre Zunge seinen Mund, tanzt sanft über seine Lippen und lässt sie feucht werden. Dann dringt sie in ihn ein und seine Zunge begleitet sie nur zu gerne bei ihrer Erkundungstour in der Höhle des Löwen. Sein Herz steht still.

Karoline ist stolz. Niemals hat sie für möglich gehalten, dass Zeit plötzlich keine Rolle mehr spielt. Obwohl, eigentlich stimmt das nicht, sie kann es selbst kaum noch erwarten, ihn endlich tief in sich zu spüren, und das überrascht sie noch mehr. Sogar zuzusehen, wie Alex das Kondom aus der Hosentasche fischt, macht sie an. Mit einem »Komm, gib her« greift sie danach, legt es wieder beiseite, taucht zu seinem Schwanz hinab und züngelt erneut an der Eichel.

»War ich schon wieder zu schnell? Möchtest du noch nicht …«

Sie gibt ihm einen Schubs, er fällt auf den Rücken und lässt es geschehen. Endlich. Sie wird ihn einfach nehmen. Bald, sehr bald. Sie leckt ihn nochmal der Länge nach auf und ab und genießt die kleinen Zuckungen, die sie aus dem vorwitzigen Schaft hervorlockt. Bald wird sie ihn in sich spüren, da, wo es längst lustvoll pocht.

Sein Stöhnen wird immer lauter, sein Körper fängt an sich zu verkrampfen, eilig lässt sie von seinem Luststab ab und streichelt ihn wieder am ganzen Körper, mal in langen Strichen bis zu den Zehen, dann wieder in wonnevollem Durcheinander. Wie schön er aussieht! Wie geschmeidig er sich hin und her wälzt. Sie küsst ihn auf den Mund, zwirbelt an seinen Brustwarzen und dann nimmt sie das Gummi und stülpt es über das pralle Glied.

Er will sich aufsetzten, aber sie lässt ihn nicht. »Ich mach das schon.«

»Du machst mich wahnsinnig, weißt du das?«, krächzt er kehlig.

Karoline lächelt in sich hinein. Sie fühlt sich sicherer bei der Vorstellung, dass sie jetzt die volle Kontrolle übernimmt, sie bringt ihr Becken über seines, ihre Muschi über seinen Schwanz und greift dann entschlossen nach ihm. Sie spielt mit der Schwanzspitze an ihrem empfindlichen Eingang, streicht über ihre Lippen und die Klit und verteilt die emporquellende Feuchtigkeit. Er kann offensichtlich nicht länger stillhalten, das gefällt ihr. Sein Becken hebt und senkt sich und fängt an, gegen ihres zu stoßen, aber sie hält lustvoll dagegen. »Ganz ruhig, mein Lieber. Gleich, gleich ist es soweit.«

Dann setzt sie ihre Yoni direkt auf seine Eichel und lässt sie so langsam sinken, dass es eine gefühlte Ewigkeit dauert, bis er ganz in ihr drin ist. Wie schön, so ausgefüllt zu sein, er mitten in ihr. Sie stöhnt auf. Nicht nur sein Schwanz, sein ganzer Körper zittert immer heftiger und auch in ihr breiten sich lustvolle Vibrationen wellenförmig aus.

Es fühlt sich so einfach an.

So richtig.

Und unendlich geil, ohne dass es viel zu tun gibt. Sie senkt ihren offenen Mund zu seinem hinab, sucht eine weitere Vereinigung. Ihr Körper ruht auf seinem. Dann umschlingt er sie mit Armen und Beinen und zieht sie so nah an sich heran, bis es weh tut. *Sì!* Es ist ein köstlicher Schmerz, sie kann ihm gar nicht nah genug sein.

Er könnte schreien, hält sich aber zurück. Karoline bewegt sich sehr, sehr langsam auf und ab, ihre Augen sind geschlossen, genussvoll lässt er seinen Blick über ihren schlanken, trainierten Körper und ihre perfekten Brüste wandern. Sie schlafen miteinander! Jetzt, in diesem Moment! Was wird sich dadurch verändern? *Shit, was hirne ich denn schon wieder herum!* Ist doch vollkommen bedeutungslos. Sie öffnet die Augen und blickt auf ihn herab, wild und zugleich unglaublich zart, die Haare zerzaust, die Haut gerötet, ein dünner Schweißfilm auf der Stirn.

»Du siehst wunderschön aus!«, er kann es nur hauchen, freut sich über den Jubel, der über ihr Gesicht huscht. Sie lächelt schon fast wie Verena. Im gleichen Moment möchte er sich am liebsten ohrfeigen. *Warum denke ich Vollpfosten jetzt an eine andere?*

»Was denkst du gerade?«, fragt Karoline prompt und voller Unschuld.

Schon gar nicht will er dabei erwischt werden. Seine Wangen glühen. Bloß nicht rot werden, das wäre wie ein Geständnis! »Ich mag dein Lächeln!« Das ist jedenfalls nicht gelogen.

»Und was noch? Ich sehe dir doch an der Nasenspitze an, dass da noch was ist!« Sie sagt das überhaupt nicht böse, im Gegenteil, sie streichelt dabei sanft über seinen Brustkorb. Seine Erektion lässt langsam nach und er beginnt, sich wieder leicht in ihr zu bewegen. Sie lässt ihr Becken genüsslich kreisen und seufzt wohlig. Ein Glück, sie besteht nicht auf seiner Antwort. Er richtet sich auf, nimmt sie auf seinen Schoss und dreht sie dann auf den Rücken, darauf bedacht, nicht aus ihr herauszugleiten.

Aber er ist draußen. Als er gleich wieder in sie eindringen will, entzieht sie sich ihm. Er blickt sie fragend an.

»Bitte leck mich. Würdest du das machen?« Wie sie ihn anschaut, wie geil ist das denn!

»Pure Zumutung! Jeder Moment, in dem ich nicht in dir drin bin, ist pure Zumutung.« Sie lacht. Sie versteht, wie er das meint. Sein Herz macht Luftsprünge wie ein junges Fohlen. Er rutscht ans Fußende und liebkost ihre Muschi, neckt sie mit der Zungenspitze und leckt immer wieder breit über ihre betörend duftende, intime Landschaft. Es macht ihn geil zu spüren, wie sie zuckt, wie sie immer nasser wird und ihre Erregung immer weiter ansteigt. Sie hält seinen Kopf fest, wuschelt ihm durch sein Haar und wird lauter. Sie wird richtig laut.

Doch dann zieht sie seinen Kopf nach oben.

Er legt sich sanft auf ihren Körper und schaut sie fragend an.

»Ja, komm wieder rein!«, ermutigt sie ihn und spreizt ihre Beine, um es ihm zu erleichtern. Aber sobald er heftiger wird, drückt sie sein Becken fest an ihr eigenes. Er spürt eine unbändige Lust, sich nicht stoppen zu lassen, sie einfach rhythmisch und wild zu ficken, aber es macht ihn noch wilder, so klar und bestimmt gestoppt zu werden. Sie lässt ihn nicht davon galoppieren, dafür liebt er sie umso mehr.

In ihrem Gesicht breitet sich glückseliges Lächeln aus. »Spürst du es auch?«, fragt sie.

»Ich weiß zwar nicht, was du meinst, aber ja, ich spüre es auch!« Er lacht. Eigentlich seltsam, beim Sex soviel zu sprechen, aber mit ihr ist es scharf wie Chili.

»Findest du auch, dass die beiden super zueinander passen?«

»Die beiden?«

Als Antwort saugt sie seinen Lingam noch fester in sich hinein. Aha, die beiden meint sie. »Ja. Ist tierisch geil.«

»Passt wie angegossen, oder?«

»Sagt man das nicht eher bei Stiefeln?«

»Da hast du recht, du Stinkstiefel.«

»Der Vergleich passt auch nicht, das heißt Korinthenkacker.«

Karoline lacht ausgelassen und unschuldig wie ein kleines Mädchen und sexy wie eine reife Frau. Unwillkürlich beginnt er wieder sich zu bewegen.

»Ich spüre, wie innen alles nachgibt, wenn du dich bewegst. Mach langsam! Ich will jede Bewegung spüren.«

Sein Schwanz ist weicher geworden, aber immer noch hart genug, um nicht aus ihr heraus zu flutschen. Er fühlt deutlich die Innenwände ihrer Vagina und es fühlt sich himmlisch an. Was wünscht sich dein Herz? Ah, die Frage! Es möge ewig dauern.

Irgendwann werden ihre Bewegungen noch langsamer und dann liegen sie einfach still ineinander. Karoline zieht seinen Oberkörper wieder näher zu sich und entführt seinen Mund in einen zarten Kuss. Er muss sich verbiegen, um nicht unten rauszurutschen, und das will er auf keinen Fall, es darf ewig so weitergehen. Er ist bestimmt eine Stunde in ihrer feuchten Mitte und spürt keinerlei Drang abzuspritzen. Kann das wahr sein?

Ihr Mund löst sich von seinem, seine Zunge züngelt wild ins Leere, denn sie weicht entschlossen zurück. »Alex?«

»Ja?« Was kommt denn jetzt? »Irgendwas nicht okay?«

Sie lächelt, aber nicht mehr ganz so leicht und unschuldig wie vorhin. »Nein, alles okay!«

»Aber?«

»Kein aber. Es ist nur …« Er spürt das bekannte Rumoren in seinem Magen.

»Alex. Ich liebe dich!« Ups. Tränen in ihren Augen.

In seinem Kopf wird ein Schwarm wild gewordener Bienen losgelassen und seine Gedanken rasen so schnell, dass er keinen einzigen zu fassen bekommt. In seinem Herzen spürt er Trauer, aber ein festes Band legt sich um seine Brust und schnürt sie ein.

»Du musst nicht antworten.«

Er bringt tatsächlich keinen Ton heraus. Sie schaut ihn unverwandt weiter an. Ihre Augen sind immer noch feucht, eine Träne kullert herunter.

»Ist das so traurig?«, versucht Alex einen Scherz, kommt sich dabei aber so dumm vor wie ein Kartoffelsack.

»Hätte ich das lieber nicht sagen sollen?«, fragt sie so sanft, dass er sich noch mehr schämt.

Er kratzt sich an der Stirn. Ihre Liebeserklärung hat ihn echt erschrocken. Liebt er sie etwa nicht? *Du weißt gar nicht, was Liebe ist …*, meldet sich Simone im Hinterkopf.

»Nein! Es ist wunderschön. Es macht mir nur … etwas Angst.« Es wird leichter um sein Herz.

Karoline schmiegt sich vorsichtig an ihn heran, auch sie scheint erleichtert.

»Du bist noch gar nicht gekommen«, neckt sie ihn nach einer Weile und bewegt wieder ihr Becken. Vielleicht müssen wir das hier«, und dabei legt sie beide Hände auf seinen Hintern und zieht ihn wieder tiefer in sich hinein, »noch zu einem guten Ende bringen, damit du mich auch liebst.« Dann rollt sie sich mit ihm herum, so dass sie wieder auf ihm sitzt. Langsam reitet sie ihn und lächelt ihn dabei verschwörerisch an. Würde sie das Tempo nur ein kleines bisschen anziehen, könnte er es auf keinen Fall mehr zurückhalten. Aber verdammt, sie wird nicht schneller. Es kommt ihm fast sadistisch vor, wie sie ihn zappeln lässt. Dann lässt sie sich ganz auf ihm nieder und bedeckt seinen Körper der Länge nach mit ihrem. Sie greift nach der Bettdecke und bedeckt sie beide damit, aber sein Zittern hat nichts mit Kälte zu tun. Es scheint sie anzustecken, auch sie fängt an zu vibrieren. Wie köstlich.

Später hat Alex keine Ahnung, wie lange sie so dagelegen sind. Minuten? Stunden? Sind sie zusammen eingeschlafen? Wie spät ist es eigentlich?

28

Gefühlt seit Stunden liegt Alex neben ihr im Bett und schläft tief und fest wie ein Baby. Sie selbst ist hellwach und ihre Gedanken kreisen. Immer wieder betrachtet sie neugierig sein Gesicht und entdeckt stets etwas Neues. Er sieht so friedlich aus, so unschuldig.

Als er endlich seine Augen öffnet, schlägt ihr Herz schneller. Ihre Blicke treffen sich.

»Hey«, sagt er nach einer Weile und räkelt sich genüsslich, »bin ich eingeschlafen?«

»Tief und fest.«

»Und du? Hast du Wache gehalten?«

»Ja. Und dir beim Träumen zugeschaut.«

»Oh. Was habe ich denn …«, fragt er unsicher. Weiß er es wirklich nicht?

»Geträumt? Ob du es glaubst oder nicht, du warst in einem Tempel mit lauter heiligen Huren.«

»War eine Sexgöttin namens Karoline dabei?«

»Die hat die ganze Zeit mit offenem Munde zugeschaut.« Sie lächelt ihn an, aber er scheint wirklich verunsichert.

»Es ist schön mit dir«, brummt er.

Irgendetwas daran klingt seltsam, aber darüber will sie jetzt nicht nachdenken. »Ja.« Sie gähnt.

»Ist das so langweilig?«

»Nein, ich bin nur einfach müde und muss morgen früh raus. Ich kann ja nicht schon wieder schwänzen.«

Alex schmunzelt. »Auch ein schöner Ausdruck für das, was wir gerade getan haben.«

»Immer auf der Suche nach neuen Fachausdrücken, der Herr Lektor, oder?«

»Nervt es dich?«

»Es gibt Schlimmeres«, murmelt Karoline.

»Weißt du was?« Alex erhebt sich und stützt sich auf seinem Ellbogen ab. »Ich glaube, ich muss mir einen anderen Job suchen. Nach dem, was ich gerade mit dir erlebt habe, werden mir die abgefahrensten Sexszenen hohl vorkommen, und seien sie auch noch so gut erzählt.«

»Das hast du jetzt aber schön gesagt.« Sie trommelt sanft auf seinen Bauch. »Aber ich bin sicher, du meinst es nicht so.«

»Was soll das jetzt heißen?«, fragt er mit gespielter Empörung.

»Das heißt, dass du dich liebend gern mit erotischen Texten beschäftigst. Und wie wir beide wissen, willst du das ein oder andere auch umsetzen, was du gerade liest.«

Er lacht. »Wie kommst du denn darauf?«

»Es steht wie Leuchtreklame auf deiner Stirn.«

Er hält ihr mit beiden Händen die Augen zu. »Du … dir werde ich was erzählen …« Jetzt spielt er den Empörten, ist aber vollkommen unnötig. »Du kannst mir ruhig die Augen zuhalten, ich sehe dich trotzdem.«

Er rollt sich auf sie und versucht sie zu küssen. Sie wehrt ihn ab. »Mundtot machen wirst du mich auch nicht.

»Du Schlange!« Er greift nach ihren Armen, um sie zu fixieren, aber so leicht wird er sie nicht kriegen.

Als sie nach der vergnüglichen Rauferei wieder zur Ruhe kommen, fragt Alex plötzlich: »Was ist nun eigentlich mit Hamburg? Du ziehst nicht hier weg, oder?« Seine Stimme klingt zittrig bei dieser Frage, das tut gut.

»Vielleicht muss ich mal für eine Weile hoch in den Norden, aber nicht auf Dauer. Das habe ich Berger unmissverständlich klargemacht.«

»Cool. Super! Ich freue mich für dich.«

»Nur für mich?« Als sie merkt, dass sie eine Schnute zieht, muss sie lachen.

Er schmiegt sich fest an sie und erstickt weitere Fragen mit einem zärtlichen Kuss. Dieses wortlose Lippenbekenntnis gefällt ihr weit besser als das, was sie vielleicht hören wollte. Eine Weile liegen sie einfach entspannt aneinander gekuschelt, sie genießt seinen warmen, pulsierenden Körper und den Geruch nach Sex. Nach einer Weile richtet er sich auf, schaut sie nachdenklich an und sagt dann ohne mit der Wimper zu zucken: »*Des Mannes Art ist Wille, des Weibes Art Willigkeit.*«

»Che?« Ihre grauen Gehirnzellen kommen gerade nicht so schnell hinterher. »Was ist denn das für ein Schmarrn?«

»Friedrich Nietzsche. Weißt du, ich frage mich schon lange, was Liebe ist, was Sex ist, und wie das gehen kann zwischen Mann und Frau. Aber ich weiß es nicht. Vielleicht mache ich diese Arbeit, weil ich dadurch immer wieder damit konfrontiert werde, wie verschieden Menschen mit ihren Begierden, ihren Sehnsüchten und all dem ganzen Gedöns umgehen.«

»Gedöns …«

»Ja! Menschen werden nicht müde, sich die Liebesgeschichten anderer reinzuziehen. Alles, vom Himmel bis zur Hölle.«

Che fortuna, keine Gefahr! Sie lehnt sich faul zurück und genießt es, ihm einfach zuzuhören. Er erzählt von den Höhen und Tiefen seiner Arbeit, vom Unterschied zwischen Liebe und Kitsch, wobei Letzteres sich angeblich wesentlich besser verkauft. Er erzählt von der absurden Gratwanderung, nicht allzu plumpen Porno zu produzieren, aber pfefferscharfe Sexszenen sollen dann schon drin sein, ob sie nun reinpassen oder nicht. Und die Konkurrenz schläft nicht. »Da ist viel Verlogenheit im Spiel.«

»Aber … für euch Männer ist das doch kein Problem, oder?«

»Was?«

»Wenn Sexszenen nicht literarisch legitimiert sind. Spaß macht es euch doch so oder so, oder habe ich etwas nicht verstanden?«

Er streckt ihr die Zunge raus. »Ich liebe dich auch! Aber es stimmt, der Job macht schon Spaß, vor allem, wenn Autoren – oder Autorinnen – mit Szenarien aufwarten, wo man nie im Leben drauf kommen würde.«

»*Sì*. Das ist bei mir auch so, nur dass die Szenarien meiner Mandanten meist nicht ganz so saftig sind wie deine. Und wenn es in einer Anwaltskanzlei doch mal um Sex geht, dann willst du lieber nicht wissen, um was für welchen.«

Alex runzelt die Stirn. »Aha. Ähem, was meinst du damit?«

»Sexualstrafrecht ist zum Glück nicht mein Ressort, aber was mein Kollege Freddy manchmal erzählt … aber lassen wir das!« Sie mag nicht an die Kanzlei denken und schon gar nicht an ätzende Rechtsstreits, lieber einfach träumen und seinen Rücken streicheln. Der reagiert sofort mit Gänsehaut.

»Verstehe.« Er windet sich genussvoll unter ihren Händen. »Aber … soll ich vielleicht dafür sorgen, dass noch weitere Autoren gekündigt werden?«

Den Ball nimmt sie gerne auf. »Super Idee. Bitte, bitte, besorge mir attraktive Mandanten mit ähnlich gelagerten Fällen. Du kannst dir gar nicht vorstellen, wie öde es ist, sich mit Arbeits- oder Steuerrecht herumzuschlagen.«

»Tja, so jemanden wie Carsten bekommst du bestimmt nicht alle Tage. Hat er dich eigentlich nochmal kontaktiert?«

Sie schüttelt langsam und bedächtig den Kopf. »Fällt leider unter die Schweigepflicht.«

»Nachdem du dich unerlaubt in meine Träume geschlichen hast, habe ich wohl etwas gut.«

Jetzt kommt sie doch ins Schwanken, denn eigentlich würde sie gerne mit ihm darüber sprechen. Sie stupst ihn auf die Nase. »Okay, also, er ist nicht mehr mein Mandant. Aber wo wir gerade dabei sind. Was ist das eigentlich für eine seltsame Geschichte? Ich meine, ein Autor, der wegen eines Plagiats gekündigt wird und der selbst von nichts weiß? Ist doch seltsam, oder? Du weißt bestimmt mehr, stimmts?«

Jetzt ist er es, der zögert. Er weiß mehr, kein Zweifel. »Hm. Also … vielleicht kann ich es dir tatsächlich sagen. Ich meine, eigentlich weiß ich nichts, weil mein Chef mauert, aber … ich habe mal im Internet recherchiert und diesen Tempel, den gibt es tatsächlich. Ich meine, bis jetzt noch nicht in realiter, aber es gibt Leute, die sowas planen.«

»Mit heiligen Huren, Himmelsrichtungen, Pflaumendildo und allem drum und dran? Dann lag ich gar nicht so daneben mit meiner Traumdeutung?«

So schön, wenn er lacht. Und wie er sie dabei anschaut. »Wäre vielleicht eine Umschulung wert, von der Anwältin zur Hellseherin. Meine Mama wäre jedenfalls begeistert.«

»Das ist sicher ein wesentliches Kriterium, werde ich mal in Erwägung ziehen. Aber nochmal zurück zu Kiefer. Kennt der vielleicht diesen Tempel? Hat er seine Ideen von dort?«

»Habe ich auch dran gedacht, aber dann müsste er doch wissen, woher der Wind weht und hätte das sicher erwähnt. Ich kann mir nicht vorstellen, dass seine Ahnungslosigkeit gespielt war. Ich meine, er ist Autor, kein Schauspieler!«

»Ist doch fast das Gleiche.«

»So wie Anwältin das Gleiche ist wie Richterin im Nachmittagsfernsehen.«

»Der Punkt geht an dich. Das hat tatsächlich wenig mit unserer tristen Kanzleiwirklichkeit zu tun.«

»Warum bist du überhaupt Anwältin geworden?«

Das fragt sie sich inzwischen auch und ist nicht leicht zu beantworten. Dann erinnert sie sich, was damals den Ausschlag gegeben hat. »Du wirst es nicht glauben, aber ich hatte wirklich die Idee, dass es mehr Frauen in diesem Metier braucht, damit wir zu unserem Recht kommen. Ich wollte ein bisschen die Welt verbessern, so eine Art Gutfrau sein. Ziemlich verschroben, oder?«

»Irgendwie schon«, kommentiert Alex trocken. »Aber vielleicht solltest du dann lieber Politikerin werden. Sagtest du nicht, du bist bei den Grünen?«

»Freddy wird nicht müde, mir eine Polit-Karriere aufzuschwatzen.« Sie verzieht das Gesicht. »Er meint, Steuerrecht habe Zukunft. Genauso wie Politikerinnen mit Sexappeal. Aber lass uns ein andermal darüber reden, ich finde das Thema nicht so erbaulich, nicht mit so einem heißen Typen in meinem Bett.« Ihr Zeigefinger macht sich selbstständig, zieht sanfte Kreise um seinen Bauchnabel und folgt langsam der leicht behaarten Spur nach unten, wo sich sein Schwanz langsam wieder aufrichtet.

»Ich dachte, du bist müde. Wenn du mich so anmachst …«

»Du Nimmersatt! Darf man dich denn gar nicht berühren, ohne dass du gleich wieder heiß läufst?«

Er legt eine Hand auf ihre Scham und fängt an, sie dort sanft zu streicheln. »Kommt ganz drauf an, wo.«

Karoline schiebt seine Hand etwas höher. Als er versucht, wieder tiefer zu gelangen, hält sie ihn eisern fest. »Ich habs verstanden, Alex. Lass uns schlafen. Okay?«

Aber so kann sie jetzt auch nicht schlafen. Sie rollt sich von ihm weg, steht auf und geht ins Bad. *Warum hast du jetzt wieder gebremst*, fragt sie das Gesicht, das ihr scheu aus dem Spiegel entgegenblickt. Ihr Gegenüber zuckt mit den Schultern. Vielleicht, weil ich einfach müde bin?

In diesem Moment taucht Alex neben ihr im Spiegel auf und umarmt sie von hinten. »Möchtest du wirklich, dass ich hier schlafe?«, fragt er sanft.

Uffa, diese Frage hat sie sich gar nicht gestellt, erstaunlich. Aber ihre Antwort ist klar wie ein stiller Bergsee. »Ja, Alex. Schlaf mit mir, schlaf mit mir ein!«

Trotz viel zu wenig Schlaf fühlt sie sich kraftvoll und zuversichtlich wie schon lange nicht mehr. Gerade hat Alex ihre Wohnung verlassen, sie sitzt selig am Frühstückstisch und lässt die Eindrücke der vergangenen Nacht Revue passieren. Ihr ganzer Körper summt. Ihre Yoni fühlt sich leicht überreizt an, aber so lebendig und pulsierend wie vielleicht nie zuvor. Kein Wunder, sie hat auch noch nie stundenlang Sex gehabt.

Karoline trinkt einen letzten Schluck Kaffee, geht ins Bad, zieht sich aus und betrachtet ihren nackten Körper in dem großen Spiegel, der die Front über dem Waschtisch einnimmt. Wie schön einen die Liebe doch macht!

Oder ist es der Sex? Wahrscheinlich sowohl als auch. Sie ist über beide Ohren verliebt, aber was sie noch glücklicher macht, ist der Stolz auf sich selbst. Sie ist sich treu geblieben, hat sich mehrmals getraut, ihn zu stoppen und sich mit ihren eigenen Bedürfnissen und Ängsten zu zeigen. Es ist nicht leicht gewesen und hat echt Überwindung gekostet, aber die Wirkung ist phänomenal. Sie sieht wieder in den Spiegel. Sie strahlt aus allen Poren.

Aber jetzt muss sie in die Kanzlei und zuvor noch unter die Dusche. Es tut gut, das warme Wasser über die Haut fließen zu lassen. Sie verteilt das kühlende Minz-Duschgel über den ganzen Körper. Wenn Alex noch da wäre, würde sie ihn packen, zu sich unter die Dusche zerren und die nächste Runde einläuten.

Heute beginnt mein neues Leben. Nie wieder wird sie sich von ihrem Beruf auffressen lassen, auch nicht, wenn das mit Alex schiefgehen sollte. Aber das wird es nicht, ihr Körpergefühl ist so eindeutig, wie es nur sein kann. Sie passen zusammen. Vielleicht gehören sie ja sogar zusammen. Hoffentlich wird sie sich stets an dieses Gefühl erinnern können, wenn doch wieder Zweifel aufkommen.

Heilige Huren, ob er wohl wirklich von sowas Schrägem träumt? Wäre ihm zuzutrauen. Sie muss ihn unbedingt nach der Internetadresse von diesem Tempel fragen.

Ein Schwall kaltes Wasser, sie jauchzt vor Vergnügen, doch als sie aus der Duschwanne tritt, kommt sie ins Rutschen, kann sich aber gerade noch am Duschvorhang festhalten, der dabei aus der Halterung reißt. D*io mio*, um ein Haar wäre sie übel gestürzt.

Doch sie nimmt das nicht als Warnung, sondern als Zeichen, dass es das Leben gerade gut mir ihr meint.

Er hat den Weg ins Büro trotz einiger Widerstände geschafft und gerade eben seine E-Mails abgerufen, ist aber nicht imstande, auch nur eine davon in sich aufzunehmen. Alles verschwimmt vor seinen Augen. Karoline, Karoline ist alles, was er denken kann. Was für eine Frau! Ihre Angst vor Sex … hat sie komplett abgelegt. Sie ist bestimmt dreimal gekommen, auch wenn man sich da als Mann nie sicher sein kann. Ihr lustvolles Stöhnen trifft ihn jetzt noch ins Mark. Und noch etwas tiefer.

Doch irgendetwas trübt seine Stimmung. Liebend gerne wäre er auch so überglücklich, würde sich bedenkenlos Hals über Kopf in sie verlieben und darauf vertrauen, dass alles gut wird. Aber weder sein Körper noch seine Seele spielen so richtig mit. Er legt eine Hand auf seinen Unterleib. Seit dem Morgen tun seine Hoden weh und es wird von Stunde zu Stunde schlimmer. Er hätte doch kommen sollen. Dieses tantrische Gerede möglichst nicht zu ejakulieren, weil sonst die Energie im Keller ist … es funktioniert nicht, jedenfalls nicht bei ihm. Aber das ist längst nicht alles, was ihm auf der Seele brennt. Was ihm noch mehr zu schaffen macht … Warum ist er nicht restlos begeistert wie Karoline? Dabei ist es doch … *unbeschreiblich schön* wäre das Understatement des Jahres. *Macht mir zu viel Liebe Angst?*

Nein, zum Henker, das ist Simones Text. Warum sollte man Angst vor der Liebe haben? Es gibt doch nichts Schöneres, außer … man versteht Liebe so treuherzig, wie es leider die meisten Menschen tun und wie es in jedem Kitschroman rauf und runter durchbuchstabiert wird. Diese Art Liebe führt früher oder später unausweichlich in die Katastrophe.

Verdammt, es ist jetzt nicht der Zeitpunkt, über wahre Liebe zu philosophieren. Er versucht, sich wieder auf den Bildschirm zu konzentrieren, er muss schließlich arbeiten, doch gleich die nächste E-Mail stammt von Marcel. Er will die Website von *Leela.* Alex klickt die Mail weg, das hat Zeit. Dann ist da eine von … nein, bitte nicht, nicht schon wieder. Sie springt ihn an wie ein Terrier:

> Von: Carsten Kiefer
> Lieber Alex, was hast du herausgefunden? Warum wollte Dallmann mich loswerden? Ich brauche dringend deine Infos, sonst habe ich mit dem neuen Verlag ein echtes Problem. Und dann hast du auch eins, das schwöre ich dir. Alex, ich brauche deine Hilfe!

Er stöhnt genervt auf. Er will Carsten wirklich nicht hängen lassen, aber was soll er denn machen, wenn sein Chef dermaßen mauert? Also gut, er muss selbst mehr über den Sextempel herauskriegen, sonst kommen sie nicht weiter. Vielleicht einen Detektiv anheuern oder sich undercover als Callboy bewerben.

Sein Lachen bleibt ihm im Halse stecken. Was Karoline wohl dazu sagen würde? Mit ihrer Traumdeutung lag sie gar nicht so daneben. Wenn er wirklich in dieses Projekt einsteigt, er würde das liebend gerne tun, aber … Sie ist eine Furie! Ihr Vulkanausbruch am Sonntagmorgen, sie ist eine Kali, sie würde ihm die Eier abschneiden und sie vor aller Augen verspeisen.

Wäre vielleicht gar nicht so schlecht, dann würden sie jedenfalls nicht mehr so wehtun. Also gut, noch einen Kaffee und tief durchatmen, dann wird er Carsten anrufen. Womöglich wird er selbst neugierig auf den Tempel, wenn er davon erfährt, und will mitkommen, rein zu Recherchezwecken, versteht sich. Alex runzelt die Stirn. Oder steckt Carsten längst mittendrin?

In diesem Fall, warum beraumen sie nicht gleich ein großes Tempeltreffen an? *Fuck the plagiarism,* wir leben das wahre Leben! Kommt, kommt aus allen Himmelsrichtungen! Kommt!

Nachwort und Danksagung

Die unvoreingenommene Begegnung von Frauen und Männern, die Unterstützung einer spirituellen und erotischen Liebeskultur, die Erforschung von Intimität, Sexualität und Liebesfähigkeit sind seit 30 Jahren Schwerpunkt meiner beruflichen Tätigkeit. Ohne eigene Erfahrung ist kaum vermittelbar, was innerhalb dieser Gruppen und Seminare geschieht. Nicht zuletzt deswegen gedeihen Gerüchte und Vorurteile prächtig, über Tantra, Polyamorie und die sogenannte sexpositive Subkultur.

Ich habe lange gehofft, einen Roman zu entdecken, der – bei aller künstlerischen Freiheit – authentische Einblicke in dieses Geschehen gibt. Eine Geschichte, die uns miterleben lässt, was Frauen und Männer wirklich bewegt, die sich aus Konventionen hinaus- und in alternative Liebesformen hineinwagen. Ich bin nicht fündig geworden.

So schritt ich selbst zur Tat, obwohl ich gewarnt war. Es ist nicht nur ein Klischee, dass Sachbuchautorinnen oder Seminarleiter manchmal grottenschlechte Romanciers sind. Das liegt teilweise daran, dass wir leicht der Versuchung erliegen, unsere Helden als Prototypen pädagogischer oder spiritueller Aufklärung aufzubauen. Doch damit berauben wir sie ihrer Menschlichkeit.

In Sachbüchern oder Seminaren wird von uns erwartet, dass wir aus unserem Erfahrungsvorsprung heraus ein gewisses Know-How vermitteln. Auch in Seminaren hat Besserwissen seine Tücken, denn den eigenen Weg kann nur jede und jeder selbst finden. Für einen Roman aber wäre das tödlich. Würde ich eine Erzählung vorlegen, in der tantrisch erfolgreich oder gar korrekt geliebt wird, es wäre elendig langweilig.

Wir Menschen sind seltsame Wesen. Im realen Leben wollen wir am liebsten von jedem Ungemach verschont bleiben und ein

Liebesleben führen, das uns rundum erfüllt. Doch im Roman oder im Kino wollen wir anderen Menschen dabei zuschauen, wie sie schmachten, wie sie leiden, wie sie ringen, wie sie scheitern, dann aber doch immer wieder den Mut aufbringen aufzustehen, um vor allem am Ende ihr großes Glück zu finden. Vom nachfolgenden Alltag wollen wir dann lieber nicht so viel erfahren.

Ich befinde mich also in einem Dilemma. Ich möchte zeigen, dass Lieben lernen teilweise ganz andere Herausforderungen mit sich bringt, als wir gewöhnlich in Liebesromanen vorfinden. Dass Sex viel mehr sein kann, als in erotischer Lektüre erdichtet wird, selbst wenn er sich in Tabubereiche 50facher Schattierungen hineinwagt. Dass wirkliche Intimität aus der Bereitschaft erwächst, beider Wahrheiten ins Auge zu schauen, auch wenn sie unvereinbar erscheinen oder schrecklich banal daherkommen.

Ich wusste, dass es anders ist. Aber hätte ich geahnt, wie anders es ist, einen Roman zu schreiben als ein Sachbuch, ich hätte mich nicht getraut. Hilfreiche Naivität hat mir geholfen, mich in dieses Abenteuer hineinzuwagen. Ich habe dabei viel gelernt.

Besonderer Dank gilt meiner Lektorin Gabriele Michel, die mich von meinen Anfängen im Volkshochschulkurs bis zum Abschluss-Lektorat über viele Jahre mit großer Einfühlung und Kompetenz begleitet hat.

Vielen Dank auch den Testleserinnen und Testlesern, die mich ermutigt, aber zum Glück auch kritisch angeregt haben: Andreas, Andrea, Annette, Barbara, Carsten, Eilert Bartels, Eva Dimmeler, Hadice, Leo, Marianne, Michael Weiß, Sandra B., Sabine L., Tom Müller. Für das Brainstorming zur Titelfindung danke ich Michael sowie Christine und ihrer Geburtstagsgesellschaft.

Sehr herzlich danke ich vor allem meiner Liebsten, die von diesem Projekt jederzeit so begeistert war, dass es schlicht unmöglich gewesen wäre es aufzugeben. Und das, obwohl das Leben an ihrer Seite in mächtiger Konkurrenz dazu stand, mich dem Liebesleben meiner Protagonisten zuzuwenden.

Dann sind da all die Teilnehmerinnen und Teilnehmer meiner Seminare, die mir tiefe Einblicke in ihr Gefühlsleben gestattet und mich wesentlich inspiriert haben. Auch wenn manche(r) sich vielleicht wiedererkennt: Ähnlichkeiten mit realen Personen sind nicht beabsichtigt und rein zufällig.

Es mag seltsam klingen, aber ich danke auch den von mir ersonnenen Figuren, allen voran Alex und Karoline. Sie haben bald ihr Eigenleben entwickelt und wollten längst nicht immer so, wie ich wollte. Sie haben mich immer wieder überrascht und mir viel Freude und spannende Erkenntnisse beschert.

Zu guter Letzt danke ich auch dir, der oder die du dieses Buch in den Händen hältst. Mögest du Freude beim Lesen empfunden haben, berührt sein und vielleicht die eine oder andere Anregung mitnehmen, dein Liebesleben mutig zu erforschen. Ich freue mich über hilfreiche Rückmeldungen, die dann womöglich in die Fortsetzung eingehen werden.
Wenn dir das Buch gefallen hat: Empfiehl es bitte weiter und/oder schreibe eine Rezension. Danke!

Ausblick

Natürlich geht es weiter mit Alex und Karoline. Sie lassen sich tiefer aufeinander ein und erleben heiße Abenteuer. Sie durchleben und durchleiden die ganze Welt der Gefühle, die ein riskantes Liebesleben mit sich bringt. Und nach und nach offenbart sich deutlicher, was es mit dem Tempel auf sich hat. Doch an diesem visionären Projekt scheiden sich die Geister …

Kontakt

E-Mail: roman@saleem-mattias-riek.de
Website: www.schule-des-seins.de
Blog: blog.saleem-matthias-riek.de
Facebook: www.facebook.com/saleem.matthias.riek
Instagram: www.instagram.com/saleemriek/
YouTube: www.youtube.com/c/SaleemMatthiasRiek
Amazon: www.amazon.de/-/e/B00458X09G

Schule des SEINS

Weitere Veröffentlichungen vom Autor

Saleem Matthias Riek
Lustvoll Mann sein
312 Seiten, Broschur
ISBN 978-3-89901-920-9
Auch als eBook erhältlich

Saleem Matthias Riek
Herzenslust
3 CDs, 230 Min.
Sprecher: Christoph Gaugler
ISBN 978-3-86266-038-4
Steinbach

Saleem Matthias Riek
Herzenslust
280 Seiten, Broschur
ISBN 978-3-89901-451-8
Auch als eBook erhältlich

jkamphausen
kamphausen.media

Liebe wirklich zu leben fordert uns aus gewohnten Bahnen heraus. Für Menschen, die ganz konkret lieben lernen wollen, ist dieses Buch eine Schatztruhe.
Wer in der alltäglichen Suche nach Erfüllung auf einfühlsame Weise angeregt werden möchte, findet hier vielfältige Unterstützung.

Saleem Matthias Riek: Leben, Lieben und Nicht Wissen.
Einblicke in die tantrische Kunst des Seins
Broschur 184 Seiten und E-Book * ISBN 978-37448 94067

Was geschieht, wenn wir Widersprüche nicht länger loswerden oder auf lösen wollen, sondern von Herzen annehmen lernen?
Mit vielen berührenden Beispielen beschreibt der Autor, wie Widersprüche uns Tag für Tag aufwecken und zu innerer Heilung, größerem Gewahrsein und tieferer Liebesfähigkeit führen können.

Saleem Matthias Riek: Herzensfeuer.
Eine Liebeserklärung an die Paradoxien des Lebens
Hardcover 280 Seiten und E-Book * ISBN 978-3883 344544

Leicht, klar, nicht ohne eine Prise Humor und im Kontext inneren Wachstums beleucht der Autor vielfältige Facetten von Liebe, Eros und Bewusstsein.
Diese sind wesentliche Zutaten eines erfüllenden Lebens in Lust und Liebe.

Saleem Matthias Riek: Mysterien des Lebens.
Wie uns Liebe, Eros und Bewusstsein verwandeln *
Broschur 198 Seiten und E-Book * ISBN 978-37412 40065